B's-LOG presents

オークの樹の下

Kim Suji

イラスト 千景

UNDER THE OAK TREE

UNDER THE
OAK TREE

オークの樹の下

Kim Suji

illust. 千景

Kim Suji
presents

マクシミリアン・
カリプス
クロイソ公爵家の長女。
厳格な父から虐げられて
育てられたことで、
自分に自信が持てず、
内気な性格となる。
リフタン・
カリプス
下級騎士だったが、
レッドドラゴン・セクターを
倒したことで
大陸屈指のソード・マスター
となった“勇者”。
レムドラゴン騎士団を率いる。

クロイソ公爵

マクシミリアンの父。
貴族の体裁を
何よりも重んじるために
マクシミリアンに強く当たる。

ルース

レムドラゴン騎士団の
魔法使い。
慣れない領主夫人の仕事に
苦戦するマクシミリアンを
補佐する。

ウスリン・リカイド

良家の出の
レムドラゴン騎士団の騎士。
金髪。

ヘバロン・ニルタ

好戦的な
レムドラゴン騎士団の騎士。
女好き。

ガベル・ラクシオン

話術が得意な
レムドラゴン騎士団の騎士。

CHARACTER

登場人物紹介

ILLUSTRATION

千景

第一話

マクシミリアン・カリプスは、せわしなく応接間を行ったり来たりしていた。彼女《かのじょ》は極度に緊張《きんちょう》しており、クロイソ公爵《こうしゃく》が中に入ってくるまで、自分が爪《つめ》を噛《か》んでいることにすら気づいていなかった。タンッと杖《つえ》を床《ゆか》に打ちつける音を聞き、マクシミリアン――マクシーは慌《あわ》てて両手を後ろに隠《かく》した。

「その見苦しい癖《くせ》をやめるように、何度も注意したはずだが」

「す、すみま……」

父親の冷ややかな声に、マクシーは深々と頭を下げた。その姿に公爵はチッと舌打ちした。

「わしに恥《はじ》をかかせるな。お前は身に余る幸運を手に入れたのだぞ。はしたない行動で家名に泥《どろ》を塗《ぬ》ることは許さん」

冷《ひ》や汗《あせ》が背中を伝った。恐怖《きょうふ》で背筋が凍《こお》ったが、彼女はなんとか口を開いた。

「お、お父様の仰《おお》せのとおりに、い、いたします……。あ、あの方がおいでになったらすぐに……」

顔を上げなくても、彼《かれ》がどんな顔をしているのか分かった。彼女が話す時、彼はいつも虫でも見るような不快な表情を浮《う》かべている。マクシーはできる限り落ち着いて話を続けようとした。

「せ、説得してみ、みます。こ、この結婚《けっこん》をず、ずっと、つ、続けて……」

「もうよい！」

クロイソ公爵は杖で床を打ちつけた。

「今日一日……いや、たった数時間だけでも、落ち着いて振《ふ》る舞《ま》うことはできないのか？　吃《きつ》音《おん》の妻を望む男などいるわけがなかろう！」

「わ、私は……」

「リフタン・カリプスは今やただの下級騎士《きし》ではない！　この大陸でも屈指《くっし》の一流ソード・マスターになった上に、レッドドラゴン・セクターを倒《たお》した〝勇者〟なのだぞ！　奴《やつ》が望めば、神殿《しんでん》はいつでも離婚《りこん》許可書を出すはずだ」

想像するだけでも耐《た》えられないとでもいうように、彼は額に手を当てて大げさに深呼吸した。

「クロイソ家の令嬢《れいじょう》が、下民出身の騎士に離婚を突《つ》きつけられるなど、あってはならんことだ！　間抜《まぬ》けな娘《むすめ》のせいで一族が嘲笑《ちょうしょう》の的《まと》になるのを放っておくわけにはいかん」

彼女は唇《くちびる》を噛んだ。私のせいではないという言葉が、喉《のど》まで出かかった。彼女はリフタン・カリプスとの結婚を望んでいたわけではない。それはリフタン・カリプスも同様だった。誰《だれ》も望んでいない結婚を強引《ごういん》に推《お》し進《すす》めたのは、クロイソ公爵自身ではないか。

彼女の反抗的《はんこうてき》な考えを察したのか、父親は冷淡《れいたん》に皮肉を言った。

「そもそもお前がロゼッタの半分でも美しかったなら……奴の機嫌《きげん》を取るためにこれほど下手《したて》

に出る必要もなかったのだぞ！」

咲《さ》き薫《かお》るバラのように美しい異母妹《いぼまい》のことを思い浮かべると、ささやかな反抗心が湖面のように静まっていった。クロイソ公爵はマクシーの真っ青になった顔を見下ろし、容赦《ようしゃ》なく付け加えた。

「ルーベン王がいくら奴を婿《むこ》に迎《むか》えたいと言っても、当事者が断れば済む話だ！　すべてはお前が奴の心をつかむことができなかったせいで、こうなったのではないか！」

「で、でも……、あ、あの方は、け、結婚式《けっこんしき》の、つ、次の日、す、すぐ、しゅ、出征《しゅっせい》して……」

心をつかむどころか、まともに言葉を交《か》わす機会もなかったではないかと反論しようとしたが、次の瞬間《しゅんかん》、目の前が真っ白になった。杖でわき腹を突かれたマクシーは、激しく喘《あえ》ぎながらうずくまった。あまりの痛さに悲鳴も上げられない。

「わしに口答えしようなどと思うな。その耳障りな声のことを考えただけでも、怒《いか》りがこみ上げてくるからな！」

再び杖で叩《たた》かれることを恐《おそ》れて、彼女は慌てて首を縦に振《ふ》った。さらに毒舌《どくぜつ》を浴びせようと唇を震《ふる》わせていた公爵は、ドアをノックする音に振《ふ》り返《かえ》った。ドアの向こうからメイドの穏《おだ》やかな声が聞こえてきた。

「旦那様《だんなさま》、レムドラゴン騎士団が到着《とうちゃく》しました」

「応接間に案内しろ！」

マクシーが恐怖に染まった顔で父親を見上げると、彼は歯をむき出しにして荒々《あらあら》しく言い放った。

「婚姻《こんいん》を解消することはできないとカリプスの奴にはっきりと伝えろ！　もう一度言うが、家名に泥を塗るようなことになったら、ただでは置かんぞ」

そう言い残すと、コツコツと足音を立てて部屋から出ていってしまった。彼女はよろよろと窓辺に寄りかかり、苦痛が消え去るのを息を殺して待った。

窓から降り注ぐ秋の日差しが、痛いほど目に突《つ》き刺《さ》さる。彼女はなんとか涙《なみだ》をのみ込んだ。泣いてもこの状況《じょうきょう》は変わらない。もっと惨《みじ》めになるだけだった。

マクシーは、ぶるぶる震える手を固く握《にぎ》りしめた。気を引《ひ》き締《し》めなければならない。貴族の女性にとって、離婚は死刑宣告《しけいせんこく》に等しかった。単に当事者だけが物笑いの種にされて終わる話ではない。それは一族の恥であり、被《こうむ》ってはならない不名誉《ふめいよ》だった。

その恥辱《ちじょく》を雪《すす》ぐためには、一族の男がリフタン・カリプスに決闘《けっとう》を申し入れなければならない。だが、クロイソ公爵には息子《むすこ》がおらず、親戚《しんせき》や臣下《しんか》の騎士の中にも、彼に敵《かな》う者はいなかった。

ドラゴンをも倒した剣士《けんし》と互角《ごかく》に渡り合える者など、そうそういるものではない。一族の名誉《めいよ》が汚《けが》されることになれば、父親は彼女を絶対に許さないだろう。もしかすると、正式な離婚手続きがなされる前に、突然《とつぜん》命を絶たれるかもしれない。あの父親ならば、十分にあり得ることだ。

（そうならないように、なんとか……）

だが、果たしてリフタンが私の言うことを聞いてくれるだろうか。

崖《がけ》っぷちに立たされた彼女は唇を噛んだ。二人の結婚は、ひとえにクロイソ公爵とその臣下の騎士たちの都合のためだった。

三年前、レクソス山脈で冬眠《とうみん》中だったレッドドラゴン・セクターが目覚めたという知らせが大陸全域に広がると、エルヌイマ・ルーベン三世は、臣下たちに討伐戦《とうばつせん》に加わるよう命令を下した。

当然、クロイソ公爵も騎士たちを率いて遠征《えんせい》しなければならなかった。だが彼は、リフタン・カリプスを娘と結婚させることで、その義務をリフタンに押し付けたのだ。

結婚式の日、祝いに訪《おとず》れた客が囁《ささや》いていた侮辱《ぶじょく》的《てき》な言葉の数々を思い出し、彼女は身震《みぶる》いした。下級騎士だったリフタンは、公爵の命令に逆らうことができず、式場に引っ張り出された。彼がどれほどの怒りや屈辱《くつじょく》を感じたのか、彼女には想像することもできなかった。何かをぐっと抑《おさ》え込んでいるような彼の表情が、ただただ恐ろしかった。

（私がロゼの半分だけでも美しかったら……彼の心が少しは和《やわ》らいだんじゃないかしら）

思考が自虐的《じぎゃくてき》な方に傾《かたむ》いた。リフタン・カリプスは美しい容姿の男だった。彼の出自《しゅつじ》を嘲《あざ》笑《わら》っていたロゼッタすら、騎士団の制服を着こなす彼の姿を見て、顔を赤らめたほどだ。

リフタンならば、いくらでも美しい貴婦人たちと恋愛《れんあい》を楽しむことができたはずだ。何の取《と》り柄《え》もない吃音の女など彼の目に留まるはずがなかった。出自が問題にならなくなった今ならなおさらだ。

（王の娘と結婚できるかもしれないのに……私がすがりついたところで、心を変えるはずがないじゃない）

二人はたった一夜を共に過ごしただけだった。その翌日、リフタンは別れの言葉も告げずに出征してしまい、その後も手紙一つ寄こさなかった。彼が自分を妻だと思っているのか、疑わしいほどだ。

暗澹《あんたん》たる思いに駆《か》られて顔を覆《おお》ったその時、陰気《いんき》な声が聞こえてきた。

「これは見ものだな」

マクシーはハッと驚《おどろ》いて顔を上げた。いつからそこにいたのか、巨人《きょじん》のような体格の男がドアのそばに立って自分をにらんでいた。

「死地から生還《せいかん》した夫を、体を震わせながら待つ妻がいるとは」

彼は静かな足取りでゆっくりと歩み寄りながら皮肉を言った。彼女は息をのんで、その姿を見つめた。修道服を連想させる濃《こ》い青色のチュニックに銀色の鎧《よろい》をまとったリフタン・カリプスは、彼女の記憶《きおく》よりもはるかに大きく、威圧的《いあってき》に見えた。

「熱烈《ねつれつ》な歓迎《かんげい》を期待していたわけじゃないが、疫病神《やくびょうがみ》でもやって来たみたいに震えることはないだろ？」

その冷ややかな言葉に、マクシーはようやく我に返った。再会するや否《いな》や彼を不快にさせてしまったと思い、顔から血の気が引いた。

「ご、ご無事で……」

何を話せばいいのだろう。それ以前に彼をどう呼べばいいのかも分からない。リフタン？　いや、それは馴《な》れ馴《な》れしい。カリプス卿《きょう》？　鼻で笑われそうだ。口ごもって言葉を続けられずにいると、ふと自分をじろじろと見つめる強烈《きょうれつ》な視線が感じられた。思わず彼女は後ずさりした。

一体なぜそのような目で見つめてくるのか、訳が分からなかった。無意識のうちに後ずさりすると、なぜかリフタンの顔がもっと冷たくこわばった。彼はマクシーの腕《うで》を強引につかみ、険悪な口調で言い放った。

「喜ぶふりでもしたらどうなんだ」

彼女は凍りついた。二人の体がかすかに触《ふ》れ合《あ》った。革《かわ》のにおいや馬のにおい、そしてうっすらとした汗《あせ》のにおいが鼻を突く。その男性的な体臭《たいしゅう》が引き金となり、三年間蓋《ふた》をしていた記憶が突然脳裏《のうり》をよぎった。

頑健《がんけん》な体から立ちのぼる不思議な熱気。頭の中まで見通すような強烈な視線。あの日も彼は、こんな目で自分を見下ろしていた。まるで生肉に食らいつく直前の猟犬《りょうけん》のように見つめながら……。

彼女は慌てて目を伏《ふ》せた。火傷《やけど》でもしたかのように、顔がかっと熱くなる。一度堰《せき》を切ると、記憶はとめどなくあふれ出てきた。あの日の出来事が、昨日のことのように鮮明《せんめい》によみがえった。

第二話

「服を脱《ぬ》げ」

結婚披露宴《けっこんひろうえん》が終盤《しゅうばん》に差しかかった頃《ころ》、彼女《かのじょ》は乳母《うば》の手に引かれ、初夜のために設けられた部屋に入った。メイドたちの手を借りて体をきれいに洗い、ベッドの上に腰《こし》を下ろすと、しばらくして夫が部屋の中に入ってきた。そして、緊張《きんちょう》で体をこわばらせている彼女に向かって、そう言い放ったのだ。

マクシーはその意図が分からず、ただ目を丸くした。結婚式の最中は自分のことをひたすら無視していたリフタンが、なぜ突然《とつぜん》そのような要求をしてくるのか理解できなかった。夫婦《ふうふ》の間で何やら秘めやかなことが行われるという話はおぼろげに知っていたが、具体的なことは何も知らなかったのだ。

乳母は夫の言うことには無条件で従い、彼《かれ》の行為《こうい》は何もかも黙《だま》って受け入れなければならない、と言った。まさかそこに服を脱ぐことも含《ふく》まれているのだろうか。どうしたらいいのか分からず途方《とほう》に暮れていると、頭から上着を脱ぎ捨てたリフタンがじれったそうな視線を投げかけてきた。

「俺《おれ》が脱がさないといけないのか？」

彼女は思わず息をのんだ。彼は、まるで鋼鉄をねじって作った巨人《きょじん》のようだった。肩幅《かたはば》は彼女の倍はありそうなほど広く、首は長くて太かった。威厳《いげん》すら感じられるほどがっしりした胸《むな》板《いた》と、それとは対照的にすらりとした腰は、気品のある猟犬《りょうけん》を連想させた。

騎士《きし》の中でも抜《ぬ》きん出《で》た体格の持ち主だということは以前から知っていたが、こうして面と向かってみると、圧倒《あっとう》されそうなほどだった。父親に殴《なぐ》られた時ですらあれほど痛かったのに、この人に殴られたら一体どうなってしまうのだろう。

「……おぞましいものでも見る目だな」

その冷ややかな声に、マクシーは肩《かた》を震《ふる》わせた。リフタンが大股《おおまた》でベッドに迫《せま》ると、彼女をにらみつけた。暖炉《だんろ》の明かりで黄金色《こがねいろ》に照らされた巨大《きょだい》な肉体が、彼女の視界全体を覆《おお》う。

「俺のことがそんなに気に入らないのか？」

「あの、わ、私は……」

リフタンが腰を曲げて顔を寄せてきた。完璧《かんぺき》と言っていいほど整った顔、中でも真っ黒な瞳《ひとみ》が不気味な光を放っている。固く結ばれた彼の唇《くちびる》が、冷ややかにゆがんだ。

「もちろん、俺みたいな下級騎士が、高貴な公爵令嬢《こうしゃくれいじょう》のお気に召《め》すはずもないだろうが」

その敵意のこもった声に、とてつもない震えが襲《おそ》ってきた。妻は夫の所有物だ。気分次第《しだい》でいくらでも鞭打《むちう》てることはもちろん、さらに過酷《かこく》な体罰《たいばつ》も容認《ようにん》されている。夫の寛大《かんだい》さにすがらなければならないこの境遇《きょうぐう》で、敵意を買ってしまったと思うと、恐《おそ》ろしさで冷《ひ》や汗《あせ》が噴《ふ》き出した。

「さあ早く。やるべきことをやらないとだろ？」

マクシーはどうしても、やるべきこととは何かと聞けず、ただじっと彼のつま先を見つめていた。頭上に暗い影《かげ》が落ちる。リフタンが長くて武骨な指で彼女のあごをぐいっとつかみ、何を考えているか分からない不気味な視線を投げかけてきた。

「初夜の契《ちぎ》りを交《か》わさなければ、婚姻《こんいん》は無効になる。だが、そっちにも拒《こば》む権利はある」

底知れないその真っ黒な瞳に釘付《くぎづ》けになったまま、彼女は震えた。リフタンが口元をゆがめる。

「俺に出ていってほしければ、そう言え」

「………」

「一度始めたら、引き返せないぞ」

マクシーは生唾《なまつば》を飲み込んだ。このまま彼が出ていってしまえば、父親は自分を許さないだろう。もとより、二人には他に選択肢《せんたくし》などなかった。彼女はぎゅっと目をつぶり、震える手で腰紐《こしひも》を解いた。

馴染《なじ》みがない男から恥辱《ちじょく》を受けることより、父親に鞭打たれることに対する恐怖《きょうふ》の方がはるかに大きかった。いや、鞭打たれるどころの話ではないだろう。さらに苛酷《かこく》な仕打ちを受けた後、すぐにまた別の騎士とこの場に来ることになるはずだ。彼女は、父親の都合のためだけに存在する操《あやつ》り人形に過ぎなかった。

マクシーは息が詰《つ》まるような沈黙《ちんもく》の中で、装身具を一つ一つ外してベッドのそばに置いた。

薪《まき》がパチパチと燃え上がる音だけが、部屋の中に響《ひび》き渡《わた》る。リフタンの刺《さ》すような視線が感じられた。彼女はリネンドレスの紐を解き、ひらひらとした袖《そで》から腕《うで》を引き抜いた。

露《あら》わになった背中と肩に、夜の冷たい空気がひんやりとかかる。彼女はそれ以上どうすることもできず、胸元《むなもと》を隠《かく》した。するとリフタンが、ベッドに片膝《かたひざ》を乗せてドレスの裾《すそ》を下に引っ張った。

「ちょ、ちょっと……」

止める間もなくドレスが滑《すべ》り落ちた。マクシーは慌《あわ》ててそれをつかんだ。リフタンは苛立《いらだ》たしげな表情を浮かべた。

「手をどけろ」

「ど、どうして、ふ、服を……」

彼女は困惑《こんわく》した表情で彼を見上げた。暖炉の火を背にして立つ彼の顔は、逆光で濃《こ》い影に覆われている。表情がよく見えないことで、余計に恐ろしく感じられた。

「俺に出ていってほしいのか、ほしくないのか、はっきりしろ」

マクシーは涙《なみだ》をこらえた。肩を震わせながらやっとのことで手を下ろすと、彼は腰のあたりに引っかかっていたドレスを一気に脱がせた。冷たい空気が、こわばった背筋を撫《な》で下ろす。

「もう後戻《あともど》りはできないぞ」

耳元で響《ひび》く低い声に、心臓がひやりとした。緊張でガチガチに固まったマクシーの青白い体を、分厚く熱を帯びた手が撫で下ろす。本能的に押し返そうとすると、腰の後ろに回した腕でいっそう強く引き寄せられた。触《ふ》れ合《あ》った体から生々しい熱気が立ちのぼり、奇妙《きみよう》な戦慄《せんりつ》が背筋を走った。

「も、もう少し、は、離《はな》れて……」

か細い声で懇願《こんがん》したが、リフタンは聞く耳を持たなかった。彼は頭を下げて胸元に口を押し当てた。彼女は驚《おどろ》いて目を丸くした。

熱い唇が柔《やわ》らかい肌《はだ》の上をなぞる。その荒々《あらあら》しい感触《かんしょく》に、マクシーはぞくっとした。大の男が赤《あか》ん坊《ぼう》のように胸に顔を埋《う》めている。その光景に、頭の中が真っ白になった。

「体の力を抜け」

こわばった背筋を、ざらざらした手のひらで撫で下ろしながら、彼がそうつぶやいた。肌に触《ふ》れる湿《しめ》った吐息《といき》に、鳥肌《とりはだ》が立つ。

柔らかい肌に頑丈《がんじょう》なあごをこすりつけながら、リフタンがマクシーの腰を覆っていた下着の中に片手を入れた。彼女はびくっと体を震わせた。彼の手が想像だにしなかった部位に触れたのだ。ひどく驚き、唇がわなわなと震えた。

「な、何をするの……」

「じっとしてろ。このままだとお前がつらくなるだけだぞ」

彼女はびっくりして足をバタバタさせた。ほんの数回、目礼を交わしただけの男が、自分の最も恥《は》ずかしい部分をこともなげに触《さわ》っている。信じられなかった。

「や、やめて……く、ください」

マクシーは哀願《あいがん》するようにリフタンの分厚い肩をつかんだ。彼の体が小刻みに震えているのが感じられる。なめらかで丈夫《じょうぶ》な肌の感触に、手のひらがほてった。まるで火で熱した鉄を握《にぎ》っているような感覚だった。

何か言おうとするかのように唇をひくひくさせていたリフタンが、突然激しく唇を重ねてきた。口の中に野蛮《やばん》な味が広がる。マクシーは肩をぶるぶると震わせた。気が動転している間に、彼は残っていたマクシーの服を引きずり下ろした。彼女の悲鳴は唇で塞《ふさ》がれ、かき消された。

「クソッ……」

触れ合う唇から、熱を帯びた声に混じって悪態が漏《も》れ出た。彼女は、水面に上がってきた魚のように口をパクパクさせた。自分の体に存在するとも知らなかった部分に、彼の指が這《は》うように侵入《しんにゅう》してきた。彼女は本能的に足をばたつかせた。

だが、岩のような体に押さえつけられて、逃《に》げることができなかった。猟犬に首筋を噛《か》まれてもがく、無力な獲物《えもの》になった気分だった。

「畜生《ちくしょう》、もう待てない……」

リフタンがじれったそうな声でつぶやきながら、さらに深く指をねじ込んだ。マクシーは息を止めた。夫がするすべての行為を従順に受け入れなければならないという乳母の忠告は、とっくに頭の中から消えていた。リフタンの腕の中で、彼女は釣《つ》り上《あ》げられた魚のように体を震わせる。経験したこともない感覚が全身を駆《か》けめぐった。

「い、嫌《いや》……！　や、やめて……ああっ！」

逃げようともがいてもビクともしない。リフタンは激しく口づけしながら、マクシーの体を丹念《たんねん》に撫でた。彼女は枕《まくら》を引《ひ》っ掻《か》いた。

このような奇怪《きかい》な行為が現実に起こっているということが信じられなかった。まぶたが燃えるように熱くなり、頭の中がぐるぐる回った。

(分からない。もう何も分からないわ)

第三話

「少し……痛むぞ」

しばらくしてリフタンが手を止めた。マクシーはぐったりとしたまま、ひたすら荒《あら》い呼吸を繰《く》り返《かえ》していた。あまりにも緊張《きんちよう》していたため、もう抵抗《ていこう》する気力もない。彼《かれ》が服を脱《ぬ》ぎ、彼女《かのじよ》の腰《こし》の下に片腕《かたうで》を差《さ》し込《こ》んで持ち上げた。

触《ふ》れ合《あ》った体が熱かった。その時になって彼女は、彼の体はもちろん、自分の体も全身汗《あせ》でびっしょり濡《ぬ》れていることに気づいた。

かすかな明かりに照らされて、リフタンの背中が黄赤色《きあかいろ》の光を帯びている。ふと、以前鍛冶《かじ》場《ば》に忍《しの》び込《こ》んだ時に見た黄金の像を鋳造《ちゆうぞう》する場面が脳裏《のうり》に浮《う》かんだ。溶鉱炉《ようこうろ》で加熱されドロドロに溶《と》けたその粘《ねば》りのある液体を体の上にかけたら、こんな感じだろうか。全身が灼熱《しやくねつ》の黄金の中に浸《つ》かったように、今にも溶け出しそうだった。

「ゆっくり息を吐《は》くんだ」

リフタンが聞き取りにくい乱れた声で囁《ささや》いた。耳に当たる唇《くちびる》の感触《かんしよく》に、背筋がぞくっとする。マクシーは彼の太い腕《うで》にしがみつきながら、自分でも気づかないうちに脚《あし》を開いていた。

すると、そこに彼の下半身がずんと入ってきた。

「あぁっ……！」

何が起こったのかを理解する前に、鈍《にぶ》い痛みが襲《おそ》ってきた。マクシーは恐怖《きょうふ》に怯《おび》えて足をばたつかせた。リフタンが、逃《に》げられないように全身で押さえつけながら、唇にかじりついてくる。彼の分厚い胸板《むないた》が彼女の胸を押しつぶし、体の中に押し込まれたものは、さらに深い部分を突《つ》いてきた。彼女は彼の腕に爪《つめ》を立てて涙《なみだ》ぐんだ。

「い、痛い……。痛いです……」

「入り口が狭《せま》いからだ……」

生ぬるい汗が彼の首筋を伝って流れ、彼女の顔の上にぽたぽたと落ちてくる。苦痛から逃《のが》れようと反射的に体をよじると、彼がかすかに体を震《ふる》わせながら、両手で彼女の腰をしっかりと押さえつけた。彼の眉間《みけん》にも、しわが深く刻まれている。

「頼《たの》むから……動かないでくれ……」

「い、痛いです……。痛い……！」

「クソッ、動くな……。うっ！」

リフタンの体がかすかに震えているのが感じられる。彼女は息を止めた。彼が壊《こわ》れそうなほど強くマクシーの腰を抱《だ》きしめ、もう我慢《がまん》できない、というように体を動かし始めた。彼女は鋭《するど》い痛みに、か細いうめき声を上げた。

リフタンが体を動かすたびに、大海に浮かんだ小舟《こぶね》のように全身が揺《ゆ》れる。頭の中が徐々《じょじょ》に混沌《こんとん》としてきた。自分を一体どうしようというのだろう。彼女はシーツを引《ひ》き裂《さ》かんばかりにつかんだ。

「クソッ……」

どれくらい時間が経《た》っただろうか。彼は首を絞《し》めつけられたようなうめき声を上げると、力が抜《ぬ》けたように横になった。もうもうと湯気が立つほど熱くなった体の下敷《したじ》きになり、彼女は苦しげに息をしていた。彼の肩《かた》も激しく上下している。奇妙《きみょう》な喪失感《そうしつかん》が襲ってきた。マクシーはまぶたを震わせながらぼうっと天井《てんじょう》を見上げた。一体何が起こったのだろう。

「どうして泣いているんだ？」

彼の言葉を聞いて、ようやくマクシーは自分が泣いていることに気づいた。慌《あわ》てて顔を隠《かく》そうとしたが、じっとり湿《しめ》った舌に頰《ほお》を舐《な》められ、彼女は顔を背《そむ》けた。すると彼がよけられないように彼女の顔を両手で挟《はさ》んで、吐き出すように言った。

「顔を背けるな」

彼の真っ黒な瞳《ひとみ》には、彼女には理解しがたい強烈《きょうれつ》な感情が浮かんでいた。背中に鳥肌《とりはだ》が立った。涙でしっとり濡れたこめかみと頰を唇でなぞりながら、彼が続けた。

「お前はもう、俺《おれ》の妻だ。お前がどう思っていようと、後戻《あともど》りはできない」

そして、髪《かみ》の毛《け》の間に手を入れて頭を手繰《たぐ》り寄《よ》せ、無理やり唇を重ねてきた。彼女はなすべもなく受け入れるしかなかった。何度も、何度も……。

その夜、どれくらいそれが繰り返されたのか分からない。いつの間にか気を失っていた。目を覚ますと、正午をとっくに過ぎていた。彼はすでに遠征隊《えんせいたい》と共に出発した後だった。神官がベッドについた処女の血を確認《かくにん》し、結婚《けっこん》が無事に成立したことを公表したと、乳母《うば》が教えてくれた。それが結婚の通過儀礼《ぎれい》だということも。

これが二人の間で起こったことのすべてだ。彼女は処女を喪失し、彼はクロイソ公爵《こうしゃく》に代わってレクソス山脈へ向かった。自分たちが夫婦《ふうふ》だとは到底《とうてい》思えなかった。それは、こうして向かい合っているこの瞬間《しゅんかん》も変わらない。

マクシーは途方《とほう》に暮れた目で、敵意に満ちた表情のリフタンを見上げた。彼に捨てられたら苛酷《かこく》な処罰《しょばつ》を下すという父親の声が耳にこだましていたが、唇が膠《にかわ》を塗《ぬ》ったようにぴったりくっついて言葉が出てこない。一体何を話せばいいのだろうか。彼は夫という名の他人に過ぎなかった。

「畜生《ちくしょう》、怯えるな！」

不意にリフタンが声を荒《あら》らげた。彼女は驚《おどろ》いて一歩後ずさりした。彼がマクシーの腕をいっそう強くつかみ、退いた分だけ近づいてきた。

「気味の悪いものを見るようなその目つきをやめろ！　俺のことを化け物か何かだとでも思っているのか？」

「わ、私は……」

彼は目にかかったボサボサの髪の毛を荒々《あらあら》しくかき上げながら、険しい視線を投げかけてきた。目の前が真っ暗になった。離婚《りこん》について考え直してほしいと彼を説得しなければならないのに、再会して五分と経たないうちに彼を不快にさせてしまったのだ。閉じた唇がわなわなと震えた。

(何か言わなくちゃ。何でもいいから、早く)

「わ、私は……た、ただ……と、とても、き、緊張して……。な、何と言えば、い、いいのか、分からなくて……」

頬が燃えるように熱い。涙がじんとこみ上げるのが感じられた。子どものように泣き出して彼を閉口させるわけにはいかない。彼女は必死に言葉を継《つ》いだ。

「ば、化け物だと、お、思っているのではなく……き、き、緊張して……い、いるんです……。ふ、震えが、と、止まらなくて……」

いつもより舌が言うことを聞かない。彼の顔をちゃんと見ることもできなかった。根本から無理な話だ。まともに話すこともできない自分が、彼を説得できるはずなどなかった。

マクシーは耳を赤く染めながら深くうなだれた。いっそ黙《だま》っていた方がいいかもしれない。普通《ふつう》の成人女性ならば、こうしてつっかえながらしゃべったり、ぶるぶる震えたりはしないだろう。まるで裸《はだか》のまま立っている気分だった。

「クソッ……」

彼が低い声で発した悪態に、彼女は身をすくめた。父親の言葉は正しかった。私のことを妻にしたい男など、この世のどこにもいない。そんな私が、どうやってこの人に、王女との結婚を断ってほしいなどと頼むことができるだろうか。

押《お》し寄《よ》せる無力感に、目の縁《ふち》が熱くなった。その瞬間、冷たいものが頬に触《ふ》れた。彼女は愕《がく》然《ぜん》とした。騎士《きし》たちが使う鉄製の手袋《てぶくろ》をはめた手が、マクシーの顔をぎゅっとつかんでいた。

「口を開けろ」

マクシーは何を言っているのか理解できず、目の前にある黒い瞳をぼんやりと眺《なが》めていた。するとリフタンが、もう待てないというようにため息を吐きながら彼女のあごをつかみ、有無《うむ》を言わさず口を開かせた。

次の瞬間、口の中に熱く柔《やわ》らかい感触の舌が入り込んできた。マクシーはびっくりしてリフタンの腕をつかんだ。彼は唇を貪《むさぼ》りながら、苛立《いらだ》たしげにつぶやいた。

「クソッ……。先に鎧《よろい》を脱いでおくべきだった……」

いきなりのことで、何が何だか分からなかった。リフタンが、及《およ》び腰《ごし》で立っている彼女を後ろに押してソファの上に座らせたまま、太ももの横に片膝《かたひざ》を立てて座ると、素早《すばや》い手つきで装甲手袋《ガントレット》を取り去った。

銀色の手袋の中から現れた長くてたくましい指が、マクシーの顔を優《やさ》しく包《つつ》み込《こ》む。彼女は思わず彼の服の裾《すそ》をつかんだ。彼が再び唇を重ね、もう片方の手袋も取った。熱い手が髪の毛をかき分け、後頭部を荒々しく包み込んだ。

舌が歯の一本一本を上下に激しく舐めていく。だんだん息が上がってきた。呼吸が限界に達し、リフタンの胸を押《お》し返《かえ》したが、彼は歯が当たるほど激しく唇を求めてきた。

「もっと……」

ねだるような声に、胸がつぶれるほどの衝撃《しょうげき》を受けた。熱い手が、顔からうなじを通って、背筋をあわただしく撫《な》でた後、胸で一旦《いったん》止まる。戸惑《とまど》いを隠せず体をねじると、彼が腰を引き寄せ、ソファの上に寝《ね》かせた。そして、ためらうことなくドレスの裾をまくり上げる。

「リ、リフタン……！」

すでに一度経験したことなので、彼女はその行動が意味することにすぐ気づいた。マクシーは困惑《こんわく》した目で応接間のドアを眺めた。真っ昼間に、それも、誰《だれ》でも自由に行き来できる応接間の真ん中で、一体どういうつもりなのだろう。

だが、リフタンはまったく意に介《かい》さず、首筋にむしゃぶりつきながら体を重ねてきた。硬《かた》くなった彼のものが、脚の間にぐっと押しつけられる。彼女は驚いて悲鳴を上げた。彼がゆっくりとそれをこするたびに、がっしりした太ももを包む防具が、彼女の太ももに触れる。冷たい金属の感触に、ぞわぞわっと鳥肌が立った。

マクシーは戸惑いのあまり、ぎゅっと目を閉じた。その瞬間、彼ががばっと身を起こし、あわててマントで彼女の体を隠した。その時になってようやく、彼女は誰かが自分たちを見つめていることに気づいた。リフタンと同じような身なりをした男が、困惑した顔でドアのそばで固まっていた。

「盗《ぬす》み見《み》とは悪趣味《あくしゅみ》だぞ！」

第四話

リフタンの凄《すさ》まじい叫《さけ》び声《ごえ》に驚《おどろ》いた彼女《かのじょ》は、慌《あわ》てて体を起こした。彼《かれ》の威圧的《いあつてき》な態度に困惑《こんわく》の表情を浮《う》かべていた男が、さっと険悪な表情になり、負けじと大声で言った。

「応接間でそんなことをなさっているなんて、誰《だれ》も思いませんよ！　いつもの団長なら私の気配などすぐにお気づきになるので、ノックする必要を感じなかっただけです」

「とっとと失《う》せろ！」

リフタンの怒号《どごう》に彼女は青ざめた。あの人が出ていったら、一体どんなことが起こるのだろうか。リフタンの後ろ姿を見ていたマクシーは、すかさず金髪《きんぱつ》の男に哀願《あいがん》の眼差《まなざ》しを送った。だが、男は歯ぎしりするように何か汚《きたな》い言葉をつぶやくと、くるりと背を向けてしまった。

「表に馬車を待機させておきました。クロイソ城でぐずぐずしたくないとおっしゃっていたじゃないですか！」

「待たせておけ」

男が腹に据《す》えかねた様子で顔をしかめたが、すぐに仕方がない、とでもいうように長いため息をついた。

「さっさと終わらせてください」

そして、マクシーに向かって不満そうに一瞥《いちべつ》を投げると、乱暴にドアを閉めて出ていった。

マクシーはリフタンの顔色をうかがった。すると、無造作に頭をボリボリと掻《か》いていた彼が、彼女に向かって鋭《するど》い視線を投げかけてきた。強烈《きょうれつ》な視線に、マクシーは身をすくめる。その姿を見て、リフタンが冷ややかに笑った。

「もうお前に襲《おそ》いかかるつもりはないから、怯《おび》えるな。クソッ……。そもそもここでこうするつもりなんか、微塵《みじん》もなかったんだ」

顔を上げて彼の目を見る勇気が出なかった彼女は、きつく組んだ自分の指をじっと見つめていた。彼が立ち上がって、乱れた身なりを整え始めた。

「今聞いただろ？　表に馬車を待たせてある。すぐに出発するつもりだ」

その言葉に、全身からさっと血の気が引いた。いきなり襲っておいて、急に出発するとは。まだ説得どころか、話を切り出すことすらできていない。

「で、でも……」

気が動転したマクシーは、身なりを整えることも忘れて、彼の服の裾《すそ》を必死に握《にぎ》りしめた。

「す、少しだけ、お、お話を……」

「一刻も早く出発しなければならないんだ。とりあえずメイドに荷物を準備させろ。話は馬車の中で聞く」

恐《おそ》ろしさでぶるぶる震《ふる》えていたマクシーは、戸惑《とまど》いの表情を浮かべて、ためらいがちに聞き返した。

「わ、私の荷物ですか？」

「そう。お前の身の回りの物だ。持っていく物があるだろ？」

彼女はどういう意味なのか理解できずに、目をパチクリさせた。それを見た彼は、大きなため息をついたかと思うと、素早《すばや》い手つきで彼女の身なりを整え、ぱっと立ち上がった。そして、ドアの外に立っているメイドの一人を呼んで命じた。マクシーの荷物をまとめるように、と。

だが、その言葉を聞いても、マクシーにはまだ、彼が自分を連れて行こうとしているという事実が信じられなかった。

「本当に必要な物だけ詰《つ》めるんだ。長くは待てないからな」

「も、持っていく、も、物は、そ、そんなに、ありません。ほんの、い、いくつか……」

「それはよかった。じゃあ、すぐに行こう。必要な物は俺《おれ》の領地で買ってやる」

リフタンはメイドを帰すと、マクシーを連れてつかつかと応接間から出た。マクシーは引きずられるように小走りで彼の後について行く。自分の身に何が起こっているのかさっぱり分からず、困惑するばかりだった。

「あ、あ、あなたの、り、領地ですか……？」

「何だ？　俺みたいな貧乏人《びんぼうにん》の下級騎士《きし》に領地があったらおかしいか？」

彼が肩越《かたご》しに彼女をにらみつけ、皮肉を言った。

「騎士の爵位《しやくい》を授《さず》けられた時、ルーベン王から領地を賜《たまわ》ったんだ。結婚後《けつこんご》にお前と住む城も一緒《いつしよ》にな」

彼女はますます戸惑いを覚えた。自分と住む城とはどういうことだろう。しかし、彼はそれ以上説明するつもりはないらしく、ずんずんと階段を下りて広い庭園に出た。巨大《きよだい》な噴水台《ふんすいだい》の横には、四頭立ての豪華《ごうか》な馬車が一台停《と》まっており、十五、六人ほどの騎士が立っている。

足早に近づくと、がやがやと騒《さわ》いでいた騎士たちが一斉《いっせい》に静かになった。そのうちの数人が、リフタンの後ろに気後《きおく》れした様子で立っているマクシーをちらちらと見た。好奇心《こうきしん》のこもった視線に顔が赤くなる。

「何をぼんやりしているんだ？　早く馬車に乗れ」

「で、でも……、ち、父が、ま、待っています。ま、まず許可を……」

リフタンの顔がすっと冷たくこわばった。そして、マクシーの腕《うで》をつかんで馬車の前に引っ張って行き、言い放った。

「お前は俺の妻だ。自分の妻を連れて行くのに、一体誰の許可が必要なんだ？　お前の父親でも口出しする権利はない」

そして、両手でさっと彼女を抱《だ》き上《あ》げて馬車の座席に座《すわ》らせた。マクシーは呆気《あっけ》にとられた顔で彼を見つめた。俺の妻だなんて……。彼は自分と離婚《りこん》するつもりではなかったのか。状況《じょうきょう》がうまく飲み込めなかった。

「出発しろ！」

向かい側の席に座った彼が、馬車の外に向かって叫《さけ》ぶと、しばらくして馬車がガタゴトと音を立てて動き出した。彼女は、落ち着きのない目で、徐々《じょじょ》に遠ざかっていくクロイソ城を見つめた。夫との再会の場面を数十回は想像したが、このような展開になるとは、まったく予想していなかった。

（どうして……私を連れて行くのかしら？）

マクシーは呆然《ぼうぜん》とした眼差しでリフタンを見つめた。彼は窓に片腕《かたうで》をかけて外の風景を眺《なが》めている。痛烈《つうれつ》な毒舌《どくぜつ》を吐《は》き、いきなりキスを浴びせかけ、電光石火《でんこうせっか》のごとく彼女を連れ出したことなど、まるでなかったかのような、泰然自若《たいぜんじじゃく》とした表情を浮かべていた。

『ルーベン王は奴《やつ》に王女との婚約《こんやく》を勧《すす》めていた。奴がこの機会を逃《のが》すわけがない！』

クロイソ公爵《こうしゃく》は、その言葉を耳にたこができるほど繰《く》り返《かえ》していた。そう考えていたのは、公爵だけではない。リフタンとの縁談《えんだん》が囁《ささや》かれているアグネス王女は、名望《めいぼう》ある魔法使《まほうつか》いであり、レッドドラゴン討伐戦《とうばつせん》で活躍《かつやく》した英雄《えいゆう》の一人だ。

戦場で共に戦った二人が恋人《こいびと》同士になったというロマンチックな話が、吟遊詩人《ぎんゆうしじん》たちを通じてあらゆる都市の城郭《じょうかく》にあまねく広まっていた。

彼らの帰還《きかん》の知らせを聞いた人々は皆《みな》、もうじき勇者リフタンとアグネス王女の盛大《せいだい》な結婚《けっこん》式《しき》が執《と》り行《おこな》われることを期待していた。

内心ではマクシーも、離婚は避《さ》けられないと思っていた。マクシーとリフタンの婚礼《こんれい》を執り行った神官でさえ、そう思ったはずだ。自分たちの結婚が、クロイソ公爵の暴挙によってなされたという事実を知らない人はいない。リフタンには、離婚を要求する正当な理由と名分があるのだ。

（それなのに、一体どうして……？）

マクシーは、リフタンの彫刻《ちょうこく》のような顔をこっそり盗《ぬす》み見《み》た。窓から入ってくるそよ風が、彼の髪《かみ》を揺《ゆ》らしている。ただでさえ冷酷《れいこく》に見える顔は、厳しい遠征《えんせい》生活によっていっそう険しくなり、近づきがたい雰囲気《ふんいき》を醸《かも》し出《だ》していた。

しかし、息をのむような美しい容貌《ようぼう》は色あせていなかった。ボサボサの髪《かみ》は、形の整った額の上で鳥の巣のように荒《あ》れ放題だったが、退廃的《たいはいてき》な雰囲気を漂《ただよ》わせていた。それに日に焼けた黄金色《こがねいろ》のつややかな肌《はだ》は、彼の端正《たんせい》な顔立ちをよりいっそうエキゾチックに引き立てていた。

アグネス王女に直接会ったことはないが、光《ひか》り輝《かがや》く金髪に濃《こ》い青色の瞳《ひとみ》を持った素晴《すば》らしい美女だという噂《うわさ》はよく聞いている。彼と並んで立てば、絵のようによく釣《つ》り合《あ》うだろう。

彼女は次に、馬車の窓に映る自分の姿を注意深く観察した。広くて丸い額と、小さくて低い鼻、目だけがぎょろりと大きくて、どことなく不自然に感じられる顔がそこにあった。鼻梁《びりょう》の上に、茶色のそばかすが点々としているのが目につく。後ろでひとつ結びにした縮れ毛は、あちこちに突《つ》き出《で》ていて、乾《かわ》いたわらを編んだように見える。

徐々に否定的な考えが頭を占《し》めていった。彼が本心から自分を妻に望むはずがないではないか。本当は何か別の目論見《もくろみ》があるに違《ちが》いない。一体この私をどうしようというのか。

疑念のこもった視線を感じたのか、リフタンがくるりと彼女の方を向いた。射るような強烈な眼差しに萎縮《いしゅく》して、マクシーはさっと目を伏《ふ》せた。その行動が気に入らなかったのか、彼は小さく悪態をついた。

「俺と一緒にいるのが耐《た》えられないほど嫌《いや》でも、それを隠《かく》そうとする努力はしてみろ。臆病《おくびょう》な妻のために馬車から飛び降りる気はさらさらないからな！」

「こ、こ、怖《こわ》くは、あ、ありません。わ、私は、そ、そんなこと……」

「だったら、その耐えがたそうな表情をどうにかしてくれ！」

マクシーは慌てて手で顔を隠した。リフタンのことが怖くて、居心地《いごこち》が悪いのは事実だ。その感情がそのまま顔に表れ、彼を不快にさせていると思うと、ますますどんな表情をすればいいのか分からなくなった。

「俺たちの状況が普通《ふつう》ではないということは、お前にもよく分かっているはずだ」

やたら冷《ひ》や汗《あせ》をかいている彼女に、リフタンが大きくため息をついて言った。

「俺はお前のことをよく知らない。それはお前も同じだろう。だが、お前は俺の妻で、俺は一生、お前と一緒に暮らさなければならないんだ。それなのに、俺のそばにいるだけでもそんなにぶるぶる震えていたら、お前のことを妻だと思えるわけがないだろ」

「い、一生、わ、私と一緒に、く、暮らすですって？」

彼女の驚いた表情に、彼は顔をゆがめた。

「俺たちは三年前に結婚した。夫婦《ふうふ》が一生一緒に暮らすのは、当然のことだろ？」

彼女は、得体の知れないものでも見るかのように、彼の顔を見つめた。

信じられなかった。

この人は本気で離婚するつもりがないのだろうか。それとも、何らかの理由で嘘《うそ》をついているのだろうか。あるいは、私が王女との婚約の話を知らないと思って、からかっているのかもしれない。次々と否定的な考えが浮かんだ。

第五話

「俺《おれ》みたいな下民出身でも、結婚《けっこん》の誓《ちか》いの重要性はわきまえている。それを、お前のような貴族の娘《むすめ》が徹底的《てっていてき》に知らぬふりをすることが、俺には信じられない」

「し、知らぬふりですって？」

リフタンが混乱しているマクシーに向かって鋭《するど》く言い放った。

「知らぬふりじゃなければ一体何だ？　お前は俺と結婚したにもかかわらず、徹底的に俺の存在を無視した。いつまでもそんな態度が許されるなどと思うな！」

彼女《かのじょ》は呆気《あっけ》に取られ、口をぽかんと開けた。一体どうしたらそんなふうに言うことができるのだろうか。結婚式の翌日、一言も言わずに去ってしまった人が！

「わ、私は、知らぬふりなどして、い、いません！　む、むしろ……、あ、あなたの方が……」

「ふざけるな！　お前はカリプス夫人と呼ばれながらも、この三年間クロイソ城にとどまった。初夜の儀式《ぎしき》を終えた後、俺の領地に行くべきだったにもかかわらず、そのまま豪華《ごうか》な父親の城に残ることを選んだじゃないか！」

そう言うと、彼《かれ》は大げさにふんと笑った。

「もっとも、公爵令嬢《こうしゃくれいじょう》の座を捨てて、いつ死体になって戻《もど》ってくるか分からない夫の留守を守る貴族の女など、滅多《めった》にいやしないだろうが」

彼の非難にあまりにも面食らってしまい、彼女は一言も言い返すことができなかった。この人は、到底《とうてい》理解できないことばかりを好き放題口にしている。

「あ、あなたの、い、家を、私が、ど、どうやって知って、た、訪ねて、い、行くというのですか？　あ、あなたは、ひ、一言も……！」

「とぼけるな！　出征《しゅっせい》する前に、俺は、お前があそこで暮らしていけるように、あらゆる手はずを整えておいた。俺が死んだら、俺の管理していた領地はお前が相続することになっていたんだぞ！　公爵のお嬢様《じょうさま》からしてみれば、その程度の土地など、どうなろうと知ったこっちゃないだろうが、俺にとっては大事な財産だ。それをお前は完全に放置しやがって」

彼の顔には怒《いか》りがはっきりとにじんでいた。嘘《うそ》をついているようには見えなかった。そもそも彼には、彼女を騙《だま》す理由がない。マクシーはごくりと生唾《なまつば》を飲み込んだ。

「わ、私は、し、知りませんでした……。そ、そんなこと、す、少しも……」

「部下たちは、お前が行くのを拒《こば》んだと言っていたが」

リフタンが苦々しい顔で話を続けた。

「気を遣わなくてもいい。お前が俺のことをどう思っているのかは、三年前からはっきり分かっていたからな。クソッ。それにしても、さっきからどうしてしきりに震《ふる》えているんだ！　俺がお前を殴《なぐ》るとでも思っているのか？」

「す、すみません。で、ですが、わ、私は本当に、し、知らなかったんです。お、起きたら、あ、あなたは、も、もう去った後で……。わ、私は、な、何も、き、聞かされて、い、いません」

リフタンが真偽《しんぎ》を見極《みきわ》めるように、細目で見つめてくる。マクシーは審判《しんぱん》を待つ囚人《しゅうじん》の気持ちで、彼の次の言葉を待った。

しばらくして、リフタンは少しだけ和《やわ》らいだ口調で言い放った。

「たとえそうだとしても、お前は当然俺の領地に来るべきだった。夫の留守を守ることは、結婚した女の当然の義務だからな。そういう考えすら浮《う》かばなかったほど、お前にとってはこの結婚がどうでもいいものだったんだろう……」

彼の言葉に何も言い返せなかった。彼が言うほど二人の結婚を軽《かろ》んじていたわけではないが、だからといって真摯《しんし》に受け入れたというわけでもない。彼女はただ、自分たちは父親に利用されたとしか思っていなかった。二人の結婚はやむを得ない〝犠牲《ぎせい》〟だったのだ。だが、彼はこの結婚を真摯に受け入れていたのだろうか。

「もし妊娠《にんしん》でもしていたら、どうするつもりだったんだ？」

「に、に、妊娠ですか？」

物思いにふけっていたマクシーは、思いもよらない言葉に驚《おどろ》いて、はっと顔を上げた。リフタンは口元をゆがめた。

「あの夜、俺は、自分の義務を申し分なく確実に果たしたはずだ。あり得る話じゃないか？」

皮肉るようなその口調に、顔から血の気がさっと引いた。あの日の行為《こうい》は、マクシーにとって、つらく恥《は》ずかしい記憶《きおく》として残っていた。結婚を成立させるための行為であると知った今でも、その時のことを思い出すと体が震えた。

ところがリフタンは、大したことでもないかのように、さらりと言及《げんきゅう》してきた。マクシーは、今さらのように彼への恐怖《きょうふ》に震えた。

その様子を見て、彼が顔をゆがめてこぶしでドンと壁《かべ》を叩《たた》いた。

「クソッ。そんな顔をするんじゃない！　俺の子どもができるのが恐《おそ》ろしいとでもいうのか……！」

荒々《あらあら》しく怒鳴《どな》っていたリフタンが、不意に口をつぐんだ。マクシーは悲鳴を上げた。彼が剣《けん》の鞘《さや》に手をやると、突然《とつぜん》走っていた馬車の外に飛び出したのだ。

「団長、オーガです！」

「分かっている！　すぐに馬車の周りにシールドを張れ！」

部下に命令を下したリフタンが、彼女の方を振《ふ》り返《かえ》りながら鋭く叫《さけ》んだ。

「絶対に外に出るな！」

そして、彼女の返事も聞かずに馬車のドアを荒《あら》っぽく閉めた。その瞬間《しゅんかん》、待っていたかのように、地軸《ちじく》を揺《ゆ》るがすようなものすごい轟音《ごうおん》が響《ひび》き渡《わた》った。彼女は耳を塞《ふさ》いだ。ドン、ドンと地面が揺れるたびに、馬車がかすかに揺れる。

彼女は床《ゆか》に座《すわ》り込《こ》んで、できる限り体を丸めた。窓から外をうかがう気には、とてもなれない。最近、公爵領の近くで魔物《まもの》が頻繁《ひんぱん》に出没《しゅつぼつ》しているという話をおぼろげに伝え聞いてはいたが、まだクロイソ城を出て一時間も経《た》っていないのに魔物が現れるとは。生まれて初めて経験する事態に、全身がガクガク震えた。

「ただちに食い止めろ！」

彼女はすすり泣きをこらえた。誰《だれ》かが叫んだかと思うと、馬車が激しく揺れた。続いて、人間のものではない奇声《きせい》と、それに立ち向かう騎士《きし》たちの叫び声《さけごえ》が響き渡った。彼女はドレスのスカートに顔を深く埋《うず》めた。


ドン、ドンと何かが衝突《しょうとつ》するような鈍《にぶ》い音が鳴り続いている。馬車の天井《てんじょう》が壊《こわ》れるのではないかという恐怖から用心深く顔を上げたマクシーは、肝《きも》をつぶした。血走った巨大《きょだい》な緑色の目が、窓の外からじっと自分を覗《のぞ》き見ていたのだ。

彼女は悲鳴を上げて反対側に飛《と》び退《の》いた。その瞬間、体がぐらりと後ろに傾《かし》いで目の前がひっくり返った。彼女は悲鳴を上げた。壁に手をつこうとした際、うっかりドアの取っ手を握《にぎ》ってしまったのか、ガチャッと開いたドアから地面に転げ落ちたのだ。

マクシーは安全な場所から出てしまったという恐怖で真っ青になり、あたふたと再び馬車に乗ろうとした。ところが、力が抜《ぬ》けて足が言うことを聞かない。彼女は助けを求めるために周りを見回した。だが、皆《みな》灰色の巨人《きょじん》たちとの戦闘《せんとう》に必死だった。

結局、自力で馬車に乗ろうと膝《ひざ》を地につけて這《は》ったが、魔物のうちの一体が、重量感のある足をどしん、どしんと踏《ふ》み鳴《な》らしながら彼女に向かって飛びかかってきた。マクシーが悲鳴を上げる。その瞬間、閃光《せんこう》のようなものが走ったかと思うと、巨人の体が仰向《あおむ》けに倒《たお》れた。

「奥様《おくさま》！　すぐに中に入ってください！　ここはシールドを張っておいたので、安全です」

マクシーは魂《たましい》の抜けたように座り込んでいたが、肩《かた》を引き寄せる手に驚き、はっと後ろを振《ふ》り向《む》いた。ほっそりした体格の男が自分を鋭い目つきで見つめている。

「山から降りてきたオーガです。ツイていませんでしたが、カリプス卿《きょう》がいらっしゃるので何の問題もありません。急いで馬車の中へ！」

「あの、わ、私は……、で、出ようと、し、したのではなく、つ、つい、こ、転げ落ちて……」

マクシーは気が動転して、口ごもりながら声を絞《しぼ》り出《だ》した。外に出るなと言ったリフタンの言葉が頭の中でこだまする。彼らの手を煩《わずら》わせるつもりは微塵《みじん》もなかった。

「ば、馬車が揺れた、せ、せいで……！」

「奥様！　早く中へ！」

マクシーがしどろもどろに吐《は》き出《だ》した言葉を、男が苛立《いらだ》たしげに遮《さえぎ》った。有無を言わせぬその反応に、彼女はびくっとして口をつぐんだ。言い訳などしている場合ではない。

何とか気を取り直して、ガクガク震える足取りで馬車に這い上がろうとすると、再びドンという音が聞こえてきた。

思わず振り返ったマクシーは、真っ二つに裂《さ》けた巨人の上半身から血が噴水《ふんすい》のように噴《ふ》き出《だ》すのを見て、口を塞いだ。この数日間、緊張《きんちょう》で締《し》めつけられていた胃腸が苦しげにねじれ、胃から苦いものがこみ上げてくる。

我慢《がまん》しようと口を塞いだが、無駄《むだ》だった。彼女は地面に水っぽい胃液を吐き出した。喉《のど》が焼けるように熱い。

「カリプス夫人！」

男が驚いて肩を支えてくれた。彼女はハアハア言いながら腹を押さえた。掻《か》きむしられるような痛みに、涙《なみだ》がこみ上げてくる。

「奥様……。だ、大丈夫《だいじょうぶ》ですか？」

彼女はゼイゼイと苦しそうに息をしていた。男が背中をさすってくれたので、何とか落ち着こうとしたが、一旦《いったん》催《もよお》した吐《は》き気《け》はなかなか治まらない。

「何事だ？」

リフタンが驚く声に、マクシーはようやく顔を上げた。彼が真っ二つになった巨人の骸《むくろ》のそばに立って、こちらを見ていた。彼女は自分でも気づかないうちにそっと後ずさりしていた。彼がずんずんと近づくたびに、足元に赤黒い血痕《けっこん》が鮮明《せんめい》に刻まれる。抜き身の長剣《ロングソード》は、鋭い光を放ちながら血をぽたぽたと滴《したた》らせ、銀白色の鎧《よろい》は、上から下までどす黒い血でまだらに染まって不気味に輝《かがや》いていた。

地獄《じごく》の使者のようなすさまじい姿だった。マクシーは後ずさりしているうちにバランスを崩《くず》し、ふらつきながら馬車の車体に手をついた。彼の姿が陽炎《かげろう》のように揺れ、やがて奇妙《きみょう》にゆがむ。めまいがした。視界がだんだん暗くなり、すべての音が徐々《じょじょ》に遠ざかっていく。彼女は深い暗闇《くらやみ》に沈《しず》んだ。

第六話

西部列国をことごとく制覇《せいは》し、南大陸まで支配力を振《ふ》るったロエム帝国《ていこく》が没落《ぼつらく》した後、大陸では諸侯《しょこう》時代が幕を開けた。

帝国は、ウェドン、バルト、ドリスタン、オシリヤ、スイカン、アレックス、リバドンの七つの国に分裂《ぶんれつ》し、各国の王は領土を守るために臣下《しんか》の忠誠を得ようと努めた。領地を持つ貴族たちは貴族たちで、一人でも多くの騎士《きし》と魔法使《まほうつか》いを召《め》し抱《かか》えるために尽力《じんりょく》しなければならなかった。

マクシミリアンの父、イシオン・クロイソ公爵《こうしゃく》も例外ではなかった。初代クロイソ公爵は、かつてロエム帝国の王族が所有していた肥沃《ひよく》な土地を支配下に置くことに成功したウェドンの諸侯の一人だった。クロイソ公爵家は、広大な穀倉《こくそう》地帯と数万人の農奴《のうど》を手に入れるために、数代にわたって数十回の戦争を繰《く》り広《ひろ》げてきた。その結果、巨万《きょまん》の富と権力を手にしたのだった。

そのような中、三十年前、爆発的《ばくはつてき》に増えた魔物《まもの》に対抗《たいこう》するために七つの国が休戦協定を結んだことにより、奪《うば》った土地をドリスタンに返還《へんかん》しなければならないという圧迫《あっぱく》に苦しめられることになった。所有していた領土の半分ほどを奪われるはめになったクロイソ公爵は、ただちに解決策を見出《みい》だすことになる。

つまりロエム帝国の王族と結婚《けっこん》して、土地の支配権の正当性を獲得《かくとく》しようとしたのだ。そうして選ばれたのが、マクシミリアンの母、アリアン・ロエム・グルタだった。

結婚当初においては、クロイソ公爵はその結婚にとても満足していた。アリアンは、容姿端《ようしたん》麗《れい》で貞淑《ていしゅく》な女性であり、とても従順な性格の持ち主だった。それに加え、何よりも一時は太陽の光が照らす地をあまねく支配した偉大《いだい》なロエム一族の末裔《まつえい》だった。彼女《かのじょ》と結婚することで領土紛争《ふんそう》から解放された公爵は、心の底から満足していた。

だが、しばらくして彼《かれ》は、また別の問題に直面することになる。すなわち、後継者《こうけいしゃ》問題だ。すべての貴族男性がそうであるように、クロイソ公爵もまた、自分の爵位《しゃくい》や広大な領土、そしてクロイソ城を相続する後継者を猛烈《もうれつ》に渇望《かつぼう》していた。

だが、結婚して六年が経《た》ってもアリアンはなかなか子どもを授《さず》かることができず、ようやく妊娠《にんしん》しても、決まって早期に流産した。

健康な直系の後継者を手に入れるために、高位神官から民間の呪術師《じゅじゅつし》まで呼び寄せるなど、あらゆる努力をつぎ込んだが、挫折《ざせつ》ばかりを味わうこと十年。ついに彼の切実な思いが神に届いたのか、元気な子どもが生まれる。だが、不幸にも生まれた子どもは女の子だった。その事実を知った時、公爵が味わった虚脱感《きょだつかん》は、筆舌《ひつぜつ》に尽《つ》くしがたいものだった。

生まれた子どもが三、四歳《さい》になった頃《ころ》には、激しい怒《いか》りにとらわれた。何の役にも立たないその娘《むすめ》は、あまつさえ吃音《きつおん》だったのだ。

彼は、娘が成長したらウェドンの王族と結婚させ、その間に後継者を得ることができるのではないかという一縷《いちる》の期待さえ捨て去った。体に問題を抱《かか》える人間をクロイソ家の相続者にすることはできない。彼は、非の打ちどころのない健康な男子だけが家門の名誉《めいよ》を守ってくれると固く信じていた。

だが、アリアンはついに息子《むすこ》を産むことができず、度重《たびかさ》なる流産による衰弱《すいじゃく》で死んでしまった。ロエム一族の血を引く後継者が必要だった公爵は、すぐにアリアンのいとこの中から新しい花嫁《はなよめ》を迎《むか》えた。

ところが、二番目の妻もまた、娘一人だけを産んで病気で亡《な》くなる。世間ではクロイソ家は呪《のろ》われているという噂《うわさ》まで広がった。そのため、ロエム家はそれ以上彼に娘を差し出そうとしなくなり、結局、クロイソ公爵はすべての期待を次女ロゼッタ・クロイソにかけるしかなかった。

不幸中の幸いは、ロゼッタが長女のマクシミリアンとは違《ちが》い、美しい容貌《ようぼう》や明晰《めいせき》な頭脳の持ち主だったことだ。彼女を名望のある一族の子弟《してい》と結婚させ、その間に後継者を得るならば、広大な領土に対する支配権を維持《いじ》すると同時に、クロイソ家の優秀《ゆうしゅう》な血統もそのまま引《ひ》き継《つ》ぐことができる。

その目的を成《な》し遂《と》げるために、公爵はいかなる労苦も惜《お》しまなかった。優れた家庭教師や数百人の使用人、美しい服に宝石まで……。彼はロゼッタが望むことなら何でも聞き入れ、彼女をウェドンで最も完璧《かんぺき》な花嫁にするためならどんなことでもした。

その只中《ただなか》にあって、出来損《できそこ》ないの長女をかえりみる余力などあるはずがなかった。マクシミリアンはいつも後回しだった。いや、いっそのこと完全に放置して、いないものとして扱《あつか》ってくれた方がましだっただろう。

ある瞬間《しゅんかん》から、公爵は長女マクシミリアンの存在を目の敵にするようになる。貴族社会では、家族の中に体に問題を抱える者がいる家と結ばれることを忌避《きひ》する場合がほとんどだった。

そのためマクシミリアンのことが世に知られれば、ロゼッタとの結婚を避《さ》ける人が出てくるかもしれない。公爵はこの娘のせいで、自分の計画が台無しになるかもしれないとひどく焦《あせ》った。むしろ病に倒《たお》れ、この世を去ってくれればとさえ思った。

彼は長女に対する愛情の欠片《かけら》も持ち合わせていなかった。マクシミリアンは彼に生まれて初めて大きな挫折を味わわせた存在だった。恥辱《ちじょく》を抱《いだ》かせるだけでなく、一族の前途《ぜんと》さえ阻《はば》む役立たずの娘でしかなかった。彼女が成長するにつれ、公爵の心にはそのような怒りが次第《しだい》に充満《じゅうまん》していった。そして、彼はその怒りを容赦《ようしゃ》なくマクシミリアンにぶちまけた。

礼儀作法《れいぎさほう》を教えるという名目で、肌《はだ》が腫《は》れ上《あ》がるほど叩《たた》くことは日常茶飯事《にちじょうさはんじ》であり、他人の目を引いた日は、背中の皮が裂《さ》けるほど鞭《むち》を打つ。公爵は、どんな些細《ささい》な過《あやま》ちも、決して許すことはなかった。

彼女の不完全さは、一族の不完全さであり、叩いてでも完全な状態に作り直さなければならないのだ。公爵は、これらすべてのことは、マクシミリアンの過ちであり、彼の行為《こうい》は正当なものだとした。

いくら叱《しか》っても直せないお前が悪い。お前は出来損ないだ。何の役にも立たない、生まれてくるべきでなかった存在なのだ。マクシミリアンは、耳にたこができるほどその言葉を聞いて育った。


鼻つまみ者。

一族の恥《はじ》。

愚《おろ》かで浅ましい小娘《こむすめ》。

穀潰《ごくつぶ》し。


父親の鞭打ちや軽蔑《けいべつ》のこもった視線の中で、彼女の人格はひどく萎縮《いしゅく》していった。彼女は心底諦《あきら》めきっていた。死ぬまで一生こうして生きるのだろう。誰《だれ》からも望まれない、恥ずべき、軽蔑の対象であるマクシミリアンとして……。

✣

「マクシー！　しっかりしろ！」

彼女は、肩《かた》を揺《ゆ》さぶる力強い手でハッと目を覚ました。目の前で、真っ黒な瞳《ひとみ》が自分をじっいた髪《かみ》を耳の後ろに撫《な》でつけてくれる。その優《やさ》しい手つきで、マクシーはハッと我に返った。彼女は慌《あわ》てて体を起こして、あたりを見回した。

「こ、ここは……？」

「宿屋だ。馬車に乗って移動している時にオーガの襲撃《しゅうげき》を受けたのは覚えているか？　お前が気絶している間に、森を抜《ぬ》けてゼノワの近くの村にやって来たんだ」

リフタンは、背中の後ろに大きな枕《まくら》を当てがってくれながら答えた。マクシーはクッションに背中を深く沈《しず》め、戸惑《とまど》った顔で彼を見上げた。彼がテーブルの上にある器《うつわ》に水を注《そそ》ぎ込《こ》む。

「飲め。ずっと寝汗《ねあせ》をかいていたからな。水分を補った方がいい」

ゆらゆら揺れる水をぼんやり見つめていると、彼が眉《まゆ》をひそめて促《うなが》した。

「毒を盛ったとでも思っているのか？　早く飲め」

彼女はすぐさま器を受け取って、水を飲んだ。生ぬるい水が胃腸に満たされると、胃が少しむかむかした。顔をしかめながら器を下ろすと、リフタンが片方の眉をつり上げた。

「どこか具合が悪いのか？」

「い、いいえ……」

「もし具合が悪いところがあれば、遠慮《えんりょ》せずに言え。神官を呼んでやるから」

「い、いえ。だ、大丈夫《だいじょうぶ》です」

細目で見ていたリフタンが、程《ほど》なくして水の器を持ってテーブルの方に歩いていく。彼が遠ざかると、やっと部屋の中の様子を全体的に見渡《みわた》すことができるようになった。

粗末《そまつ》な部屋だった。壁《かべ》と床《ゆか》はすべて木でできていて、かなり広い空間にあるものといえば、ベッドとテーブル、そして椅子《いす》二脚《きやく》くらいがすべてだ。

彼女は、クモがいはしないかと、天井《てんじょう》を注意深く見回した。明かりに照らされたところに、かすかにクモの巣がちらついている。

せめてもの救いは、ベッドがきれいだということくらいだ。もしやカビのにおいがしないかと、布団《ふとん》をくんくん嗅《か》いでみたマクシーは、思わず眉をひそめた。まさかと思って布団の中にそっと手を入れてみると、すべすべしたむき出しの脚《あし》が手に触《ふ》れた。その時になってようやく、自分が男物のチュニック一枚だけを素肌《すはだ》にまとっていることに気づき、マクシーは仰天《ぎょうてん》した。しかも、下着もつけていない状態だった。

「あ、あの……、わ、私の、ふ、服は……」

テーブルの上に置かれたタオルと水の器を片付けていたリフタンが、ちらっと彼女を一瞥《いちべつ》して、こともなげに答える。

「俺《おれ》が脱《ぬ》がせた。お前が吐《は》いたせいで汚《よご》れてしまったんだ。今着ているのは、俺のチュニックだ。お前が服を一着も持ってこなかったから、仕方なく俺の予備の服を着せた」

彼女は魚のように口をパクパクさせた。服一着持ってくる暇《いとま》もなく連れてきておいて、お前のせいだとでもいうように話すことに呆《あき》れるべきなのか。それとも気絶している間に何でもないことのように服を脱がせたという事実に衝撃《しょうげき》を受けるべきなのか。一瞬《いっしゅん》見当がつかなかった。

「お前は一日中意識を失っていた。ちょっと食べ物を注文してくるから」

「え……あ、あの……」

リフタンはまったく気にとめる様子もなく、冷めた顔をして部屋の外に出ていってしまった。

彼女は、下に着るものがないか素早《すばや》く見回した。彼が脱いだ防具がベッドの横に無造作に積まれているだけで、部屋の中のどこにも、衣類を入れた鞄《かばん》と思われるものは見当たらない。

仕方なくシーツを鼻の上まで引き上げたところ、リフタンがすぐに部屋に戻《もど》ってきた。

彼が、亀《かめ》のようにそっと首だけを出した彼女の姿を見て、察したように眉根《まゆね》を寄せる。

「今さら隠《かく》しても無駄《むだ》だ。体を拭《ふ》いてやった時、全部見たからな」

「ふ、ふ、拭いてやった？」

第七話

甲高《かんだか》い声で聞き返すと、彼《かれ》が冷笑《れいしょう》を浮《う》かべながら唇《くちびる》をゆがめた。

「おい、何度も言ったが、お前は俺《おれ》の妻だ。三年前とはいえ、体も重ねたじゃないか。今さら何をそんなに身構えているんだ？」

マクシーの体は、頭のてっぺんから足のつま先まで、熱くほてった。怯《おび》える気配を察したのか、彼の顔が一気に険悪になる。

「クソッ。暴行したわけでもあるまいし、たかだか服を着《き》せ替《か》えただけだぞ！　俺に触《さわ》られるのが嫌《いや》なら、気絶なんてするな！」

彼女《かのじょ》は身をすくめた。彼が、これだからひ弱な貴族の娘《むすめ》はどうしようもないだの、ちょっとしたことで失神して手を焼かせるだの、毒舌《どくぜつ》を吐《は》いた。マクシーは目元を赤くしながら、消え入りそうな声でつぶやく。

「す、すみま……せん」

すると、彼は口をぎゅっと結んで再び部屋の外に出てしまった。マクシーは落胆《らくたん》でうなだれた。再会して一日も経《た》たないうちに、何度彼を怒《おこ》らせたことか。本当にこのまま彼について行ってもいいのだろうか。

マクシーは苛立《いらだ》たしげに唇を噛《か》んだ。彼は今のところ自分を妻として扱《あつか》ってくれているが、その気持ちが変わらないという保証はない。いや、変わるのは時間の問題だ。今でも十分私のことを嫌《きら》っているのに、私が何の役にも立たない存在だということに気づいたら、これよりもっと厳しい態度をとってくるに違《ちが》いない。

リフタンは全大陸に名を馳《は》せた騎士《きし》だ。今後、数多くの社交の場や宴《うたげ》に招待されることだろう。マクシーは、自分がそのような場に夫人として誇《ほこ》らしく紹介《しょうかい》されるほどの器《うつわ》ではないということをよく知っていた。間違《まちが》いなく、遠からず彼もその事実に気づいて、自分を虐待《ぎゃくたい》し始めるだろう。そうなる前に、いっそ家に帰って父の慈悲《じひ》を乞《こ》う方がいいのではないか。

彼女は、剣《けん》を握《にぎ》ってすっくと立っていた彼の姿を思《おも》い浮《う》かべた。自分の体の三倍はある怪物《かいぶつ》を、彼は一刀両断してしまった。彼が鞭《むち》を振《ふ》り回《まわ》したらどうなるか。想像するだけでもぞっとした。

(でも……。まだ一度も殴《なぐ》られてないじゃない)

突然《とつぜん》浮かんだその考えに、彼女は眉間《みけん》にしわを寄せた。自分のせいでひどく怒っていたにもかかわらず、彼は手を上げなかった。もしかしたら、父親ほど残忍《ざんにん》な人ではないかもしれない。だが、彼女はその考えにあまり期待をかけないようにした。まだ再会したばかりだ。これからどうなるか、一寸先も予測できない。

じっくり考えに耽《ふけ》っていると、カタンという音が聞こえてきた。リフタンが、ゆらゆらと湯気の立っているスープとパンの載《の》ったお盆《ぼん》を持って、部屋の中に入ってくるところだった。

「野菜スープと大麦パンだ。しっかり食ってぐっすり寝《ね》ろ。今夜はこの宿屋に泊《と》まって、明日陽《ひ》が昇《のぼ》り次第《しだい》、すぐに出発する」

彼がベッド脇《わき》の棚《たな》の上にお盆を置きながら言った。マクシーは目をパチクリさせた。怒って出ていってしまったのに、すぐに何事もなかったかのように食べ物を持って戻《もど》ってくるなんて……。まったくつかみどころのない人だ。

「何をボーッとしているんだ？　冷めないうちにさっさと食え」

彼が、スープの入った器と木製のスプーンを手に握らせてくれる。

「あ、ありがとうございます。い、いただきます……」

マクシーはスープをかき回してふうふう吹《ふ》くと、一匙《ひとさじ》すくって口に入れてみた。少し熱かったが、舌がやけどするほどではない。食欲はあまりなかったが、具がたくさん入った滋味《じみ》豊かなスープを何匙か口に入れると、キリキリとした胃の痛みが少し治まった。

マクシーはせっせとスープをかき混ぜながら、ちらっとリフタンの方を見た。彼はベッドの横に椅子《いす》を引き寄せて座《すわ》り、剣の手入れをしている。鎧《よろい》を脱《ぬ》ぎ、長い脚《あし》を無造作に広げて座った姿は、実際の年齢《ねんれい》より二、三歳《さい》は若く見える。

「……食わずに何をそんなにじっと見ているんだ？」

後ろにも目がついているのだろうか。盗《ぬす》み見《み》ていたことがばれたのが気まずく、彼女は頬《ほお》を赤らめた。

「な、何でもありません……。あ、あの、と、ところで……」

スプーンでさらさらしたスープをかき混ぜながら、もぞもぞと口を開けると、彼がちらっと振《ふ》り返《かえ》った。

「き、着替《きが》える、ふ、服が、な、ないのですが……」

「今日はもう遅《おそ》いから、そのままで寝ろ。明日俺が新しいのを買ってやるから」

「わ、私の服は……」

「宿屋の給仕《きゅうじ》に洗濯《せんたく》するように頼《たの》んでおいた」

彼が剣の刃《やいば》に自分の顔を映しながら、淡々《たんたん》と言う。彼女はしばらくの間ためらった末、再び口を開いた。

「そ、それでは……し、下着だけでも、か、返していただけると……」

その瞬間《しゅんかん》、信じられないことに、リフタンの顔がパッと赤くなった。彼は口のあたりを手のひらでゴシゴシとこすると、次の瞬間、平然と答えた。

「それは破れたから捨てた」

「え……？」

「脱がせる時、破れたから捨てたんだ」

苛立ちのにじむ、ぶっきらぼうな怒声《どせい》に身をすくめながらも、彼女は聞き返さざるを得なかった。

「い、一体なぜ、し、下着まで……ぬ、脱がせたのです……？」

その問いにリフタンは少し戸惑《とまど》ったようだった。口ごもりながら目をあちこちに泳がせていた彼が、シーツを盾《たて》のようにぎゅっと握りしめているマクシーの姿をにらむと、いきなりかっとなって怒鳴《どな》りつけた。

「じゃあ、俺にどうしろと？　青ざめて息もできなくなってたのに……。あのとんでもない下着が胸をぎゅうぎゅう締《し》めつけていたから、紐《ひも》だけでも解いてやろうとしただけだ！　それが、む、結び目がうまく解けなくて引っ張ったら……。クソッ。俺は、上下が一つに繋《つな》がっているなんて知らなかったんだ！」

マクシーは、頭から湯気が出るほど赤くなった。彼に自分の下着をすっかり見られたと思うと、死にたくなるほど恥《は》ずかしかった。その下着は、乳母《うば》が夫の心をつかむためだといって無理やり着せたものだ。

強要ともいえる無理《むり》押《お》しに屈《くつ》して、その見るに堪《た》えないものを身につけたが、本当に彼に見せることになるとは夢にも思わなかった。すぐにでも窓の外に飛び降りたい衝動《しょうどう》に駆《か》られて顔を覆《おお》うと、彼が小さくため息をついて話を続けた。

「俺が明日、新しい下着も買ってやるから、そんな顔するな。それとも、俺のでも着るか？」

「い、いえ！　だ、大丈夫《だいじょうぶ》です……」

彼女は首を横に振《ふ》った。他人の下着を、それも彼のものを着るつもりは微塵《みじん》もなかった。だが、そうは言っても、だぶだぶの男物のチュニック一枚だけをまとっているのも、無性《むしょう》に落ち着かない。彼女は、スプーンでスープをすくいながら、リフタンの顔色をうかがった。すると、彼が神経質な視線を投げかけてくる。

「いつまでかき混ぜているんだ？　早く食え。パンも手をつけてないじゃないか」

彼女は、急いで何匙かすくって口の中に流し入れた。だが、もともと食が細い上に、胃ももたれ、食欲がすっかり失《う》せてしまった。彼女は、ずっしりと目の詰《つ》まったパンには手をつける気にもなれず、スープだけをもう少し口に入れて器を下ろした。

「何だ、半分も食ってないじゃないか」

「しょ、食欲が、な、なくて……」

「わがまま言うんじゃない。領地に到着《とうちゃく》するまで、贅沢《ぜいたく》な食べ物は夢のまた夢だ。口に合わなくても我慢《がまん》して食べないと、体が持たないぞ」

まるで、聞き分けのない子どもを諭《さと》すようなその言葉に、マクシーは顔を赤らめた。彼が苛立たしげに付け加える。

「それとも、旅の間ずっと、そうやってバタバタ気絶して手を焼かせるつもりか？」

「い、いただきます……」

結局、無理やり何匙かすくって食べた。けれども、胸がむかむかして、到底《とうてい》それ以上は食べられない。マクシーがすぐにスプーンを下ろすと、リフタンが顔をしかめた。だが、幸いなことにそれ以上強要することはなく、その代わりため息をつきながら、器の載ったお盆を受け取った。

「貴族のお嬢様《じょうさま》の口に合わせるために、これから頭が痛くなりそうだな」

彼がチッと舌打ちして背を向ける。彼女は肩《かた》をすぼめた。ころころ変わる彼の気分にまったくついて行けない。親切に食事を用意してくれたかと思うと、すぐにまた怒る。私の言動がそんなに気に障《さわ》るのか。心の中では、連れてこなければよかったと後悔《こうかい》しているのかもしれない。いや、そもそもなぜ私を……。

否定的で卑屈《ひくつ》な考えが、次から次へと浮かんでくる。彼の顔色をうかがっていたマクシーは、それ以上我慢できず、衝動的にその疑問をぶつけた。

「ど、どうして、わ、私を、つ、連れて、いこうとするんですか？」

「何？」

器を持って部屋の外に出ようとしていたリフタンが立ち止まり、彼女を振り返る。

「それはどういう意味だ？」

「わ、私と、の、望んで……結婚《けっこん》、したわけじゃ、な、ないですよね……。そ、それなのに、なぜ、わ、私を連れて、いこうとするのか……わ、分からなくて……」

彼の顔があからさまにこわばる。彼女は生唾《なまつば》を飲み込んだ。吃音《きつおん》が神経に障って顔をしかめているのか、自分の質問が不快にさせたのか、見当がつかなかった。彼女はためらった後、付け加えた。

「そ、そもそも……わ、私たちは、い、いや……あ、あなたと私は、ふ、夫婦《ふうふ》と、い、いうには、あ、あまりにも、お、お互《たが》いのことを、し、知らないし……、そ、それに……あ、あなたなら……わざわざ、わ、私を、つ、連れて、い、いかなくても……い、いくらでも……」

「適当なこと言うんじゃない！」

リフタンがいきなりかっとなり怒鳴りつけた。つかつかと再びベッドのそばに近づいた彼が、投げつけるようにお盆を置いて、マクシーをにらみつける。

「いっそのことはっきり言ったらどうだ？　俺と一緒《いっしょ》に行きたくないと！」

「そ、そういうわけでは、な、なくて……！」

「何が違うっていうんだ！　クロイソ城ほど大きくはないが、俺の城だって、お前のような小さな女一人が住むには、十分広いぞ！　クソッ。俺はカネだって十分ある。これまでのような贅沢な暮らしができなくなるかと心配しているのなら、そんな心配は捨てろ！」

彼女は亀《かめ》のように首をすくめた。彼は一体なぜ、彼女が父親の城で過ごした時よりみすぼらしい生活を送ることになるのを心配している、と思っているのだろうか。彼女は打ち消すように手を振りながら、慌《あわ》てて答えた。

「そ、そういう、し、心配を、し、しているんじゃ、あ、ありません！た、ただ……な、なぜ、わ、私を、つ、連れていくのか……き、気になって……」

「お前は俺の妻だ！　俺たちの結婚は、教団が正式に認めた、れっきとしたものなんだぞ！お前を俺の城に連れていくのは、あまりにも当然のことじゃないか！　お前が結婚しても父親の家にとどまっていたことの方が、道理に反することだろ！」

「で、ですが……、り、離婚《りこん》したら……」

「……何だと？」

彼が彼女の肩を荒々《あらあら》しくつかむ。マクシーは蛇《へび》ににらまれたカエルのように青ざめた。彼の顔に浮かんだ怒《いか》りに縮み上がり、息が苦しくなる。今度こそ殴られるかもしれない。彼女は恐怖感《きょうふかん》からぎゅっと目を閉じた。

だが、いくら待っても重い衝撃《しょうげき》はやって来ない。恐《おそ》る恐《おそ》る目を開けると、ぞっとするほど冷たく燃える真っ黒な瞳《ひとみ》が、目の前で自分を恐《おそ》ろしげににらんでいるのが見えた。肩をつかんだ手が、かろうじて怒りを抑《おさ》えているとでもいうように、かすかに震《ふる》えている。

「離婚？　俺と離婚したいということか？」

第八話

「い、いえ……、そ、そうじゃ、な、なくて……」

「じゃあ、一体何なんだ！　ひょっとして、他に男でもいるのか？」

マクシーは彼《かれ》の言葉の意味が分からず、炎《ほのお》が揺《ゆ》らめいているような目をただ怯《おび》えながら見上げていた。すると彼が、威嚇《いかく》するように顔を近づけて言い放つ。

「俺《おれ》が必死に戦っている間に、他の奴《やつ》と恋《こい》にでも落ちたのか？」

「ち、ち、違《ちが》います！　そ、そんなことは、あ、ありません！」

消え入りそうな声で答えると、彼の手に込《こ》められた力が少し緩《ゆる》んだ。だが、依然《いぜん》として険しい顔のまま、彼が荒々《あらあら》しく怒鳴《どな》りつける。

「じゃあ、一体どうして離婚《りこん》の話が出てくるんだ！」

「み……み、皆《みな》……あ、あなたが、か、帰ってきたら、わ、私と、り、離婚して、お、王女様と、け、結婚《けっこん》する、だ、だろうと……。そ、それで……」

「王女？」

しどろもどろに吐《は》き出《だ》す言葉をかろうじて聞き取ったリフタンが鋭《するど》く聞き返す。マクシーはすすり泣きを何とかこらえながら、うなずいた。驚《おどろ》いた表情で目を白黒させていたリフタンは、やがて状況《じょうきょう》を理解したのか、悪態をつきながら、髪《かみ》を荒々しくかき上げる。

「下衆《げす》どもめ。しょうもない噂《うわさ》ばかり、しこたま言いふらしやがって……」

そう言うと、彼女《かのじょ》をシーツごと抱《だ》き上《あ》げて、ベッドの上に腰掛《こしか》けた。マクシーは驚いて足をバタバタさせた。彼は意に介《かい》さず、彼女を膝に乗せた後、両手で顔を包《つつ》み込《こ》む。彼のじっとり濡《ぬ》れた舌が、目元にたまっていた涙《なみだ》を舐《な》め上げる。熱い吐息《といき》が頬《ほお》と唇《くちびる》をくすぐる感覚に、マクシーはすすり泣いていたことも忘れた。

彼が彼女の腰に片腕《かたうで》を回して、深くため息をつく。

「どこでそんな噂を聞いたのか知らないが、その縁談《えんだん》はとっくに断った」

「こ、断ったですって？」

驚いて目を丸くすると、彼がかっとなって声を荒《あら》らげる。

「当たり前だろ！　そんなふざけた話を俺が受け入れるとでも思ったのか？」

ふざけた話だろうか。この世を救った勇者に美しい王女を褒美《ほうび》として与《あた》えるというのが、なぜふざけた話だというのか。

「そもそも、妻帯者に対して結婚の申し入れをするふざけた野郎《やろう》がどこにいるんだ！　その話を聞いた時、俺は王の頭がおかしくなったのかと思ったぞ」

「で、ですが……」

「ですがもクソもあるか。もしも、神の御前《みまえ》で立てた神聖な誓《ちか》いを勝手に破る奴がいたら、この手で玉を握《にぎ》りつぶしてやる。この俺が、そんな卑劣《ひれつ》な真似《まね》をするわけがないだろ」

本気で言っているのだろうか。彼女は戸惑《とまど》いの目で彼を見上げた。驚きを超《こ》えて、衝撃的《しょうげきてき》ですらあった。騎士《きし》たちが信義を重んじるということはよく聞いて知っていたが、この人は、騎士道に対して何か信仰心《しんこうしん》でも持っているのだろうか。

無理やりさせられた結婚のために、王家の一員になる機会を蹴《け》ってしまうなんて！　王女と結婚すれば、彼は新しい爵位《しゃくい》と王族としての栄誉《えいよ》、そして莫大《ばくだい》な持参金を手にすることができたはずだ。それだけではない。彼の子どもは王位継承権《けいしょうけん》まで持つことになる。

それなのに、そのすべてを、望んでもいなかった妻のために、〝ふざけた話〟として片付けてしまったのだ。

（この人……。正気じゃない）

彼女は、ここにきてようやく、彼が自分たちの結婚をとても深刻に、真摯《しんし》に受け止めているということに気づいた。別に何か下心があるわけではない。本人の言うとおり、純粋《じゅんすい》に彼女を妻だと思っているから連れていくのだ。マクシーは衝撃で身もだえしながら、口を開こうとした。

「で、ですが……」

この人は本当にこのままでいいのだろうか。もしかしたら、自分が何を逃《のが》したのか分かっていないのかもしれない。彼にすがりつかなければならない自分の境遇《きょうぐう》も忘れて、彼女は小さな声で続けた。

「ほ、本当に……そ、それでも、い、いいん……ですか？　ア、アグネス、お、王女様は、と、とても美しい、か、方で……」

「アグネスに会ったことがあるのか？」

彼女はギョッとした。縁談を一蹴《いっしゅう》したにしては、あまりにも親しげな呼び方ではないか。

「ちょ、直接、あ、会ったことは、あ、ありませんが……」

「じゃあ、美しいのか美しくないのか、お前にどうして分かる？　あんな尻尾《しっぽ》に火がついたじゃじゃ馬のように気性《きしょう》が荒い女は、まっぴらごめんだ」

王族に対して、このようにむやみに言ってもいいのだろうか。

面食らった顔で見上げていると、彼が目元に残っている涙の跡《あと》を親指で拭《ぬぐ》いながら、キッパリと釘《くぎ》を刺《さ》した。

「そんなバカげた噂なんか忘れろ。そもそも堅苦《かたくる》しいことこの上ない宮殿《きゅうでん》生活は性《しょう》に合わないし、プライドが高いお姫様《ひめさま》のご機嫌《きげん》を取りながら生きるつもりもないからな」

「で、ですが……」

「その『ですが』ってのをやめてくれ！　それとも何か、噂は言い訳に過ぎなくて、やっぱりこの結婚に不満でもあるのか？」

リフタンの目にたちまち危険な光が揺らめく。彼女は慌《あわ》てて首を横に振《ふ》った。すると、彼の表情がすぐにまた和《やわ》らいだ。

「それならいい。またこんなくだらん話を持ち出したりしたら、次は容赦《ようしゃ》しないからな」

彼女は目をキョロキョロさせた。不満？　思いっ切り腹を立てておいて、何を言っているの？　心の中でそうぼやいていると、不意にリフタンの手が背筋を撫《な》でるのが感じられた。彼女は体をキュッとこわばらせた。彼の手がゆっくりと下りていき、シーツの中に潜《もぐ》り込《こ》む。

「あ、あの……！」

その時になってマクシーは、自分が素肌《すはだ》に薄《うす》い生地《きじ》のチュニックを一枚、だぼっと羽織っているだけだということに改めて気づき、足をバタバタさせた。

リフタンが彼女のお尻《しり》を少し浮《う》かせると、シーツを剥《は》ぎ取《と》って床《ゆか》に放り投げる。彼女は急いで服の裾《すそ》を引き下ろし、脚《あし》を隠《かく》そうと必死になった。

その努力もむなしく、彼がいとも簡単にチュニックをたくし上げ、ふっくら膨《ふく》らんだ胸をつかむ。彼女は、ヒイッとみっともない悲鳴を上げた。熱くて武骨な手が柔《やわ》らかい肌《はだ》に触《ふ》れる感覚は、得も言われぬほど奇妙《きみょう》で強烈《きょうれつ》だった。

「あ、あ、あの……」

「その『あの』ってやつもやめてくれないか。まさか夫の名前も知らないとは言わせないぞ？」

うなじに鼻先をこすりつけていたリフタンが、顔を上げて不満そうな表情をする。マクシーはミミズクのように目をパチクリさせた。すると、彼が目元をかすかに震《ふる》わせたかと思うと、お仕置きでもするかのように唇を荒々しく吸った。あれほど冷たく乱暴な言葉ばかり吐き出していた唇とは思えないほど、熱くて柔らかい。

「そんなに戸惑うな。お前の言うとおり、俺たちの結婚は正常なものじゃなかったが、それは仕方のないことだ。これからは、お前が俺に慣れていくしかない」

熱気が漂《ただよ》う指が、マクシーの額の上に乱れた髪をかき上げた。思いも寄らない優《やさ》しい仕草に、彼女は当惑《とうわく》した。彼の唇が、絶え間なく頬とこめかみ、そして耳たぶに触れる。岩のような太ももがお尻の下でうごめき、熱い息がうなじの近くをくすぐる。

彼女は思わず彼の服をつかんでぎゅっと目を閉じた。彼が何をしようとしているのか、過去にすでに一度経験して知っていた。それがどれほど痛かったのかも。彼女がなかなか体の力を抜《ぬ》くことができずにいると、彼が小さくため息をつく。

「体の力を抜け。これじゃお前が痛いだけだ」

「で、ですが……」

「初めてじゃないんだから」

首の下のあたりを貪《むさぼ》っていたリフタンが、しばらくためらってから聞いた。

「……嫌《いや》なのか？」

うつろな顔で目を覗《のぞ》き込《こ》みながらそう言われて、彼女は唇をパクパクさせた。嫌だという言葉はとても口に出せない。彼は結婚の誓いを守るために、王室との縁談を断ったのだ。そのような夫を寝室《しんしつ》で拒《こば》むことはできなかった。

しばらくためらった末、首を横に振ると、彼が待っていたように口の中に深く舌を突っ込み、隅々《すみずみ》まで味わっていく。彼女は思わず彼の胸に手を当てたが、ドクンドクンと音を立てる力強い鼓動《こどう》に驚き、指をすぼめた。

唾液《だえき》で濡れた唇が、あごの先に小刻みに接吻《せっぷん》をちりばめ、首筋に沿ってゆっくり下りてきて、鎖骨《さこつ》の上にしばらくとどまる。肌に当たる湿《しめ》った息遣《いきづか》いと、じっとりとした舌の感触《かんしょく》にゾクッとし、首の後ろの産毛《うぶげ》が一本一本逆立った。

「腕《うで》を上げろ」

彼女はぎこちない動作で腕を上げた。彼がたこのできた手のひらで、横腹からわきの下まで服をたくし上げ、すぽんと頭から脱《ぬ》がせる。彼女はびっくりして胸を隠した。彼が背中に腕を回しながら、肩《かた》に接吻する。

「できるだけ……優しくやるから」

マクシーは怯えた目でリフタンを見上げた。彼の目が貪欲《どんよく》に自分の体を舐め回す。その視線に従って、彼女はほんのりと赤い灯火《ともしび》の下に露《あら》わになった自分の体を見下ろした。

まん丸い胸と平べったいお腹《なか》、蒼白《そうはく》と言えるほど白い太もも、その間にある柔らかな部分まで……。生々しい光景に耐《た》えられず、ぎゅっと目をつぶると、盛り上がった胸の先端部《せんたんぶ》を撫でる指の感触がより鋭敏《えいびん》に感じられた。彼は鎖骨のあたりを貪っていたかと思うと、胸をがぶりと咥《くわ》えて吸《す》い込《こ》む。

マクシーはハッと息をのんだ。彼の唇が敏感《びんかん》な肌をじっとりと湿らせているのが感じられる。熱い舌がじっくりと肌を味わい、硬《かた》い歯がちょうど痛くない程度の刺激《しげき》を加えた。その妙《みょう》な感覚に、首から耳にかけてゾクゾクッと戦慄《せんりつ》が走る。

「あ、あの……ちょ、ちょ、ちょっと……」

「リフタン」

彼がお仕置きでもするかのように、痛みを感じるくらい強く胸を吸い込む。マクシーは小さく悲鳴を上げた。手をどうすることもできず、リフタンの服を破れるほどつかんでいると、彼がその手を解《ほど》いて自分の首に巻きつける。たくましい肌から感じられる熱気と、首のあたりをくすぐる柔らかい髪の感触に、お腹の中がしびれた。

「リフタン、そう呼んでみろ」

「え、あ、あの……」

「呼べ」

彼がやんわりと命令する。彼女は震える声で絞《しぼ》り出《だ》した。

「リ……リフタン」

その瞬間《しゅんかん》、リフタンの肩が激しく上下した。彼は何か聞きとれない言葉を荒々しくつぶやくと、顔を上げて激しく接吻を浴びせてくる。熱くて弾力《だんりょく》のある腕が、腰が折れるほど締《し》めつけてきた。

これまでに経験したことのない激情に駆《か》られ、彼女は思わず彼の首にぎゅっとしがみついて、しきりに喘《あえ》いだ。すると、彼が含《ふく》み笑《わら》いを漏《も》らす。

「そうだ、そうやってしっかりつかまっていろ」

初めて見る笑顔《えがお》に気を取られていると、彼が後頭部を片手で包むように支え、何度もキスを浴びせてきた。彼のもう片方の手が下腹のあたりをそっと撫でていたかと思うと、突然《とつぜん》脚の間に入ってくる。急いで太ももをぴったり閉じたが、すでにしっかり入り込んだ手を防ぐことはできなかった。

彼が慎重《しんちょう》に指を動かす。お腹の中がじいんとする感覚にたじろぎ、彼女はびくっと体を震わせた。

第九話

「きれいだ」

リフタンがマクシーのほてった顔をじっと見つめながら、嬉《うれ》しそうに囁《ささや》く。それだけでも、彼《かれ》の印象は見違《みちが》えるほど変わった。鋭《するど》かった目は細まって美しい曲線を描《えが》き、硬かった口元は柔《やわ》らかくほころんで、まるであどけない少年のように見えた。

その形のいい唇《くちびる》を彼女《かのじょ》の唇に押しつけてこすりながら、彼がリュートを奏《かな》でる吟遊詩人《ぎんゆうしじん》のように、繊細《せんさい》に指を動かしていく。生々しい音に、マクシーは耳まで赤く染まった。妙《みょう》な感覚がふつふつと沸《わ》き上《あ》がり始める。彼女は、たじろぎながら足の指をすぼめた。無意識のうちに彼の手を逃《のが》れようとすると、彼が絶妙《ぜつみょう》に圧迫《あっぱく》を加え始めた。

「あぁっ……！」

下腹部から脳天にかけて、バチバチッと火花が散るような感覚がした。マクシーは彼の肩《かた》に必死にしがみついた。触《ふ》れている彼の厚い胸板《むないた》が、笑いで小刻みに振動《しんどう》する。

「ここを触《さわ》られて、気持ちいいだろ？」

「ち、違《ちが》う。い、嫌《いや》……」

急に怖《こわ》くなった。自分のものとは思えないほど乱れた声に、胸元《むなもと》まで赤くほてる。四肢《しし》がとろけるような強烈《きょうれつ》な感覚に襲《おそ》われたマクシーは、彼の肩に唇を押しつけ、漏《も》れ出てくるうめき声を必死にこらえた。

リフタンが拷問《ごうもん》するかのようにその部分を執拗《しつよう》に責めると、体の中から沸き上がった熱気が、耐《た》えられないほど大きく膨《ふく》れ上《あ》がっていく。マクシーはぜいぜいとむせび泣いた。お腹《なか》の中が溶けて流れ落ちるようだった。

「や、やめて……。んんっ！」

「大丈夫《だいじょうぶ》。そのまま感じてろ」

彼は構わず拷問を続けた。感じてろ？　いったい何を？　マクシーは混乱して唇を震《ふる》わせた。彼の手の動きが徐々《じょじょ》に速くなっていく。ほどなくして、何かが下からぐつぐつ沸き上がってきたかと思うと、激しく噴《ふ》き出《だ》した。髪《かみ》の毛《け》が逆立つほど強烈な戦慄《せんりつ》が走り、マクシーは悲鳴を上げた。彼が、逃《に》げ出《だ》そうともがく彼女の体をぎゅっと抱《だ》きしめる。

マクシーはなすすべもなく身もだえし、彼の首に激しく額をこすりつけた。脚《あし》がガクガク震える。触《ふ》れ合《あ》った胸が、激しく鳴るのが感じられた。彼が荒々《あらあら》しく息を吸《す》い込《こ》む。

「ずっと、このことだけ考えてた。俺《おれ》がお前を愛撫《あいぶ》して、お前は俺の腕《うで》の中で乱れて……あの地獄《じごく》のような戦場で、このことだけを考えてたんだ」

彼が貪《むさぼ》るように唇を吸いながら、まだ余韻《よいん》に震えている部分を再び刺激《しげき》し始める。彼女はすすり泣きながら、しきりに首を振《ふ》った。押《お》し寄《よ》せる感覚からどうしても逃れられなかった。

彼が耳たぶを舐《な》めながら、濡《ぬ》れた入り口の内側に指を押《お》し込《こ》む。異物の侵入《しんにゅう》により、繊細な筋肉が縮こまった。耳のあたりをさまよっていた唇から、低いうめき声が漏れてくる。

「ここがどれだけ柔らかいか知ってるか？　それに、びっくりするほど熱くて……」

彼の声は、次第《しだい》によく聞き取れないつぶやきに変わった。指が、ゆっくり外に這《は》い出《で》たかと思うと、深々と押し込まれた。少しひりひりしてキツかったが、あの時ほど痛くない。

あの日の記憶《きおく》は、自分の中で実際以上に誇張《こちょう》されていたのだろうか。こんなに柔らかくて、熱くて、強烈な感覚は、経験したことがなかった。彼が、ずっといじめていた肉片《にくへん》を親指で軽く転がし、指で深いところを撫《な》でおろすと、首筋までビリビリしびれた。

マクシーは喘《あえ》ぎながら、その奇妙《きみょう》な感覚に慣れようと必死になった。まるで別世界にいるようだった。昨日まであれほど恐《おそ》れ、苦手に思っていた人にしがみつき、自分の体に触れることを許しているなんて。現実のこととは思えなかった。それなのに、どうして嫌な気がしないのだろうか。

「もうちょっと力を抜《ぬ》いて……」

「い、痛いです……」

「力を抜くんだ。こうやって広げてやらないと、俺が入る時、痛いぞ」

俺が入る時。その言葉にびっくり仰天《ぎょうてん》したのも束《つか》の間《ま》、窮屈《きゅうくつ》そうに中に押し込まれ、ゆっくりと動く指に、たちまち頭の中が白くなった。彼女は脚を小刻みに震わせながら、彼の肩の上に荒《あら》い息を吐《は》き出《だ》した。彼が、休む間もなくこめかみと額、まぶたの上に接吻《せっぷん》しながら、熱をこめて囁く。

「やり方を教えてやるから……。もうちょっとリラックスしろ」

彼女は混乱したように首を横に振った。彼がなだめるように後頭部を優《やさ》しく撫でながら、指をさらに深く押し込む。彼女は低いうめき声を上げた。

「で、できません。わ、分から……ない……」

「大きく息を吐いて……。ゆっくりここをほぐして」

彼女は彼の言うとおりに大きく息を吐き出した。すると、体がゆっくりとほぐれていくのが感じられた。彼がよくやった、というように頬《ほお》に接吻しながら、優しく腰《こし》を撫でる。

「今度はゆっくり締《し》めてみろ。ここに力を入れて」

〝ここ〟がどこなのか教えるように、彼がその部分を押して撫でる。自分の意思とは無関係に、下の方がキュッと縮こまり、彼の指をぎゅっと締めていた。彼がまた笑った。

「おかしくなりそうだ。いや、お前はよくやってるよ。もう一度力を抜いて……。そう、そうやって」

彼が教えてくれたとおり、太く長い指が押し込まれる際に力を精一杯《せいいっぱい》抜く。そして出ていこうとすると、捕《つか》まえるようにぎゅっと締めつけた。どれほどそのように格闘《かくとう》していただろうか。リフタンがうめくような声で囁いた。

「おかしくなりそうだよ」

彼が何と言っているのか、まったく耳に入ってこなかった。その部分が、彼が教えてくれた奇妙な運動を勝手に続けた。だんだんと熱いものが体の中から沸き上がってくる。彼女は足をバタバタさせた。勝手に腰がよじれ、太ももが痙攣《けいれん》する。そして、もう一度体の中で熱いものが爆発《ばくはつ》した。

マクシーは彼の肩に顔をぎゅっと押しつけ、その強烈な感覚が過ぎ去るのを待った。お尻《しり》がびくびく震え、脚の間から何かが滴《したた》るように流れ落ちる。

「よし、よくやった。本当によくやった」

彼が、まるで子どもをあやすようにつぶやきながら、彼女をベッドの上に寝《ね》かせる。マクシーは絶頂の余韻から抜《ぬ》け出《だ》せないまま、布団《ふとん》の上にだらりと伸《の》びた。

彼が素早《すばや》く頭から服を脱《ぬ》ぎ捨《す》てて、ベッドに上がってくる。間違《まちが》いなく、初めて見るものではないのに、暗闇《くらやみ》の中で官能的に光る彼の体を見た瞬間《しゅんかん》、胸の中にかすかな震えが起こった。改めて男の美しさが胸に突《つ》き刺《さ》さる。

「俺を抱きしめろ」

リフタンが彼女の体の上に覆《おお》いかぶさった。何かが太ももの間にゆっくり押し込まれてくる。彼女は、しがみつくように彼の首を抱きしめた。熱く脈打つ体が、ずっしりと全身を押さえつける。おかしい。今の行為《こうい》とあの時の行為は、本当に同じものなのだろうか。中を満たしている異物の感じが窮屈ではあったが、あの時ほど苦痛ではなかった。

「もうちょっと……」

リフタンが後頭部を撫でながらつぶやく。ベッドの枕元《まくらもと》に揺《ゆ》らめく灯火が、彼の顔の上に強烈な陰影《いんえい》を投げかけた。彼の額ににじみ出ていた汗《あせ》の滴《しずく》が、次々に頬を伝って流れ落ち、あこの先で結ばれる。なめらかな金色の肌《はだ》の上でキラキラと光る汗が美しかった。彼女は思わず、手を伸ばしてそれに触れた。すると、彼の目が憚《はばか》ることなく激しく揺れた。

「畜生《ちくしょう》！」

彼がずっしりと腰を沈《しず》めてくる。突然《とつぜん》の圧迫感に驚《おどろ》き、彼女は身をよじって彼をぎゅっと締めつけた。彼の口から、苦しげなうめき声が漏れ出る。

「クソッ……力を入れるな」

「す、すみません……」

彼女は潤《うる》んだ瞳《ひとみ》で彼を見上げた。泥《どろ》の塊《かたまり》のようにピッタリとくっついている体がうごめくたびに、彼の体の形に合わせてえぐられる気分だった。こんなに他人を近くで感じてもいいのだろうか。荒い息遣《いきづか》い、激しい心臓の鼓動《こどう》、熱い体温……。どれが彼のもので、どれが自分のものなのか、判別できない。体が一つに作り直されるようだった。

「ものすごく気持ちいい……」

リフタンが、彼女をより一層ぴったりと引き寄せてうめいた。彼の肩に噴き出していた汗が、胸の上にポタポタと滴《したた》り落《お》ちる。マクシーは、ゾッとするほど硬くこわばった彼の顔を、怯《おび》えた目で見上げた。眉間《みけん》にひどくしわを寄せて、抑《おさ》えたうめき声を吐き出す姿は、一見苦痛を我《が》慢《まん》しているように見えた。本当に気持ちいいのだろうか。

「き、気持ち……いいのですか？」

その疑問を口にすると、リフタンが口元をゆがめて笑う。

「じゃあ、一体どうして俺が、さっきまで気絶していた女をつかまえて、こんなことをしていると思うんだ？」

彼が、彼女の骨盤《こつばん》をぐっとつかんで、激しく腰を動かした。熱い肉の塊が律動し、内側を深く浅く摩擦《まさつ》するその感覚に、マクシーは口を開けてうめき声を上げげた。彼のものが外に出てから、再びゆっくりと押し込まれてくるたびに、体が勝手に、彼が教えてくれたリズムで動く。

リフタンが、息を切らしながら荒々しくつぶやいた。

「俺だって、元々はこんなことするつもりじゃなかったんだ。ただ休ませてやろうと思っていただけなんだが……お前の、あの下着が……うっ！」

彼の引き締《ひし》まった腹部が、お腹を押さえつける。マクシーは彼の背中に爪《つめ》を立てた。

「お、俺だって、我慢しようと……したんだ……」

彼が言っている言葉も、もはや耳に入ってこなかった。彼の動きが徐々に荒々しくなっていく。もはやどのタイミングで力を抜き、どのタイミングで再び力を入れなければならないのかも分からなかった。彼の動きについていけず、体がうずくように痙攣した。これ以上は耐えられないと思うほど追《お》い詰められているのに、彼がさらにスピードを上げる。マクシーは足をガクガク震わせた。

「マクシー……」

大きな手が頬を包《つつ》み込《こ》む感触《かんしょく》がして、彼女はかろうじて目を開け、彼を見た。なぜ私をそんなふうに呼ぶのだろうか。切なそうにさえ見えるその顔に向き合うと、戸惑《とまど》いが押し寄せた。

ふと、彼がとても近しい人のように感じられた。

彼が両手で彼女の顔を包み込み、無我夢中《むがむちゅう》で接吻してくる。疾走《しっそう》する馬車馬のように揺《ゆ》れ動《うご》いていた巨大《きょだい》な体が、硬く緊張《きんちょう》するのが感じられる。それ以上は奪《うば》うものがないにもかかわらず、彼はそれ以上奪えずにやきもきした。中をいっぱいに満たしているものが、さらに大きく、目一杯《めいっぱい》膨れ上がると、次の瞬間、ドクドクと生ぬるいものを吐き出した。

「ハア……」

彼女は思わず、汗でぬるぬるしている彼の背中を抱きしめた。彼が白い息を吐き出して、彼女の上にだらりと伸びる。心臓が破裂《はれつ》するほどドクドクと早鐘《はやがね》を打った。

「畜生、今回は荒っぽくしないつもりだったのに……」

彼が息を整えながらつぶやく。彼女は、かろうじてまぶたを持ち上げ、彼を見つめた。熱気が冷めていない黒い瞳が、暗闇の中で奇妙にキラキラと輝《かがや》く。彼は、依然《いぜん》として彼女の中にとどまったまま、肩と首筋に小刻みにキスを浴びせた。

第十話

「痛くなかったか？」

少しヒリヒリしたが、彼女《かのじょ》は首を横に振《ふ》った。彼《かれ》がホッと安堵《あんど》のため息をついて、こめかみのあたりにも唇《くちびる》をぎゅっと押し当てる。その親密な所作《しょさ》に、なぜか胸がいっぱいになった。こんな気分になるとは、予想もしていなかった。凌辱《りょうじょく》され、踏《ふ》みにじられた気分になると思っていたのに……。痛くて空虚《くうきょ》な何かが、冷たくて苦い感情が待っていると思っていた。

「重いだろ？　ちょっと待て」

リフタンが起き上がり、ゆっくりと自分のものを引《ひ》き抜《ぬ》く。トロッと内側から何かが流れ落ちるのが感じられた。彼女がびくっとして脚《あし》をすぼめようとすると、彼が強く制止した。

「リ、リフタン……！」

「じっとしてろ。疲《つか》れたんじゃないか？　俺《おれ》が拭《ふ》いてやる」

リフタンが、隅《すみ》の方に片づけてあった盥《たらい》を引き寄せ、濡《ぬ》れたタオルをぎゅっと絞《しぼ》って、彼女の脚の間に押し込んだ。冷たいタオルでその部分を優しく拭《ぬぐ》う。

「痛くないか？」

「い、い、痛くないです」

痛いかどうかが問題なのではない。マクシーは、茹《ゆ》でたてのタコのように真っ赤にほてった。だが、無神経極《きわ》まりない彼は、何でもないことのようにそこを丹念《たんねん》に拭うと、自分の下半身も拭った。彼女は到底《とうてい》彼を見る気にもなれず、素早《すばや》くシーツをつかんで体を覆《おお》う。彼は、その姿を見てプッと噴《ふ》き出《だ》した。

「じきに慣れるさ」

そう言って、彼女の隣《となり》にバタッと横たわってしまった。マクシーは仰天《ぎょうてん》して脚をすくめた。リフタンは、さも当然のごとく、広々としたベッドの真ん中にこれ見よがしに寝《ね》そべると、片手で彼女を引き寄せ、体を密着させてくる。汗《あせ》でぬるぬるした肌《はだ》がぴったりとくっつく感触《かんしょく》にゾクッとし、彼女は身をよじった。

「リ……リフタン……」

「もう一度やりたいというんじゃなければ、身もだえするな」

その言葉は、単なる脅《おど》しではなかった。下腹部に触《ふ》れるその肉の塊《かたまり》が、いつの間にか再び膨《ふく》らんでいたのだ。彼女は凍《こお》りついた。リフタンは、平然とした顔で彼女の頭の下に片腕《かたうで》を差《さ》し込《こ》んでぴったりと引き寄せ、シーツを引き上げて二人の体の上に掛《か》ける。それから、彼女の髪《かみ》の間に指を入れ、おもむろに目を閉じた。その時になってマクシーは、彼が自分と一緒《いっしょ》に寝るつもりだということに気づいた。

「リ、リフタン……」

「どうしてそう何度も呼ぶんだ？」

素《す》っ裸《ぱだか》で彼女を抱《だ》きしめて寝るのが、さも当然であるかのような口ぶりだ。視線を泳がせていたマクシーは、結局言いたかった言葉を飲み込み、消え入りそうな声でつぶやいた。

「お、おやすみなさい……」

その間に眠《ねむ》ってしまったのか、彼からは何の返事もない。彼女は、彼の太い首筋が脈打っているのを眺《なが》めていたが、やがて彼に続いて目を閉じた。

✣

何かが胸を押さえつけていた。息苦しさを覚え、うっすらと目を開けたマクシーは、すぐに困惑《こんわく》の表情を浮《う》かべた。黒く日焼けしたたくましい腕《うで》が、視界を半分塞《ふさ》いでいる。そっと頭を持ち上げると、彼女の髪に顔を半分埋《う》めたまま、すやすやと眠っているリフタンの姿が見える。マクシーは、よみがえる記憶《きおく》に顔を赤らめた。

二人は一糸まとわずシーツの中で抱《だ》き合《あ》っていた。彼の長い脚は、彼女の無防備な脚の間に絡《から》まっており、褐色《かっしょく》に日焼けした両腕は、彼女の体を枕《まくら》のようにぎゅっと抱きしめていた。

マクシーは、他の誰《だれ》からもこんなに熱烈《ねっれつ》に抱かれたことがない。母親でさえ、胸に抱いてくれたことがなかった。落ち着かない心で目だけをキョロキョロさせていたのも束《つか》の間《ま》、彼が目を覚ます前に服を探し出して着た方が良《い》い、という考えが浮かんだ。もしこのまま彼が目を覚ましたら……。

マクシーは顔を覆った。到底彼と向かい合う自信がなかった。彼の腕に抱かれて身もだえしていた自分の姿が思い浮かぶと、恥《は》ずかしさのあまり窓から飛び降りたいほどだ。淑女《しゅくじょ》であれば、絶対にあのような反応はしないだろう。

妻たる者の義務について盛《さか》んに講釈《こうしゃく》を垂れていた乳母《うば》も、夫の要求には「死んだように」応じなければならない、と言っていたではないか。彼女はほてった頬《ほお》に手を当てた。昨日の夜、身もだえし、うめいていた姿は、死んだ状態とは程遠《ほどとお》い。彼に貞淑《ていしゅく》じゃないと思われたら、どうすればいいのだろう。

急に焦《あせ》りが押《お》し寄《よ》せてきた。マクシーは慎重《しんちょう》に彼の腕から抜《ぬ》け出《だ》して、ベッドの下を確かめた。絶対にこのままで彼と向かい合うことはできない。淑女らしく着飾《きかざ》るのは無理だとしても、少なくとも裸《はだか》の状態からは抜け出さなければならない。

彼女は、部屋の片隅《かたすみ》に無造作に絡まった服を見つけ、急いで手を伸《の》ばした。届きそうで届かないところにあり、何とももどかしい。裸で部屋の中をうろうろする気にはとてもなれず、ベッドの外に大きく身を乗り出して再び手を伸ばしていると、突然《とつぜん》体がぐいっと後ろに引っ張られた。

「何をしているんだ？」

マクシーは慌《あわ》てた表情でリフタンを振《ふ》り返《かえ》った。寝ていると思っていた彼が、黒い目を細く開けて彼女を見下ろしている。急いで彼から逃《のが》れようとしたが、到底不可能なことだった。彼が片手で彼女の腰《こし》を抱きしめたまま、素早く体を回転させ、彼女を自分の下に閉《と》じ込《こ》める。

「リ、リフタン……。あ、朝です……」

「ああ。朝だ。お前が目を覚ますのが待ち遠しくて、死ぬかと思ったよ」

彼がまぶたに唇を押し当てながら言う。くすぐったい感触に、マクシーは首をすくめた。すると彼がにやりと笑って、顔と耳、首のあたりにヒタッ、ヒタッと蝶《ちょう》の羽ばたきのようなくすぐったいキスを浴びせる。彼女は慌てて彼の顔を押し返した。

「や、やめてください……。も、もうやめて、ふ、服を……」

「ダメだ。一晩中、どれほど我慢《がまん》したと思ってるんだ……」

リフタンは鼻であしらい、マクシーの手をつかんで唇に当てた。じっとりとした舌が指を舐《な》める。彼女は耳まで赤くなった。彼が一本の指を口に含《ふく》み、優《やさ》しく吸い上げる。指がこんなにも敏感《びんかん》な部位だとは、考えたこともなかった。

「まったく、お前がそうやって顔を赤くするたびに、俺がどんな気持ちになるのか知ったら、お前は死んでもそんな表情を見せてくれないだろうな」

リフタンがマクシーの指先をしゃぶりながらつぶやく。彼女は、もう我慢できなくなり、指を引《ひ》っこ抜《ぬ》いてシーツの中に隠《かく》した。すると彼が、眉《まゆ》をひそめ、シーツをさっと取《と》り払《はら》う。彼女は悲鳴を上げて体を丸めた。

「なんで隠すんだ?」

「あ、朝じゃないですか! こ、こんなに明るいのに……」

「だから見せてほしいんだよ。明るいところでお前の体を見たいんだ」

リフタンが、縮めた脚を引っ張る。彼女は困惑して涙《なみだ》ぐんだ。昨日まで父親の城でぶるぶる震《ふる》えていた自分が、こんな明るい時間に男性と素っ裸でベッドに横たわり、こうして押《お》し問答《もんどう》しているということが信じられなかった。彼の手が肩《かた》、胸、腰、わき腹を優しく撫《な》でた後、自然と彼女の太ももの間にたどり着く。昨夜の行為《こうい》でまだ濡れている部分に、彼の指がさも当然のごとく押し込まれてきた。

「マクシー、昨日は……悪くなかっただろ？」

「リ、リフタン……」

「いや……気持ちよかっただろ？」

その問いには、口が裂《さ》けても答えられなかった。リフタンの指が、彼女の内密なところで巧《たく》みに動き始める。

「俺は……俺は死ぬほど良かった。三年前も、討伐《とうばつ》なんか放り出して、お前といたかった。あのベッドから出るのがどれほどつらかったか、お前には分からないだろう。もっとも……お前は俺が消えてくれることを願っていただろうが……」

あまりにも意外な言葉に、彼女は羞恥心《しゅうちしん》も忘れて目を見張った。彼がゆがんだ笑《え》みを浮かべながら、彼女の鎖骨《さこつ》の下に歯を立てる。

「今もあの時と同じだ。俺は……お前といると止められない。お前が嫌《いや》だと言おうが……泣こうが……」

彼が指を深くねじ込み、肌を柔《やわ》らかく噛《か》む。マクシーは反射的に脚で彼の腕を締《し》めた。彼の口から満足げなうめき声が漏《も》れる。

「俺みたいな奴《やつ》の妻になったお前の運命を嘆《なげ》くんだな」

彼と自分を比べるならば、様々な面で自分の方がはるかに劣《おと》っている。父親は、彼との結婚《けっこん》を〝身に余る幸運〟とまで言った。それなのに、なぜそのように言うのだろうか。かすかな疑問は、お腹《なか》の中に立《た》ち昇《のぼ》ってきた熱気によって、すぐにかき消された。

彼女は、内部で激しく動く彼の指をぎゅっと締めつけながら喘《あえ》いだ。熱気に包まれた彼の視線が、全身をくまなく舐め回す。その強烈《きょうれつ》な瞳《ひとみ》からどうしても目をそらすことができなかった。彼は彼女の中から指を抜《ぬ》くと、ただちに自身を深く押し込んできた。

「はぁっ……！」

「畜生《ちくしょう》……。死にそうだ」

彼が耳の下の部分に歯を立てて、低いうめき声を漏らす。彼女は、彼の岩のような肩をぎゅっとつかんだ。まるで猟犬《りょうけん》に捕《とら》えられた獲物《えもの》になった気分だ。彼が、両方の太ももをぎゅっとつかみ、痛みを感じるほど大きく開くと、ゆっくりと動き始めた。

マクシーは、顔を枕に埋めてうめき声を抑《おさ》えた。ゆっくりと小川のように穏《おだ》やかに律動していた動きが、時間が経《た》つにつれて次第《しだい》に激しくなっていく。しばらく上で動いていたリフタンが、ついに絶頂に達し、ずっしりとのしかかってきた。マクシーは苦しげに息をした。彼が、頭のてっぺんにフーッと熱い息を大きく吐《は》き出《だ》す。

「何日間もずっとこうしていたい」

「お、重いのですが……」

彼が本当に自分をずっしりと押しつぶしたまま、何日間も起き上がらなくなりそうだったので、彼女は怯《おび》えた顔でつぶやいた。彼が意地悪く彼女の耳を噛んだ。

「い、痛いです……」

「憎《にく》たらしいことばかり言うからだ。あ、でもここも旨《うま》いな」

彼が赤くなった耳たぶを味わうように噛んだ後、耳の中に舌を突《つ》っ込《こ》んできた。マクシーはびっくりして首をすくめる。

「リ、リフタン……！」

「最高だ。あの忌々《いまいま》しいトカゲさえいなければ、ずっとこうしていられたのに。そうしたら、今頃《いまごろ》は子どもの一人や二人もできていたんじゃないか？」

「そ、それ、や、やめて……うっ……！」

リフタンは、マクシーの言うことなどまったく聞こえていないかのように、汗で濡れた自分の体を彼女の体にこすりつけながら、ずっと彼女の耳に悪戯《いたずら》をした。マクシーは、いつ終わるとも知れない〝ベッドでの義務〟のせいで、疲《つか》れ果《は》てていた。ところが彼は、疲れていないようで、またもや彼女の脚の間に腰を据《す》えている。

マクシーはもう少しで泣き出すところだった。いっそ気絶してしまおうかと思った瞬間《しゅんかん》、彼が動きを止めた。誰かがドンドンと乱暴にドアを叩《たた》いたからだ。

第十一話

「畜生《ちくしょう》！　何だ！」

「お願いですから起きてください！　太陽が中天に昇《のぼ》っているんですよ！　いつまでベッドでゴロゴロしているつもりですか！」

ドアの外で、誰《だれ》かが苛立《いらだ》たしげな声で叫《さけ》んだ。リフタンは、まるで透視《とうし》能力でもあるかのように、ドアの外に立っている人物に向かって険《けわ》しい視線を投げかけた。

「クソッタレ……もう一度邪魔《じゃま》したら、生きたまま腸《はらわた》を引きずり出してやると言っただろ！　そんなに殺されたいのか！」

「城に帰るまで待てないんですか！　領地に戻《もど》ったら、すぐに首都に行かなければならないんですよ！」

「一日くらい遅《おく》れたところで死ぬわけでもあるまいし、ぐちぐち言うな！」

「団長！」

「行くよ、行く！　お前のせいで雰囲気《ふんいき》が台無しだ！」

彼《かれ》が頭を荒々《あらあら》しくかき上げながら、険悪な口調で叫ぶ。彼女《かのじょ》は、生まれて初めて聞く殺気立った罵詈雑言《ばりぞうごん》に、背筋が凍《こお》りついた。彼はひどく怒《おこ》った顔で体を起こし、ドアの外に向かって叫んだ。

「馬車を待機させておけ！　すぐに準備して行くから」

ドアの外にいる相手は、返事もなくドタドタと足音を立てて遠ざかっていった。リフタンが床《ゆか》を見下ろしながら、大きなため息をつく。

「あいつらを連れてくるんじゃなかった……」

「……」

「ちょっと待っていろ。その辺でお前が着られそうな服を見繕《みつくろ》ってくるから」

マクシーはシーツを首まで引っ張り上げたまま、血の気の引いた顔でうなずいた。立って服を拾い上げていたリフタンが、泣きそうな彼女の顔を見て眉《まゆ》をひそめる。

「どうしてそんな顔しているんだ？」

「………」

「早く言え。まだ気づいてないようだが、俺《おれ》は気が短いんだ」

気づいていないはずがない。再会後、一日を共にしながら知った夫の性格は、短気どころではなかった。彼女はその言葉を飲み込んで、消え入りそうな声でつぶやいた。

「あ、あの、そ、外にいる、ひ、人たちが……。み、みんな、し、知っているじゃないですか……」

「知っているって、何を？」

「わ、私たちが、こ、ここで、な、何を、し、していたのか……」

「……」

火がついたかのように顔がほてった。マクシーの顔をじっと見下ろしていたリフタンの口元に、不意にかすかな痙攣《けいれん》が起こる。次の瞬間《しゅんかん》、信じられないことに、彼が腹を抱《かか》えて大笑いし始めた。

「リ、リフタン！」

「ああ、本当におかしくなりそうだ」

リフタンは息が切れるほど笑いながら、マクシーをシーツごと抱《だ》き上《あ》げて膝《ひざ》に乗せた。彼女は困惑《こんわく》して足をバタバタさせる。彼は、あれほど威圧的《いあってき》な印象を与《あた》えた人だということが信じられないほど、無邪気《むじゃき》にくすくす笑いながら、すでに歯の跡《あと》がいっぱいについた肩《かた》に噛《か》みついた。

「本当に純真無垢《じゅんしんむく》な貴族のお嬢《じょう》さんだな。そりゃあ当然、俺の部下たちも、俺たちが何をしていたのか知っているだろう。三年ぶりに再会した夫婦《ふうふ》が、同じ部屋に泊《と》まっておきながら、手だけをギュッと握《にぎ》って寝《ね》てたなんて思うバカはいない」

「で、ですが……」

「恥《は》ずかしがることじゃないさ。俺たちは夫婦で、お前と俺がそれをするのは自然なことなんだから」

自然なことだろうか。〝それ〟が妻の義務だということはよく知っていたが、彼と交《か》わした行為《こうい》が当然のこととは感じられなかった。思いを巡《めぐ》らせていたマクシーは、不意に自らの考えに驚《おどろ》いた。交わした行為？　彼と昨夜した行為が、与えたり受け取ったりする行為だというのか。なぜ自分がそのように感じたのか分からなかった。単に子どもを授《さず》かるために耐《た》えなければならない行為に過ぎないはずなのに……。

「また赤くなった。チッ、あいつらさえいなければ、今すぐ平らげてしまうんだが」

「……」

「怯《おび》えるな。あいつらがドアを壊《こわ》して入ってくる前に終わらせる自信もない」

リフタンが、鼻先にいたずらっぽくキスして、マクシーを膝から下ろす。彼女は、サナギのようにシーツをぐるぐる巻いてベッドの隅《すみ》に座《すわ》り、鼻をこすった。

リフタンが、かがんで服を拾い上げ、一つ一つ身にまとい始める。裸《はだか》でも少しの羞恥心《しゅうちしん》も見せず平然と行動する姿に、かえって彼女の方が慌《あわ》てて目をそらした。彼が、あっという間に防具まで身につけて、彼女に言い聞かせた。

「ここでおとなしく待っていろ」

彼女は素直《すなお》にうなずいた。もとより、足がガクガク震《ふる》えて、どこかに出かけようにも身動きが取れそうにない。リフタンが腰《こし》に剣《けん》を吊《つ》るして部屋を出ると、彼女は枕元《まくらもと》に這《は》っていき、そっと窓を開けた。

青く澄《す》んだ秋空の下、小ぢんまりとした村の風景が広がっていた。馬車の轍《わだち》がくっきりと刻まれた広い土の道と、木でできた五、六軒《けん》の小屋、ちらほらと見える草むらと、広い果樹園……。その素朴《そぼく》な風景を一つ一つじっくり眺《なが》めていたマクシーは、ふと射《い》るような視線を感じて下を見た。宿屋の前に停《と》めてあった馬車の前に、リフタンの部下の騎士《きし》三人がすっくと立ってこちらを見上げている。彼女はびっくりして、慌てて窓を閉めた。シーツで体を覆《おお》ってはいたが、それでも寝起《ねお》きの乱れた姿をよその男性に見られたことが恥ずかしかった。

(私のせいで出発が大きく遅れたのかしら……)

彼女はじれったそうに唇《くちびる》をかんだ。どれくらい経《た》っただろうか、パタパタと足音が聞こえてきたかと思うと、誰かがトントンとドアを叩《たた》いた。彼女は用心深く答えた。

「ど、どなたですか？」

「お体を拭《ふ》くためのお湯を持ってきました」

「ど、どうぞ」

彼女はシーツを体に巻いたまま、ベッドの隅に膝を抱えて座った。大きな盥《たらい》と水差し、真っ白なタオルを持って入ってきた給仕《きゅうじ》二人が、困惑した顔で互《たが》いに視線を交わす。

「旦那様《だんなさま》に、奥様《おくさま》のお世話をするように申し付けられたのですが……」

「い、いえ……。じ、自分で、で、できます……」

「助けが必要だろうとおっしゃっていましたが……」

彼女は、頭から湯気が出るほど真っ赤になった。

「ほ、本当に、だ、大丈夫《だいじょうぶ》です。お、夫には、わ、私から言って、お、おきます」

給仕たちは、それ以上無理に押《お》しつけることなく、テーブルの上に持ってきたものを置いて部屋を出た。マクシーはシーツを巻いたまま、人の気配が十分に遠ざかるのを待ってから、べッドを出てドアを閉め、鍵《かぎ》をかけた。それから、きれいなタオルをお湯で濡《ぬ》らして、一晩中酷《こく》使《し》された体を拭き始めた。

汗《あせ》と体液でベタベタした肌《はだ》に、濡れたタオルが当たる感触《かんしょく》は、この上なく心地《ここち》よかった。彼女は、昨夜の痕跡《こんせき》を丹念《たんねん》に拭《ふ》き取《と》った。肩と腕《うで》、太もも、脚《あし》から胸まで、様々な痕跡がびっしりと刻まれていた。

こうなるのが普通《ふつう》なのだろうか。昨夜の記憶《きおく》がもくもくとよみがえってきて、頬《ほお》が熱くなる。そうしたところで消えるはずなどないのに、彼女はタオルにたっぷりとお湯を含《ふく》ませて、赤い痕跡をごしごしこすった。

彼と夜を過ごしていた時、つらく恥ずかしかったが、初夜のようにゾッとすることはなかった。いや、彼が抱《だ》いてくれた時、優《やさ》しく唇を合わせ、穏《おだ》やかに笑いかけてくれた時、うっとりとさえした。これまでに彼女にそんなことをしてくれた人は、誰もいない。

ところが、ずっと自分のことを好ましく思っていないように見えた夫が、実は自分のことを真剣《しんけん》に妻と思っていただけでなく、ある面では自分のことを気に入っているようにも見えた。あまつさえ彼は、初夜の後も彼女を置いて討伐《とうばつ》に行くのがつらかった、と言った。

『三年前も、討伐なんか放り出して、お前といたかった。あのベッドから出るのがどれほどつらかったか、お前には分からないだろう』

彼女は沸き上がる熱気を冷ますために、盥にざぶんと顔を浸《ひた》した。まるで夢を見ているようだ。マクシーは、蔓《つる》のように絡《から》み合《あ》った髪《かみ》の毛《け》を石鹸《せっけん》で丁寧《ていねい》に洗った後、タオルで水気をぎゅっと絞《しぼ》った。それから、香油《こうゆ》をまんべんなく塗《ぬ》って丹念に梳《と》かしていると、再びノックの音が聞こえてきた。

「奥様、旦那様がご用意なさったお召《め》し物《もの》をお持ちしました」

マクシーはドアを少し開け、今回も手伝ってもらうことなく、服だけ渡してもらう。黄金色《こがねいろ》の刺繍《ししゅう》が入ったバラ色のドレスだった。それを広げると、中にぐるぐると巻かれていた腰紐《こしひも》と胸紐、そして下着と思われる薄《うす》い布が転げ落ちる。それを見たマクシーの顔が、真っ赤になった。

その下着が、乳母《うば》に着せられたものとあまり変わらない形をしていたのだ。顔が、今にも燃えてしまうのではないかと思うほど熱くなる。こんな田舎《いなか》の村で、一体どうやって見つけてきたのだろうか。まさか、こういうのが私の好みだと思っていたりして……。

耐えられないほどの羞恥心に襲《おそ》われ、顔を覆ってうめき声を上げると、再びドアをドンドンと叩く音が聞こえてきた。今度はリフタンだった。

「マクシー、服は受け取っただろ？　着替《きが》え終わったか？」

「ま、まだ……」

「急げ。早く出発しないといけないんだ」

「ちょ、ちょっと待ってください……」

彼の声に急《せ》かされ、彼女は、着ても着なくてもさほど違《ちが》いがなさそうな下着を急いで身につけた。その上に素早《すばや》く白いアンダースカートをはき、豪華《ごうか》なドレスを頭からかぶる。人の手を借りずに服を着たことがないため、簡単ではなかった。彼女は、ひらひらとしたスカートを引っ張って足首まで長く垂らし、腰紐を締《し》めた。だが、背中にある紐は肩がつるほど手を伸《の》ばしてもどうしようもなかった。その間も、リフタンが再びせわしなくドアを叩く。

「まだかかりそうか？」

「あ、あの……」

「何だ？」

「だ、誰か、て、手伝ってくれる、ひ、人を、ひ、一人だけ、よ、呼んでいただけると……」

「……」

「ふ、服の、う、後ろの部分が……」

「ドアを開けてくれ」

「え？」

「ドアを開けてくれと言ってるんだ」

彼の催促《さいそく》に押し切られ、マクシーは服がずり落ちないように片手でつかんだまま、そっとドアを開けた。その間から憚《はばか》ることなく入り込んできたリフタンが、後ろ手にドアを閉め、彼女の姿をじろじろと眺める。マクシーはどうしていいか分からず、慌てて謝《あやま》った。

「ぐ、ぐずぐずして、す、すみません。で、ですが、服が……」

「怒っているわけじゃないから、謝るな。女の服のことはよく分からなくて、着替えが大変だというところまで考えが至らなかった」

彼が、だらりと垂れたドレスの裾《すそ》と袖《そで》を見下ろして言った。彼女は気まずい沈黙《ちんもく》の中で指をもじもじさせた。こんな派手な服が本当に自分に似合うのだろうか。滑稽《こっけい》に見えるのではないか。ぐずぐずしていると、彼が彼女の肩をつかんで後ろを向かせる。

「俺が手伝ってやる」

「え、あ、あの……」

そして、紐をつかみ、慎重《しんちょう》な手つきで一つ一つ結び始めた。そのもぞもぞする音に、マクシーはすっかり緊張《きんちょう》した。彼は、慣れない作業にしばらく手こずった後、彼女を向き直らせた。

「できた」

「あ、ありがとう、ご、ございます……」

「近くに滞在《たいざい》している商人から買ったものだから、物足りないだろう。だが、今はこれで我慢《がまん》してくれ。領地に着いたら、もっといい服を着せてやるから」

彼女は目をパチクリさせた。自分の目にはこの服も十分豪華だが、彼の目には物足りないのか。

少し引け目を感じた。マクシーは、彼が思っているような贅沢《ぜいたく》な生活をしていたわけではない。クロイソ公爵《こうしゃく》のすべての愛情は、ロゼッタだけに注がれていたのだ。

マクシーが持っている服は全部、侍女《じじょ》たちがロゼッタの服を作った後に、余った布で適当に作ったものだった。こんなに華麗《かれい》な刺繍の入っている服は、着たこともない。それなのにリフタンは、彼女が不満に思うのではないかと心配している様子だった。

もしかしたら彼は、思ったよりも華《はな》やかなものに慣れている人なのかもしれない。彼女は生《なま》唾《つば》を飲み込んだ。荷物を持ってこなくてよかったと思った。みすぼらしいクローゼットを見られて恥《はじ》をかくのを、運よく避《さ》けることができたのだ。彼女はスカートのしわを伸ばすふりをしながら、努めて平然と言った。

「こ……この服も、わ、悪くは、あ、ありません」

あまりにも偉《えら》そうな言い方ではなかったかと思い、リフタンの顔色をうかがったが、彼は特に気分を害した様子もなく、マントを肩にかけてくれた。マクシーは、彼が丁寧にマントの紐を結んでくれるのを見て、目を白黒させた。騎士の位《くらい》にある人物が、このように細やかに世話を焼いてくれるのが、とても不思議に感じられたのだ。

第十二話

「さあ、行こう」

最後に彼女《かのじょ》の足に革製《かわせい》の半長靴《はんながぐつ》を履《は》かせたリフタンが言った。彼女は顔を赤らめてうなずいた。部屋の外に出ると、木の階段が目に入る。彼女はリフタンの手を握《にぎ》って下りていった。テーブルと椅子《いす》が所狭《ところせま》しと乱雑に置かれている酒場の中に、鎧姿《よろいすがた》の騎士《きし》たちがぎっしりと席を埋《う》め尽《つ》くして座《すわ》っている。

「団長、もう一晩ここで過ごすのかと思いましたよ。今から出発するんですね？」

彼《かれ》らのうちの一人が、胸元《むなもと》で腕組《うでぐ》みしたまま、不満そうに愚痴《ぐち》をこぼした。だが、リフタンは彼らを完全に無視し、彼女の手を握って外に出た。すると、ドアのそばに立っていた騎士が追いかけてきて、不満を吐《は》き出《だ》す。

「隊長、ずっとそうしているつもりですか？　俺《おれ》たちが取って食べるわけでもないんですから、かばってばかりいないで……」

「黙《だま》れ！　何も言うなと言っただろ」

マクシーは面食らった顔で、追いかけてきた騎士を見上げた。大柄《おおがら》でくせ毛の若い男が、苦々しげな目で彼女をにらみつける。彼女は、少しの好意も含《ふく》まれていない鋭《するど》い視線に萎縮《いしゅく》し、リフタンの後ろに身を隠《かく》した。その騎士の後ろに立っていた金髪《きんぱつ》の男が、大きく鼻で笑った。

「冗談《じょうだん》でも笑えません。たかがクロイソ公爵《こうしゃく》の娘《むすめ》のために……」

「黙れと言ったはずだが？」

リフタンが殺気立ったうなり声を上げる。その剣幕《けんまく》に、男たちはぐっと口をつぐんだ。彼が再び向きを変えて、彼女を馬車に押《お》し込《こ》む。

「あいつらの言葉は気にしなくていい」

後に続いて馬車に乗ったリフタンが、ドアを荒々《あらあら》しく閉めて言った。

「お前の父親をよく思ってないだけだ。だが、お前はもうクロイソではなく、カリプス夫人——俺の妻だ。二度とお前に無礼な振《ふ》る舞《ま》いをしないように、警告しておく」

彼女は返す言葉が見つからず、膝《ひざ》に置いた手《て》の甲《こう》をじっと見つめていた。〝たかがクロイソ公爵の娘のために〟その言葉は、彼と彼女の関係がどのようなものであるかを思い起こさせた。

「俺の部下のせいで気分を害したのか？」

静かに座っていると、彼が苛立《いらだ》たしげな声で聞いてきた。彼女はびっくりして顔を上げた。誰《だれ》かが自分の気持ちに配慮《はいりょ》してくれたことがあっただろうか。気遣《きづか》わしげな目でこちらの顔色をうかがう姿に、思わず笑《え》みがこぼれる。変な人だと思った。一体誰が誰の顔色をうかがっているのだろうか。

「……知ってるか？」

「は、はい？」

「お前が俺に笑ってくれたのは……今のが初めてだ」

何を考えているのか分からない顔でじっと見下ろしていたリフタンが、ゆっくり手を差《さ》し伸《の》べて彼女の頬《ほお》を撫《な》でる。マクシーは彼の強烈《きょうれつ》な視線にとらえられ、息を止めた。何かを言おうとしていたリフタンが、すぐに手を引っ込めた。そして、何の意味もない行動だったというように、外に向かって叫《さけ》ぶ。

「もたもたするな！　早く出発しようとせき立てたのは、どこのどいつだ！」

外から何かぶつぶつ言う声が聞こえてきた後、間もなく馬車が動き始めた。彼女は、気まずい沈黙《ちんもく》の中で彼の顔をちらちらと見た。リフタンは馬車の窓に頭をもたせかけ、疲《つか》れているかのように目を閉じている。同乗者の存在など忘れたような態度に、少し緊張《きんちょう》が解けるのを感じ、彼女も壁《かべ》に頭をもたせかけた。

ここ数日間の緊張で疲れていたせいか、ひどい馬車の揺《ゆ》れが、まるでゆりかごのリズムのように感じられる。彼女は徐々《じょじょ》に眠《ねむ》りに落ちていった。

✣

初日に泊《と》まった村を離《はな》れ、一行は一日中、広大な穀倉《こくそう》地帯を走った。まともに整備されていない土の道を馬車で走ったところ、あたりが完全に真っ暗になる頃《ころ》になって、ようやくユディカルの森の近くにある小さな村にたどり着くことができた。

こんなにも長い時間、馬車で移動したことがなかったマクシーは、精根尽《つ》き果《は》ててぐったりしていた。村に入る際の身元確認《かくにん》のために先に外に出ていたリフタンが、再び馬車に戻《もど》ってきて、荷物入れから寝袋《ねぶくろ》とランプを取り出した。

「今日はここに泊まることにする。寒いから、マントをしっかり着て出てこい」

マクシーは彼の言葉に従い、頭にフードを深くかぶり、マントの紐《ひも》をしっかり結んで馬車から降りた。彼が片手で彼女の肩《かた》を抱《だ》き、騎士たちが集まっているところに大股《おおまた》で歩いていく。衛兵としばらく言葉を交《か》わしていた騎士の一人が、近づいてくる彼を振《ふ》り返《かえ》り、困った顔で尋《たず》ねてきた。

「団長、宿に問題があるのですが、どうしましょうか？」

リフタンはランプを持ち上げて、あたりを素早《すばや》く見渡《みわた》した。曲がりくねった土の道の先に、明かりが消えた薄暗《うすぐら》い小屋が四、五軒《けん》並んで建っている。騎士が素早く説明を付け加えた。

「小屋は全部で五軒あるのですが、収穫《しゅうかく》のためにやって来た農奴《のうど》でいっぱいです。穀物の貯蔵庫が一つ空《あ》いているとのことなので、私たちはそこを一日借りればいいのですが……」

騎士がマクシーの顔をちらちら見ながら言葉を濁《にご》した。リフタンが眉間《みけん》にしわを寄せながら衛兵の方を振り返る。

「妻が泊まれるような宿は、他にないのか？」

「収穫期に農奴を泊めるために建てた、粗末《そまつ》な小屋だけです。団長様が命令なさるならば、今すぐ二軒ほど空けさせることができますが……。奥様《おくさま》が泊まるには、あまりにもみすぼらしいかと」

「それでも倉庫よりはましだろう。彼女のために小屋を一軒だけ空けてくれれば、手厚い謝礼を……」

「わ、私は、だ、大丈夫《だいじょうぶ》です」

マクシーは驚《おどろ》いて彼の腕《うで》をつかんだ。一日中つらい労働に苦しめられた農奴たちが、自分一人のために外に追い出されるのも心苦しかったし、それに加えて、こんな不気味なところで一人だけ離れて夜を明かしたくもなかった。薄暗い周囲を怯《おび》えた目で見渡したマクシーは、リフタンの袖《そで》をつかんだ。

「ひ、一人は、い、嫌《いや》です……」

「……」

妙《みょう》な沈黙が流れると、彼女は自分の言葉がどんなふうに聞こえたのかを悟《さと》り、びっくりして彼の袖を離した。首筋まで熱くなる。慎《つつし》みのない言葉に呆《あき》れたのだろうか。彼は何も言わなかった。到底《とうてい》リフタンをまともに見上げることができず、ドレスのスカートを握りしめていると、ぎこちなく互《たが》いに視線を交わしていた騎士たちが、平然と再び話し始めた。

「決まったんなら、もう休みましょう。腹が減って死にそうです」

「俺はまず、馬を休ませてやりたいんだが。おい、水はどこから汲《く》んでくるんだ?」

「あそこに……製粉所の横に小川があります。こちらへどうぞ」

男たちが忙《せわ》しく散っていくと、ようやく、黙って立っていたリフタンが彼女の手を引いた。

「俺たちも行くぞ」

「は、はい!」

リフタンが長い脚《あし》を大きく動かして先導していく。彼女はついて行くためにあたふたと脚を動かした。地面がでこぼこしていて何度も転びそうになったのを、リフタンが腕をつかんで支えてくれた。狭い溝《みぞ》に沿ってしばらく歩くと、薄暗い闇《やみ》の中にかなり大きな木造の建物が姿を現した。

先に中に入っていた男たちがあちこちに吊《つ》るしたランプの明かりで、真っ暗だった内部が照らされている。マクシーは、リフタンの後について中に入り、周りを見回した。いつ悪霊《あくりょう》が出てもおかしくなさそうな雰囲気《ふんいき》だ。明かりに照らし出された場所にはことごとく、幽霊《ゆうれい》の髪《かみ》の毛《け》が無数に絡《から》み合《あ》っているようなクモの巣が光っており、白っぽくほこりに覆《おお》われた床《ゆか》からは、キィッという音がする。

彼女は、床にネズミや虫が這《は》い回《まわ》っているのではないかと注意深く目を配りながら歩を進めた。男たちは平気な顔で各自の場所を確保して寝袋を敷《し》き、重い防具を一つ一つ脱《ぬ》ぎ捨《す》てている。リフタンも、隅《すみ》の方に藁束《わらたば》を厚く敷いて、その上に寝袋を広げた。

「こっちに来い」

マクシーは今にも気絶しそうだったが、ノミやシラミがうようよしていそうな寝床《ねどこ》には到底横になることができず、しゃがみ込んでかろうじてお尻《しり》だけをつけた。かなり広い空間だったにもかかわらず、大の男が十八人も入ると、とても狭く感じられる。

「数日間はずっと、寝床には期待できないだろう。アナトールに着くまでは我慢《がまん》しろ」

彼が、胸当《むねあて》と脛当《すねあて》を脱《ぬ》いで隅に押《お》しやり、ボキボキと音を立てながら首の関節をほぐす。彼女は膝を抱《かか》えて座り、おとなしくうなずいた。

こうして大勢の男と同じ空間にとどまったことがなかったため、なかなか緊張が解けない。だが、騎士たちは彼女の存在などは気にもならないようで、火鉢《ひばち》に火をつけて食事の準備をするなど、慌《あわ》ただしく動いていた。

「団長！　馬にやる秣《まぐさ》が足りません。どうしましょうか？」

馬を引いて衛兵について行った騎士たちの一人が、突然《とつぜん》倉庫の中に顔を突っ込んで叫んだ。

リフタンは革《かわ》のベルトを解きながら、大したことでもないかのように返事をする。

「衛兵に穀物を買えないか聞いてみろ」

「交渉《こうしょう》はしました。ですが、貯蔵庫の食糧《しょくりょう》はすべてクロイソ公爵の財産なので、彼らが勝手に触《ふ》れることはできないとのことです」

突然飛び出した父親の名前に、彼女は思わず身をすくめた。リフタンが荒々しく髪《かみ》をかき上げながら、チッと舌打ちする。

「価格をもっと上げろということだな」

「どうしましょうか？」

「そいつの望む分だけ握らせてやれ」

「ちょっと脅《おど》してやれば、そこまでしなくてもいいと思いますが……」

不穏《ふおん》な言葉を平然と口にしていた騎士が、不意に言葉を濁して彼女の方をちらちらと見た。

「確かに、公爵に言いがかりをつけられる材料を作っても良いことはないでしょう。了解《りょうかい》しました。私が自分で交渉しますので、後で財布《さいふ》が軽くなったことを責めないでください」

そう言うと、再び倉庫の外に出ていった。マクシーは、父親に対する騎士たちの敵意が予想以上に強いことを感じて萎縮した。気のせいか、彼らが自分のことを見て見ぬふりをするのも、そのためであるように思われる。

自分がロゼッタのように魅力的《みりょくてき》な容姿を持っていたなら、違《ちが》っただろうか。クロイソ城を定期的に訪問する臣下の騎士たちから様々な贈《おく》り物《もの》や恋文《こいぶみ》をもらう腹違《はらちが》いの妹を思い出し、いつもの自虐《じぎゃく》に陥《おちい》っていると、火鉢の前でしばらく火の中をかき回していたリフタンが、ほどなくして大きな器《うつわ》を持って戻ってきた。

彼女は顔を上げて器を覗《のぞ》き込《こ》んだ。火鉢の中で焼かれ、ところどころ黒く焦《こ》げたジャガイモがいっぱいに入っている。

「熱いから気をつけて食べろ」

そう言いながらも、彼自身はたこができた手で無造作につかみ、もくもくと湯気が出ているのを大きく一口かじった。マクシーも、彼に続いてジャガイモを一つ手に取る。炭のように熱いそれを袖で慎重《しんちょう》にくるみ、黒く焦げた皮をむくと、ほくほくとした中身が現れた。

湯気がもくもくと立《た》ち昇《のぼ》るジャガイモをふうふうと吹《ふ》いて慎重に一口かじると、それまで気づかなかった空腹感が一気に押《お》し寄《よ》せてくる。彼女は口の中がやけどするのも構わず、焼いたジャガイモをふうふうと吹きながら頬張《ほおば》った。

若干《じゃっかん》火が通っていない部分がシャリシャリと音を立てる。ジャガイモが、こんなにおいしいとは。彼女はこぶしほどのものをあっという間に平らげた。

すると、隣《となり》でじっと見守っていたリフタンが、あらかじめ皮をむいておいたジャガイモをもう一つ差し出した。彼女はあわてて手を横に振《ふ》る。

「リ、リフタンが、め、召《め》し上《あ》がってください。わ、私は、だ、大丈夫……」

「いいから食え」

彼は投げるように無理やり握らせると、器からジャガイモをもう一つ取り出した。それから適当に皮をむくと、口を大きく開けてかぶりついた。彼女は、皮がきれいにむかれた手元のジャガイモをじっと見下ろしていたが、すぐにまた、ふうふうと吹きながらおいしそうに頬張った。

空腹がある程度満たされると、眠気《ねむけ》がじわじわとこみ上げてくる。彼女はノミやシラミがいるかもしれないという心配も忘れ、寝袋に身を横たえた。倉庫の中央に置かれた火鉢の赤い火が、周囲をかすかに照らしている。食事を終えた騎士たちも、一人二人と寝袋を敷いて寝《ね》る準備をしていた。

自分から言い出したものの、それでもやはり若い男たちの中で寝るのが恥《は》ずかしくて、彼女は毛布をあごの先まで引っ張り上げた。すると、枕元《まくらもと》に座って剣《けん》の手入れをしていたリフタンが、隣に横になって彼女を片腕《かたうで》でぎゅっと抱きしめた。マクシーは困惑《こんわく》して彼の腕を押し返す。

「リ、リフタン……ひ、人がいるのに……」

「誰も気にしないから、おとなしくしてろ。寒いだろ？」

第十三話

リフタンが彼女《かのじょ》の首の下に腕《うで》を差《さ》し込《こ》み、頭のてっぺんに頬《ほお》をこすりつける。どうも寒がっているると思っているようだ。マクシーは途方《とほう》に暮れて、彼《かれ》の肩越《かたご》しにあたりをうかがった。彼の言葉どおり、誰《だれ》も気に留《と》めていなかったが、だからといって臆面《おくめん》もなく男とぴったりくっついているほど神経が太くはなかった。

「だ、大丈夫《だいじょうぶ》です。で、ですから……も、もう少し離《はな》れて……」

「困っていらっしゃるじゃないですか。気遣《きづか》ってあげてください」

突然《とつぜん》割り込んできた声に、彼女は反射的に顔を上げた。二十代前半から半ばくらいに見えるすらりとした体つきの青年が、三、四歩離れたところに小さなランプを持って立っていた。

「余計なお世話だ。失《う》せろ、ルース」

「一体いつまで番犬のように吠《ほ》える気ですか？　からかうつもりはありませんから、そうムキにならないでください」

遠慮《えんりょ》のない毒舌《どくぜつ》に、彼女はびっくりして目を丸くした。威圧的《いあつてき》なことこの上ないリフタンを相手に、まるで猛犬《もうけん》をたしなめるようにずけずけと言ってのけた青年が、今度は彼女に視線を移す。マクシーは、そこでようやく、あたふたと起き上がった。リフタンも仕方なさそうに体を起こして座《すわ》る。

「……用件は何だ？」

「奥様《おくさま》が寒いのではないかと思って持ってきました」

彼がローブのポケットから何かを取り出して、差し出してくる。彼女は、青年のきれいな手のひらの上でおぼろげに光を放つ小石をキョトンと見下ろした。

「火の魔石《ませき》です。保温魔法《ほおんまほう》がかかっているので、持っているだけで体が温まりますよ。どうぞ」

「わ、私に……く、くださるんですか？」

思わぬ親切に驚《おどろ》いて聞き返すと、青年は片方の眉《まゆ》を軽く吊《つ》り上《あ》げた。

「他に誰がいるんです？　ここにいる人たちは皆《みな》、霜柱《しもばしら》の上に裸《はだか》で放っておいてもぐっすり眠《ねむ》ってしまう猛者《もさ》どもですよ」

誰が聞いていようが関係ないという態度で、青年は辛辣《しんらつ》に言い放った。

「でも、奥様は違《ちが》うじゃないですか。見たところ、体もあまり丈夫《じょうぶ》じゃなさそうですし……。粗末《そまつ》な寝床《ねどこ》のせいで風邪《かぜ》でも引いたら、苦労するのは僕《ぼく》なんですよ。これは予防としてお渡《わた》しするんです」

あからさまに面倒《めんどう》をかけるなと言われ、マクシーは余計なことを言わずにそれを受け取った。彼の言葉どおり、石を握《にぎ》った途端《とたん》に暖かい空気が全身を優《やさ》しく包《つつ》み込《こ》む。不思議に思って石をじっと見下ろしていたマクシーは、ふとお礼も言っていなかったことに気づき、慌《あわ》てて口を開いた。

「あ、ありがとうございます。ル……ル、ルース卿《きょう》」

聞きかじった名前を小声でこぼすと、男が微妙《びみょう》な表情をした。

「僕は騎士《きし》ではなく魔法使《まほうつか》いです。ルースで構いませんよ」

それで用件は終わったというように、ルースは背を向けて再び反対側の自分の寝床に行ってしまった。その姿をポカンと見ていると、リフタンが再び横になり、彼女を気忙《きぜわ》しげに引っ張った。

「疲《つか》れているだろ？　早く寝《ね》ろ。明日は陽《ひ》が昇《のぼ》ったらすぐに出発するぞ」

そう言うと、枕元《まくらもと》に置いてあるランプの火を消した。待っていたかのように他の騎士たちもぽつりぽつりと明かりを消してしまうと、あたりは深い闇《やみ》に沈《しず》んだ。リフタンの腕に抱《だ》かれて居心地《いごこち》悪くもぞもぞしていたマクシーは、ひどい疲労感《ひろうかん》に耐《た》えられず、すぐにうつらうつらし始めた。頬に触《ふ》れている胸板《むないた》から、規則正しい鼓動《こどう》の音が子守唄《こもりうた》のように聞こえてくる。こんなところで果たして眠れるだろうかと心配していたのが嘘《うそ》のように、彼女はあっという間に深い眠りに落ちていった。

✣

朝が来て明るくなると、昨夜は不気味に見えた村の風景が、一変して精彩《せいさい》に富んだ姿を見せた。一列に並んだ小屋の裏手には、ユディカルの森の美しい全景が広がっており、前面にはどこまでも続く黄金色《こがねいろ》の麦畑が波のようにうねっていた。

彼女は倉庫を出て、身が引き締《し》まるほど冷たい小川の水で顔を洗い、手を水に濡《ぬ》らして蔓《つる》のようにもつれた長い髪《かみ》を梳《と》かした。冷たい風が濡れた顔を撫《な》でる感触《かんしょく》に、背筋に軽く鳥肌《とりはだ》が立つ。マクシーは垂れた袖《そで》で顔の水気を拭《ふ》き取《と》り、再び倉庫に戻《もど》った。騎士たちは、その間にすでに出発の準備を終えて、馬車の前に集まっていた。

「おい、一人で出歩くな」

「す、すみません」

険しい声で言われ、慌ててリフタンのところに走って行く。彼は不機嫌《ふきげん》そうに顔をしかめ、彼女をさっと抱《だ》き上《あ》げて馬車の座席に座らせた。

「ユディカルの森には魔物《まもの》もしょっちゅう出没《しゅつぼつ》するから、絶対に一人で動き回るな」

彼女は、初日に見た凶暴《きょうぼう》な怪物《かいぶつ》を思い浮かべ、身をすくめた。

「き……き、気をつけます」

「よし。馬車に積む荷物が増えたから、今日から俺《おれ》は馬に乗って行く。何かあったら呼んでくれ」

彼が馬車のドアを閉める。しばらくして、馬車がガタゴトと音を立てて土の道の上を進み始めた。彼女は、窓の外を流れる風景を眺《なが》めた。麦畑がゆっくりと遠ざかり、間もなくびっしりと生《お》い茂《しげ》る木々で視界がいっぱいになる。木漏《こも》れ日《び》が、曲がりくねった道の上に、まるで金糸で織られたベールを垂らしたようにまだら模様を描《えが》いていた。その中を、馬に乗った騎士が隊列を組んでゆっくり走っていく。

彼女は、茂《しげ》みや木の後ろから凶悪《きょうあく》な怪物が飛び出してこないか、注意深く目を走らせた。心配とは裏腹に、順調で平穏《へいおん》な時間が続く。揺《ゆ》れる馬車の中でずっと神経を尖《とが》らせているのも体力が要《い》ることで、彼女はすぐに疲労困憊《ひろうこんぱい》して座席の上にぐったりした。そもそも、自分が神経を使ったからといって状況《じょうきょう》が変わるわけでもない。

そうしてどれほど時間が経《た》っただろうか。ひとしきり走っていた馬車が止まり、リフタンがドアを開けて現れた。

「ちょっと休憩《きゅうけい》しよう」

彼女は嬉《うれ》しくなって早速《さっそく》馬車から降りた。ずっと同じ姿勢で座っていた脚《あし》に突然血が回り、ジンジンする感覚が押《お》し寄《よ》せてくる。彼女はうめきそうになるのをこらえ、中腰《ちゅうごし》で脚をさすった。すると、リフタンがマントを脱《ぬ》いで平らな岩の上に敷《し》き、彼女をその上に座らせて、しびれた脚を揉《も》み始めた。

彼女は戸惑《とまど》った顔で周りを見回した。馬に水を飲ませていた数人の騎士が、こちらを見て呆《あき》れた表情を浮《う》かべている。彼女は頬を赤く染めて彼の肩を押し返した。

「リ、リフタン……そ、そこまで、し、しなくても、だ、大丈夫ですから……」

「口癖《くちぐせ》か?」

「……え?」

彼が、ドレスのスカートの上からふくらはぎを包み込んで、優しくこすりながら言った。

「口を開けば、すぐに大丈夫と言うじゃないか」

彼女は返す言葉が見つからず、節《ふし》くれ立《だ》った武骨な手が、自分の脚を包み込んで丹念《たんねん》に揉むのを、じっと見下ろしていた。なぜこんなによくしてくれるのか、という問いが喉《のど》まで出かかる。こそばゆく感じると同時に、ぴったり合わない服を着たように落ち着かなかった。

「も、もう、本当に……へ、平気です」

無理やり彼の手から脚を引《ひ》き離《はな》すと、やっとリフタンが立ち上がる。彼女はスカートのしわを伸《の》ばすふりをした。

「……食べる物を持ってくるから、休んでろ」

リフタンが淡々《たんたん》と言うとその場を離れ、パンと干し肉を持って戻ってくる。彼女は、パサパサした硬《かた》いパンを、水でふやかしながら無理やり食べた。食事を終えた後は、リフタンに慎《しん》重《ちょう》に言《い》い含《ふく》めてから、少し離れた茂みの裏で用を足す。

また退屈《たいくつ》な時間が続いた。彼女は、揺れる馬車の中で、退屈しのぎに木の数を数えた。木の葉があまりにもびっしりと茂っていて、もうほとんど光が漏《も》れてこない。それ以上移動できないほど真っ暗になり、ついに騎士たちが馬車を止めた。彼らが周囲に魔物や獣《けもの》がいないか十分に確認《かくにん》し終えた後、ようやくマクシーは馬車から降りることができた。

彼女はランプをぎゅっと握《にぎ》りしめて、馬車の近くに小さなテントを張っているリフタンのもとへ、なんとか近づいていった。騎士たちは皆、たき火を中心にして円を描くように小さなテントを張っている。

「森では明け方になると霧《きり》が出るから、霜《しも》に当たらないようにするためには、こんな粗末なテントでも張っておかないといけないんだ」

地面にくさびを打って布をぴんと固定させたリフタンが、彼女を振《ふ》り返《かえ》りながら説明した。彼女は、腰《こし》の高さほどの三角テントをキョトンと見下ろした後、かがんで中を覗《のぞ》いた。一人が横になるのもやっとに見える。

「ふ、二人が、ね、寝るには、せ、狭《せま》すぎませんか？」

首をかしげながら尋《たず》ねると、反対側の地面に杭《くい》を打っていたリフタンの手が止まった。彼が困惑《こんわく》の色を浮かべた目で彼女を振り返る。

「……ここでは俺一人で寝るつもりだ。お前は馬車の中で寝ろ」

マクシーはかっと赤くなった。当然のように一緒《いっしょ》に寝ると思っていたことが恥《は》ずかしくて、彼女はあたふたと付け加えた。

「わ、私は……、ず、ずっと一緒に、ね、寝てたから……そ、それで、そうするものだと、お、思って……」

「……勘弁《かんべん》してくれ。昨日もやっとのことで我慢《がまん》したんだ」

深いため息をつきながらそう言われると、彼女は傷ついた顔でがっくりとうなだれた。すると彼が悪態をつき、彼女の手を握ってどこかに連れて行く。マクシーはよろめきながら彼の後について行った。

野営地から少し離れただけで、あたりが恐《おそ》ろしいほど真っ暗になった。風が木の葉をざわざわと揺らす音や、ギャーギャーという鳥の鳴き声が不気味に聞こえてくる。マクシーは怖《こわ》くなって彼の手をぎゅっと握った。すると、彼は大きな木の幹に彼女の体を押しつけ、性急に唇《くちびる》を重ねてきた。

彼女は、脈絡《みゃくらく》のつかめないその行動に、はっと息をのんだ。柔《やわ》らかい舌が口の中に押し込まれ、舌を激しく吸《す》い込《こ》む。その妙《みょう》な感覚に首をすくめると、彼が顔を包み込んでさらに濃厚《のうこう》に口づけしてきた。柔らかい髪《かみ》の毛《け》が額をくすぐり、大きな手が頬と首のあたりを優しく撫で下ろす。彼が顔を傾《かたむ》けて、舌で歯の裏を舐《な》め、頬の内側を優しくこすった。重なり合った唇の間から粘《ねば》っこい唾液《だえき》が流れ落ちて、あごを濡らす。彼がそれを舐めてぼやいた。

「俺は一晩中、こんな状態でいなければならないんだぞ」

彼女の手をつかんで体のどこかに押し当てる。マクシーは手の中で彼のそれが硬《かた》く膨《ふく》れ上《あ》がってうごめくのを感じ、仰天《ぎょうてん》した。急いで引っ込めようとしたが、しっかりとつかまれた腕はびくともしなかった。

「この状態で何もせずにおとなしく横になっているのが、どれだけつらいか分かるか？」

第十四話

リフタンが再び貪《むさぼ》るようなキスを浴びせる。マクシーは木の幹と彼《かれ》の体の間に挟《はさ》まって、もだえ苦しんだ。彼が両手でお尻《しり》をぎゅっとつかんで引き寄せ、むっくりと膨《ふく》れ上《あ》がったものをお腹《なか》の上にこすりつけると、触《ふ》れ合《あ》った体があっという間に熱くなる。そんな自らの反応が恐《おそ》ろしく、マクシーは激しく身をよじった。

「い、嫌《いや》です……。こ、こんなところで……」

「……おかしくなりそうだ」

リフタンがうめき声を上げて木に頭を叩《たた》きつける。彼の肩《かた》が大きく上下するのを感じ、彼女《かのじょ》はすっかり身をこわばらせた。俺《おれ》のことを拒《こば》んだといって怒《おこ》り出すのではないかとビクビクしていると、リフタンがゆっくりと体を離《はな》した。

「……お前が隣《となり》にいるとこうなるから、馬車の中で一人で寝《ね》ろ。いいな？」

リフタンが頬《ほお》を軽く叩きながら、まるであどけない子どもを諭《さと》すように言う。マクシーはうなずくのが精一杯《せいいっぱい》だった。彼が再び彼女の手を取って、野営地のあるところへ歩いて行く。戻《もど》ってくる二人の姿を見て、岩の上に腰《こし》かけて火に当たっていた大柄《おおがら》な騎士《きし》が、にやにやと太々《ふてぶて》しい笑《え》みを浮《う》かべた。

「団長、思ったより早かったっすね。そっちの剣《けん》は、長い間使っていなくて錆《さ》びちゃったんじゃないっすか？」

リフタンが足を止め、男に向かって殺気立った視線を投げかける。だが、彼は臆《おく》する気配もなく、カラカラと笑い飛ばした。その姿を見て、木にもたれて黙々《もくもく》と剣の手入れをしていた騎士が、蔑《さげす》むようにつぶやく。

「低俗《ていぞく》な奴《やつ》」

「そういうリカイド家のお坊《ぼっ》ちゃんは、一体どれほど高潔なんだ？」

「少なくとも貴様よりは高潔だ」

「へっ、自分で自分のことを高潔だとぬかす奴に、まともな人間がいるかよ。そう言う奴に限って、裏では汚《きたな》いことを……おい！　この野郎《やろう》……！」

金髪《きんぱつ》の騎士に脚《あし》を蹴《け》られた男が、がばっと立ち上がって剣を抜《ぬ》く。金髪の騎士も、持っていた剣を構えて狙《ねら》いを定める。思いがけない状況《じょうきょう》に驚《おどろ》いたマクシーは、リフタンの背中にぴったりくっついた。リフタンは、片方の腕《うで》で彼女の肩を抱《だ》きながら、彼らに向かって眦《まなじり》を吊《つ》り上《あ》げた。

「精力が有り余っているようだから、不寝《ねず》の番はお前たち二人が交互《こうご》に立てば良さそうだな」

「団長！」

リフタンは、二人の抗議《こうぎ》には耳を貸そうともせず、馬車に向かって歩いていった。マクシーは、鬼気迫《ききせま》る表情でにらみ合っている男たちを、心配そうな目で肩越しにちらちらと見た。リフタンが彼女の顔を前に向けて言う。

「あいつらのことは気にしなくていい。いつも互《たが》いに、死ぬ気でいがみ合っているんだ」

彼女は呆然《ぼうぜん》とうなずいた。同じ騎士団に属しているからといって、皆《みな》が皆、仲が良《い》いわけではないようだ。

リフタンは、彼女を馬車に乗せた後、再びテントを張る作業の仕上げにとりかかった。彼女は馬車のドアのところに腰かけて、彼が作業している間、ランプの明かりでそれを照らした。彼が、テントの中に無造作《むぞうさ》に寝袋《ねぶくろ》を押し込んだ後、その傍《かたわ》らににょきっと突《つ》き出《で》ている木の根に腰かけて、剣の手入れを始めた。

しばらくして、周囲の偵察《ていさつ》に行っていた二人の騎士が、ガチョウほどの大きさの真っ黒な鳥を三羽、手に持って戻ってきた。彼らが、鳥の翼《つばさ》をつかんでひねり、翼の根元の部分を裂《さ》いて皮を一気に剝《は》ぐ。

マクシーは衝撃《しょうげき》で凍《こお》りついた。引《ひ》き裂《さ》かれた翼が、地面に無造作に放り捨てられた。騎士たちが、短刀で鳥の脚をバッサリと切って、うずたかく積もった羽毛《うもう》の上に放る。彼女はこみ上げる吐《は》き気《け》をこらえながら、急いで馬車の中に駆《か》け込《こ》んだ。リフタンが、こんがり焼けた鳥の肉を持ってきたが、とても食べる気にはならなかった。

一口だけでも食べてみるようにと執拗《しつよう》に勧《すす》められたが、彼女はそれをキッパリと断り、石の塊《かたまり》のように硬いパンを、少量のチーズと一緒《いっしょ》に食べた。リフタンが、熱い肉汁《にくじゅう》がぽたぽた滴《したた》る肉を嚙《か》みちぎりながら、不満そうにその姿をにらむ。

「ここを抜けるのに、もう一日はかかるだろう。その時までしっかり精をつけておかないと、体がもたないぞ」

「……ちゃ、ちゃんと食べています」

食べなければずっと小言を言われるので、本当に無理やり口の中に押し込んでいく。リフタンは何か言いたげに片方の眉《まゆ》を持ち上げていたが、やがて諦《あきら》めたようにため息をつき、食事に没頭《ぼっとう》し始めた。彼女は、火のそばにうずたかく積もっている羽毛になるべく目をやらないように意識し、食事を終えると馬車に戻っていった。

徐々《じょじょ》に夜が深まっていくにつれて、空気が一段と冷えて重く沈《しず》んでいく。他の騎士たちが一人二人とテントに入って横になると、彼女も馬車の座席の上に寝袋を敷《し》いて横になった。時折、獣《けもの》の鳴き声や木の葉のカサカサする音が聞こえてきた。

背筋に不気味な悪寒《おかん》が走るのを感じ、そっとドアを開けてリフタンが寝ているテントを見下ろす。テントの外ににゅっと突き出ている彼の長い脚を見ると、なぜか安心した。彼女は再び寝袋に身を横たえて眠《ねむ》ろうとした。しかし、ギャーギャーという鳥の鳴き声が、むごたらしく食べられた仲間たちを哀悼《あいとう》しているようで、なかなか眠ることができない。彼女は頭の上まで毛布をかぶって耳を塞《ふさ》いだ。

✣

明け方になってやっと眠りについたマクシーは、騒々《そうぞう》しい音にびくっと目を覚ました。明け方の青みがかった光の中で、騎士たちが一人二人と鎧《よろい》を着ている。彼女はあたふたとおおざっぱに顔を洗い、手で髪《かみ》を梳《と》かした。パンと水で適当に食事を済ませた騎士たちが、まもなく出発することを知らせてきた。彼女も水とパンで簡単に食事を済ませ、座席につく。

しばらくすると、馬車が力強く転がり始めた。マクシーはガタゴトと揺《ゆ》れる馬車の中でうとうとした。あれほど怖《こわ》がっていたのが恥《は》ずかしくなるほど、旅はすこぶる順調に進んでいく。魔物《まもの》たちの襲撃《しゅうげき》にしっかりと備えていた騎士たちは、拍子抜《ひょうしぬ》けしたように、ありふれたゴブリンの一匹《ぴき》も見当たらないじゃないか、とぼやいている。彼女は心の中で、ゴブリンなんて見たくない、と言い返した。

こうして休まずに半日ほど走った後、一行は小さな泉のほとりで昼食をとり、再び移動し始めた。一日中揺れる馬車の中で倒《たお》れないように取っ手をぎゅっと握《にぎ》っていたせいで、腕や肩がズキズキし、頭がガンガンしてくる。

しかし、少し休んではどうか、という言葉がどうしても出ない。ぐっと押《お》さえて耐《た》えることさらに半日、あたりが真っ暗になると、安堵感《あんどかん》さえ覚えた。彼女は、リフタンが手渡《てわた》してくれる食べ物に口をつけるのもそこそこに、馬車の床《ゆか》に毛布を敷くやいなや眠りについた。

ぐっすり眠ったおかげか、翌日はずいぶんと楽になっていた。一行は早朝から移動して、太陽が中天に昇《のぼ》る頃《ころ》にはユディカルの森を抜けた。馬車の揺れがはっきりと減ったことを感じ、マクシーはホッと安堵のため息をついた。

地形が複雑で非常に険しいユディカルの森と違《ちが》って、アナトリウムの平原は道がよく整備されていた。彼女は窓を開けて、なだらかな丘《おか》を覆《おお》っている緑の草原と白い野花を眺《なが》めた。しばらくの間うんざりするほど木ばかり見ていたせいか、ぱっと開けた視界が何とも言えず爽快《そうかい》に感じられる。

「あの山さえ越《こ》えればアナトールだ」

先頭で騎士たちを率《ひき》いていたリフタンが、馬車のそばに近づき、声をかけてきた。彼女は窓からそっと顔を出して前方を眺めた。広い平原の先に、山々の白い峰《みね》が垣根《かきね》のように長く連なっている。

「もう少しの辛抱《しんぼう》だ。明後日《あさって》……いや、早ければ明日の夕方には到着《とうちゃく》できるだろう」

安堵感で危《あや》うくうめき声を漏《も》らすところだった。今日一日だけ耐えれば、明日はベッドで寝られる。温かいお湯をいっぱいに入れた浴槽《よくそう》にとっぷり浸《つ》かった後、焼きたての柔《やわ》らかいパンととろみのある野菜スープ、ジャムをたっぷり入れたパイと香りの良い果実酒でお腹をいっぱいに満たそう。そして、きれいで暖かいベッドの上に横になって眠ろう。そんな姿を想像しながら、彼女はもう半日を耐えた。

馬車は、陽がまさに沈み始める頃になってようやく止まった。彼女は、馬車から降りるやいなやリフタンを探した。自分のことを見て見ぬふりをする騎士たちの中にぽつんと残っていると、まるで道に迷った子どものように寄る辺《よべ》ない気持ちになるのだ。

彼女は、忙《いそが》しそうに野営の準備をしている騎士たちの間を、慎重《しんちょう》に通り過ぎた。リフタンが川辺で馬に水を飲ませているのが見える。そこにちょこちょこと走っていくと、リフタンが怪訝《けげん》な顔で振《ふ》り返《かえ》った。

「どうした？　何かあったのか？」

あなたが見えないので、不安になって追いかけてきました、とはとても言えず、彼女はかがんで手を洗うふりをした。リフタンが隣にしゃがみ、彼女に倣《なら》って手と汗《あせ》で濡《ぬ》れた首筋を洗い流す。彼の長くてたくましい首筋が、夕陽《ゆうひ》に照らされて、赤々と熱せられた銅のように輝《かがや》いている。彼が風でバサバサに乱れた髪を濡れた手でかき上げて適当に整えているのを、マクシーはこっそりと盗《ぬす》み見《み》た。改めて彼の美しさが胸にしみる。

「おい、スカートが濡れているじゃないか」

彼が不意に、彼女の足元を見つめながら言った。ぼんやりと彼を眺めていたマクシーは、びっくりして立ち上がった。ただでさえ数日間着替《きが》えられずにほこりで汚《よご》れたドレスの裾《すそ》が、水を含《ふく》んでだらりと垂れ下がっている。彼女は困惑《こんわく》した顔でドレスの裾をつかみ、真っ黒についた泥《どろ》を払《はら》い落《お》とした。その姿をじっと見下ろしていたリフタンが、彼女の前に片膝《かたひざ》をついて身をかがめる。

「俺がやってやるよ」

「だ、だいじょ……！」

びっくりして後ずさりしようとすると、リフタンがさっと顔をしかめて、軽くにらんでくる。大丈夫《だいじょうぶ》というのが口癖《くちぐせ》か、とつっけんどんに聞かれたことを思い出し、ためらっている間に、彼がドレスの裾をつかんで、泥がついているところを川の水で濡らして軽くすすぎ、水気をぎゅっと絞《しぼ》った。

彼女はどうしていいか分からず、彼に合わせて身をかがめた。騎士は名誉《めいよ》を命よりも重んじる輩《やから》ではなかったのか。忠誠を誓《ちか》った主君の前でなければ、むやみに頭を下げないのが騎士だ。ところが、彼はともすれば彼女の前で身をかがめた。

下民階級の出身だから、身を低くすることに抵抗《ていこう》がないのだろうか。彼女は、自分のような取るに足りない女の前に身をかがめている姿を他の騎士たちが見て、彼のことを軽《かろ》んじたりはしないだろうかと心配になった。

「体が冷えただろ？　火のそばに行って体を温めろ」

リフタンが汚れた手を洗いながら平然と言う。マクシーは、彼がきれいにしてくれたドレスの裾が再び汚れないように気をつけながら、丘を登った。

ひんやりとした夜風が、草原を大きく波打たせながら西の方に吹《ふ》き渡《わた》っていく。彼女は髪が巻き上げられないようにフードをしっかりとかぶり、彼がズボンの裾を濡らしながら馬に水を飲ませるのを見守った。

いつの間にか太陽は山の向こうに沈み、あたりは藍色《あいいろ》のような夜の帳《とばり》が下りていた。

第十五話

「……雨期が始まりそうだな」

馬を連れて戻《もど》ってきたリフタンが、空を見上げながら言った。マクシーは彼《かれ》の視線の先を仰《あお》ぎ見た。そこには降り注ぐような無数の星がきらめき輝《かがや》いている、澄《す》んだ夜空があるだけだ。

首をかしげていると、短刀で乾《かわ》いた薪《たきぎ》を細く割って火の中に投げ入れていた騎士《きし》が、淡々《たんたん》と同意した。

「風の季節に入ってだいぶ経《た》つので、そろそろ荒《あ》れる頃《ころ》になったんでしょう」

「想像するだけでも気が滅入《めい》るよ。雨の中、山をかき分けて行くのは本当に悲惨《ひさん》だからな。鎧《よろい》もやたら重く感じるし、地面はぬかるんで……」

装甲手袋《ガントレット》を外して手を火にかざしていたもう一人の騎士が、愚痴《ぐち》をこぼした。

「その前にアナトールに着いているさ。余計な心配だ」

「忘れたのか？　アナトールに着いて数日後には、今度は王都へ旅立たなければならないんだぞ」

顔をしかめて愚痴をこぼしていた騎士が、リフタンの隣《となり》にアヒルの子のように及《およ》び腰《ごし》で立っているマクシーをじろりと見ながら、さっと険《けわ》しい顔をする。

「無駄《むだ》に遠回りをしたせいで、ただでさえ遅《おく》れているのに……。ルーベン王の機嫌《きげん》をさらに損《そこ》なうのは、得策ではないと思いますが」

「梅雨《つゆ》が始まったら仕方ないだろ」

馬の手綱《たづな》を杭《くい》に縛《しば》りつけ、彼女《かのじょ》の横にどかっと座り込《すわこ》んだリフタンが、尊大に言った。その言葉に、黙《だま》って座《すわ》っていた金髪《きんぱつ》の騎士——先日リカイドと呼ばれた男が、露骨《ろこつ》に呆《あき》れた表情を浮《う》かべる。

「悪竜《あくりゅう》を倒《たお》した英雄《えいゆう》が、たかが雨を理由に王の招きに応じないつもりですか？」

「誰《だれ》が応じないと言ったんだ。少し遅らせようというだけだ」

「国王陛下をこれ以上待たせるわけにはいきません！　私たちは散々時間を無駄にしたんですよ！」

男の声が鞭《むち》のごとく背中を打つようだった。マクシーは青ざめた顔でドレスのスカートをぎゅっと握《にぎ》りしめた。リフタンの表情が険しくなる。

「ウスリン・リカイド、言葉を慎《つつし》め」

まだ何か言《い》い募《つの》ろうとして唇《くちびる》をぴくぴくさせていた男が、その威圧的《いあってき》な声にぐっと口を閉じた。重々しい沈黙《ちんもく》が訪《おとず》れる。積み上げられた薪がパチパチと火花を散らす音だけが鳴《な》り響《ひび》くことしばし、軽薄《けいはく》に感じられるほど陽気な性格の騎士が、頭をボリボリかきながら口を開いた。

「俺《おれ》は団長の意見に賛成だ。雨に降られた野良犬《のらいぬ》みたいに、ずぶ濡《ぬ》れになったザマで入城するのは御免《ごめん》だぜ。三年間あれだけ苦労したんだ。どうせならピッカピカの姿で入城してこそ格好が付くってもんじゃないか」

「呆れた奴《やつ》！　そんなくだらない理由で……！」

「リカイド卿《きょう》、ニルタ卿の言葉にも一理あります。どうせならレムドラゴン騎士団の威容《いよう》を首都にしっかりと印象づけた方がいいでしょう」

隅《すみ》の方で黙って座っていたルースが、淡々と自分の意見を付け加える。すると、ニルタ卿と呼ばれた騎士——ヘバロン・ニルタが、意気揚々《いきようよう》と鼻を高くした。

「ほら見ろ、魔法使《まほうつか》いも俺の言葉が正しいと言ってるじゃないか」

「とりあえず様子を見ましょう。雨期が始まるまで、まだ日があるかもしれませんから」

金髪の騎士が不満げな表情をすると、ルースがなだめるように言った。彼女は、張《は》り詰《つ》めた空気が少し緩《ゆる》むのを感じ、ひそかに安堵《あんど》のため息をついた。今聞いた話から察するに、どうやら彼らは、クロイソ公爵《こうしゃくりょう》領に立ち寄るために、王都に行く旅程をかなり遅らせたようだ。

彼女は、いつか城の図書室で見たロビデン大陸の地図を思い浮かべた。リフタンの領地アナトールは、大陸の南西の端《はし》、南イシリア海に向かって蛇《へび》の頭のように突《つ》き出《で》ている小さな半島に位置していた。四方を険しい山地に囲まれ、南には大海原《おおうなばら》が広がっているところだと聞いたことが、おぼろげに思い浮かぶ。

ウェドンの王都ドラキウムは、アナトールのかなり上、西北部に位置している。ドラゴン討《とう》伐戦《ばっせん》があったアランタルから王都へ行く最短の経路は、ウィセリウム川をまっすぐに遡《さかのぼ》るルートだ。地理については生半可な知識しか持っていなかったが、彼らが遠回りしていることだけははっきりと分かった。

（私のせいで……王の怒《いか》りを買ったのかもしれないのね）

マクシーは、金髪の騎士――ウスリン・リカイドという名の男がなぜあれほど苛立《いらだ》っているのか、何となく理解することができた。リフタンは、娘《むすめ》を嫁《よめ》にやるという王の厚意《こうい》を断っただけでなく、討伐戦の功績を称《たた》えるための招きにも応じていないのだ。マクシーは胃がキリキリとしてくるのを感じた。

（いや、私のためじゃなくて……何か別の理由があるはずよ。妻を家に連れて行くために王の招きを後回しにする騎士が、一体どこにいるっていうの）

彼女はすぐに厚かましい考えを振《ふ》り払《はら》った。自分のためにそこまでするなんてあり得ない。中央の権力が弱体化した諸侯《しょこう》時代になってからは、広い土地とその土地を維持《いじ》するのに必要な軍事力を持つ者が、王よりも強い影響力《えいきょうりょく》を行使することが多々あったが、ウェドンの王権は他の六つの国よりも安定していた。

しかも、ルーベン三世は強力な指導力を誇《ほこ》り、数百人の高位騎士から忠誠の誓《ちか》いを受けた聖王だ。そのような君主を、自分なんかのために後回しにするはずがない。

「さあ、しょうもないことに余計な力を使ってないで、食事でもしましょう」

少し離《はな》れたところで、ナイフでチーズの塊《かたまり》を均等に切っていた騎士が、食料を配り始める。彼女は、見るのも嫌《いや》になってきた茶色のパンを、リフタンが渡してくれたワインと一緒《いっしょ》に口に入れた。塩漬《しおづ》けされた肉を、パンとチーズと一緒に食べた後は、馬車の中に入って横になった。

ひどく疲《つか》れているにもかかわらず、わけもなく胸がそわそわして、なかなか眠《ねむ》ることができない。明日の夕方には、新しい住まいに入ることになる。アナトールは一体どんなところだろうか。彼女は、予想だにしない方向に進み始めた自分の運命について、思いを巡《めぐ》らせた。数日前まではあんなに恐怖《きょうふ》に震《ふる》えていたのに、今は、不安の只中《ただなか》にあっても、かすかな希望の灯《とも》火《び》が胸の片隅《かたすみ》に揺《ゆ》らめくのを感じている。

もしかしたら、新しい場所で新しい人生を始めることができるかもしれない。

だが、彼女は意識的にそのような期待感を抑《おさ》え込《こ》んだ。がっかりするのが怖《こわ》かった。

(……良《い》いことばかり起こり続けるはずがないわ)

離婚《りこん》の危機から脱《だつ》しただけでなく、父親の暴力からも解放された。恐《おそ》ろしく見えた夫も、実はそれほど冷酷《れいこく》な人ではない。いや、むしろ優《やさ》しい人のようだ。すでに十分すぎるほど、いいことばかり立て続けに起こっている。彼女は、幸運の女神《めがみ》がそれほど頻繁《ひんぱん》に微笑《ほほえ》んではくれないことをよく知っていた。

マクシーは首まで毛布を引っ張り上げて、この先何が起こるにせよ、気を引《ひ》き締《し》めていこうと心に決めた。

✣

一行は翌日、太陽が中天に昇《のぼ》る頃になって、ようやく山のふもとにたどり着いた。山間《やまあい》に入っていくと、狭《せま》い道の脇《わき》に小さな物見櫓《ものみやぐら》が一軒《けん》、ぽつんと建っているのが目に入る。そこに見張りに立っていた四人の衛兵が、慌《あわ》てて飛び出してきて一行を迎《むか》えた。衛兵の案内で物見櫓の休息所に入った彼らは、久しぶりに食卓《しょくたく》について食事する機会を得た。

熱いシチューと焼いたジャガイモでしっかりと腹ごしらえした後、一行は再び馬にまたがって移動し始める。日が暮れる前に到着《とうちゃく》するためには、最短経路をとらなければならないということで、マクシーも馬車から降りてリフタンの馬に一緒に乗った。ポニーや小馬に乗ったことはあるが、軍馬に乗るのは初めてで、緊張《きんちょう》した。

彼女が及び腰で鞍《くら》をぎゅっとつかんでいると、リフタンが後ろから片腕《かたうで》で腰《こし》をしっかり抱《だ》きしめて、自分の胸にもたれかかるようにさせる。

「最短経路だから、そのぶん道が険しくなる。遠慮《えんりょ》なく俺に寄りかかっていろ」

彼に負担をかけたくなかったが、いかんせん慣れない乗馬で険しい山道を登るとなると、どうしても彼にしがみつかざるを得なかった。今にも転げ落ちるかもしれないという恐怖で、マクシーは彼の腕《うで》を必死につかんだ。足手まといで重いはずなのに、リフタンは一言も文句を言わずに馬を進める。

「団長！　二スラディオン（※約三百六十メートル）前方にウェアウルフが五頭います」

どれほど進んだだろうか、先を行っていた騎士が大声で叫《さけ》ぶと、騎士たちが一斉《いっせい》に剣《けん》を抜《ぬ》いた。マクシーは恐怖に駆《か》られて彼の服をぎゅっとつかんだ。リフタンが前方に向かって叫ぶ。

「ここまで来させるな！」

「任せてくださいよ。ちょうど体がうずうずしてたんで！」

ヘバロンという名の騎士がけたたましく叫び、猛然《もうぜん》と前に駆けていった。それとほぼ同時に、猛々《たけだけ》しい獣《けもの》の咆哮《ほうこう》が響《ひび》き渡る。彼女はじっと息を殺してぶるぶる震えた。リフタンが、彼女の後頭部をぎゅっと押さえて、自分の胸に顔を埋《うず》めさせる。

「すぐに終わるから目をつぶってろ」

彼女は、聞き分けのよい子どものように耳を塞《ふさ》ぎ、目を閉じた。だが、剣が激しく打ちつけられる音や、逆上した獣が吠《ほ》えたける声が鼓膜《こまく》に伝わってくるのは、どうにも防ぎようがなかった。

「団長！　上！」

誰かの叫《さけ》び声《ごえ》に思わず顔を上げたマクシーは、鋭《するど》い悲鳴を上げた。木の枝に登っていた真っ黒な怪物《かいぶつ》が、彼らに向かって矢のように飛びかかってきたのだ。だがその生物は、彼らのもとにたどり着く前に、空中で真っ二つになってしまった。

彼女は何が起こったのか理解できず、地面に横たわっている黒い怪物をポカンと見下ろした。

リフタンがマントに飛び散った血を見て舌打ちする。

「ガベル、数も数えられないのか？　五頭じゃなくて六頭だ」

遅れて駆けつけた騎士が、バツの悪そうな顔で頭を掻《か》いた。

「ブラックウェアウルフは隠形術《おんぎょうじゅつ》が使えるんですよ」

リフタンは答える代わりに軽く鼻で笑い、馬に拍車《はくしゃ》をかけて前方に移動した。絡《から》み合《あ》った蛇のようにくねくねと突き出た木の根の上に、人間の体にオオカミの頭をした魔物《まもの》たちが転がっている。騎士たちは剣についた血を拭《ふ》き取り、再び馬にまたがった。

マクシーは、彼らのとんでもない強さに唖然《あぜん》となった。数年前に本でウェアウルフに関する記述を読んだことがある。間違《まちが》いなく『骨は鉄のように硬《かた》く、皮は鎧のように堅固《けんご》であるため、鋼鉄の剣を振《ふ》り回《まわ》しても大きな傷を負わせるのは難しい』と描写《びょうしゃ》されていた。そんな怪物を、リフタンはあっという間に一刀両断してしまったのだ。

「近くにこいつらの群れがいるかもしれないので、急ぎましょう」

ルースが周囲を見回しながら言うと、他の騎士たちが一斉にうなずいた。彼らの乗った馬が、坂道を曲芸でもするようにすごい速さで駆けていく。彼女は、舌を噛《か》まないように歯を食いしばった。そうして岩と木で覆《おお》われた山道を走ることしばし、高い峰《みね》を越《こ》えると視界が突然《とつぜん》ぱっと開けた。

第十六話

　マクシーは惹《ひ》きつけられたように、急な斜面《しゃめん》の下に広がる風景を眺《なが》めた。広々とした草原の先には、灰色の城壁《じょうへき》に囲まれた大きな村があった。リフタンがその方を指差しながら言った。

「あそこが俺《おれ》の領地、アナトールだ。領民たちのほとんどは傭兵《ようへい》か鉱夫《こうふ》で、中には農奴《のうど》もいるが作物が育ちにくい土壌《どじょう》だから、大半の領民たちはヒツジやニワトリ、ヤギを飼って生計を立てている」

　彼《かれ》の説明を聞きながら、彼女《かのじょ》はこれから自分が暮らすことになるかもしれない土地をじっくりと観察した。高くそびえる城壁の入り口の前には草原が広がり、後方には険しく高い峰《みね》が壁《かべ》のようにそそり立っていた。山の中腹には、ゴーレムが体を二つに折って座《すわ》ったような形をした、巨大《きょだい》な要塞《ようさい》があった。その超然《ちょうぜん》とした佇《たたず》まいを見た瞬間《しゅんかん》、彼女は背筋にかすかな戦慄《せんりつ》が走るのを感じた。カリプス城は、まるで夫の分身のようだった。孤独《こどく》で、威圧的《いあってき》な巨人《きょじん》のようだ……。

「見かけは派手ではないが、中は申し分ない。あれくらいなら、それなりに大きい方だろう」

　城に釘付《くぎづ》けになっているマクシーに向かって、リフタンが落ち着かない様子で言った。彼女は振《ふ》り返《かえ》って信じられないという眼差《まなざ》しで彼を見た。それなりに、だなんて。山の半分を覆《おお》い尽《つ》くすほどの巨大な石造りの建物を、そんなふうに表現するとは驚《おどろ》きだった。どうやら、彼女の父親の城と比べて言っているらしい。クロイソ城の規模はカリプス城の二倍はあり、ロエム帝国《ていこく》の建築様式を用いた外観は、輝《かがや》かんばかりに美しかった。そのことをよく知っているリフタンは、焦《あせ》ったように付け加えた。

「お前が気に入らなければ、内装に手を加えてもいい。室内の装飾品《そうしょくひん》を買い集めれば、お前の父親の城のように華《はな》やかにもできる。外観を変えるのは大変だろうが……。クソッ、殺風景な見た目も、安全のためには仕方ないんだ。この一帯は魔物《まもの》たちも多いから……」

「ま、魔物が……お、多いんですか？」

不安な顔で聞き返すと、彼は低いうめき声を上げ、切羽詰《せっぱつ》まったように声を荒《あら》らげた。

「心配する必要はない！　あれほどまでに高く築いた城壁が見えないのか？　この領地を賜《たまわ》ってすぐ、俺が築かせたんだ。何年もかけて、村全体を守るために。くだらない魔物など、一匹《ぴき》たりとも侵入《しんにゅう》させはしない！」

「し、心配し、してるのでは、ありません……」

彼女は、彼の激しい反応に消え入りそうな声で答えた。単に彼の機嫌《きげん》を取るために言ったのではなかった。リフタンの言うとおり、城壁に取り囲まれた領地はとても守りが堅《かた》く、安全そうに見えたのだ。

「団長、おしゃべりはそのくらいにして、さっさと行きましょう。腹が減って死にそうです！」

少し離《はな》れた場所で待機していた騎士《きし》が催促《さいそく》すると、リフタンは手綱《たづな》をぐいと引いた。巨大な軍馬が勢いよく山道を駆《か》け下りていき、顔を叩《たた》きつけるような風にマクシーは目を細めた。フードが脱《ぬ》げ、ぐるぐると巻きつけておいた髪《かみ》の毛《け》は風に舞《ま》い上《あ》がった。

「レムドラゴン騎士団だ！　門を開けろ！」

あっという間に城門の前にたどり着き、騎士たちが大声で叫《さけ》んだ。衛兵たちは、彼らが着ている鎧《よろい》とローブに刻まれた紋章《もんしょう》を見るや否《いな》や門を開け出した。城門の前には、悪竜《あくりゅう》を討伐《とうばつ》した偉大《いだい》な領主を出迎《でむか》えようと、たくさんの領民たちが集まっていた。リフタンを目にした彼らは一斉《いっせい》に歓声《かんせい》を上げた。

「ロッセム・ウィグル・ド・カリプス（※ウィグルの化身《けしん》カリプス）！」

彼女は耳をつんざくような声に驚き、思わず彼の胸に体を寄せた。偉大な英雄《えいゆう》ウィグルの化身。騎士に贈《おく》られる最大級の賛辞であり、敬意の表れでもあった。

農作業の途中《とちゅう》で駆けつけた農夫たちは、つるはしを旗のように振《ふ》りながら『ロッセム・ウィグル』と連呼し、きれいに着飾《きかざ》った女性たちは、色とりどりのハンカチを頭の上で振っていた。荷車の上に乗って激しく両腕《りょううで》を振《ふ》り回《まわ》す鉱夫たちや、屋根の上に座って歓声を上げる建築家たちに、顔に煤《すす》をつけ白い歯を見せて明るく笑う子どもたち……。

まるで誰《だれ》かが指揮でもしているかのように、めまいがするほどたくさんの人々が領主の名前を叫んでいた。彼女は圧倒《あっとう》されたまま、その様子を眺めた。

こんな光景は見たことがなかった。恐怖《きょうふ》と服従の日々を過ごす使用人たちや、豪華《ごうか》だが冷え冷えとした空気が漂《ただよ》っていた父親の城とは、まったく違《ちが》う世界が広がっていた。あたりは生き生きと活気にあふれ、人々の顔は喜びや誇《ほこ》らしさでいっぱいだった。

「団長！　領民たちが祝賀の宴《うたげ》を準備しているそうです。勝利の知らせを聞いた時から、用意していたらしいですよ！」

後からついて来た騎士の一人が、興奮した様子で声を上げた。リフタンは好きにしろというように、ひらひらと手を振って見せた。

「俺はすぐ城へ行く。お前らは思う存分楽しんでこい」

そう言って、彼は馬に合図を送った。軍馬は力強く前脚を上げ、平らな石が敷《し》きつめられた広い道の上を駆《か》け抜《ぬ》けていった。道の両側に詰《つ》めかけた人々は、リフタンとマクシーに向かって野の花のシャワーを浴びせた。彼女は震《ふる》える瞳《ひとみ》で舞《ま》い散《ち》る花びらを見つめていた。自分に向けられた歓声ではないのに、胸が高鳴った。だが、当のリフタンは少しも心を動かされていないようで、無表情のままだった。

（すごく感情的な時もあるのに……）

彼は時折、岩でできているのではないかと思うほど無頓着《むとんちゃく》な態度を見せる。さっぱり理解できない人だと思いながら、彼女は彼から目を離して、あたりを見回すことに集中した。アナトールは僻地《へきち》にある村とは思えないほど、大きくて活気にあふれていた。

大通りや広場の周辺には、三、四階建ての石造りの建物や商店、宿がぎっしり並び、村の中心を流れる小川沿いには酒場が軒《のき》を連ねていた。早速《さっそく》その方向へ飛んで行く騎士たちの姿が見えた。

美しく着飾った娼婦《しょうふ》たちが窓から身を乗り出し、彼らに向かって投げキッスをした。中にはドレスの裾《すそ》を引き下ろし、あらわになった胸元《むなもと》を見せつける者もいた。衝撃的《しょうげきてき》な光景に、マクシーは思わず口をあんぐりさせた。

「少し急ぐぞ」

彼は道路のすぐ近くまで押《お》し寄《よ》せ始めた人波に目をやり、耳元で囁《ささや》いた。彼女がうなずくと、彼は素早《すばや》く広場を横切った。小川を渡《わた》り、こんもりと木が生《お》い茂《しげ》る緩《ゆる》やかな坂をしばらく上ると、灰色がかった白い城壁とそれを囲む堀《ほり》が姿を現した。

城主が到着《とうちゃく》したという知らせを伝え聞いた近衛兵《このえへい》たちが、すぐに跳《は》ね橋《ばし》を下ろした。彼女は、遠くから見るよりはるかに壮大《そうだい》な城のスケールに目を丸くした。橋を渡って城壁を通り過ぎると、広い庭と練兵場《れんぺいじょう》、そして衛兵所《えいへいじょ》らしき建物が目に入った。そこは、城というより軍事施設《しせつ》のようだった。

「さあ、着いたぞ」

彼は、城主を出迎えるため左右にずらっと並んだ衛兵たちの前を通り過ぎ、二番目の城門をくぐり抜《ぬ》けながら言った。勾配《こうばい》の急な進入路を抜けると、とうとう目の前に本城が現れた。彼女はもの寂《さび》しいほどに荒《あ》れ果《は》てた庭園と、どっしりした石造りの建物、その後ろに高くそびえ立つ巨塔《きょとう》を一つ一つ観察した。本城に続く階段の前には、五十人はいると思われる人々が整然と並んでいた。

「ご帰還《きかん》、お待ちしておりました」

「変わりないか」

リフタンは恭《うやうや》しく頭を下げる使用人たちの挨拶《あいさつ》を軽く受け流しながら、軽《かろ》やかに馬から飛び降りた。それからすぐに彼女を降ろし、一番前に立つがっしりした体格の老人に手綱を渡した。

「タロンをゆっくり休ませてやってくれ。かなり働かせてしまったからな」

「かしこまりました。他の騎士の方々は……？」

「村で祝宴《しゆくえん》が開かれている。今日は酒場か宿に泊《と》まるだろう。もし正気で帰ってくる奴《やつ》がいたら、清潔な部屋を空《あ》けてやってくれ」

「お戻《もど》りになるという知らせを聞き、即座《そくざ》に訓練所と宿舎を片付けておきました。ところで領主様、そちらの方は……？」

老人の視線が自分に向けられると、マクシーは思わず緊張《きんちよう》して肩《かた》をこわばらせた。頭の上から、平然とした彼の声が聞こえてきた。

「俺の妻だ。国に戻る道中に連れてきた」

「……奥様《おくさま》、お目にかかれて光栄です。この城の厩舎《きゆうしや》に仕えるクーネル・オスバンと申します。領主様の軍馬は、すべて私が管理しております」

「お、お会いできて、う、嬉《うれ》しいです。マクシミリアン……カ、カリプスです」

彼女は使用人たちの視線を避《さ》けながら、小さな声でつぶやいた。彼らの反応をうかがう暇《ひま》もなく、リフタンは彼女の手をつかんで階段を上がった。近くで見る城は、いっそう殺風景に見えた。

城の庭園であるグレートホールの入り口周辺は、花や低木、彫像《ちょうぞう》などで華やかに飾《かざ》り立《た》てるのが一般的《いっぱんてき》だ。だが、広い中庭には使っているのかも疑わしい粗末《そまつ》な東屋《あずまや》と、葉っぱ一枚生えていない裸《はだか》の木がぽつんと一本立っているだけで、造園に力を入れている形跡《けいせき》はどこにも見当たらない。それは、城の内部も同じだった。

彼女は彼の後について薄暗《うすぐら》いホールの中に入り、そっと肩を震わせた。城の中は、外と変わらないほど寒かった。床《ゆか》には大理石ではなく石板《せきばん》が敷きつめられ、天井《てんじょう》には今にも落ちてきそうな古びたシャンデリアに、かすかな明かりが灯《とも》っていた。そのうえ、入り口から宴の間《ま》に続く中央階段の上には、カーペットすら敷かれていなかった。

「これはどういうことだ？」

ホールの真ん中に立って周囲を見回していたリフタンが、背後に向かって殺気立った低い声を出した。彼について後から入ってきた使用人たちの顔が、たちまち青ざめた。

「きちんと城をしつらえておくようにと、国に戻るなり電報を送らなかったか？」

「仰《おお》せのとおりにいたしました。応接間に新しいカーペットを敷き、新しい家具と油、それに高価な蠟燭《ろうそく》を大量に……」

「俺が頼《たの》んだのはそんなことではなく、城をもっと豪華に飾り立てろという意味だ！」

リフタンの声がひときわ大きくなった。彼はもどかしそうに荒々《あらあら》しく髪《かみ》をかき上げた。

「クソッ、十分な額の金貨を送っただろう！」

「ま、まさかあのお金は、すべて城の改装に使うようにと送られたものだったのですか？」

老人が戸惑《とまど》いを隠《かく》さずに言った。

「わ、私どもはあれほどの大金を勝手に使うことはできません。領主様のご意向も確認《かくにん》せずに……」

「執事《しつじ》の裁量に任せると言ったはずだ。いくらなんでも、この有様《ありさま》はひどすぎるぞ！」

彼はあまりに冷え切った薄暗い城の中を見渡《みわた》して、使用人たちを責め立てた。使用人たちは、青ざめた顔で互《たが》いの様子をうかがうばかりだった。確かにカリプス城は、お世辞にもきちんと管理されているとはいえない状態だった。

階段の手すりはところどころ支柱が外れていて、窓はガラスの代わりに黄ばんでしまった白っぽい幕で覆《おお》われていた。さらに、カーテンが一枚もかかっていないため、外の冷気がそのまま城の中に入り込んでしまう有様だ。というより、むしろ城の外の方が暖かく感じられるほどだった。

「主《あるじ》がいない間、ずいぶん羽を伸《の》ばしていたようだな。だらけるにもほどがある」

「わ、私どもは仰せのとおり、城を飾り立てるために最善を尽《つ》くしたつもりでございます。領主様がお戻りになったら、ゆっくりお休みになれるようベッドも新調し、古い家具もすべて……」

「今さら言い訳など……」

「リ、リフタン……！　わ、私はも、もう休みたいです……」

マクシーはどんどん険悪になっていく雰囲気《ふんいき》に耐《た》えられず、彼の服の裾を引っ張った。リフタンはびくりとして彼女を見下ろし、すぐに両腕でひょいと抱《だ》き上《あ》げた。マクシーは驚いて足をばたつかせた。

第十七話

「リ、リフタン……！」

「じっとしてろ。疲《つか》れたんだろう？」

「じ、自分で、あ、歩けます！　お、下ろしてください！」

彼《かれ》は聞く耳も持たず、ずんずん階段を上がっていった。一番上に着くと、赤褐色《せきかっしょく》の派手な柄《がら》のカーペットが敷《し》かれた広いホールと、オークの樹《き》でできた大きなドアが見えた。彼はホールを横切り、ドアの前で立ち止まった。それから片手で彼女《かのじょ》の背を支え、もう片方の手でドアノブを手前に引いた。

「……部屋は幾分《いくぶん》ましだな」

彼がベッドの上に彼女を下ろしながら言った。マクシーは好奇心《こうきしん》に満ちた目で部屋の中を見回した。清潔感のある落ち着いた寝室《しんしつ》だった。部屋の真ん中には天井《てんじょう》を支えている古風な模様が刻まれた木製の柱があるほか、ベッドの横にはアーチ形の大きな窓と暖炉《だんろ》があった。夕陽《ゆうひ》が降り注ぐ窓辺には背もたれのない長椅子《ながいす》と棚《たな》が置かれ、その下には華《はな》やかな柄のカーペットが敷かれていた。

彼女はベッドの角にかかっているベールをそっと撫《な》でた。チェリーの樹でできた豪華《ごうか》なベッドの上には、分厚いウールのシーツが敷かれていた。少なくとも寝室は、使用人たちがとりわけ気を配ったことが見て取れた。

「お前の目には、みすぼらしく見えるだろうな」

静かに部屋の中を見回しているマクシーに、リフタンが気まずそうな顔で尋《たず》ねた。マクシーが戸惑《とまど》った目で見ると、彼は顔をこすりながら、荒々《あらあら》しく悪態をついた。

「まったくあいつらめ、あれほど念を押《お》したのに……」

「い、いいえ。す、素敵《すてき》なお部屋です。お、お城も立派で……べ、ベッドもふかふかです」

「無理しなくていい。俺《おれ》がクロイソ城にしょっちゅう出入りしていたことを忘れたのか？　お前の父親の城に比べたら、掘《ほ》っ立《た》て小屋《ごや》も同然だろう」

「ち、違《ちが》います！　そ、そんなことありません……」

口早に否定したが、彼の表情が和《やわ》らぐことはなかった。ただの社交辞令としか思っていないらしい。マクシーは、思うように動かない自分の舌を恨《うら》んだ。返す言葉が見つからず目を伏《ふ》せると、彼は突然《とつぜん》いらついた表情を浮《う》かべた。

「そもそも、城をしつらえるのはお前の仕事じゃないか！　お前がもっと早くこの城に来ていたら、ここまでひどい状態になることもなかったんだ。城主が留守の間、代わりに城を管理するのが城主の妻の務めだろう？」

「す……す、すみません」

「畜生《ちくしょう》、俺が言いたいのは……そうだ、お前の好きなように内装を変えるのはどうだ？　カネならいくらでもある。気に入ったものは何でも買えばいい。高価な装飾品《そうしょくひん》も、新しいカーペットもだ。代金なんかどれだけかかったって構わないぞ」

思いがけない提案に、彼女は目をパチクリさせた。リフタンはやや興奮した口調で話を続けた。

「女はあれこれ飾《かざ》り立《た》てるのが好きだろう？　使用人の数を増やせば、そこまで大変じゃないはずだ」

期待のこもった眼差《まなざ》しを見て、背中に冷《ひ》や汗《あせ》がにじんだ。乳母《うば》から貴族の女性がするべきことを教わりはした。しかし、実際にそんなことをする機会が訪《おとず》れるとは思いもしなかったので、真面目に耳を傾《かたむ》けたことがなかったのだ。ある程度の知識はあるものの、実践《じっせん》したことはない。できる自信はこれっぽっちもなかった。

「嫌《いや》か？」

彼女が黙《だま》っていると、リフタンは目を細めた。彼女は慌《あわ》てて首を横に振《ふ》った。とても嫌だとは言えない。夫に嫌《きら》われるようなことは何が何でも避《さ》けたかったのだ。

数日間一緒《いっしょ》に旅をして、マクシーはある事実に気がついた。リフタン・カリプスは、彼女がクロイソ城でどんな扱《あつか》いを受けていたのか、まったく知らないようだ。彼はマクシミリアンが一流の教育を受けたレディで、何不自由ない環境《かんきょう》で大切に育てられたお嬢様《じょうさま》だと信《しん》じ込《こ》んでいる。それゆえに、不慣れながらも何とかもてなそうと努力しているのが伝わってくるのだ。

マクシーは生唾《なまつば》を飲み込んだ。彼が抱《いだ》く先入観は、父親のせいである可能性が高い。クロイソ公爵《こうしゃく》はマクシーに吃音《きつおん》があることを隠《かく》すために彼女を社交界から遠ざけ、城の中に閉じ込めるように育ててきた。そして、それはすべて病弱な娘を守るためだと装《よそお》っていたのだ。世間では、公爵が大切に可愛《かわい》がっている病弱なお嬢様として知られている。リフタンはそんな噂《うわさ》をすっかり信じきっている様子だった。

実際はとんでもなくぐずで垢抜《あかぬ》けない女だと、自分の目で確かめたはずなのに、どうしてその誤解が解けていないのか不思議だったが、いずれにしても彼女はできるだけ彼に誤解したままでいてほしかった。自分がレディどころか虫けら同然の扱いを受けてきたと知ったら、騙《だま》されたと思うかもしれない。

望んでもいない結婚《けっこん》のせいで、三年間もつらい遠征《えんせい》生活を耐《た》えなければならなかったことだけでも十分腹立たしいはずなのに、そうして苦労した末に迎《むか》えた妻が公爵家の厄介者《やっかいもの》だと分かったら、どんなにむなしいだろうか。自分に対する態度も、きっと変わってしまうだろう。

マクシーは、落ち着かない様子でドレスの裾《すそ》を握《にぎ》りしめた。リフタンが自分を軽蔑《けいべつ》したり、同情したりするかもしれないと思うとぞっとした。卑屈《ひくつ》な考えだが、彼には高貴なレディだと思われたかった。

マクシーは目下の者を扱うことに慣れておらず、さらには大枚をはたいて物を買ったこともなかった。これほど大きな城を管理する方法など教わっていないという事実を正直に打ち明ける代わりに、ぎこちなく彼にうなずいてみせた。

「お、お望みでしたら……」

リフタンの表情が目に見えて明るくなった。

「執事《しつじ》には、あらかじめ帳簿《ちょうぼ》を渡《わた》すように俺から言っておく。いくらかかっても構わないから、好きなようにやってみろ」

彼はひどく絡《から》み合《あ》った彼女の髪《かみ》を軽くつかみながら言った。

「ここはもう、お前の家なんだ」

私の家。何気なく彼が口にしたその言葉が思いがけず胸《むね》の奥《おく》に突《つ》き刺《さ》さり、彼女は息をのんだ。心がざわつく。何気ない一言のはず、深い意味にとらえてはダメだ。マクシーは気を取り直し、努めて平静を装い答えた。

「で、できるだけ居心地《いごこち》のいい場所になるように……か、飾り付けてみます」

「よし」

リフタンは満足そうに笑《え》みを浮かべ、彼女の頬《ほお》に軽く唇《くちびる》を押し当てた。マクシーはぎこちなく首をすくめた。その時ようやく、寝室に彼と二人きりだということに気がついた。この数日間、まともに着替《きが》えることも体を洗うこともできずにいたため、体中からつんとした臭《にお》いが漂《ただよ》っていた。彼女は身をすくめながら彼から離《はな》れた。

「あ、あの……か、体を洗いたいのですが……」

「ああ、そうだな」

彼は横を向いて自分の体の臭いをくんくん嗅《か》ぐと、きまり悪そうな顔で体を起こした。

「メイドたちにすぐ風呂《ふろ》の準備をしてくるように言おう」

彼はすぐさま部屋を出て、メイドに体を洗う湯と着替えを用意するように命じた。彼女はベッドから起き上がり、汚《よご》れたローブを脱《ぬ》いで部屋の隅《すみ》に置いた。しばらくすると、四人のメイドが大きな衝立《ついたて》と木製の浴槽《よくそう》を携《たずさ》えて部屋の中に入ってきた。浴槽に熱い湯が溜《た》まるまでの間、リフタンは使用人の手も借りず鎧《よろい》をすべて脱ぎ、卓上《たくじょう》に置いた。

「風呂の世話は必要ない。用事があれば呼ぶ。入浴が済んだら食事をとるから、準備しておいてくれ」

「かしこまりました。ご入浴後のお召《め》し物《もの》はこちらに置いておきます」

メイドたちが部屋から出ると、リフタンは汗《あせ》とほこりで汚れたチュニックを脱ぎ捨て、ズボンの紐《ひも》をほどいて下ろした。マクシーは慌てて、くるりと後ろを向いた。するとリフタンはマクシーの背後に近づき、ドレスの紐をほどいてやった。

「リ、リフタン……！」

「一緒に入るといい」

むき出しになった背中をリフタンの熱い手に撫《な》で下《お》ろされ、彼女は小さく悲鳴を上げた。彼がマクシーのもつれた髪《かみ》を手で梳《す》きながら片方の肩《かた》の上に寄せると、首筋が露《あら》わになった。

「しょっぱいな」

「や、やめてく、ください……。き、汚《きたな》いです……」

うなじを優《やさ》しくなぞる唇に、マクシーは肩を小さく震《ふる》わせた。彼は彼女の体をくるりと回し、ドレスの裾を引き下ろし始めた。彼女は明かりのもとで露わになった彼の裸《はだか》をとても直視することができず、目をつぶってしまった。

「頼《たの》むから、そんな顔をするのはやめてくれないか？」

不意に彼が彼女のあごを持ち上げ、冷ややかな口調で言った。

「俺は貴族のお坊《ぼっ》ちゃんみたいに、上品ですらっとはしていないが……そこまで怯《おび》えるほどじゃないだろう？」

「お、怯えているのでは、あ、ありません！」

彼女が驚《おどろ》いてパッと目を開けると、野生動物のような真っ黒な瞳《ひとみ》が、不機嫌《ふきげん》そうに自分をじっと見下ろしているのが目に入った。まさかこの人は、自分がどれほど美しい外見をしているのか知らないのだろうか。まったくもって呆《あき》れてしまう。

「わ、私はただ……こ、こういうことに慣れて……い、いないのです。は、恥《は》ずかしくて……」

「夫婦《ふうふ》が一緒に風呂に入るのは、至って普通《ふつう》のことだ」

「ふ、普通だなんて……」

「俺が出入りしたことのある城では、どこも城主と妻が一緒に浴槽を使っていたぞ」

彼はもっともらしく言いながら、ドレスの裾をすべて引き下ろした。マクシーは、どうしてそんなことを知っているのかと問《と》い詰《つ》めようとしたが、ひんやりした空気が素肌《すはだ》に触《ふ》れる感覚に口をつぐんだ。暖炉の火影《ほかげ》が体を優しく撫でていくのを感じた。

「少しもおかしなことじゃない。北部の方では、貴族や騎士《きし》が訪れると、城主の妻が客の風呂の世話をするしきたりがあるほどだ」

彼は優しく肩を揉《も》んでやりながら、根気強く説得を続けた。マクシーは目を丸くした。

「わ、私も、そ、そうしなければいけませんか？」

「……まさか」

突然リフタンの顔に、殺気立った笑みが浮かんだ。

「もし俺の妻にそんなことを要求する奴《やつ》がいたら、ステンヌ川（※地下の世界に流れると伝えられている川）で体を洗わせてやるさ。お前は俺のことだけを気にかけていればいい。さあ、こっちへ来い」

彼はたくましい腕《うで》で彼女の腰《こし》を抱き寄せ、浴槽に入った。湯があふれて床《ゆか》の上に流れ落ち、マクシーは浴槽の端《はし》にぴったり体を寄せて膝《ひざ》を抱《かか》えた。リフタンは羞恥心《しゅうちしん》という言葉を知らないかのように、裸のまま手足を大きく広げて湯の中に座《すわ》り、ゆったりと浴槽のへりに頭をもたせかけた。

「熱くはないか？」

「だ、大丈夫《だいじょうぶ》です」

彼女はあごまで湯につかり、彼の長い脚に触れないよう体を丸くして座った。その姿をじっと眺《なが》めていたリフタンが、彼女の腕を引っ張って自分の膝の上に乗せた。

「リ、リフタン……！」

「俺が洗ってやる」

彼は腕を伸《の》ばして、棚の上に置かれた石鹸《せっけん》を手に取った。慌てて彼の膝から起き上がろうとしたが、リフタンがしっかり腰を抱えていたので身動きがとれなかった。彼は彼女の肩と首に石鹸をこすりつけ始めた。

「じ、自分でやります……！」

「お前は俺の体を洗えばいい」

第十八話

リフタンは泡《あわ》をたっぷりつけた手で、丸くふくらんだ胸を包《つつ》み込《こ》んで優《やさ》しくさすった。マクシーは慌《あわ》てて腕《うで》を下ろして体を隠《かく》したが、彼《かれ》の手を止めることはできなかった。お尻《しり》の間に硬《かた》いものが当たるのを感じながら、彼女《かのじょ》はぎゅっと目をつぶった。

リフタンの手が、熱い湯の中で彼女の腰《こし》と平らな腹を撫《な》で下《お》ろした。体の隅々《すみずみ》まで優しくさすって、こわばった筋肉をほぐしていた彼は、今度は蔓《つる》のように絡《から》まった長い髪《かみ》を丁寧《ていねい》に洗った。その繊細《せんさい》な手つきに、緊張《きんちょう》して固まっていた体から少しずつ力が抜《ぬ》けていった。

「俺《おれ》の髪も洗ってくれ」

彼女の髪に残った泡をきれいに洗い流してから、彼が言った。マクシーはとろんとした目でぼんやり彼を見上げると、石鹸《せっけん》を受け取って彼の髪を泡立《あわだ》て始めた。彼女が髪を洗いやすいようにリフタンが頭を下げると、胸元《むなもと》に熱い息がかかった。

恥《は》ずかしさをこらえながら、マクシーは彼の艶《つや》やかな髪を優しく洗った。リフタンは、彼女の鎖骨《さこつ》に溜《た》まった水滴《すいてき》をそっと舌で舐《な》めた。少しの間もじっとしていられずにあちこち舐め回す彼を見て、マクシーはまるで大型犬を洗っているような気分になった。幼い頃《ころ》に父親の猟《りょう》犬《けん》とこっそり庭園に抜《ぬ》け出《だ》し、こんなふうに水遊びしたことを思い返した。

「目に泡が入ったぞ」

不意にリフタンがうめき声を上げ、手で水をすくって顔をごしごし洗った。ふてくされたような表情に、もう少しで笑い出してしまうところだった。彼女は湯をすくって彼の髪の毛の泡をきれいにすすいだ。彼は棚《たな》の上のやかんを手に取り、浴槽《よくそう》に熱い湯をつぎ足した。ゆらゆらと湯気が立ちのぼる熱い湯につかっていると、酷使《こくし》された筋肉が少しずつほぐれていった。

彼女は肩《かた》まで湯につかったまま、うとうとし始めた。緊張が解けた途端《とたん》、この数日間の疲《つか》れが波のように押《お》し寄《よ》せてきたのだ。あまりにくたくただったせいか、体に触《ふ》れる彼の手の動きも、ただ心地《ここち》よく感じられた。

「マクシー……」

耳元で、猫《ねこ》の鳴くような気怠《けだる》げな声が聞こえた。リフタンが彼女の頭を自分の胸にもたせかける。くすぐったくも、うっとりするような感覚が体中を駆《か》け巡《めぐ》るのを感じながら、マクシーは彼の体に体重を預けた。規則的に響《ひび》き渡る低い心臓の音が、子守歌《こもりうた》のように聞こえてくる。その音に耳を傾《かたむ》けているうちに、だんだんまぶたが重くなってきた。

「マクシー……まさか、寝《ね》ているんじゃないよな？」

「……」

「お、おい……。本当に寝ているのか？」

優しく背中をさすっていたリフタンが、焦《あせ》ったように彼女の体を揺《ゆ》すった。マクシーは口を開けて何か答えようとしたが、もごもご言う声が出ただけだった。徐々《じょじょ》に視界が白くかすんでいく。彼女は彼の肩の上に鼻を押《お》し当《あ》て、すやすやと寝息《ねいき》を立てた。

自分の胸に身を預けて寝てしまった彼女を見ながら、彼は呆然《ぼうぜん》とした顔でつぶやいた。

「嘘《うそ》だろ……」

✣

目を刺《さ》すようなまぶしい日差しに、マクシーは何とかまぶたを持ち上げた。手足がずきずきして、頭が痛い。開かない目をこすりながら、やっとのことで体を起こすと、ひんやりした空気が体を包み込んだ。

何気なく下を向いたマクシーは、ずり落ちたシーツの下から現れた一糸まとわぬ自分の姿を見て驚《おどろ》き、布団《ふとん》をひっかぶった。しばらくの間、彼女は状況《じょうきょう》を把握《はあく》できずにいた。

(確か、昨日アナトールに到着《とうちゃく》して……)

リフタンと一緒《いっしょ》に風呂《ふろ》に入っている途中《とちゅう》で眠《ねむ》ってしまったことを思い出し、マクシーはすっかり気が動転して周囲を見回した。部屋の中はがらんとしていて、火が消えかけている暖炉《だんろ》の横に、彼のローブがかかっているのが見えた。

どこかへ出かけているのだろうか。彼女は急いで着替《きが》える服を探した。窓際《まどぎわ》の棚の上に、ペチコートらしき衣類が整頓《せいとん》されて置かれているのが目に入った。シーツを体に巻きつけ、ベッドから下りて手に取った時、突然《とつぜん》ノックする音がした。

びっくりして甲高《かんだか》い声で返事をすると、柔《やわ》らかな声が聞こえてきた。

「奥様《おくさま》、お休みのところ申し訳ありません。暖炉に薪《まき》を足す頃かと思いまして……」

「い、いえ、お、起きています。は、入って、か、構いません」

三十歳《さい》ほどに見えるすらりと背の高いメイドがドアを開けて入ってきて、マクシーにぺこりと頭を下げた。

「これから奥様の身の回りのご用を承《うけたまわ》る、ルディス・アインと申します」

「マ、マクシミリアン・カ、カリプスです。よ、よろしくお願いします」

たどたどしい話し方にも特に驚いた様子を見せず、メイドは礼儀《れいぎ》正《ただ》しく話を続けた。

「昨日は夕食も召《め》し上《あ》がらずお休みになったと伺《うかが》いました。お食事を用意しましょうか？」

「そ、その前に、ふ、服を……」

「かしこまりました。お支度《したく》のお手伝いをしますので、少々お待ちくださいませ」

メイドは持ってきた籠《かご》から薪を取り出して暖炉にくべ、火かき棒で何度かかき回した後、畳《たた》んでおいた服を差し出した。マクシーは受け取ると、すぐにリネンの下着を身につけた。その上に薄《うす》いペチコートをまとうと、メイドは小さな盥《たらい》にやかんの水を注ぎ、香油《こうゆ》を混ぜて清潔な布をたっぷり浸《ひた》した。その布で彼女の顔を優しくぬぐい、首と腕を軽く拭《ふ》いてから、足首まで届く華《はな》やかなドレスを着せた。

マクシーは複雑で繊細な模様の刺繡《ししゅう》がびっしり施《ほどこ》された優雅《ゆうが》なドレスを見て、ため息を漏《も》らした。ひらひらした袖《そで》に、蝶《ちょう》の翅《はね》のようにふわふわした金色のドレスは、ロゼッタの持っている数々のドレスに負けないほど美しかった。

「苦しくありませんか？」

ルディスがふっくらと盛り上がった胸の下を赤い紐《ひも》で締《し》め上《あ》げながら丁重《ていちょう》に尋《たず》ねると、マクシーは首を横に振《ふ》って見せた。鏡には見慣れない自分の姿が映っていた。気のせいか青白い顔も明るくなり、ボサボサで落ち着きなく見えていた赤褐色《せきかっしょく》の髪の毛は、金色のドレスと鮮《あざ》やかなコントラストをなして優雅にすら見えた。

「髪を結《ゆ》いましょうか？」

「そ、そうして、く、ください」

窓辺に置かれた椅子《いす》に座《すわ》ると、メイドが鏡を傾けて角度を調節した。それから象牙《ぞうげ》の櫛《くし》を持ってきて、丁寧に髪を梳《と》かし始めた。マクシーがその音を聞きながら窓の外に目をやると、険しく切り立った灰色の岩壁《がんぺき》と、空に向かって槍《やり》のように鋭《するど》く枝を伸《の》ばした針葉樹が見えた。

「お食事はこちらに用意しましょうか？」

マクシーは城の中をもっと見て回りたくなり、首を横に振った。ここには、自分を見ただけで眉《まゆ》をひそめる美しい異母妹《いぼまい》も、いつ暴力を振るうか分からない父親もいない。どこでも自由に歩き回っていいのだ。

「しょ、食堂で……た、食べるので、よ、用意してもらえますか？」

「かしこまりました」

ルディスはあっという間に彼女の髪をきれいに編み、くるくるとまとめてから櫛を置いて、先の尖《とが》った素敵《すてき》な靴《くつ》を持ってきた。靴を履《は》いたマクシーは、鏡に映った自分の姿をじっくり観察した。旅の間、まともに服も着替えられず汚《きたな》らしい格好でいたせいか、新しいドレスを着てすっきりと髪を上げただけで見違《みちが》えるようだった。彼女はほんのり頰《ほお》を赤らめた。リフタンもそう思ってくれるだろうか？

「と、ところでリ、リフタン……い、いえ……主人は、ど、どちらへ……？」

「……領主様は、明け方から練兵場《れんぺいじょう》へ出ていらっしゃいます」

メイドは少し間を置いて答えてから、心配そうな顔つきで遠慮《えんりょ》がちに尋ねた。

「奥様、どこかお体の具合でも……？」

「と、特には……」

何を聞かれているのか分からず首をかしげたマクシーは、次の瞬間《しゅんかん》、メイドが自分の話し方を変に思ってそんな質問をしたのだと気付き、顔を真っ赤にした。きれいなドレスを着て浮《う》かれていた気分が嘘のように消え、羞恥心《しゅうちしん》がどっと押し寄せてきた。

「ど、ど、どこも、わ、わ、悪くありません」

自分でもひどいと思うほど、声に動揺《どうよう》が表れてしまった。マクシーは恥ずかしさに耐《た》えきれず、メイドを置いて部屋を出た。ルディスは慌てた様子で追いかけてきた。

「お、奥様、食堂までご案内いたします」

恥ずかしさのあまり飛び出したものの、城のことをまだ何も知らないマクシーはその声にうなずいた。察しの良《い》いメイドが、何事もなかったように礼儀正しく接してくれるのがありがたかった。

「では、こちらへ……」

ルディスは階段の方へとマクシーを案内した。マクシーは、昨日見物できなかった城の中を、あちこち観察して回った。飾《かざ》り気《け》はないが、粗削《あらけず》りな美しさを感じる灰色の壁《かべ》と、アーチ形の窓……その窓から差《さ》し込《こ》んでくる日差しが、床《ゆか》に白い影《かげ》を作り出していた。彼女は先へと足を運びながら、まぶしさに目を細めた。

カリプス城は、夕闇《ゆうやみ》の中で見た時とはまったく違《ちが》う姿をしていた。うら寂《さび》しく殺風景な雰《ふん》囲《い》気《き》は変わらないが、それなりに古風な趣《おもむき》があった。

（いかにも騎《き》士《し》の城という感じね……）

「奥様、召し上がりたいものやお嫌《きら》いなものはございますか？」

「と、特には……」

マクシーが言葉を濁《にご》すと、メイドは一瞬《いっしゅん》、困った表情を浮かべた。厄介《やっかい》な主人に仕えることになったと、心の中で嘆《なげ》いているのだろうか。骨の髄《ずい》までしみ込んだ劣等感《れっとうかん》のせいで、ついひねくれた方向に考えてしまう。彼女は否定的な考えを振《ふ》り払《はら》い、メイドの後に続いて食堂の中に入った。広い食堂の真ん中には、チェリーの樹《き》でできた長いテーブルが置かれていた。

彼女がテーブルに近づくと、壁の片側に並んでいた使用人の一人が駆《か》け寄《よ》り、素早《すばや》く椅子を引いた。

「奥様、ゆっくりとお休みになりましたか？」

「は、はい」

「昨日は取り込んでいたため、ご挨拶《あいさつ》が遅《おく》れてしまいました。この城の使用人すべての監督《かんとく》を引き受けている、ロドリゴ・セリックと申します」

マクシーは、彼が昨日リフタンから怒鳴《どな》られていた老人だと気がついてうなずいた。

「お、お会いできて……嬉《うれ》しいです」

精一杯《せいいっぱい》落ち着いて答えると、ロドリゴは恭《うやうや》しく頭を下げた。

「これから誠心誠意お仕え申し上げます。必要なものがございましたら、何なりとおっしゃってください」

「そ……そういえば、き、昨日、しゅ、主人が……私にし、城を改装してもい、いいと言っていたのですが……」

「実は今朝早く、領主様が奥様をしっかり補佐するようにとお申し付けになりました。近いうちに商人たちを城に呼び寄せる予定ですが、その前に城の中をご覧になりますか？」

「は、はい……お、お願いします」

第十九話

マクシーは、自分のたどたどしい口調に、執事《しつじ》が眉《まゆ》をひそめていないか、そっとうかがってみた。ロドリゴは彼女《かのじょ》の前に丁重《ていちょう》に銀製のグラスや食器を並べるだけで、特に変わった様子はなかった。

安堵《あんど》のため息をついて、彼女は使用人たちが運んできた食事を食べ始めた。このところずっと硬《かた》いパンばかり食べていた上に、昨夜は何も食べずに寝《ね》てしまったので、ひどくお腹《なか》が空《す》いていた。

彼女は丁寧《ていねい》に味つけされたスープで口を湿《しめ》らせた後、焼き立ての柔《やわ》らかいパンにバターとジャムをたっぷり塗《ぬ》って食べた。普段《ふだん》は食が細い方なのに、久しぶりの食事らしい食事に自然と食欲がわいてきた。とろりとしたスープをきれいに平らげ、肉が詰《つ》まったパイを堪能《たんのう》してから、甘《あま》い林檎酒《りんごしゅ》で喉《のど》を潤《うるお》した。ひどく空腹だったことを差し引いても、食事はとてもおいしかった。

「おかわりはいかがですか？」

「も、もう結構です」

彼女は、ナプキンで口を拭《ふ》いてから席を立った。食堂を出ると、ロドリゴがゆっくりと城を案内してくれた。

「カリプス城は百五十年前に、今は没落《ぼつらく》したロエム帝国《ていこく》の騎士《きし》である、アナトール卿《きょう》によって建てられた城でございます。ロエム帝国が滅《ほろ》び、この一帯に魔物《まもの》が出没《しゅつぼつ》するようになると、アナトールは自然と七国《しちこく》の統治圏内《とうちけんない》から締《し》め出《だ》されてしまいましたが……、今から四十年前、地理上の理由からウェドンの統治圏に組み込まれたのです。初めの頃《ころ》は住民の数がさほど多くなく、この一帯にはたくさんの魔物が棲《す》みついていたため、ほとんど放置されたような状態でした」

ロドリゴはホールを横切りながら、アナトールの歴史について、順を追って手短に説明し始めた。

「そうして十年前、騎士として爵位《しゃくい》を授《さず》けられたばかりだった十八歳《さい》のカリプス卿が、アナトールの領主の任に就《つ》くことになったのです。領主様はただちに城の補修をされ、村の周囲に城壁《じょうへき》を築かれました。そのおかげで、今では領民たちも三倍近くに増えたのです」

執事の声には、リフタンに対する畏敬《いけい》の念がこもっていた。前日、他の使用人たちの前でこっぴどく叱《しか》られたにもかかわらず、彼《かれ》の忠誠心が揺《ゆ》らぐことはなかったようだ。

「ただ……なにぶん実用性に重きを置いたために、少々外観がもの寂《さび》しく感じられてしまうかもしれませんが……」

ロドリゴがきまり悪そうに付け加えたので、マクシーはぎこちない笑《え》みを浮《う》かべた。その問題を解決することが、彼女に与《あた》えられた任務だった。

「へ、部屋は、ぜ、全部で、い、いくつありますか？」

「本城だけで、百を超《こ》える部屋がございます。別館と主塔《しゅとう》には四十室ほどあり、衛兵たちの宿舎や騎士の方々の部屋も合わせますと、およそ二百五十室になります」

執事の言葉に、マクシーは心がくじけそうになった。数多《あまた》ある部屋をすべて改装するには、どれくらいの時間がかかるだろうか？　しかも、ロドリゴの話はそこで終わりではなかった。

「それから、応接の間が合わせて五部屋、宴《うたげ》の間が二部屋、階ごとに談話の間がありますが……ここ数十年間、一度も使ったことはございません」

ロドリゴが残念そうに言った。

「騎士の方々はまったくお茶を嗜《たしな》まれないので、最後にお茶を淹《い》れたのがいつだったのかも思い出せないほどです」

マクシーは、リフタンが小さなティーカップを持ってティーテーブルの前に座《すわ》っている姿を思い浮かべた。確かに恐《おそ》ろしいほど似合わない。思わず笑みをこぼすと、ロドリゴが軽く咳払《せきばら》いをした。

「奥様《おくさま》はお茶がお好きですか？」

「す……す、好きです」

「では、給仕《きゅうじ》に茶菓子《ちゃがし》を用意させましょう。上質な茶葉を仕入れるように申し付けておきます」

「あ……ありがとうございます」

しわの寄った老人の顔に、優《やさ》しい笑みが浮かんだ。執事は温厚《おんこう》な性格の持ち主のようだ。マクシーは緊張《きんちょう》が解けるのを感じた。

「説明を続けましょう」

ロドリゴは、階段を上がりながら話を続けた。

「もうご存じだと思いますが、食堂は一階のホールの隣《となり》にあり、奥様がお使いになる寝室《しんしつ》は三階の中央にございます。領主様がお使いになる書斎《しょさい》は三階の北の端《はし》にあり、二階には宴の間と来客用の部屋が、四階には図書館がございます」

「と、図書館が、あ、あるんですか？」

「はい、領主様は八千冊ほどの蔵書をお持ちでございます。ほとんどがロエム時代のものですが……ご覧になりますか？」

マクシーは一瞬《いっしゅん》ためらった。本は非常に高価なものなので、勝手に手に取ることをリフタンが嫌《いや》がるかもしれない。彼女は首を横に振《ふ》った。

「つ、次の、き、機会にします……」

「では、応接の間と宴の間にご案内いたしましょう」

彼女はうなずいた。客を迎《むか》える際に、最も気を配らなければならない場所が応接の間と宴の間だった。どこをどんなふうに改装する必要があるか、あらかじめ見ておいた方が良《い》いだろう。

執事の後について宴の間に入った途端《とたん》、マクシーはショックのあまり、あんぐりと口を開けてしまった。宴の間には何もなかったのだ。アーチ形の天井《てんじょう》には、ありふれたシャンデリア一つなかった。石板《せきばん》が敷《し》かれた床《ゆか》から冷気が這《は》い上《あ》がり、割れてひびの入った窓からはひんやりした風まで吹《ふ》き込《こ》んできた。

「一度も宴を催《もよお》したことがないものですから……」

執事が気恥《きは》ずかしそうに口ごもる。

「で、でも、お、お客様が、い、いらっしゃる、こ、こともあったのでは、な、ないですか……？」

「領主様を訪ねて来られるお客様は騎士の方ばかりなので、舞踏会《ぶとうかい》や宴を好まれないのです。時々、食堂で酒席を設《もう》けることはありますが……貴族の方々をディナーにお招きしたことは、一度もございません。城の補修や新たな城壁の建造に多くの資金がつぎ込まれたため、社交に割《さ》く余裕《よゆう》がなかったのです」

ロドリゴは小さくため息をついた。

「そうして手つかずのまま何年も経《た》ってしまいました。領主様はこんな場所があることすら、忘れていらっしゃることでしょう」

マクシーは、頭を抱《かか》えたくなる気持ちをぐっとこらえた。これまではそうだったかもしれないが、今やリフタンは最強の騎士として全大陸に名をとどろかせる英雄《えいゆう》だ。これからは、たくさんの人が、彼を訪ねにカリプス城へとやって来るだろう。とてもではないが、このまま放っておくわけにはいかない。

「な、なるべく、は、早いうちに、しょ、商人たちを呼びましょう」

ロドリゴは大きくうなずいた。

次に彼女は宴の間を出て、応接の間と客室の状況《じょうきょう》を見に向かった。応接の間は宴の間と大差ない状態だったが、客室の方は基本的な家具が揃《そろ》っているようだ。部屋ごとにがっしりしたベッドと清潔な寝具《しんぐ》が用意され、窓際《まどぎわ》には立派な棚《たな》が置かれていた。彼女は部屋をざっと見てから、再び一階に下りて使用人たちの宿舎を確認《かくにん》した。

「男性の使用人たちは離《はな》れの宿舎に、メイドたちはいつでもご主人様の呼び出しに応じられるよう、一階の宿舎におります。何かご用のある時は、部屋のベルを鳴らしてお申し付けください。真夜中であっても、すぐにメイドたちが駆《か》けつけます」

ロドリゴによると、城で働く使用人たちの数は全部で八十七人。これほど大きな城を管理するにしては人数が到底《とうてい》足りないようだが、城主が長い間留守にしていたことを考えると、そこまで少ないというわけでもなかった。

マクシーは、ロドリゴから城で働く数人のメイドを紹介《しょうかい》された後、厨房《ちゅうぼう》の中に入った。冷たい空気が漂《ただよ》う他の部屋とは違《ちが》い、広い厨房には熱気が立《た》ち込《こ》めていた。彼女は、あかあかと炎《ほのお》が上がっている大きなかまどと、左側の壁《かべ》にずらりと並んだ調理用の暖炉《だんろ》に目をやった。真っ赤に燃える炭火の上には、浴槽《よくそう》としても使えそうなほど巨大《きょだい》な鍋《なべ》がぐらぐら煮立《にた》っていて、換気口《かんきこう》の下に置かれたかまどの上では、大きな鹿肉が串焼《くしや》きにされている最中だった。

使用人たちはパンをこね、じゃがいもの皮をむき、燻製《くんせい》にした肉を切って皿に盛りつけ、流し台のそばで山のように積まれた食器を洗うなど、忙《いそが》しく働いていた。彼らの慌《あわ》ただしい様子を見ながら、ロドリゴが淡々《たんたん》と言った。

「厨房は、城の中でも特に目の回るような忙しさです。毎日騎士の方々や衛兵たちの食事の準備に追われて、少しも休む暇《ひま》がありません。人手が足りないため、ランチやディナーの時間が近づくと、使用人のほとんどが台所仕事にかかりきりになるほどです」

「だ、だから、ほ、他の部屋で使用人たちの姿を、み、見かけなかったのですね……」

マクシーは何よりも先に、使用人たちをもっと雇《やと》う必要があるということをリフタンに伝えようと心に決めた。

「では、そろそろ別館に向かいましょうか？」

マクシーがうなずくと、ロドリゴは彼女を外に連れて行った。明るい日差しの中で、よりいっそうもの寂《さび》しく見える庭園を、彼女はじっくり見て回った。東屋《あずまや》の横には、いっそない方が良さそうな裸《はだか》の木がぽつんと植えられており、花壇《かだん》は雑草でいっぱいだった。

彼女は眉をひそめた。グレートホールは城主の自負心そのものだ。本城に続く入り口にある庭園は、訪《おとず》れる客へ城に対する第一印象を刻みつける大切な場所だといい、彼女の父親は正門の入り口を四季折々の華《はな》やかな花や草木で美しく飾《かざ》り立《た》てていた。

(お父様の城ほどではなくても……少なくとも、笑われない程度にはしておかないと)

城のどこから手をつけたらいいか分からず、マクシーはズキズキ痛むこめかみを押《お》さえた。

「に、庭師は、い、いないのですか？」

「使用人たちが交代で庭園を掃除《そうじ》しておりますが……専任の庭師はおりません」

ロドリゴは、額に浮かんだ汗《あせ》を拭きながら答えた。マクシーは使用人たちを責めているわけではなかった。本来、城を飾り付けて管理するのは、城主とその妻の役目だ。リフタンは長い間遠征に出ていたので、マクシーが城を管理しなくてはならなかった。　昨日夫が自分に浴びせた非難が、今になって胸にこたえた。

「と、とりあえず……べ、別館を、み、見せてください」

「かしこまりました。こちらへどうぞ」

ロドリゴの案内で、彼女は庭園を通り、グレートホールの左側にある小さな散歩道に沿って歩を進めた。数本の古いオークの樹《き》が、地面の上に濃《こ》い影《かげ》を落としていた。

「以前は、別館にアナトール卿の一族が滞在《たいざい》していましたが、今は改築して見習い騎士の宿舎として使われております」

「み、見習い騎士は、ど、どのくらいいるんですか……？」

「三十名ほどいらっしゃいます。領主様が騎士団長になられてから、多くの貴族の旦那様方《だんなさまがた》が、ご子息を侍従《じじゅう》として送ってこられました。訓練が終われば、レムドラゴン騎士団の正式な団員になられる方々です」

先に立って道案内をしていた執事が、突然《とつぜん》立ち止まった。マクシーも彼に続いて立ち止まり、散歩道の先にある広い空き地に目をやった。十四、五歳ほどの少年たちが、空き地に整然と並んで木刀を振っていた。

「おや、訓練中でしたね。奥様、いかがいたしましょう。見習い騎士の方々に挨拶《あいさつ》をなさいますか？」

「い、いいえ……じゃ、邪魔《じゃま》したく、あ、ありません。べ、別館はのちほど……」

慌てて手を横に振り、マクシーはふいに口をつぐんだ。威圧《いあつ》するように少年たちの前に立つリフタンの後ろ姿が目に入ったからだ。

「領主様が稽古《けいこ》をつけていらっしゃるようですね」

執事も木陰《こかげ》に立つリフタンの姿を見つけ、緊張した口調で言った。

「お戻《もど》りになった方がよろしいでしょう。領主様は、訓練中に部外者が立ち入ることを快く思われません」

「で、では、早く、も、戻りましょう」

彼女はロドリゴの言葉に従い、くるりと踵《きびす》を返した。来た道を引き返そうとしたその時、誰《だれ》かがぎゅっと手首をつかんだ。

第二十話

驚《おどろ》いて振《ふ》り返《かえ》ると、リフタンが怪訝《けげん》な顔でマクシーを見下ろしていた。離《はな》れたところにいたはずなのに、いつの間にこんなに近くまで来たのだろう。

「来ていたなら、声をかければいいだろう。どうして何も言わずに帰るんだ？」

「じゃ、邪魔《じゃま》に、な、なるかと……」

「邪魔なわけないだろう」

リフタンは彼女《かのじょ》の腕《うで》を片手でつかんだまま、少年たちがいる方を見た。見習い騎士《きし》たちは皆《みな》びっしょり汗《あせ》をかき、真っ赤な顔をしていた。好奇心《こうきしん》に満ちた目でこちらを見ている彼《かれ》らに向かって、リフタンは厳《いか》めしい顔つきで声を張り上げた。

「休憩《きゅうけい》だ！　一時間後に訓練を再開する！　別館で休んでいるように！」

そう言うとリフタンは彼女の手をつかみ、先に立ってずんずん歩き始めた。マクシーは慌《あわ》ててロドリゴを見た。執事《しつじ》はついて来る様子もなく、その場に立ったまま礼儀正《れいぎただ》しく両手を重ね、頭を下げていた。リフタンは彼に目もくれず、マクシーが歩いてきた散歩道を引き返した。

「食事は？」

「い、いただきました……。しょ、食堂に行ってから……し、執事の方が、し、城を案内して、く、くれると言うので……み、見て回って、い、いたところです」

マクシーはリフタンから目をそらし、口ごもりながら答えた。昨夜、彼と一緒《いっしょ》に入浴してい
た時に眠《ねむ》ってしまったことを思い出し、頬《ほお》が熱くなった。

「き、昨日は、ご、ご迷惑《めいわく》をおかけして、す、すみません」

「……迷惑？」

リフタンは歩く速度を落とし、訝《いぶか》しげにマクシーを見下ろした。

「わ、私が、と、途中《とちゅう》で……ね、寝《ね》てしまって……」

「……慣れない旅で疲《つか》れていたんだろう。仕方のないことだ。気にするな」

彼はぶっきらぼうに答えると、再び歩き出した。戸惑《とまど》ったマクシーは、そっと彼の顔色をう
かがった。言葉とは裏腹に、リフタンは機嫌《きげん》の悪そうな顔をしていた。

「で、でも、あ、あなたも、つ、疲れていたはずなのに……私が、め、面倒《めんどう》をかけて……」

「俺《おれ》は別に疲れていなかった」

リフタンは、むすっとしながら言った。

「むしろ、厄介《やっかい》なほど血気盛《けっきさか》んだったがな」

「……え？」

きょとんとした顔で聞き返すと、リフタンの鋭《するど》い視線に跳《は》ね返《かえ》され、マクシーは身をすくめ
た。不満そうな目つきで彼女をにらんでいた彼は、すぐにがっかりしたように深いため息をつ
いた。

「何でもない。城を見て回っているところだと言ったな？　ここからは俺が案内しよう」

「は、はい……」

自分が何か間違《まちが》ったことをしてしまったのだろうか。とても口に出して尋《たず》ねることができず、マクシーはおとなしくリフタンの後について行った。

✣

リフタンは、庭園を横切って塁壁《るいへき》（※城の周囲に建てられた防御壁《ぼうぎょへき》）に上がった。彼に続いて、壁にある凸凹《でこぼこ》の隙間《すきま》の前に立つと、岩に覆《おお》われた山のふもとや、切り立った崖《がけ》、その反対側の斜面《しゃめん》に広がる青々とした草木が一目で見渡《みわた》せた。

「毎日、三十から三十五ほどの数の衛兵たちが、この塁壁の上の回廊《かいろう》を使って城を巡回《じゅんかい》し、物見櫓《ものみやぐら》に上がって魔物《まもの》が出没《しゅつぼつ》していないか、周辺を監視《かんし》している。敵が現れたら、コペル（※ラッパの一種）を吹《ふ》いて騎士たちに知らせるんだ。合図があると、騎士たちは衛兵を率いて出撃《しゅつげき》することになっている」

マクシーは彼の説明に耳を傾《かたむ》けながら、吹きつける風に向かってそびえ立つ城塞《じょうさい》を眺《なが》めた。

リフタンの城塞は非常にシンプルな構造だ。高い壁が城をぐるりと取り囲み、城の正門をくぐると騎士たちの宿舎と訓練施設《しせつ》が現れる。二番目の城門の先には、本城と別館、使用人たちの住居があった。まるで巨人《きょじん》がひざまずいているかのような、ごつごつした建造物の後方には広い裏庭があり、金串《かなぐし》のように細長い主塔《しゅとう》がそそり立っていた。物珍《ものめずら》しそうにその塔を眺めているマクシーを見て、リフタンが説明した。

「あの塔にはルースが住んでいる。山が近くにあるから、有事の時に遠距離《えんきょり》の攻撃魔法《こうげきまほう》が使いやすいんだ」

リフタンは厄介そうに、眉間《みけん》にしわを寄せたまま話を続けた。

「なるべく近づくな。奴《やつ》が研究という名目で仕掛けたおかしな魔法陣のせいで、時々面倒な問題が起きるんだ」

「ま、魔法陣、ですか……？」

いささか興味を覚えて彼を見上げたが、リフタンは詳しく話す気がないらしく、巡回路に沿って城の後方へ歩き出した。

「あそこに見えるのが厩舎、あっちは畜舎で、あの建物は食料庫だ。万が一戦闘が長期化した場合に備えて、常に一定量の食料を保管している」

淡々と説明を続けていたリフタンだったが、ふと言いよどんでマクシーの表情をうかがった。

「退屈だろう？　俺は口下手なんだ。女への接し方もよく分からないしな……」

「た、退屈では、あ、ありません」

彼女は曖昧《あいまい》な笑《え》みを浮かべた。確かに、洗練された話術と気の利《き》いたジョークで会話をリードするリフタンの姿は、なかなか想像できなかった。だが、女性に慣れていないという言葉はにわかには信じがたい。ある日突然《とつぜん》この顔になったわけでもあるまいし、生まれてこの方、ずっと美男子として生きてきたはずだ。今までどれほどたくさんの女性たちから言い寄られてきたことだろう。

彼女は、クロイソ城に出入りしていた父親の臣下の騎士たちを思《おも》い浮《う》かべた。彼らは皆、恋《れん》愛《あい》の達人だった。騎士たちの世話をするメイドたちがくすくす笑いながら、彼らの巧《たく》みな誘惑《ゆうわく》術《じゅつ》について褒《ほ》めそやしているのを聞いたのは、一度や二度ではなかった。

間違いなくリフタンも、可愛《かわい》らしいメイドや艶《あで》やかなレディとそういうことを楽しんだ経験があるはずだ。北部では城主の妻が客の風呂《ふろ》の世話をするという、彼の言葉を思い出した。リフタンもただ噂《うわさ》を耳にしただけではないだろう。

マクシーは急に気持ちが落ち込んだ。過去に彼が何をしようと自分が不快に思う理由など一つもないのに、なぜかひどく傷ついた。

「どうした？　顔をしかめたりして」

「あ、あの、か、風が少し、つ、冷たくて……」

慌ててごまかすと、リフタンは腕を回して彼女の冷え切った首筋と肩《かた》を抱《だ》き寄せた。彼の体から立ちのぼる男性的なにおいに、マクシーは息をのんだ。

「もう少し暖かい服を用意させるんだったな」

「だ、大丈夫《だいじょうぶ》です。か、風さえ、ふ、吹かなければ……ひ、日差しも暖かいですし……」

「服は気に入ったか？」

彼女は自分が着ている華《はな》やかなドレスを改めて見た。こんなにきれいな服は初めてだと言ったら、リフタンは変に思うだろう。

「き、気に……い、入りました」

「近いうちに仕立屋を呼んでやるから、ほしい服があればいくらでもあつらえるといい。何百着でも買ってやろう」

リフタンがマクシーのあごを軽く持ち上げ、熱い視線を注ぐと、マクシーは顔をほてらせた。これが女性の扱《あつか》いに慣れていない男性のすることだろうか？　彼女は目を伏《ふ》せて、きまり悪そうにつぶやいた。

「……く、口癖《くちぐせ》ですか？」

「何だって？」

「な、何かというと、ほ、ほしいものは、い、いくらでも買ってやると……い、言うじゃないですか」

とげのある言葉に、リフタンの眉間のしわが深くなった。

「口先だけじゃない。お前が父親の城にいた時と同じくらいの贅沢《ぜいたく》をさせてやると約束したはずだ」

マクシーは唾《つば》を飲み込んだ。彼女は贅沢な暮らしをしたことなど一度もなかった。ほしいものを与《あた》えられたこともない。手厚くもてなすべきレディではないと知っても、リフタンはこれほど良くしてくれるのだろうか。何だか彼を騙《だま》しているような気がして、マクシーは胸が苦しくなった。彼女はリフタンの視線を避《さ》け、小さな声で話しかけた。

「そ、そろそろお部屋で……や、休んでも、い、いいですか？」

「……疲れたか？」

彼女がうなずくと、彼は大股《おおまた》で歩き出した。折しも、ぎっしりと木が生《お》い茂《しげ》る山の斜面を、激しい風がザアッと音を立てて吹《ふ》き抜《ぬ》けた。森がざわめく音に、マクシーは一瞬《いっしゅん》立ち止まった。風の中に、どこか寂《さび》しさが込《こ》み上《あ》げるような、なじみのないにおいが混じっていた。

この先私は、一生このにおいを嗅《か》ぎながら暮らすことになるのだろうか。荒涼《こうりょう》とした景色を眺めていたマクシーは、すぐにリフタンの後を追った。

リフタンは見習い騎士たちに稽古《けいこ》をつけるため、再び外へ出ていった。一人で部屋に戻《もど》ったマクシーは、暖炉《だんろ》の前に座って休んでいた。そこに、ルディスが蜂蜜《はちみつ》入りのジンジャーティーと、ドライフルーツの入ったお菓子《かし》を持ってきた。

「領主様が、騎士の皆様《みなさま》をお迎《むか》えしてディナーをご一緒されるそうです。奥様《おくさま》もお召《め》し替《か》えなさいますか？」

ルディスが、空《から》になったティーカップにお茶を注ぎながら言った。サクッとした食感のお菓子を頬張《ほおば》っていたマクシーは、困惑《こんわく》した顔でメイドを見上げた。

「お、お召し替え……？」

「はい。領主夫人として正式にご挨拶《あいさつ》なさる席ですから、もう少し華やかに着飾《きかざ》られるのがよろしいかと……」

彼女は言葉を濁《にご》し、緊張《きんちょう》した面持《おもも》ちで頭を下げた。

「さ、差し出がましいことを……失礼いたしました」

「い、いいえ」

マクシーは、壁に立てかけてある鏡をちらりと見た。朝方ルディスがきれいに櫛《くし》で梳《と》かし、きっちり編《あ》み込んで優雅《ゆうが》に結《ゆ》い上《あ》げてくれた髪《かみ》は、風に吹かれてすっかり乱れていた。彼女はあちこちに飛び出したくせ毛を撫《な》でつけながらうなずいた。

「で、では……お願いします」

ルディスはすぐにティーポットを手に取って部屋から出ていき、櫛と化粧水《けしょうすい》、装身具が入った小さな箱を持って戻ってきた。マクシーは鏡の前にある椅子《いす》に座った。ルディスが慣れた手つきで髪を梳かすと、あっという間に髪がほどけていった。いつも髪が抜《ぬ》けそうなほど乱暴に梳かしていた乳母《うば》の手つきとは、比べ物にならないほどだった。

「ヘアピンを挿《さ》しましょうか？　それともティアラにいたしましょうか？」

ルディスは髪の毛がサラサラになるまで梳かしてから、装身具がぎっしり入った箱を開けてみせた。マクシーは、箱の中の高価な装身具を見て目を丸くした。

宝石の付いたブローチをはじめ、真珠《しんじゅ》のネックレス、金の指輪、銀のヘアピンの数々が、赤いサテン生地《きじ》の上にきれいに並んでいた。マクシーの知る限り、リフタンには母親や姉妹《しまい》、その他の親類は一人もいないはずだった。それなのに、どうしてこんなものがあるのだろうか。

そういえば、到着《とうちゃく》した翌日すぐに、これほど豪華《ごうか》な衣装《いしょう》の用意ができていたのも不思議だった。ひょっとして、以前彼の恋人《こいびと》が使っていたものだろうか。

「どれもお気に召しませんか？」

「い、いえ……」

マクシーは、じわじわと襲《おそ》ってくる妙《みよう》な気分を振《ふ》り払《はら》い、装身具を選ぶことに集中した。

「へ、ヘアピンに、し、してください……」

「かしこまりました」

ルディスは細かく髪を編み込んで、くるくると一つにまとめ、花の飾りがついた美しいヘアピンで固定した。それからマクシーの首に真珠のネックレスをつけ、水晶《すいしよう》が埋《う》め込《こ》まれた指輪を彼女の指にはめた。

マクシーは、きらびやかに装《よそお》った自分の姿を見慣れぬ様子で眺めた。赤く上気した頬や落ち着きのない目つき、不安げな表情は、まるで両親の宝石をこっそり持ち出した子どものようにぎこちなかった。

「お気に召さなければ、他の装身具をお持ちしましょうか？」

ドレスのしわを伸《の》ばしていたルディスが、彼女の表情をうかがいながら遠慮《えんりよ》がちに尋ねた。

マクシーは首を横に振《ふ》った。

「だ、大丈夫。こ、これで、い、いいです」

ルディスは安心した様子で立ち上がり、薄《うす》いショールをマクシーの肩にかけた後、部屋から出ていった。窓の外には、いつの間にか夕暮れ時の光が差《さ》し込《こ》んでいた。

第二十一話

「お支度《したく》ができたようですね。ちょうどお迎《むか》えにあがるところでした」

マクシーが窓の外を眺《なが》めながら歩いていると、向こう側から明るい声が聞こえてきた。声がした方に顔を向けると、正装したロドリゴが、鶴《つる》のように細長い足を動かして一息に駆《か》け寄《よ》ってきた。

「騎《き》士《し》の皆様《みなさま》が到着《とうちゃく》されました。急ぎましょう。領主様がお待ちでいらっしゃいます」

マクシーは、ロドリゴの後について階段を下りて行った。食堂の入り口に着くと、にぎやかな話し声が聞こえてきた。彼女《かのじょ》は扉《とびら》の隅《すみ》に立って中を覗《のぞ》いてみた。きらめく明かりのもとに、優に五十人は超《こ》える男たちが所狭《ところせま》しと座《すわ》っている。彼《かれ》らが囲んでいる長い食卓《しょくたく》の上には、おいしそうな肉料理や果物、パンに酒器が隙間《すきま》なく並べられ、暖炉《だんろ》には黄金色《こがねいろ》の炎《ほのお》が勢いよく燃え上がっていた。

マクシーはしばらくためらった。食堂には、男性たちと彼らの給仕《きゅうじ》をするメイドたちしかいない。騎士同士で楽しんでいる席に、自分が入ってもいいのだろうか？

「奥様《おくさま》、お入りにならないのですか？」

ロドリゴが振《ふ》り返《かえ》って不思議そうな顔をしたので、マクシーは勇気を振《ふ》り絞《しぼ》って中に足を踏《ふ》み入れた。すると、騒《さわ》がしかった室内が一瞬《いっしゅん》で静まり返り、数十人の視線が彼女に集中した。

「マクシー、こっちだ」

凍《こお》りついている彼女に向かって、リフタンが手招きした。マクシーがこわばる足をどうにか動かして彼の隣《となり》の席に座ると、メイドたちは素早《すばや》く彼女の皿に料理を取り分けた。

「初めての者もいるだろう。妻のマクシミリアン・カリプスだ」

マクシーは緊張《きんちょう》した面持《おもも》ちで騎士たちの顔を見た。彼らは一様に、敵視するわけでも歓迎《かんげい》するわけでもない曖昧《あいまい》な表情を浮《う》かべていた。

リフタンが彼らに向かって警告するように、重々しい口調で言った。

「皆《みな》、丁重《ていちょう》に接するように」

そう言うと、ようやくおざなりな挨拶《あいさつ》があちこちから聞こえてきた。マクシーは小さな声でよろしくお願いします、と答えた。それを合図に、再び食事を始める騎士たち。彼女は気落ちしたような顔で、銀の皿に盛られた料理を見下ろした。リフタンが、彼女の杯《さかずき》にワインを半分ほど注ぐ。

「どうして手を付けないんだ？　ここの食べ物は口に合わないか？」

「い、いいえ……お、おいしいです」

「それなら早く食え」

リフタンは、皿に盛られた鶏《とり》のもも肉をフォークも使わずに手でつかみ、ガブリとかぶりついた。マクシーは、むさ苦しい野営地だろうと、華《はな》やかな席だろうと、彼の食べ方に大差がないことに気づいて啞然《あぜん》とした。

リフタンは大きな肉の塊《かたまり》をあっという間に平らげ、それと同時に、もう片方の手でまた別の肉の塊をつかんだ。そのすさまじい食欲に、彼女は思わずあんぐりと口を開けた。彼はワインを水のようにごくごくと飲み干すと、じろりと彼女をにらんだ。ぼんやりしていないで、さっさと食べろという顔だった。

（この人は、なぜいつも私に無理やり食べさせようとするのかしら……？）

マクシーは、まだ湯気の立っている肉料理をナイフで切り、一切れ口に入れた。燻製《くんせい》にした肉には甘《あま》みのあるソースがかかっていた。彼女は新鮮《しんせん》な葉野菜のサラダを皿に取り、脂《あぶら》っこい肉と一緒《いっしょ》に食べた。ひどく緊張していたにもかかわらず、料理はおいしく感じられた。この城の料理人は、クロイソ城の料理人よりもはるかに腕《うで》が良《い》いようだ。

「これも食ってみろ。うまいぞ」

マクシーが食べる様子を見守っていたリフタンが、別の料理を取り分けてくれた。彼女は、赤みがかったソースに漬《つ》け込《こ》まれた得体の知れない肉を、恐《おそ》る恐《おそ》る口の中に押し込んだ。少し臭《くさ》みがあったが、食べられないほどではなかった。

取り分けられた料理を食べ終えると、リフタンが今度は豆とじゃがいもを詰《つ》めて蒸《む》した鶏肉料理を皿に盛ってくれた。マクシーは、目を細めて食卓をさっと見渡《みわた》した。肉類が圧倒的《あっとうてき》に多かった。

「さあ、これも食うんだ」

「こ、こんなに、た、たくさんは、た、食べられません……」

「全然食ってないじゃないか。これだけでも食ってみろ」

彼女は泣きそうな顔を浮かべた。皿に取ってくれたものを無理して食べていたら、だんだん胃がむかむかしてきた。あまりに脂っこい食事に耐《た》えかねた彼女がナイフとフォークを置くと、リフタンは眉《まゆ》をひそめた。

「スズメだって、お前より食うぞ」

「い、いいえ。じゅ、十分……い、いただきました」

リフタンは鼻で笑った。マクシーは、彼の皿の上に山盛りになった骨を見た。この人に比べたら、自分の食べる量は鳥の餌《えさ》程度だと言われても確かに仕方がない。夫の食欲は、他の騎士たちよりもずっと旺盛《おうせい》だった。

「で、では……ど、どのくらい食べれば……」

ため息をつきながら尋《たず》ねると、肉を頬《ほお》張《ば》っていたリフタンが、ちらりと彼女を見た。彼は口の中のものを飲《の》み込《こ》んでから渋《しぶ》い顔で言った。

「ニワトリ一羽《わ》くらいは食わないとな」

「……ふ、普通《ふつう》の、じょ、女性は……そ、そんなに、た、たくさん食べられないと、お、思います」

「俺《おれ》の知っている女は食っていたぞ」

リフタンが何気なく口にした言葉に、マクシーは身をこわばらせた。知っている女とは、誰《だれ》のことを言っているのだろう？　この人はよく食べる女性が好きなのだろうか。彼女は、貧相《ひんそう》な自分の体を見下ろした。大抵《たいてい》の男性は、健康な妻と健康な子どもを望むだろう。マクシーは目をぎゅっとつぶって、食べ物を口の中に押し込んだ。その姿を見て、リフタンはそっと口角を上げた。

「少しずつ食う量を増やせ。お前は貧弱《ひんじゃく》すぎる」

マクシーは、パンのかけらを口に入れてからうなずいた。すでにリフタンは、隣に座っている年配の騎士と酒を酌《く》み交《か》わしている。彼女はワインを少しずつ飲みながら、彼らの様子を観察した。

旅に同行していた騎士たち以外にも、見慣れない顔がたくさんあった。長い食卓の中央では若い騎士たちがわいわい騒ぎながら酒を飲んでいて、下座《しもざ》には十五、六歳《さい》ほどの少年たちが座り、上座《かみざ》には四十から五十歳前後の二人の騎士が座って、しきりにリフタンに酒を勧《すす》めていた。

マクシーはワインを口に含《ふく》みながら、興味深く彼らの話に聞き耳を立てた。見習い騎士たちの訓練の進捗状況《しんちょくじょうきょう》、農作物の収穫量《しゅうかくりょう》や採掘《さいくつ》した鉱物の量。近ごろ出没《しゅつぼつ》回数が増えた魔物《まもの》の種類に、どういう魔物にどういう武器が一番効果的かなど……。これまで聞いたこともないような話題が、大声で飛《と》び交《か》っていた。

リフタンが年配の騎士たちとの会話に夢中になっていると、仲間と楽しそうに騒いでいた騎士の中で一番若く見える少年が、いきなり席から立ち上がって叫《さけ》んだ。

「カリプス卿《きょう》！　レクソス山脈での最後の決戦で、ドラゴンのブレスをソードオーラで切《き》り裂《さ》いたという話は本当ですか？」

にぎやかにしゃべっていた騎士たちの視線が、一気に少年に集まった。明るい銀色の髪《かみ》をした見習い騎士は、自分よりずっと年上の騎士たちの間でも気後《きおく》れせず、はつらつと話し続けた。

「〝竜《りゅう》の呼吸〟とも呼ばれるドラゴンブレスは自然界に存在する魔法《まほう》の中でも、最強の魔法だと聞きました！　山一つが丸ごと吹き飛《ふと》ぶという巨大《きょだい》な火炎《かえん》を、どうやって切り裂いたんですか？」

興奮した少年の大声に、リフタンはあからさまに面倒《めんどう》くさそうな顔をした。

「俺のソードオーラが特殊《とくしゅ》なだけだ」

「隊長のソードオーラは、外部の魔力《まりょく》を吸収する特殊な属性を持ってるんだ。相手の魔力が強ければ強いほど、隊長のソードオーラも強くなるってわけだ」

大きなグラスになみなみとエールを注いでいた騎士が突然割《とつぜんわ》り込《こ》んで、リフタンの返答に補足した。マクシーは、彼が旅に同行していたヘバロンという名の騎士であることに気がついた。

「ま、そんな突飛《とっぴ》な体質などなくたって、剣《けん》の実力だけでも隊長は最強だけどな！　オシリヤのいばりくさった神聖騎士団の団長も、見事に打ちのめしてやったんだぜ」

「……隊長ではなく団長だ」

彼の向かい側で静かに酒を飲んでいた金髪《きんぱつ》の騎士、ウスリン・リカイドが小声で指摘《してき》した。

「いつまで傭兵《ようへい》時代の癖《くせ》を直さないでいるつもりだ？」

「隊長だろうが団長だろうが、どっちでもいいだろ。いちいち細かい奴《やつ》だな」

ヘバロンは大げさにせせら笑った。彼らの言い合いを見ていた銀髪《ぎんぱつ》の少年は、いっそう興奮した様子で叫んだ。

「カリプス卿が、神聖騎士団のクアヘル・リオンと戦ったというのは本当ですか？　どうしてそんなすごい事実が知られていないんでしょうか！」

「ドラゴン討伐《とうばつ》を前に、最高の戦力である二人が決闘《けっとう》しただなんて言いふらしてどうするんだ」

金髪の騎士のリカイドが、辛辣《しんらつ》な口調で言った。

「教団から派遣《はけん》された討伐隊の士気が下がるのを恐《おそ》れた総司令部が、その事実を揉《も》み消《け》したんだ。下手すると、血気盛《さか》んな騎士たちの間でしょっちゅう決闘が起こりかねないからな。私たちはドラゴン討伐に行ったのであって、剣術《けんじゅつ》大会をしに行ったわけではない」

「で、でも！　大陸最強の騎士同士の決闘を誰も知らないなんて勿体《もったい》ないですよ！　きっとものすごい勝負だったはずなのに！」

「武勇伝は、ドラゴンを撃退《げきたい》したことだけで十分だ」

黙《だま》って彼らのやり取りを聞いていたリフタンが、素っ気ない口ぶりで言った。

「それに、あの対決は正式な決闘でもない。討伐を控《ひか》えて、互《たが》いに真の実力を出さなかったからな……。ドラゴン討伐で俺があの聖騎士より大きな手柄《てがら》を立てられたのは、魔力を吸収する体質のおかげで、剣の実力によるものじゃない」

「柄《がら》にもなく謙遜《けんそん》なんて、どうしたんです？」

暖炉の近くに座って、むしゃむしゃリンゴをかじっていた若い騎士がからかった。

「勝ちは勝ちでしょう。条件は同じだったはずです。初めから、限られた条件下で勝負することに合意して行われた決闘だったじゃないですか。誰が見たって、れっきとした勝負でしたよ」

「ラクシオン卿！　その決闘について、詳《くわ》しく聞かせてください！」

見習い騎士たちが、目をキラキラ輝《かがや》かせて彼を見た。ラクシオン卿――ガベルは呆《あき》れたように肩《かた》をすくめた。

「ドラゴン討伐の武勇伝より興味があるのか？」

「もちろん、遠征《えんせい》の話も聞きたいです！」

少年たちの熱心な態度に、騎士は満足そうな顔で笑った。マクシーも、同じように興味津々《きょうみしんしん》な眼差《まなざ》しを彼に向けた。父親の宴《うたげ》に招かれた吟遊詩人《ぎんゆうしじん》たちが、騎士の英雄譚《えいゆうたん》を歌うのをこっそり聞いたことはあるが、実際に騎士の口から聞くのは初めてだった。

若い騎士は黄金色のエールをたっぷりグラスに注いで喉《のど》を潤《うるお》し、出征《しゅっせい》直後の出来事から順を追って、事細かに語り始めた。ガベルは面白《おもしろ》おかしく話をするのが飛《と》び抜《ぬ》けて上手《うま》かった。彼はオーガとトロールの群れを撃退した話を皮切りに、レクソス山脈に続く峡谷《きょうこく》でバシリスク三頭に出くわし、苦戦したところまで話を進めた。それを聞くマクシーも、少年たちに負けないほど目を輝かせていた。

実際に魔物を見た時は恐ろしさで身動き一つとれなかったのに、話で聞くぶんにはとてもワクワクした。ガベルという人物の巧《たく》みな話術のせいだろうか。

彼の生き生きした情景描写《びょうしゃ》に内心感嘆《かんたん》していると、不意に首のあたりに何かが触《ふ》れた。マクシーは、驚《おどろ》いてそちらに顔を向けた。

第二十二話

リフタンが首をかしげて頬杖《ほおづえ》をつき、マクシーがつけているネックレスをいじっていた。

「な、何をして……」

マクシーはそう言いかけて、はっと息をのんだ。リフタンの手が首筋に沿って下がっていき、胸元《むなもと》が大きく開いたドレスから覗《のぞ》く素肌《すはだ》を撫《な》でたのだ。彼女《かのじょ》は慌《あわ》てて他の騎士《きし》たちの方に目をやった。皆《みな》、話に夢中でこちらを見ていない。安堵《あんど》のため息をついて彼《かれ》の腕《うで》を押《お》しやったが、リフタンはびくともしなかった。

彼はにやりと笑うと、彼女のうなじに垂れる髪《かみ》の毛《け》をもてあそんでから、肩《かた》の骨のあたりを指先で軽くつついた。体に稲妻《いなづま》が走るような感覚に、マクシーは身を震《ふる》わせた。彼の手がゆっくりと背筋をたどって下りていき、彼女の腰《こし》のあたりを包《つつ》み込《こ》んだ。優《やさ》しく腹を愛撫《あいぶ》する手つきに、マクシーは顔を赤らめた。

「リ、リフタン……」

「妻が酔《よ》ったようだ。先に失礼する」

リフタンが、話に熱中している騎士たちに向かって言った。すっかり盛り上がって大声で騒《さわ》いでいた騎士たちは、二人を見て事情を察したような顔をした。マクシーは顔を赤らめ、耐《た》えられないほどの恥《は》ずかしさに襲《おそ》われた。

「行こう」

リフタンは、方々から聞こえてくる騎士たちの野次をことごとく無視しながら、マクシーを立ち上がらせて入り口に向かった。彼女はふらつきながら、彼の後に続いて食堂を出た。壁《かべ》のところどころに明かりの灯《とも》った照明があるにもかかわらず、ホールは一面真っ暗だった。急に周りが暗くなり、彼女の視界がぐらりと揺《ゆ》れた。曇《くも》った窓は月の光すら通さず、壁にはひんやりした空気が流れている。

「リ、リフタン……も、もう少し、ゆ、ゆっくり……」

どんどん早足になる彼に追いつけず腕をつかむと、突然《とつぜん》体が宙に浮《う》かび、マクシーはハッとした。階段に続く壁に彼女の体を押しつけたリフタンが、激しく唇《くちびる》を重ねてきたのだ。

マクシーは、思わず彼の腕をぎゅっとつかんだ。今まで何度も重ねた唇だったが、いつも初めて触《ふ》れるように感じる。口の中を潤《うるお》す熱い唾液《だえき》と、食べ物をじっくり味わう敏感《びんかん》な舌が、一緒《いっしょ》くたになって入り混じる感覚が耐えられなかった。

「一日中こうしたい衝動《しょうどう》を……必死になって抑《おさ》えていたというのに、他の男に気を取られやがって……」

マクシーの喉《のど》の奥《おく》に、彼のうなるような声が流《なが》れ込《こ》んできた。耳や喉をくすぐる振動《しんどう》に、彼女は小さくうめき声を上げた。リフタンの厚い胸板《むないた》が、彼女の胸を容赦《ようしゃ》なく押しつぶす。彼はざらざらした手のひらで彼女のうなじをつかむと、自分の方に強く引き寄せた。

リフタンは、彼女を抱《だ》きかかえて絶え間なくキスを浴びせながら、階段を一段ずつ上がった。マクシーは足を踏《ふ》み外《はず》してしまうかもしれないという恐怖《きょうふ》から、必死で彼の首にしがみついた。脳が溶《と》けていくような気分だった。あらゆる感情がどろりと流れ落ち、腹の中にねっとりと溜《た》まっていく。どうしてリフタンが触れるとこうなってしまうのだろう？　あれほど恐《おそ》れ、苦手だと思っていた人なのに……。

「クソッ、なんで階段がこんなに長いんだ？」

リフタンが文句を言いながら、マクシーのスカートの裾《すそ》に片手を突《つ》っ込《こ》んだ。彼女は、太ももを撫でる彼の手の動きに悲鳴を上げた。

「い、嫌《いや》です……。こ、こんなところで……」

言葉の続きは、彼の口の中に吸《す》い込《こ》まれてしまった。マクシーは腰を震わせ、夢中で彼の首にすがりついた。無骨な指が下着の中に入ってきて、彼女の秘部に触れた。厭《いや》らしい音が、彼女の耳にも聞こえてくる。苦しいほど心臓が激しく波打ち、腹の中はますます熱く溶けていった。

「このままお前を抱きたい」

マクシーは、リフタンの肩に爪《つめ》を立てた。彼女の肩に熱い息を吐《は》き出《だ》しながら、リフタンはさらに奥の方まで指を押し込んだ。暗がりの中で、誰《だれ》かが見ていないかと不安におののきながらも、マクシーはいっそう激しく彼の胸に抱きついた。体の中で吹《ふ》き荒《あ》れているのが、恐怖なのか激情なのかも分からなかった。

リフタンの熱い唇が、マクシーの耳たぶや、喉、鎖骨《さこつ》の上を絶え間なく行き来し、硬《かた》い指が柔《やわ》らかい部分をゆっくりとさすった。彼女が以前教わったとおりに体を動かすと、リフタンは彼女の肌《はだ》に歯を立てて、痛いほど強く吸い込んだ。彼の息遣《いきづか》いは、まるで罠《わな》にかかってもがく鳥を見つけて、気が昂《たかぶ》る猟犬《りょうけん》のように、熱く荒《あら》くなっていた。

「今日は、たとえ死んでもやめないぞ」

リフタンが階段の最後の一段を駆《か》け上《あ》がった。マクシーは、揺れる彼の体に必死でしがみついた。彼が寝室《しんしつ》に入って扉《とびら》を閉めると、マクシーのこぼれそうな胸が明かりの下に露《あら》わになった。リフタンがピンと尖《とが》った胸の先端《せんたん》に口をつけた瞬間《しゅんかん》、彼女は息をのんだ。

強烈《きょうれつ》な感覚が背筋を貫《つらぬ》いていく。マクシーは頭がおかしくなりそうだった。彼が硬く尖《とが》った胸の頂《いただき》を舌で舐《な》め、歯で噛《か》みながら強く吸うたびに、彼女の内臓は熱く沸《わ》き立《た》った。

「リ、リフタン……」

「嫌《いや》だとは言わせない」

マクシーが、押《お》し寄《よ》せてくる激しい感情を抑えきれずに身もだえすると、リフタンが吐き出すように言った。

「俺《おれ》を受け入れろ」

命令するような言葉が、どういうわけか懇願《こんがん》しているように聞こえた。彼の燃えるような熱い視線に、マクシーの胸が激しく高鳴った。

「わ、私は……」

「お前の中に入りたい。もう耐えられないんだ」

リフタンがかすれた声でつぶやきながら、彼女の唇を吸った。強烈な熱がまぶたにまで伝わってきた。マクシーが何も言わずに彼の首に腕を巻きつけると、リフタンはいっそう強く彼女を抱きしめながら、ベッドの上に倒《たお》れ込《こ》んだ。

羞恥心《しゅうちしん》に興奮、恐れ、それから奇妙《きみょう》な期待感が、胸の中で渦巻《うずま》いた。マクシーは、雲のようにふかふかなシーツにすっぽり包まれて、朦朧《もうろう》としながら彼の唇を受け止めた。リフタンは彼女のヘアピンを外し、丁寧《ていねい》に結《ゆ》い上《あ》げた髪《かみ》をほどくと、ペチコートを乱暴に引きずり下ろした。裸《はだか》になった彼女の体に触れるひんやりした空気が、かろうじて残った理性を呼び覚ました。

「さ、先に体を洗わないと……」

「また眠《ねむ》りこけるつもりか？　冗談《じょうだん》じゃない」

彼はマクシーの言葉を遮《さえぎ》って、片方の胸をつかんだ。唾液に濡《ぬ》れた柔らかい肌が、彼の手の中でぐにゃりとつぶれる。

「後で洗ってやるから……」

最後の言葉は、彼女の肌に埋《う》もれて聞こえなくなった。マクシーは、たとえて言うなれば料理人の前に置かれた小麦粉の生地《きじ》か、まな板の鯉《こい》。どこにも逃《に》げられない。逃げたいのかどうかも分からなかった。

身動きの取れなくなったマクシーは、シーツの中でもがいた。リフタンが舌を尖らせて、敏感になっている胸の先端をつつき、舐め、口の中で転がすたびに、彼女の体の内側から小さな泡《あわ》が立ち始め、血管や骨をくすぐった。

「へ、変な……き、き、気分、です。お、おかしい……」

普段《ふだん》よりもっと吃音《きつおん》がひどくなっていたが、マクシーに恥ずかしさを感じている余裕《よゆう》はなかった。リフタンが、なだめるように耳の周りを撫でながら、彼女の膝《ひざ》の間に腰を割《わ》り込《こ》ませ、破裂《はれつ》しそうなほど興奮した熱い体のまま、のしかかってきた。硬く昂ったものが、何枚かの布を隔《へだ》ててゆっくりとこすりつけられる。マクシーは、体をぴったり寄せ合っているにもかかわらず、満たされない思いに焦燥《しょうそう》した。

「息が止まりそうだ」

くぎで鉄を引《ひ》っ掻《か》くようなかすれた声が、緊張《きんちょう》でこわばったマクシーの首筋をくすぐった。リフタンは、片手で下衣《したごろも》の紐《ひも》をほどいて下ろし、再び唇を重ねた。唾液でしっとりと濡れた彼の舌が、彼女の舌に優しく絡《から》みつく。

マクシーは、下半身に熱を持った肉の塊《かたまり》が当たるのを感じ、両目をぎゅっと閉じた。脚《あし》の間に押しつけられていた熱いものが、彼女の濡れているところから一気に奥まで押し入ってきた。まだ慣れない異物の侵入《しんにゅう》に、彼女は思わず体をよじった。すると、リフタンがぐっと体をこわばらせ、苦しそうなうめき声を上げた。

「畜生《ちくしょう》……そう締《し》めつけるな……」

「ご、ご、ごめんなさ……」

「息をゆっくり吐《は》いて……そう、もう少し……」

彼は、網《あみ》にかかって引き上げられた魚のように喘《あえ》いだ。ワインの香りがする熱い吐息《といき》がマクシーの口の中を湿《しめ》らせ、汗《あせ》に濡れた真っ黒な髪の毛が、彼女の額をくすぐった。二人の繋《つな》がっている部分がどくどくと脈打つのが、直《じか》に伝わってきた。

「熱いクリームの中につかるのは、こんな感じだろうか……」

夢心地《ゆめごこち》な言葉とは裏腹に、リフタンの表情は拷問《ごうもん》でも受けているかのように険しかった。マクシーは、彼が自分の中に入ってきている感覚になんとか慣れようと、歯を食いしばった。リフタンの着ている目の粗《あら》い服の生地が、しきりに素肌を刺激《しげき》する。ぴったりくっついている彼の下半身は、ぬるぬるした粘液《ねんえき》に覆《おお》われた蛇《へび》のようにうごめきながら、奇妙な動きで摩擦《まさつ》してきた。

マクシーがこらえきれず腰をくねらせると、リフタンが体を動かし始めた。

「う、ううっ！」

リフタンは彼女の体の中に挿入《そうにゅう》した巨大《きょだい》な彼自身《かれじしん》を、入り口近くまで引《ひ》き抜《ぬ》いたかと思うと、再び深々と押し入れてきた。彼を包み込んでいる部分が熱く濡れ、蜂蜜《はちみつ》のように溶けだした。びりびりするような感覚がつま先まで駆《か》け抜《ぬ》ける。マクシーは、すすり泣きながら背中を反《そ》らした。

リフタンが頭を下げて張りつめた胸を吸うたびに、マクシーの腹の中が熱くたぎった。休みなく体が揺さぶられ、脚の間に流れる熱が次第《しだい》に膨《ふく》れ上がり、とうとう彼女の全身を包み込んだ。押し寄せる絶頂に、マクシーは脚をぶるぶる震わせて彼を締めつけた。リフタンがはっと息を吸い込むと、マクシーの体内にいるそれがさらに大きくなった。

「い、嫌……」

マクシーは、彼の下で体をくねらせながらもがいた。自分の体ではないように感じる。赤く熱せられた鉄の塊のような体が彼女の全身を押さえつけ、切羽詰《せっぱつ》まったように動き続けた。怖《こわ》いほどに熱い眼差《まなざ》しや、触《ふ》れ合《あ》う肌から伝わってくる激しい心臓の鼓動《こどう》、体の内側から感じる原始的で密《ひそ》やかな動き……。マクシーは、何も考えられなくなった。

死んでしまいそう。こんなにも甘美《かんび》な痛みがあったなんて。マクシーの体は雷《かみなり》にでも打たれたようにぶるぶる震え、心臓は手に負えないほど激しく脈打った。どうにかなってしまいそうな感覚から逃《のが》れようと腰をひねると、リフタンが彼女を抱きしめたまま体を起こした。

「あ、ああっ……」

マクシーは、リフタンの腿《もも》の上にまたがった姿勢で、いっそう深く彼の体を受け入れた。一段と強烈になった刺激に、体がわななき始める。震える彼女の頭を強く抱きしめながらリフタンがつぶやいた。

「もっと……もっと感じるんだ、マクシー……」

マクシーは夢中で彼の首にしがみついた。いったん堰《せき》を切ると、もう止めるすべはなかった。リフタンが深く挿入するたび彼女の腰は勝手に動き、脚の間が何度もどん欲に彼を締めつけた。もうこれ以上我慢《がまん》できないところまで来て、ようやくリフタンが動きを止めた。

体の奥深《おくふか》くに生温かいものが広がっていくのを感じながら、マクシーはぎゅっと目をつぶった。彼女の目元ににじんでいた汗の滴《しずく》が、涙《なみだ》のように頰《ほお》を伝ってぽたぽたと流れ落ちた。

「死ぬかと思った」

リフタンが、彼女の汗の滴を舌ですくいながらつぶやいた。マクシーはまだ理性を取《と》り戻《もど》すことができないまま、ぼんやりとかすんだ目で、彼の上気した顔を見上げた。くしゃくしゃに乱れた髪の間で、彼の真っ黒な瞳《ひとみ》が熱く揺れていた。あれほどたくさん食べたにもかかわらず、まだ満足できないというように……。

第二十三話

「まだ寝《ね》るな」

リフタンは、二人が繋《つな》がっている部分をゆっくりとこすりながら、マクシーの唇《くちびる》を吸った。彼女《かのじょ》は目を見開いた。彼《かれ》はマクシーを仰向《あおむ》けに寝かせると、頭から服を脱《ぬ》ぎ捨《す》てた。

二人の体はまだ繋がったまま、のぼりつめた絶頂の余韻《よいん》で小刻みに震《ふる》えていた。しかし、そんなことはリフタンの眼中にはなかった。彼はそのまま彼女の片方の足首をつかんで肩《かた》の上に乗せると、再び腰《こし》を動かし出した。かすれたうめき声を上げるマクシーの目に、自分たちのあられもない姿が飛《と》び込《こ》んできた。

驚《おどろ》くほど淫《みだ》らな光景に、マクシーは恐《おそ》ろしくなった。こんなことをしてもいいのだろうか？貞淑《ていしゅく》な妻の振《ふ》る舞《ま》いについて、ひとしきり講釈《こうしやく》を垂れていた神官の姿を思い出した。だが、ためらうのも一瞬《いっしゅん》だった。リフタンが体を動かし始めると、頭の中が再びとろけ出した。

「う……んんっ……」

「ここを見ろ」

リフタンがマクシーの頭を支えて、二人の繋がっている部分が見えるようにすると、彼女はショックのあまり息をのんだ。彼はゆっくりと腰を前に突《つ》き出《だ》し、自身を根元まで押し入れた。

隆々《りゅうりゅう》とした腹筋の目立つ、引《ひ》き締《し》まった腹部が彼女を強く押さえつけると、突《つ》き抜《ぬ》けるような快感がとろとろになった腹の中を駆《か》け巡《めぐ》った。マクシーは、銛《もり》に貫《つらぬ》かれた魚のように身もだえした。

「ああっ……!」

「ダメだ。目を閉じずに見ろ。俺《おれ》がお前の中に入っているところを……うっ……」

ぐっと収縮した彼女の中で、リフタンのものが切羽《せっぱ》詰《つ》まったようにうごめいた。彼の首筋にくっきりと血管が浮《う》かび上がる。マクシーは彼を押しのけたい衝動《しょうどう》と、抱《だ》きしめたい衝動のはざまで揺《ゆ》れ動《うご》いた。奥歯《おくば》を食いしばり、何かに耐《た》えるように背中を震わせていたリフタンが、一心不乱に腰を振り始めた。

突《つ》き破《やぶ》らんばかりに膨《ふく》れ上がったものが、彼女の中を激しく突く。じっとりと濡《ぬ》れた下半身の立てる音があたりに広がった。リフタンのその動きは、まるで彼女の体を壊《こわ》し、新しく作り直そうとするかのようだった。マクシーは顔を覆《おお》ってすすり泣いた。

一晩中、激しい絶頂が何度も訪《おとず》れた。

✣

雨粒《あまつぶ》が窓を叩《たた》く音に、マクシーはようやく目を覚ました。水滴《すいてき》がついて白く曇《くも》った窓と、黒い雲に覆われた空が、ぼんやりと視界の中に入ってきた。彼女はひんやりした空気に肩を震わせながらシーツを引っ張り上げた。その瞬間《しゅんかん》、首の下に回されたがっしりした腕《うで》が、マクシーを強く引き寄せて自分の胸元《むなもと》から逃《に》げられないようにした。

マクシーは頰《ほお》を赤らめながら視線を下に向けた。リフタンの大きな手が、片方の胸を包《つつ》み込《こ》んでいる。いきなり脚《あし》の間に石のような硬《かた》い太ももが割《わ》り込《こ》んできて、一晩中彼のものが出入りしていた場所を押さえつけた。彼女はそっと体を引《ひ》き離《はな》し、慎重《しんちょう》に彼の方を見た。リフタンは枕《まくら》に顔を半分うずめたまま、あどけない顔で眠《ねむ》っていた。

(あどけない……?)

マクシーは自分の考えに呆《あき》れ、首を左右に振った。リフタンにはまったく似つかわしくない表現。そう思いながらも、彼女は穏《おだ》やかな彼の顔から目を離《はな》せなかった。

普段《ふだん》の眉間《みけん》のしわが消えた彼は、二十歳《はたち》をようやく過ぎたばかりの年相応の青年らしく見えた。

「うーん……」

彼の額に垂れた髪《かみ》を思わず手でよけてあげると、リフタンは頭を振りながら長く息を吐《は》いた。その姿に心がうずく。マクシーは、手を伸《の》ばしてすべすべした額や頰に触《ふ》れてみたい衝動を抑《おさ》えた。

「リ、リフタン……。そ、そろそろ、お、起きないと……」

空が雲に覆われているせいで正確には分からなかったが、かなり長い時間が経《た》っていることだけは確かだった。

マクシーは彼の胸から抜《ぬ》け出《だ》そうと、そっと体をひねった。すると、リフタンは寝ぼけた声で何かつぶやくと、彼女の肌《はだ》に触れた部分を軽くこすりつけてきた。

マクシーは、思わず声を漏《も》らしてしまいそうになった。褐色《かっしょく》に日焼けしたなめらかな肌から、ほのかな汗《あせ》と体液のにおい、それから独特な麝香《ムスク》の香りが漂《ただよ》ってくる。その野性的なにおいに反応してか、下腹部から奇妙《きみょう》な熱が広がる。

マクシーは太ももをぴったり閉じて、ベッドにうつ伏《ぶ》せになった。まだ脚の間がひりひりして、手足も脈打つように痛む。ここでまた関係を持ってしまったら、体が壊れてしまうだろう。彼女は唇を噛《か》んで、彼が再び眠りに就《つ》くのを待った。

どのくらいそうしていただろうか。マクシーはリフタンの腕から力が抜《ぬ》けていくのを感じた。彼女は慎重に体を起こそうとしたが、背中にずっしりした重みを感じた。

「リ、リフタン……！」

マクシーはベッドに押さえつけられたまま、手足をばたつかせた。リフタンが大きな手で彼女の尻《しり》をつかんで広げると、すっかり腫《は》れ上《あ》がったところへ彼自身《かれじしん》をぐいと押し込んだ。マクシーは、シーツをぎゅっとつかんで喘《あえ》いだ。

「体が溶《と》けてしまいそうだ……」

まだ眠気《ねむけ》の残るリフタンの声が、耳の後ろをくすぐった。マクシーは柔らかいシーツに顔をうずめた。リフタンは彼女の背中に覆いかぶさり、両胸を手で包み込んだ。彼のものが、マクシーの中でゆっくりと動き始める。

「ああ……」

「んんっ……」

マクシーは苦しげな声を吐《は》き出《だ》しながら、彼自身を受け入れた。胸を揉《も》んでいた手が下に伸びて、彼女の脚の間を優《やさ》しく愛撫《あいぶ》した途端《とたん》、彼の中でじわじわとくすぶっていた熱が鋭《するど》い牙《きば》をむいた。

マクシーは足の指を丸めて、シーツに顔を押しつけた。リフタンはさらに深くまで到達《とうたつ》し、結びつきを強めながら、厚い胸板《むないた》で彼女の背中をずっしりと押さえつけた。首筋を鋭く噛みちぎるような、くらくらするほどの快感が押《お》し寄《よ》せてくる。

昨晩、何度も経験したにもかかわらず、リフタンが自分の中でいっそう大きく膨れ上がり、ビクビクと脈打つ感覚はいまだに耐えがたいほどの違和感《いわかん》があった。マクシーは痙攣《けいれん》するかのように、全身をぶるぶる震わせた。

「……まったく、朝から人の自制心を奪《うば》うなんてな」

リフタンは、震える彼女の背中に口づけをしながら、ゆっくりと己《おのれ》を引《ひ》き抜《ぬ》いた。その奇妙な感覚に、マクシーはか細い声で小さくすすり泣いた。

「少し待ってろ」

リフタンは、くしゃくしゃになった髪をかき上げながら、大きくあくびをすると、ベッドからすくっと立ち上がった。マクシーは、彼が裸《はだか》のまま平気な顔で部屋を横切り、ズボンを穿《は》くのを眺《なが》めた。朝から人をくたくたにしておいて、自分は腹一杯になった猫《ねこ》のように、のんびりと満ち足りた顔をしている。

「風呂《ふろ》の用意と、着替《きが》えを持ってきてくれ」

リフタンは、ドアの外で待機していたメイドに命じると、再びベッドの方へぶらぶらと戻《もど》ってきた。一方のマクシーは、まだ絶頂の余韻に小さく体を震わせている。彼は黒く翳《かげ》った目でその姿をじっと見下ろすと、ベッドの端《はし》に腰《こし》掛《か》けた。そしてそのまま、むき出しになった彼女の肩や背中にチュッ、チュッと音を立ててキスをし始めた。マクシーは喘ぎ声を上げた。

「も、もう、く、くたくたです……」

またもや彼が体の中に入ってくるかと、恐れをなしたマクシーがそう言うと、リフタンは顔をしかめた。彼は自分の体液に濡れた彼女の尻をさすりながら、心配そうに言った。

「痛いのか？」

「す、少し……ひ、ひりひりします」

マクシーは、恥《は》ずかしさをこらえて小声で答えた。再びリフタンの眉間に、深いしわが刻まれた。

「無理をさせたみたいだな」

リフタンが荒々《あらあら》しく髪をかき上げながらつぶやいた。マクシーはただ顔を赤らめるしかなかった。しばらくして、メイドたちが熱い湯の入った浴槽《よくそう》とタオルを持って部屋に入ってきた。

彼は、入浴の手伝いは必要ないと言ってメイドたちを下がらせ、マクシーの体を抱《だ》き上げてそっと浴槽の中に下ろした。マクシーは、こわばった筋肉がほぐれていくのを感じながら、か細く声を漏らした。リフタンがズボンを脱《ぬ》いで、彼女の後ろに体を割り込ませると、湯が少しあふれて床《ゆか》を濡らした。

「もうしないから、体の力を抜くといい」

彼は長い脚を広げて座《すわ》り、すっかりこわばった彼女の肩を優しく抱き寄せた。マクシーは体を丸くして座り、リフタンが石鹼《せっけん》で顔や髪を洗う様子を眺めていた。髪を洗い終えた彼は、浴槽に新しい湯をたっぷり注いで、彼女の髪も洗った。子どものように洗われていることが恥ずかしかったが、へとへとに疲《つか》れ切《き》っていたマクシーは抗《あらが》うことができなかった。

「ふわふわして、真っ赤な雲みたいだ」

リフタンが、赤いくらげのように湯船でゆらゆら揺《ゆ》れる彼女の髪の毛を手に巻きつけながら言った。マクシーは目を丸くした。あちこち好き勝手に跳《は》ねるみっともない髪の毛を、雲にたとえる発想に驚いてしまった。

「ま、毎朝……か、絡《から》まって……た、大変です」

「うねうねしていて、可愛《かわい》らしいじゃないか」

マクシーは目を泳がせた。本当に物好きな人だ。

「俺といる時は、いつもほどいておいてくれ。髪を肩まで下ろしている姿が好きなんだ。肌に触れる感触《かんしょく》もいいしな」

リフタンは後ろからマクシーの腰を抱き寄せて、肩に鼻をこすりつけた。二人は手と足の指がしわしわになるまで湯の中で戯《たわむ》れてから、浴槽を出て水気を拭《ふ》き取《と》った。リフタンは彼女を暖炉《だんろ》の前に座らせて、タオルで髪を乾《かわ》かした。マクシーもお礼に彼の髪を乾かしてあげた。

「今日はベッドから出ずに休んでろ。どうせ雨で外に出られないから」

リフタンが白いチュニックを頭からかぶりながら言った。マクシーは彼の見ている前で服を着る勇気がなく、体にシーツをぐるぐる巻きつけたままうなずいた。襟《えり》ぐりに金糸で刺繡《ししゅう》を施《ほどこ》した真っ白なチュニックをまとった彼は、まるで絵に描いたような姿だった。実によく似合《あ》っている。リフタンは、糊《のり》のきいたズボンの上にロングブーツを履いて、革紐《かわひも》できつく締《し》め上げた。

「し、城の、そ、外に、で、出かけるのですか？」

リフタンがチュニックの上に甲冑《かっちゅう》を着け、剣《けん》とローブを準備する姿を見て、マクシーは戸《と》惑《まど》った顔をした。腰に剣帯《けんたい》を巻いていたリフタンは、彼女の方を見てそっと微笑《ほほえ》んだ。

「行かないでほしいのか？」

マクシーは何と答えればいいか分からず、ただ唇をぴくりとさせた。リフタンは肩の上にローブを羽織りながら、気乗りしない様子で話を続けた。

「長い間留守にしていたから、やることが多くてな。今日は一日中領地を視察する予定だ。何かあったら衛兵を送ってくれ」

「で、でも、あ、雨がこんなに、ふ、降っているのに……」

彼女は、激しく窓を叩く雨を見つめた。彼は大したことないというように肩をすくめてみせた。

「嵐《あらし》の中、延々と山を駆《か》け回《まわ》ったことだってある。領地を見回ることくらい何でもないさ」

そう言って頭にフードをかぶり、大股《おおまた》でドアの方へ歩いていった。

「行ってくる」

「い、行ってらっしゃい……」

リフタンは肩越《かたご》しに意味ありげな視線を送ると、扉《とびら》を開けて外へ出ていってしまった。

第二十四話

マクシーは、ふらつく足でようやくベッドから立ち上がり、メイドが用意していた下着とペチコートを身につけた。だが、その上に着るドレスがどこにも見当たらない。ベッドの枕元《まくらもと》にある小さなベルを鳴らすと、ほどなくしてルディスが着替《きが》えを手に部屋へやって来て、マクシーにドレスを着せてくれた。

「髪《かみ》は昨日のように結《ゆ》い上《あ》げましょうか？」

「い、いえ……あ、編んで、か、肩《かた》に下ろしてください」

ルディスはあっという間に髪を編み、リボンで結《ゆ》った。マクシーは、地味ながらも着心地《きごこち》のいいドレスを着て暖炉《だんろ》の前に座《すわ》り、温かい鶏《とり》のスープと、とうもろこしのパンで空腹を満たす。すっかり満足した彼女《かのじょ》は、窓辺に座ったまま、降りしきる雨を眺《なが》めた。

午後になるとロドリゴを呼び、前日見ることのできなかった城内を見て回った。歩くたびに腿《もも》の間が痛み、敏感《びんかん》になった胸が服にこすれてヒリヒリしたが、一日中ベッドの上でゴロゴロしていたくはなかった。

（まだ、ここに来たばかりなのに……）

使用人たちに怠惰《たいだ》な女主人だと思われたくない。別館の応接の間まで見学し終えたマクシーは、ロドリゴから過去に購入《こうにゅう》した物品が記録された帳簿《ちょうぼ》を受け取り、部屋に戻《もど》ることにした。しかし、黄ばんだ羊皮紙《ようひし》を見ただけでは、何が重要で何が必要のないものなのか、さっぱり見当がつかなかった。

そもそもマクシーには、何かを買った経験すらなかったのだ。知っているのは、せいぜいソルデムが金貨で、リラムが銀貨ということぐらいだというのに、帳簿には初めて目にする貨幣《かへい》の単位が所狭《ところせま》しと並んでいる。彼女はすっかり動揺《どうよう》して冷《ひ》や汗《あせ》をかいた。

(デナール、デルハム、ダント……)

南大陸から入ってくる硬貨《こうか》の名前だということは知っているが、どれにどの程度の価値があるのかまでは分からない。マクシーは、購入の内訳《うちわけ》にざっと目を通した。武器、食料、衣類、油、蠟燭《ろうそく》、燃料などの必需品《ひつじゅひん》が記され、その横には購入した数量と総支出額らしき数字が書かれていた。

彼女は、幼い頃《ころ》に家庭教師から教わった知識を総動員し、逆算して貨幣の価値を割り出そうとした。しかし、あまりに長い間数字に接してこなかったため、どんどん計算に誤りが生じてしまう。

しばらく数字と格闘《かくとう》していたマクシーは、結局これといった成果もないまま帳簿を閉じて、沈《しず》んだ顔でベッドに倒《たお》れ込《こ》んだ。ロドリゴに聞いた方がいいのではないだろうか。だが、父親は常々、使用人には威厳《いげん》のある姿を見せなくてはならないと言っていた。

『使用人というのは、主《あるじ》が無知で無能だと、軽《かろ》んじてあざむこうとするものだ』

クロイソ公爵城《こうしゃくじょう》の冷淡《れいたん》な使用人たちを思い出し、マクシーは身をすくめた。あからさまに無礼な振《ふ》る舞《ま》いをするわけではなかったが、皆《みな》それとなく見下すような態度で彼女に接していた。カリプス城の使用人たちも、自分が無知だと分かれば、同じような態度をとるかもしれない。

（ま、まだ時間はあるから……）

彼女は、くじけそうになる気持ちを必死で奮い立たせた。

✣

リフタンは、夜遅《よるおそ》く雨でびしょ濡《ぬ》れになった状態で騎士《きし》たちと共に帰ってきた。使用人たちは彼《かれ》らを出迎《でむか》え、すぐに蒸《む》し風呂《ぶろ》へ案内した。蒸気で体を温め、酒と食事を十分楽しんだリフタンは、マクシーのいる部屋に戻ると、剣《けん》と鎧《よろい》の手入れを始めた。念入りに手入れをする彼の手つきを眺めていたマクシーが、こういう仕事は普通《ふつう》、従騎士に任せるものではないのかと尋《たず》ねると、リフタンは肩をすくめて大したことないというように答えた。

「十四の頃からの習慣なんだ。それに、こいつを他人に触《さわ》られるのも嫌《いや》だしな」

そう言うと、強く青白い輝《かがや》きを放つ刃《やいば》を暖炉の火にかざした。彼の剣は、マクシーの父親が宴《うたげ》の間《ま》に入る時だけ腰《こし》につける、きらびやかな剣とはまったく違《ちが》っていた。柄《つか》の部分には何の装飾《そうしょく》もなく、剣身は幅広《はばひろ》で長い上、先が尖塔《せんとう》の屋根のように尖《とが》っている。

マクシーは飾《かざ》り気《け》がなくシンプルな形の剣が、宝石と黄金で飾《かざ》り立《た》てた父親の剣より、何十倍も威厳があるように見えることが不思議だった。

「い……いい剣なんですね」

「初めて剣術《けんじゅつ》大会に参加した時に手に入れた。七つの国全体の中でも、五本の指に入る宝剣《ほうけん》だ」

リフタンが誇《ほこ》らしそうに言った。マクシーは一度も剣術大会を観《み》たことがないが、ロゼッタは自分を〝敬愛するレディ〟と崇《あが》める騎士たちを応援《おうえん》するため、父親と共に何度か観戦しに行っていた。だが、帰ってくると毎度のように、騒々《そうぞう》しい上、汚《きたな》らしくて野蛮《やばん》な見世物《みせもの》だと不満ばかり並べた。

「ゆ、優勝したんですか？」

「当然だ」

リフタンは当たり前のように言うと、鞘《さや》の中に剣をおさめた。それをじっと眺めていたマクシーは、思わず口走ってしまった。

「ゆ、優勝者は、も、最も高貴な、レ、レディから、しゅ、祝福の、く、く、口づけを、さ、されるそうですが……」

最後の方は声が小さくなっていった。彼女は、自分が口にした言葉に驚《おどろ》いて目を伏《ふ》せた。どうしてこんな話を持ち出してしまったのだろう。怪訝《けげん》な顔をしているリフタンに、マクシーはしどろもどろになりながら、言い訳を並べた。

「む……昔、ほ、本で、き、騎士と、お、王女の話を、よ、読んだことがあるんです。き、騎士が、ば、馬上大会で優勝した後……お、王女から、く、口づけをされる場面が、あ、あったので、す、素敵《すてき》だと思って……」

言えば言うほど、自分が幼稚《ようち》で愚《おろ》かに思えた。お前は黙《だま》るべき時を知らないという、父親の怒鳴《どな》り声が聞こえるかのようだった。

「期待を裏切って悪いが、俺《おれ》がそういう見せ場を作ることはなかった」

リフタンは腹を立てる様子もなく、あっさりと言った。

「よく知りもしない女から、そんなことされたくもなかったしな」

「レ、レディからの、く、口づけは、き、騎士にとって……よ、喜ばしいことなのでは……」

「俺は卑《いや》しい傭兵《ようへい》の出だから、そんなのとは無縁《むえん》の世界で生きてきたんだ。近づいただけで、顔をしかめるような女たちとキスするのが、喜ばしいこととは思えない」

無愛想《ぶあいそう》に話すリフタンに、マクシーは返す言葉が見つからず、ただ目を泳がせた。別に皮肉を言おうとしたわけではないらしく、落《お》ち着《つ》き払《はら》った顔で傍《かたわ》らの壁《かべ》に剣を立てかけた彼は、ベッドにごろりと横になった。彼女が思わず身を硬《かた》くすると、リフタンは腕《うで》を枕《まくら》にして横向きになり苦笑いした。

「今日は何もしないから寝《ね》るといい。まだ痛むんだろ？」

マクシーは、首まで赤くしながらうなずいた。リフタンは彼女を自分の隣《となり》に寝かせると、枕元に置かれたランプの上に蓋《ふた》をかぶせ、明かりを消した。薄暗《うすぐら》い闇《やみ》が二人を包《つつ》み込《こ》む。マクシーは、彼の規則的な心臓の音に耳を傾《かたむ》けながら、ゆっくりと体から力を抜《ぬ》いた。カリプス城での一日が、こうしてまた過ぎていった。

✣

雨が何日も降り続いた。その間、リフタンは村や鉱山、それから農家を視察して回った。マクシーは、自由に図書館に出入りする許可をもらってからというもの、ほとんどの時間をそこで過ごした。驚いたことに、本は紙製だった。かつてアナトールを支配していたというロエムの騎士の蔵書だろうか。

マクシーは、ロエム時代の詩集を読みたいという強い誘惑《ゆうわく》に駆《か》られながらも、数学や会計に関する本を手に取って、何時間も格闘した。何も大層なことを学ぼうとしているわけではない。ただ、貨幣の単位と簡単な計算を覚えたいだけなのに、勉強は一向にはかどらなかった。

「奥様《おくさま》、商人組合《ギルド》の支部長が到着《とうちゃく》しました」

マクシーは、本を閉じて図書館を出た。ロドリゴの後に続いて応接の間に入ると、三十代半《なか》ばほどに見える、きちんとした身なりの男性が椅子《いす》から立ち上がった。

「お会いできて光栄です、カリプス夫人。アデロン・ソナーと申します」

商人が恭《うやうや》しくお辞儀《じぎ》をした。マクシーは、こわばった顔に何とか微笑《ほほえ》みを浮《う》かべた。雨が弱まったので今日中に商人が訪ねてくることになったとは聞いていたが、いざ対面すると少なからず緊張《きんちょう》した。彼女は唾《つば》を飲《の》み込《こ》んでから、ようやく口を開いた。

「あ、雨の中……ご、ご足労いただき、あ……ありがとうございます」

「いえ、もっと早くお伺《うかが》いすべきでしたのに、ご挨拶《あいさつ》が遅《おく》れて申し訳ございません」

人の良さそうな商人が、礼儀《れいぎ》正《ただ》しく微笑んだ。マクシーはテーブルの前の席に座った。リフタンと再会してから人と話す機会が増えたおかげで、以前のように冷や汗をかくほど緊張することはなくなったが、それでもまだ気が焦《あせ》って落ち着かない。

「お城の内装を変えるご予定だとお聞きしました。どちらから始めましょうか？」

なかなか話を切り出せないマクシーに代わって、商人が先に口を開いた。彼女はメイドが注ぐお茶を見ながら、ゆっくりと話し始めた。

「ま、まず、ま、窓を、か、替《か》えたいです。ろ、廊下《ろうか》と、ホ、ホールがとても、く、暗くて……。ま、窓が割れている部屋が、た、たくさんあるんです」

「城の窓を全部新しく替えると、相当な額になるかと。素材はバルトガラスになさいますか？」

マクシーは、クロイソ城の輝く窓ガラスを思《おも》い浮《う》かべて、視線を泳がせた。ガラスにも種類があるのだろうか。

「透明度《とうめいど》によって、値段は千差万別《せんさばんべつ》です。一番安いバルトガラスから、南大陸から取り寄せるクリスタルガラスまでございまして。お望みでしたら、見本を用意してまいりましょう」

「は、はい……そ、そうしてください」

「他に必要なものはございますか？」

「ま、窓に吊《つ》るす、カ、カーテンと……う、宴の間の、シャ、シャンデリアも、ひ、必要です。それから、カ、カーペットと、壁に飾《かざ》る、タ、綴織《タペストリー》も……」

大きな仕事になるかもしれないという期待のせいか、商人の顔が目に見えて明るくなった。

一方、マクシーは首が締《し》めつけられるような気分がした。リフタンがカネはいくらでも出すと言っていたが、その〝いくらでも〟は、本当にいくらでも構わないという意味だったのだろうか？　自分があまりにも事を大きくしているのではないかと逡巡《しゅんじゅん》するマクシーをよそに、商人はよどみなく話を続けた。

「それほどの品物を手配するとなると、いささかお時間を頂戴《ちょうだい》することになるかと思います。なるべく早くお気に召《め》すものが見つかるよう、見本を持ってまた伺いましょう。先に改装する場所を拝見してもよろしいでしょうか？」

ちらりとロドリゴの表情をうかがってから、マクシーはすぐにうなずいた。どんなものが必要か、商人の方が自分よりよく分かるはずだ。

二人は応接の間を出ると、一番大きい宴の間に入った。ロドリゴと年配のメイドが一人、それから若い衛兵二人が、護衛するように後ろからついて来た。商人のアデロンは、がらんとした宴の間を見回してから、どんなものが良さそうで、どういうものがもっと必要だろうと、ひとしきり並べ立てた。マクシーは、商人の話を一言も漏《も》らさず記憶《きおく》しようと必死になった。

「石板《せきばん》の床《ゆか》を、大理石に替えるのはいかがですか？」

「と、とりあえず、ひ、必要なものから……」

「滑《なめ》らかな大理石を床に敷《し》きつめ、壁に漆喰《しっくい》を塗《ぬ》り直《なお》してから美しい絵を描き入れると、非常に洗練されて見えますよ。ご希望とあれば、わたくしどもの組合から、腕に定評のある職人たちを紹介《しょうかい》いたします」

マクシーは曖昧《あいまい》に微笑んだ。

「か、考えておきます」

「大陸最強の騎士のお城ですから、どこよりも美しくしつらえましょう。そうしてこそ、領主様の顔が立つというものではございませんか？」

第二十五話

アデロンの言葉も一理あるような気がして、マクシーは頭を悩《なや》ませた。

彼《かれ》はじっくり考えてみてください、と言ってから宴《うたげ》の間《ま》を出た。そして、ひんやりした廊下《ろうか》と空《あ》き部屋をいくつか見て回ると、必要なものをすらすらと挙げていった。度を越《こ》えた提案もあったが、階段の手すりと、がたつく窓枠《まどわく》を替《か》えるべきだという助言だけは、しっかり頭に叩《たた》き込《こ》んだ。安全のためにも、真っ先に手を打つ必要がありそうだった。

それからどれくらい城の中を見て回っただろうか。商人が帰るや否《いな》や、マクシーは部屋に戻《もど》って帳簿《ちょうぼ》を調べた。帳簿には、先日リフタンが城の改装のために送ったという硬貨《こうか》の数が記されていた。だが、それがどの程度の金額になるのか、彼女《かのじょ》には見当もつかなかった。父親から虫けらのような扱《あつか》いを受けてきたとはいえ、曲がりなりにも公爵《こうしゃく》家《け》の娘《むすめ》であるマクシーは、金銭に直接触《ふ》れたことすらなかったのだ。

（やっぱり、誰《だれ》かに助けを求めないと……）

しかし、誰に頼《たよ》れば良いのだろう。リフタン？　自分の妻がこれほど頭の悪い人間だったと分かり、さっさと離婚《りこん》しなかったことを後悔《こうかい》するかもしれない。使用人たちは？　吃音《きつおん》の女主人はごく基本的なことすら知らない間抜《まぬ》けだと、陰口《かげぐち》を叩《たた》くに決まっている。被害妄想《ひがいもうそう》ばかりが、ふつふつとわき上がってきた。

（このまま、アデロンの助言どおりにしようかしら）

一気に楽な方へ気持ちが傾《かたむ》いた。彼はあちこちの城に出入りしながら、たくさん物を売ってきたはず。きっとこういうことにも精通していて、物を見る目も秀《ひい》でているに違《ちが》いない。多少不当な値段を請求《せいきゅう》されたとしても、彼の意見に従えば、城を華《はな》やかに美しくしつらえることができるだろう。

（費用はいくらかかっても構わない、と言っていたもの）

そう結論づけて帳簿を閉じると、マクシーはずいぶん気が楽になった。彼女は軽《かろ》やかな足取りで部屋を出た。窓に叩きつけていた雨は、いつの間にか霧雨《きりさめ》に変わっている。城の中にばかりいたので、清々《すがすが》しい空気が恋《こい》しかった。マクシーは庭園に続くテラスに出て、灰色によどむ空と雨に濡《ぬ》れる庭園を眺《なが》めた。

みすぼらしい枝を伸《の》ばして東屋《あずまや》の横にそびえ立つ木が、真っ黒に濡れて一層うら寂《さび》しく見えた。花壇《かだん》に生《お》い茂《しげ》った雑草からは、むっとするような草のにおいがする。マクシーは屋根の外へ手を伸ばして、冷たい雨の滴《しずく》に触れた。ただの霧雨だと軽んじていたら、たちまち袖《そで》が濡れてしまった。

「どうして外に出ているんだ？」

不意に声が聞こえて視線を下に向けると、殺風景な庭園を横切ってこちらへ来るリフタンの姿が見えた。彼は長い脚で、二十段ほどある階段をたった数歩で駆《か》け上《あ》がった。

「しかも、そんな薄着《うすぎ》で」

「す、少し新鮮《しんせん》な、く、空気を吸いたくなって……」

フードの下から覗《のぞ》くリフタンの目が細くなった。彼は雨に濡れた冷たい手で、マクシーの目にかかる一筋の髪《かみ》を払《はら》いのけた。マクシーは、水がぽたぽた垂れ落ちる彼の真っ黒な前髪《まえがみ》を、自分もかき上げてやっていいものかためらった。リフタンが自分に触れるのは良くても、自分が勝手に彼に触れるのはいけないような気がした。

「風に当たりたいなら、せめてローブぐらい羽織って出ろ。体を壊《こわ》したらどうするんだ？」

「ご、ごめんなさい……」

リフタンは腕《うで》を回して彼女の肩《かた》を抱《だ》こうとしたが、雨でびしょ濡れの自分の姿に気づいて腕を下ろした。

「ひとまず、入ろう」

マクシーは、彼の後に続いて城の中に入った。リフタンが歩くたび、冷たい空気が這《は》う石板《せきばん》の床《ゆか》にベタベタと泥《どろ》の跡《あと》がつく。それを見ながら、入り口に靴《くつ》の汚《よご》れを落とすブラシを置いておくように言わなければとマクシーが考えていると、不意にリフタンが一握《ひとにぎ》りの野花を手にしているのが見えた。

マクシーは、不思議そうにそれを見つめた。視線を感じたリフタンは、さっとその手をローブの中に隠《かく》した。

「……何でもない」

見てはいけなかったのだろうか。マクシーは、彼の反応に慌《あわ》てて視線をそらした。奇妙《きみょう》な沈《ちん》黙《もく》が流れる。しばらく黙《だま》ったまま歩いていると、リフタンが小さく毒づいてから、手にしていたものを彼女に見せた。

「原っぱに咲《さ》いてたから摘《つ》んできたんだ」

マクシーは目を丸くした。彼が手に持つ一握りの細い茎《くき》の先には、小指の爪《つめ》ほどの青い花のつぼみが雨の滴にきらめいている。素朴《そぼく》な花束を見下ろしながら、リフタンが怒《おこ》ったように眉《み》間《けん》にしわを寄せた。

「広い野原に咲いている時は、きれいに見えたんだが……こうやって見ると大したことないな」

リフタンが自分で摘んだのだろうか。マクシーは、彼の顔と花束を代わる代わる見つめた。落ち着かない様子のリフタンが、ぐいと花束を彼女に差し出した。

「気に入らなければ捨ててくれ」

「す、す、捨て……ま、ません」

マクシーがしっとり濡れた花束を急いで受け取ると、雨と草のにおいが鼻をついた。彼女は、そっと花のつぼみを撫《な》でてみた。

「と、とても……き、きれいです……」

震《ふる》える声でつぶやくと、リフタンが妙《みょう》な表情を浮《う》かべた。ただの社交辞令だと思っているらしい。マクシーはさらに何か言おうとして、口をつぐんだ。こみ上げてくる感情を、どんな言

葉で表現すればいいのか分からなかった。

マクシーは、香りを楽しむふりをしながら花束に顔をうずめた。雨に濡れて頭《こうべ》を垂れた花が、この上なく愛《いと》しい。マクシーは誰かが雨の中、自分のために花を摘んでくれたと思うだけで、胸が詰《つ》まりそうになった。

「あ……ありがとうございます」

リフタンの頰骨《ほおぼね》のあたりが、かすかに赤くなった。それを隠そうとするかのように、彼はさっと身を翻《ひるがえ》して歩き出した。

「部屋に行くぞ。早く風呂《ふろ》に入りたい」

マクシーは花が傷《いた》まないよう、大事に花束を抱《かか》えてリフタンの後を追った。優《やさ》しくて温かいものが彼女の胸の中にゆっくりと広がっていった。

✣

翌日、アデロンが二人の手下と共に、大量の見本を抱えてやって来た。マクシーは、応接の間でひとしきり彼の説明に耳を傾けた。凹凸《おうとつ》のある緑色のガラスに、なめらかで透明《とうめい》なガラス、表面がざらざらしていて銀色に輝《かがや》く美しいガラス……。それぞれの長所と短所を並べ立てた商人は続いてすぐ、色とりどりの鮮《あざ》やかな布の切《き》れ端《はし》を取り出して見せた。

「宴の間には、分厚いカーテンがふさわしいかと。この赤褐色《せきかっしょく》のカーテンはいかがでしょうか？　王室の宴の間にかけても、遜色《そんしょく》ない逸品《いっぴん》ですよ。こちらの黄金色《こがねいろ》のシルクのカーテンもお勧《すす》めです。こちらをかければ、部屋が一段と華やかで優雅《ゆうが》に見えるでしょう」

マクシーは、数十枚の鮮やかな布を忙《せわ》しなく確認《かくにん》した。ルディスは、マクシーたちが向かい合って座《すわ》っているテーブルに丁重《ていちょう》にティーカップを置き、商人が持ってきた見本を一緒《いっしょ》に眺めた。しばらく悩んでいたマクシーは、それとなくルディスに意見を求めた。

「ル、ルディスは……ど、どう思いますか？」

「奥様《おくさま》、私には見る目がございません」

メイドが戸惑《とまど》いの表情を浮かべると、マクシーはそれ以上尋《たず》ねることができず、再びテーブルの上に視線を戻した。彼女は散々悩んだ末に、濃《こ》いバラ色のカーテンを選んだ。端に金色の房飾《ふさかざ》りがつき、縁《ふち》には複雑な模様の刺繡《ししゅう》があしらわれた高価な品だった。

カーテンを選んでからは、順調に事が進んだ。マクシーは、宴の間の床にカーテンとよく合う赤いカーペットを敷《し》き、壁《かべ》には白いドラゴンの背に乗る、伝説上の騎士《きし》ウィグルの姿を模した綴織《タペストリー》を飾ることにした。

「床はどういたしましょう。大理石に替えますか？」

「そ、そうすると……お、大掛《おおが》かりに、な、なるので……も、もう少し考えて、み、みます」

「かしこまりました。どちらにしても、首都から品物を運んで来るとなると時間がかかりますから、ゆっくりご検討なさってください」

マクシーはうなずいた。次に商人は、天井《てんじょう》に吊《つ》るすシャンデリアの模型を見せてきた。手のひらサイズの可愛《かわい》らしい模型を見て、彼女が感嘆《かんたん》の声を漏《も》らすと、今度は大理石で作ったこぶし大の模型をいくつかテーブルに並べた。前脚を高く上げたユニコーンの彫像《ちようぞう》に、翼《つばさ》を大きく広げたドラゴンの彫像、咆哮《ほうこう》するライオンの頭に、甲冑《かつちゆう》を着た騎士の彫像もあった。

驚《おどろ》くほど繊細《せんさい》な作りに、マクシーがしきりに感心していると、扉《とびら》をノックする音が応接の間に響《ひび》き渡《わた》った。マクシーが入るように伝えると、ロドリゴが扉を開けて現れた。

「奥様、領主様がお呼びになった裁縫師《さいほうし》が到着《とうちやく》しました」

「さ、裁縫師ですか……？」

マクシーは首をかしげた。その時ふと、先日リフタンが、新しい服をあつらえるよう言っていたことを思い出した。彼女が困惑《こんわく》した表情を浮かべていると、アデロンは気を利《き》かせて、持ってきた見本を片付け始めた。

「私はまた日を改めて伺《うかが》いましょう。あ、こちらの模型は置いていきますので、よくご覧になって、次にお会いする時にどれになさるかお申し付けください」

「せ、せっかく、き、来てくださったのに……す、すみません」

「滅相《めつそう》もございません！　またいつでも参ります」

商人が部屋から出ると、マクシーはメイドたちと一緒に衣装《いしよう》部屋へ向かった。そこは美しい生地《きじ》と機織《はたお》り機《き》、色とりどりの糸の束が整然と並んだ広い部屋だった。室内にはやせた体を精一杯《せいいつぱい》着飾《きかざ》った四十代の男性と、三十歳《さい》ほどに見える女性が座っていて、マクシーを見ると立ち上がって恭《うやうや》しくお辞儀《じぎ》をした。

「奥様、初めてお目にかかります。私はロアン・セルスと申します。こちらは妻のリンダ・セルスです。このたびは、奥様のお召《め》し物《もの》の仕立てを承《うけたまわ》り、大変光栄に存じます」

「は、はじめまして……」

「領主様から、お金のことは気にせず、奥様に似合う美しいドレスを何着でも仕立ててさしあげるよう仰《おお》せつかっております。ご希望の色や形はございますか？」

「と、特に……あ、ありません」

「では、流行のドレスからお見せいたしましょう」

裁縫師は持ってきた鞄《かばん》から、くるくる巻かれた羊皮紙《ようひし》を取り出し、広げて見せた。マクシーは夢を見ているような気分で、黄色みを帯びた紙に描《えが》かれている絵を見つめた。何が何だかさっぱり分からなかったが、胸はだんだんと弾《はず》んでいった。ロゼッタが裁縫師たちに囲まれているところは何度も目にしたが、自分が囲まれることなど一度もなかったのだ。

マクシーは裁縫師の説明を聞きながら寸法を測ってもらい、生地を確かめ、帽子《ぼうし》とベール、ベルトを試着した。鏡を覗《のぞ》くと、興奮に目を輝かせたクジャクのような女性が見えた。天井に届きそうなほど尖《とが》った帽子をかぶり、派手な装身具をジャラジャラつけた姿があまりに滑稽《こっけい》で、彼女はそっと帽子を脱《ぬ》いだ。

「ぼ、帽子は、小さい方が、い、いいです……」

裁縫師はうなずきながら、羊皮紙に何かを熱心に書き込んだ。マクシーは、裁縫師と三着ものドレスを新調することに決め、衣装部屋を後にした。

あっという間に時間が過ぎ、窓の外は薄暗《うすぐら》くなっている。マクシーはまっすぐ部屋に戻った。一度に色々なことが押し寄《およ》せて、彼女の手に負えなくなっていた。今まで、こんなにたくさんのことをした経験があっただろうか。緊張《きんちょう》でずっと力が入っていたせいか、肩が痛い。マクシーは、椅子《いす》に座って硬《かた》くなった肩を揉《も》みほぐした。

リフタンの真似《まね》をして首を回していると、ふと窓際《まどぎわ》に置いた小さな花瓶《かびん》が目に入った。昨夜より花びらが少し開いている。マクシーは枕元《まくらもと》の花瓶を見ながら、気まずそうな顔をしていたリフタンのことを思い出した。

（本当に変わった人……）

初めて会った時、マクシーはリフタンが野原で花を摘むような男性だと想像もできなかった。冷淡《れいたん》な表情でクロイソ城のホールの真ん中に悠然《ゆうぜん》と立っていた彼の姿は、客などではなく、城を攻《せ》め落《お》としに来た征服者《せいふくしゃ》のように見えた。その冷たい顔の裏に、これほど優しい面が隠れているとは誰が思うだろうか。

（あまりにも優しくて……何もかもが夢みたい）

マクシーは顔を曇《くも》らせた。花にドレス、礼儀正《れいぎただ》しい人々、思いやりのある夫。一夜にして突然《とつぜん》すべてが変わってしまったようで、彼女は少し怖《こわ》くなった。

第二十六話

「奥様《おくさま》」

マクシーはハッと物思いから覚め、声のする方に顔を向けた。ドアの前にはルディスが慎《つつ》ましやかに控《ひか》えていた。

「領主様がお戻《もど》りになりました。食堂で騎士《きし》の皆様《みなさま》と夕食をとられるそうですが、奥様もご一緒《いっしょ》にいかがですか？」

マクシーは、少し迷ってからうなずいた。騎士たちとの席はまだ居心地《いごこち》が良《い》いわけではないが、それでもリフタンと一緒に食事をしたい。

「では、御髪《おぐし》を整えましょう」

メイドは櫛《くし》とヘアピンを持ってきて、もつれた髪《かみ》をきれいに梳《と》かして巻き上げた。マクシーは鏡の前に座《すわ》って、服装と髪型《かみがた》を念入りに確かめてから部屋を出た。

廊下《ろうか》では、使用人たちがランプに火を灯《とも》している。彼《かれ》らの横を通り過ぎて階段を下りていると、どこからか険しい声が聞こえてきた。マクシーは一瞬《いっしゅん》ためらった後、声のする方へゆっくりと足を向けた。すると、半分ほど開いた食堂のドアの間から、リフタンと彼に付き従う三人の騎士が口論をしている姿が目に入った。

「明日にでも王都へ発《た》つべきです！」

「出発は三日後だと言ったはずだ。二度も同じことを言わせるな」

「凱旋式《がいせんしき》に参加しないおつもりですか！　陛下のお気持ちをどこまで無下《むげ》にすれば気が済むんです！」

「今回ばかりは俺《おれ》もウスリンの意見に賛成です。雨も収まってきたし、そろそろ出発してもいいんじゃないですか？」

中に入っていいのか分からず扉《とびら》の前でおろおろしていたマクシーは、思わず身を硬《かた》くした。

そういえば、彼らは旅の途中《とちゅう》でもそんなやり取りをしていた気がする。リフタンは討伐戦《とうばつせん》の立役者なのだ。本来ならドラゴン討伐が終わった時点で、まっすぐ王都へ向かわなければならなかったはず。マクシーは、頭の中でアナトールから王都までの距離《きょり》をざっと計算した。短くて半月、長ければひと月は城を空《あ》けることになるだろう。

「伝書鳩《でんしょばと》も送ったさ。三年ぶりに領地に帰ったんだから、ルーベン王も理解してくれるはずだ」

「団長がルーベン王と距離を置きたがっているのは知っていますが、あまりにも度が過ぎると目を付けられてしまうかもしれませんよ」

一番端《はし》に立っていた騎士の言葉を聞いて、ウスリン・リカイドがさっと彼の方を見た。

「距離を置く？」

「エルヌイマ・ルーベン三世は、ことあるごとに団長を王都に呼びつけようとしていますよね。団長は、ルーベン王が討伐の手柄《てがら》に報《むく》いるという口実をつけて、ご自身を王室に縛《しば》りつけるのではないかと警戒《けいかい》なさっているのではありませんか？」

「……」

「アグネス王女の件もそうですし、陛下はよほど団長をそばに置きたがっているようですから、慎重《しんちょう》になるお気持ちも分かります。ですが、反感を買うことだけは避《さ》けなければいけません。ただでさえ、諸侯《しょこう》たちに対する警戒心が強い御方《おかた》なんですから」

「エリオットの言うとおりですよ。レムドラゴン騎士団が祝いの宴《うたげ》に参加しないとなると、間《ま》違《ちが》いなく陛下は、臣下たちの前で顔に泥《どろ》を塗《ぬ》られたと思うはず。そうなったらどんな仕打ちに遭《あ》うか、分かったもんじゃありませんよ。ああ見えて根に持つ人なんですから」

「ヘバロン・ニルタ！　口を慎《つつし》め！」

ますます激しくなる議論に、マクシーは踵《きびす》を返《かえ》した。どうやら、彼女《かのじょ》が食事の席を共にするような雰囲気《ふんいき》ではなさそうだ。

「わ、私の食事は、へ、部屋に、も、持ってきてください」

そうルディスに伝えると、マクシーは再び階段を上った。部屋に戻って一人で夕食をとっている時も、憂鬱《ゆううつ》な気分はなかなか晴れなかった。リフタンが城を離《はな》れている間、一人でも大《だい》丈夫《じょうぶ》だろうか。今皆《みな》が自分によくしてくれるのは、リフタンがそばにいるからかもしれない。まるで親を見失った子どものように、マクシーは不安な気持ちになった。

「奥様……食事がお口に合いませんか？」

よほどふさぎ込《こ》んで見えたのか、そばで給仕《きゅうじ》をしていたルディスが遠慮《えんりょ》がちに尋《たず》ねてきた。

マクシーは慌《あわ》てて首を横に振《ふ》った。

「い、いえ、お、おいしいです……。た、ただ……しょ、食欲がなくて」

「どこかお体の具合でも？」

「つ、疲《つか》れた、み、みたいで……。も、もう休もうかと……」

「食事をお下げしましょうか？」

マクシーがうなずくと、ルディスは半分以上残った皿を持って部屋を出た。マクシーはテーブルの前に座り、アデロンが置いて行った模型を手に取った。少し前まで可愛《かわい》らしいおもちゃのように見えていた小さな彫像《ちようぞう》の数々が、すっかりつまらないものに思える。

子どもでもあるまいし、一体どうしたのだろう。一人だからって何だというのだ。これまでもマクシーは、いつも一人だった。冷酷無比《れいこくむひ》な父親と、冷淡《れいたん》な異母妹《いぼまい》、無礼な使用人たちの間で二十二年間生きてきたのだ。リフタンが、たかだかひと月余り留守にするからといって、がっかりする理由など何もない。

「何をそんなに深刻そうな顔で見てるんだ？」

いきなり視界に入ってきた手に、マクシーは驚《おどろ》いて後ろを振《ふ》り返《かえ》った。いつ部屋に入って来たのか、リフタンは大理石の彫刻《ちようこく》を一つ手に取って、ずいぶん変わったものがあるんだな、とでもいうようにじっと見つめている。

「も、模型です……。う、宴の間《ま》に、か、飾《かざ》る、そ、装飾品《そうしよくひん》を、え、選んでいました」

「宴の間？」

顔をしかめる彼の様子に、マクシーはどきりとした。

「し、城をしつらえるよう、い、言われたので……」

「ああ、ダメだと言っているわけじゃない。そんな場所があることすら忘れていただけだ。そうか、宴の間か……そのうち宴や舞踏会《ぶとうかい》なんかも開くんだろ？」

マクシーは唾《つば》を飲んだ。期待のこもった眼差《まなざ》しに、首が締《し》めつけられる。舞踏会や宴を主宰《しゅさい》しなければならないと考えただけで、めまいがしそうだった。

「お、お嫌《いや》でしたら……」

「嫌じゃないさ。仰々《ぎょうぎょう》しい場所には慣れないけどな」

リフタンは腰《こし》をかがめて、マクシーの頭に挿《さ》したピンを外した。結《ゆ》い上《あ》げた髪の毛が、ばさりと首の後ろに流れ落ちる。彼はそれを手でほぐしながら、気怠《けだる》げな笑《え》みを浮《う》かべた。

「でも、お前が美しく着飾《きかざ》った姿は見てみたいな。舞踏会で踊《おど》る姿も」

自分は美しくもなく、舞踏会で踊ったこともない。リフタンが期待する自分の姿が実際とはかけ離れていると感じるたびに、胸が苦しくなった。

「そ、そういえば、お、お礼も、い、言っていませんでした。あ、ありがとう。わ、私のために、さ、裁縫師《さいほうし》を雇《やと》ってくださって……」

「それぐらいのことで礼を言う必要はない」

リフタンは素っ気なく答えて、持っていた大理石の彫刻をテーブルの上に置いた。

「以前の暮らしに到底及《とうていおよ》ばないことは分かっている。時間はかかっても全部揃《そろ》えてやるから、もう少し辛抱《しんぼう》してくれ」

そう言うとマクシーの肩《かた》に腕《うで》を回し、頭を下げて彼女の耳たぶのあたりに唇《くちびる》を押しつけた。彼女は、リフタンの腕に抱《だ》かれたまま体を震《ふる》わせた。以前に及ばないどころか、はるかに良い暮らしをさせてもらっている。自分のためにそこまでする必要はない、という言葉が喉元《のどもと》まで出かかったが、口には出さなかった。たとえ勘違《かんちが》いでも、リフタンが自分のことを高貴な女性だと思ってくれるのが嬉《うれ》しかったからだ。

「数日のうちに、王都へ発つ予定だ。帰りは馬車いっぱいに土産《みやげ》を積んでこよう」

「は、はい……」

「できるだけ早く帰ってくる。凱旋式にだけ参加して、すぐに……」

リフタンの言葉の続きは、口の中に消えていった。柔《やわ》らかくしっとりした舌が、マクシーの口をそっと押《お》し開《あ》けて、入ってくる。彼女はぼうっとしながら、まぶたを震わせた。リフタンの舌から、かすかにワインの味がする。少しざらざらしたあごが優《やさ》しく彼女のあごをさすり、まっすぐ伸《の》びた高い鼻が彼女の鼻をこすっては、熱い手のひらがそっと彼女の頬《ほお》を包《つつ》み込《こ》んだ。

リフタンの触《ふ》れ方には、独特の癖《くせ》があった。怖《こわ》くなるほど執拗《しつよう》で乱暴かと思うと、尊いものに接するように慎重な時もある。彼がそんなふうに触れると、マクシーは自分が野花にでもなったような気がした。リフタンが荒々《あらあら》しく摘《つ》み取《と》って大事に手で持って帰った、あのか弱い花のように……。

「クソッ……行きたくないな」

リフタンが唇をつけたまま、荒《あら》っぽくつぶやいた。離れた唇の間に、銀の糸のように伸びる唾液《だえき》。マクシーは震える目で彼を見上げた。リフタンが彼女の服の上から片方の胸を包み込み、腰を強く抱き寄せる。

「何もしないで、何カ月も何年も寝室《しんしつ》に閉じこもりたい」

熱を帯びた声の中に、疲労《ひろう》の色が濃《こ》くにじんでいた。この人はとても疲れている。この三年間、どれほど大変な時を過ごしたのだろうか。罪悪感と同情の念に駆《か》られ、マクシーは一瞬ためらってから、リフタンをそっと抱き寄せて頭を撫《な》でた。彼女の首元に口づけしていた彼が、驚いた顔でマクシーを見つめた。彼女は、震える声でどうにか言葉を口にした。

「げ、元気を、だ、出してください」

リフタンの真っ黒な瞳《ひとみ》が、奇妙《きみょう》に震えた。それはまるで暗くて底の知れない、どこか切なげな印象だった。揺《ゆ》れる瞳でじっとマクシーを見下ろしていた彼が、たちまち激しく唇を重ねてきた。湿《しめ》った息が入り乱れ、彼女のうなじに鳥肌《とりはだ》が立つ。

「煽《あお》るような真似《まね》なんかして、後悔《こうかい》しても知らないぞ」

リフタンが、椅子《いす》の上に座っているマクシーを両腕《りょううで》でさっと抱き上げながら、荒々しくつぶやいた。体中に強烈《きょうれつ》な戦慄《せんりつ》が走る。彼女はなんの恐怖《きょうふ》も感じなかった。こんな言葉を聞かされても、こんなことをされても……少しも怖くなどない。

彼が自分にとってどういう存在になりつつあるのか、心のどこかで気づき始めていたのだ。

怖いのはむしろ、そちらの方だった。

✣

「も、もうやめて……」

マクシーはベッドにうつ伏《ぶ》せになったまま、アヒルのようにかすれた声ですすり泣いた。薄《うす》雲《ぐも》に覆《おお》われた空からほのかに白い光がこぼれ、部屋の中まで差《さ》し込《こ》んでいる。夜が明けたのだろう。彼女は布団《ふとん》の上を這《は》って逃《に》げようとしたが、一晩中休ませてもらえなかった手足には、一輪の花を折る力すら残っていなかった。

「リ、リフタン……お、お願い……」

「もう少しだけ……」

脚《あし》の間に熱い息がかかるのを感じて、マクシーはシーツに激しく顔を押しつけた。汗《あせ》と体液に濡《ぬ》れた肌《はだ》を、消えかけている暖炉《だんろ》の火影《ほかげ》が撫でていく。そのかすかな熱気さえも拷問《ごうもん》のようだった。

「不思議だな。お前に、俺を受け入れる場所があって……俺に、お前と繋《つな》がれるものがあることが……」

リフタンがその部分をまさぐりながら、陶然《とうぜん》とつぶやいた。

高く持ち上げられた尻《しり》が、がくがく震える。大きく広げられた腿《もも》はこわばって痙攣《けいれん》し、彼女の内側は赤く腫《は》れてひりひりした。

マクシーは、か細い声ですすり泣いた。リフタンの目の前で無防備に恥部《ちぶ》をさらけ出しているという事実に、恥《は》ずかしさで胸が苦しくなる。

「ここがどんなにきれいか知っているか？」

リフタンの手が、マクシーの秘めやかな場所を押し広げ、優しく愛撫《あいぶ》する。頭がどうにかなってしまいそうな感覚に、彼女は枕《まくら》を噛《か》んだ。全身が溶《と》けて、そこだけが残っているようだ。目のくらむような絶頂に涙《なみだ》をこぼすと、彼が慰《なぐさ》めるようにそっと背中を撫でながら囁《ささや》いた。

「本当に、どこまでもきれいだ」

リフタンの深みのあるかすれた低音に反応し、うなじと耳の後ろがゾクゾクする。どうにかなりそうな感覚に襲《おそ》われ、マクシーは自分の髪の毛を掻《か》きむしった。

リフタンの熱い息が、彼女の柔らかい肌をやけどしそうなほど燃え上がらせ、硬い歯が腫れ上がった敏感《びんかん》な部分を噛む。体中の神経がばらばらになりそうだった。

「い、嫌……ああっ……！」

腰がさらに高く持ち上げられた。マクシーが逃《に》げ出《だ》せないよう、リフタンが彼女の尻をぎゅっとつかんで執拗に味わってから、再び彼の太いものを押し込む。マクシーには、もう指一本動かす力も残っていなかった。

彼女は、どっしりした大きな体に押さえつけられたまま、激しく揺さぶられた。どうしようもないほど大きく膨《ふく》らんだ彼のものが、濡れた彼女の内側を押し広げ、奥《おく》まで隙間《すきま》なく満たす。

リフタンは彼女の中に入るたびに、ますます大きく、荒々しくなっていった。

火照《ほて》って感じやすくなった彼女の体が、シーツの上で容赦《ようしゃ》なくこすられ、押しつけられる。

マクシーは、目の前が真っ白になっていくのを感じた。

すべての音が遠ざかり、光が点滅《てんめつ》していた視界が、暗闇《くらやみ》の中に沈《しず》んでいった。

第二十七話

崖《がけ》から真っ逆さまに落ちるような感覚に気を失ったマクシーは、しばらくしてから激しく窓を叩《たた》く雨の音で目を覚ました。リフタンはいつの間にか満足するまで自分を解き放ち、ぐったりした彼自身《かれじしん》を、濡《ぬ》れた彼女《かのじょ》の中に入れたまま、大人しく彼女の後ろに横たわっていた。彼の腕《うで》に抱《だ》かれたマクシーは、ぼんやりとまぶたを震《ふる》わせた。どれくらい気を失っていたのだろうか。背中に当たっているリフタンの胸板《むないた》が、ゆっくりした呼吸に合わせて優《やさ》しく揺《ゆ》れる。

「このままお前を押しつぶして……俺《おれ》の体にくっつけてしまいたい」

リフタンが彼女の背後から腕を回し、胸《むね》の膨《ふく》らみを愛撫《あいぶ》した。赤く尖《とが》った胸の先端《せんたん》がひりひりと痛む。マクシーが小さく唸《うな》ると、リフタンが頭を傾《かたむ》けてそっと彼女の唇《くちびる》を吸った。マクシーは、腫《は》れ上《あ》がった目で彼を見上げた。

リフタンもまた、彼女に負けないくらいひどい有り様だった。切れ味の良《い》い刃《やいば》のように冷やかな顔は、汗《あせ》に濡れて赤く上気し、冷徹《れいてつ》な目元は熱を帯びて潤《うる》んでいる。掻《か》きむしったように乱れた髪《かみ》、あちこちに爪《つめ》で引《ひ》っ掻《か》いた痕《あと》がある首筋と腕……。自分がつけてしまったのかとぎょっとしたマクシーが、赤く腫れ上がった傷をそっと撫《な》でると、リフタンがかすかに笑《え》みを浮《う》かべた。

「バシリスクと戦った時ですら、擦《す》り傷《きず》一つできなかったんだがな……」

「ご、ごめんなさ……」

マクシーの喉《のど》から、カエルの鳴き声のようなひどい声が飛び出した。リフタンは頭を傾けて、再びチュッと音を立てて口づけをした。頭の中まで覗《のぞ》き込《こ》んでくるような黒い瞳《ひとみ》が、少し怖《こわ》かった。

「お前は恐《おそ》ろしい魔物《まもの》だ」

マクシーはどういう意味か尋《たず》ねたかったが、それ以上声を出すことができなかった。リフタンがもう一度口づけをして、舌をそっと絡《から》めてきたのだ。

「一目見た時から分かっていた。お前が俺を……傷だらけにすることは……」

彼の最後の言葉はほとんど聞き取れなかった。マクシーはぬるま湯の中で溶《と》けていくように、深い眠《ねむ》りに落ちていった。

✣

雨足が弱まっていた前日の天気を打ち消すように、猛烈《もうれつ》な雨が降っている。空に穴でも開いたのではないかと思うほどだ。嵐《あらし》のような天候を前にして、騎士《きし》たちもさすがにリフタンを急《せ》き立《た》てることができなかったのか、彼らの出発は延期になった。出発するどころか領地の視察にも行けなくなり、リフタンは城に戻《もど》ってから初めて、一日中部屋でくつろいでいた。

二人は裸《はだか》のままベッドに横たわり、黙《だま》って雨の降る音に耳を傾けたり、ぴったり体を寄せ合って熱く愛を交《か》わしたりした。こんなにのめり込んでしまっていいのかとマクシーが心配になるくらい情熱的に関係を持った後は、二人で一緒《いっしょ》に体を洗い、メイドが運んできた食事をとった。

リフタンはマクシーを膝《ひざ》の上に乗せて、食事を彼女の口に運んだ。くたくたに疲《つか》れた彼女は恥《は》ずかしさを感じる余裕《よゆう》もなく彼の胸にもたれかかり、甘《あま》い果物やクリームの載《の》ったパン、そして小さな菓子《かし》を食べさせてもらった。その姿を見つめながら、リフタンが満足そうに笑った。

「小鳥みたいだな」

リフタンはマクシーにワインを一口飲ませてから、愛おしくて仕方がないというように、彼女の頬《ほお》に唇を押し当てた。マクシーは体の芯《しん》までとろけそうになった。まるで子どもの世話をする獣《けもの》のように、リフタンは片時も自分のそばからマクシーを離《はな》さずにいた。彼女の体を洗い、食べ物を食べさせ、体の隅々《すみずみ》までキスをする。マクシーは、誰《だれ》かからこれほど情熱的で執拗《しつよう》に世話を焼かれた経験がなく、なかなか正気に返ることができなかった。

奇妙《きみょう》な高揚感《こうようかん》に包まれたマクシーは、リフタンの体に腕を回して抱きつき、広い胸板に顔をこすりつけながら甘えたい衝動《しょうどう》に駆《か》られた。指一本動かせない状態でなかったら、本当にそうしていただろう。実の母親ですら、彼女をこうして胸に抱いて可愛《かわい》がってくれたことはなかった。

「マスカットがこれほど羨《うらや》ましく思えたのは初めてだ」

マクシーの口の中にマスカットの粒《つぶ》を押し込みながら、リフタンがぼそりとつぶやいた。彼女は、酸《す》っぱい粒を歯で押しつぶしてそっと飲み込んだ。マクシーの口元についた果肉を、リフタンが舌で舐《な》め取《と》る。頬をかすめる彼の手つきが、うっとりするほど心地良《ここちよ》い。リフタンが彼女のしっとりした唇を優しくこするたび、黄金色《こがねいろ》の酒に体が浸《つ》かっていくような気分になった。湿《しめ》った空気の中に漂《ただよ》う雨のにおいに、官能の熱気が入り混じっていく。

「俺もすりつぶして飲み込んでみろ」

本当に喉の奥《おく》に入ろうとするかのように、リフタンが深く舌を入れてきた。どんな言葉よりも雄弁《ゆうべん》なやり取りが、開いた唇の間で交わされる。マクシーは息が苦しくなってくるのを感じた。激しく昂《たかぶ》る奇妙な感情に襲《おそ》われ、ぶるぶる震える腕で彼の首を抱き寄せると、一気に後ろへ押《お》し倒《たお》された。

ベッドの上に置いていた器《うつわ》がひっくり返り、一口大に切ってあった果物がつぶれた。リフタンが大理石のように滑《なめ》らかで厚い胸板でマクシーの柔《やわ》らかい胸を押しつぶしながら、彼女の肌《はだ》についた甘酸《あまず》っぱい果汁《かじゅう》を舐める。べたべたしたシーツが、甘い拷問《ごうもん》のようにマクシーの体に絡みついた。

「んんっ……」

「はあっ……」

二人は滑らかな舌を激しく絡ませながら、ベッドの上を転がった。リフタンの口からも果物の甘いにおいがする。彼らは熱く燃え上がった体をぴったりと密着させながら、夢見心地《ゆめみごこち》で唇を貪《むさぼ》り合った。彼が吐《は》き出《だ》した息を彼女が吸《す》い込《こ》み、彼女が吐き出した息を彼が吸い込む。マクシーの胸の奥《おく》から、何か熱いものがこみ上げてきた。彼女を見つめながら、リフタンが真剣《しんけん》な口調で言った。

「俺の名を呼んでみろ」

「リ、リフタン……」

「もっと……」

「リ、リフタン……ああっ……」

「もっと……もっと呼んでくれ……」

マクシーは、声が出なくなるまで彼の名前を呼んだ。この瞬間《しゅんかん》だけは、彼を満足させるために自分が生まれてきたように感じられる。押《お》し寄《よ》せる情熱の渦《うず》には、貞淑《ていしゅく》な女性が守るべき美徳や慎《つつし》みについての教えが割《わ》り込《こ》む余地などなかった。マクシーは母親の懐《ふところ》にもぐり込む獣の子のように、リフタンにしがみついた。

なんて気分がいいのだろう。リフタンは私を殺し、再び生まれ変わらせる。生まれて初めてこんなふうに誰かに求められ、マクシーは嬉《うれ》しさのあまり頭がどうにかなりそうだった。

「リ、リフ……タン……」

朦朧《もうろう》としながら彼を見上げる。世界にその名前しか存在しないように思えた。

✣

残念なことに夕方から小降りになっていた雨は、明け方にはすっかり上がっていた。久しぶりに目にするうららかな朝の日差しにマクシーは目を細めた。体を起こそうとしたが、骨がなくなったように手足に力が入らない。マクシーがかすかな痛みに小さく声を上げると、大きな手がなだめるように裸の背中をさすった。

「まだ寝《ね》ていろ」

マクシーは、強い日差しによってくっきりと陰影《いんえい》のできたリフタンの顔をぼんやりと眺《なが》めた。いつの間に起きたのか、彼はきちんと身なりを整えて鎧《よろい》を身に着けている。その姿に彼女は胸がどきりとした。

「も、もう、しゅ、出発する……」

「正午に発《た》つ予定だ。その前までに、武器と食料を準備しなきゃいけないからな」

リフタンがマクシーのあごをつかみ、ぽってりと腫れた唇に優しく口づけしてから、白い装甲手袋《ガントレット》の中に手を押し込んだ。

「出発前に顔を見に来るから、もう少し寝ていろ」

そう言うと、腕を覆《おお》う銀色の甲冑《かっちゅう》を装着し、最後に腰《こし》から剣《けん》を下げて部屋から出て行った。閉まった扉《とびら》を見つめながら、マクシーは気が抜《ぬ》けたようにまばたきをする。心にぽっかりと穴が空《あ》いたような気持ちになった。

マクシーはふらつく足でベッドから立ち上がり、メイドに入浴の準備を頼《たの》んだ。まだ寝ているようにと言われたものの、すっかり眠気《ねむけ》は覚めていた。

「奥様《おくさま》、浴槽《よくそう》をお持ちしました」

ルディスが三人のメイドと一緒に、入浴用の湯が入った浴槽を持ってきた。マクシーは、メイドの手を借りて何とか浴槽に浸かった。機転の利《き》くルディスがマクシーの髪を洗い、柔らかいスポンジで体に石鹸《せっけん》を塗《ぬ》る。ひどく恥ずかしかったが、一人で体を洗う気力もなかった彼女は、大人しくメイドに身を任せた。

「少々お待ちいただけますか？　首までであるドレスを用意してまいります」

浴槽から出たマクシーをタオルで拭《ふ》いていたルディスが、遠慮《えんりょ》がちに言った。自分の体を見下ろしたマクシーは、顔を赤く染めた。皮膚《ひふ》の病にでもかかったかのように、体中に痕がついていたのだ。

「お、お願いします」

メイドたちが部屋の外に出て行くと、マクシーは鏡の前に立って、そろそろとタオルを広げてみた。案の定、首元まで色とりどりに染まっている。胸は赤みを帯びて普段《ふだん》より大きくふくらみ、あちこちに濃《こ》いバラ色の痕がついていた。マクシーは震える手で自分の胸を触《さわ》ってみた。リフタンが触《ふ》れる時の感触《かんしょく》とはまったく違《ちが》う。本当に、彼によって体が作り変えられたような気がした。

いつも暗く青白い顔をして精一杯《せいいっぱい》身をすくめていた女性と、全身をピンク色に染めて気怠《けだる》げに目を輝《かがや》かせているこの女性は、本当に同一人物だろうか。マクシーはゆっくりと手を下ろし、くびれた腰から白い腹、さらに脚《あし》の間へと撫でていった。体はしっとりと熱を帯びて柔らかく、自分のものとは思えなかった。

「奥様、お召《め》し物《もの》をお持ちしました」

扉を叩く音に、マクシーは驚《おどろ》いて手を離した。自分の体を触っているところを見つかったかと思うと、顔が熱くなる。慌《あわ》てたマクシーは、たどたどしく返事をした。

「ど、ど、どうぞ」

メイドは部屋に入ってくると、慣れた手つきでマクシーに服を着せた。マクシーは、緑色と黄金色《こがねいろ》の波模様が複雑に絡《から》み合《あ》った華《はな》やかなドレスに身を包み、金糸で織られた帯を締《し》めてもらった。そうして、髪をきちんと乾《かわ》かす間《ま》もなくさっとリボンで結んで部屋を出た。

大きく開け放たれた窓から清々《すがすが》しい日差しが降り注ぎ、マクシーの顔を心地《ここち》よく撫でていく。みずみずしく爽《さわ》やかな空気を思い切り吸い込みながら、彼女はまっすぐ階段を下りていった。リフタンは出発前に顔を見てから行くと言っていたが、もしかしたら忘れてそのまま行ってしまうのではないかと思い、マクシーは気が気でなかった。

「奥様、おはようございます」

広いホールに出ると、使用人たちが久しぶりに窓を開け放って城内の空気を入《い》れ替《か》え、床《ゆか》を掃《は》いている姿が見える。熱心に彼らの監督《かんとく》をしていたロドリゴが、マクシーに気づいて丁重《ていちょう》にお辞儀《じぎ》した。

「お食事の用意ができております。食堂で召《め》し上《あ》がりますか？」

「い、いいえ、しょ、食事は後で……。そ、それより、リ、リフタン……しゅ、主人は……？」

「領主様は、練兵場《れんぺいじょう》で騎士の皆様《みなさま》と一緒にいらっしゃいます」

マクシーは、外に出て行こうとした足をぴたりと止めた。追いかけていってどうしようというの？　ただ邪魔《じゃま》になるだけでは？　扉の前に立ってぐずぐずしていると、近くにやって来たロドリゴが慎重《しんちょう》に口を開いた。

第二十八話

「あの……奥様《おくさま》、もしよろしければ……」

ロドリゴがゴホンと咳払《せきばら》いをしてから、ぎこちない口調で話を続けた。

「領主様に、お食事の用意ができたとお伝え願えますか？　ご出発前にしっかり腹ごしらえをしていただこうと、料理人たちが朝早くから張り切っておりまして」

「つ、伝えてきます！」

マクシーは弾《はず》んだ声を上げた。出すぎた真似《まね》をしているのではないかと緊張《きんちょう》していたロドリゴの顔が、ぱっと明るくなった。

「ありがとうございます。では奥様……よろしくお願いいたします」

マクシーはリフタンのところへ行く口実ができたことに浮《う》かれ、ろくに返事もせずに外へ飛び出した。ひんやりした秋の風が、疲《つか》れの残る体を優《やさ》しく撫《な》でる。マクシーは澄《す》み切《き》った秋の日差しを見上げてから、東屋《あずまや》を通り過ぎて階段を下りた。庭園のあちこちに銀色の水たまりができている。

裾《すそ》が濡《ぬ》れないように注意深くスカートを持ち上げて広い庭園を横切ると、城の敷地《しきち》内にある門が現れた。マクシーは慌《あわ》てて敬礼する衛兵の前を通り過ぎて階段を下りていった。高く厚い外壁《がいへき》に囲まれた広い練兵場《れんぺいじょう》に、銀色の鎧《よろい》を着た騎士《きし》たちが整然と並んでいる。彼《かれ》らの前に、リフタンが威圧《いあつ》するように凜《りん》とした姿で立っているのが見えた。

マクシーはぴたりと足を止めた。何か議論をしている最中らしく、ひどく話しかけにくい雰《ふん》囲気《いき》だ。

「そんなにアナトールが心配でしたら、私が残りますよ」

ディナーの席で見事な話術を披露《ひろう》したガベルという名の若い騎士が、前に進み出て言った。

「レムドラゴン騎士団の団員が一人でもいれば、何の心配もないでしょう？」

「それはダメだ。討伐戦《とうばつせん》に参加した騎士は、一人残らず祝いの宴《うたげ》に出席するんだ。全員で挙げた功績だからな」

「私は陛下より授《さず》かる爵位《しゃくい》や褒賞金《ほうしょうきん》に興味などありません。騎士として十分に名を馳《は》せましたし、嫌《いや》というほど賛辞も受けました。退屈《たいくつ》な祝いの宴に出席して無駄《むだ》な時間を過ごすくらいなら、城に残って剣《けん》の腕《うで》を磨《みが》いたほうがましです」

「お前、本気で言ってるのか？」

ヘバロンが胸の前で腕組《うでぐ》みをして、信じられないというように首を横に振《ふ》った。

「修道士でもあるまいし、王都中のレディたちがどっと押《お》し寄《よ》せる機会を逃《のが》すつもりか？　お前の巧《たく》みな話術があれば、どんなにお高くとまってるレディだって落とせるんだぞ！」

「軽薄《けいはく》な奴《やつ》め。大きな頭でそんな下品なことしか考えられないのか？」

「何だと！」

恐《おそ》ろしい形相でにらみ合うヘバロン・ニルタとウスリン・リカイドを見ながら、ルースが大きなため息をついた。

「お二人は、毎日いがみ合わないと死んでしまう呪《のろ》いにでもかかっているんでしょうか」

ルースはうんざりしたように舌打ちしてから、きっぱりと言った。

「カリプス卿《きょう》の言うとおり、討伐戦に参加した騎士は全員王宮に行かなければ。アナトールの防衛は、これまでのようにオバロン卿とセブリック卿、それから衛兵たちがいれば十分です。僕《ぼく》も残るつもりですしね」

「何を言ってるんだ？　討伐戦で目覚ましい活躍《かつやく》をしたんだから、魔法使《まほうつか》いこそ行くべきだろう！」

「僕こそ、名声や功績なんかとはまったく無縁《むえん》の者ですよ。それに……僕が行くと、王宮の魔法使いたちと揉《も》めることになるでしょうね。僕は〝世界塔《とう》〟を無断離脱《りだつ》したことで、魔法使いの間では反逆者扱《あつか》いされていますから」

ルースが大したことではないというように肩《かた》をすくめると、騎士たちは目を泳がせた。しばらく押《お》し黙《だま》っていたリフタンが、ようやく口を開いた。

「……お前が残ってくれれば、俺《おれ》も安心だ」

「最初からそのつもりでした」

ルースが素っ気なく答えた。リフタンは再び騎士たちの方に向き直り、厳《おごそ》かに言った。

「では決まりだな。荷造りが終わり次第《しだい》出発する。移動経路はさっき伝えたとおりだ」

騎士たちが一斉《いっせい》に拳《こぶし》を胸に当ててから下ろした。彼ら独自の敬礼らしい。離《はな》れたところでうろうろしていたマクシーは、話が終わったと見るや、リフタンの方へ近づいて行く。振《ふ》り向《む》いた彼が驚《おどろ》いた表情を浮かべた。

「もっと休むように言ったじゃないか。何か問題でも起きたのか？」

「い、いえ……も、もう起きないと」

マクシーは自分の方をちらちら見ている騎士たちの視線に気づかないふりをしながら、リフタンの前までやって来た。心配そうに見つめる彼の眼差《まなざ》しに胸が締《し》めつけられるのを感じながら、マクシーは恥《は》ずかしそうに話を続けた。

「み、皆《みな》さんの、しょ、食事の準備ができたと……お、お伝えしに……」

リフタンは空を見上げて太陽の角度を確かめると、騎士たちに向かって言った。

「ひとまず腹ごしらえしよう」

騎士たちが一斉に散らばっていった。リフタンはマクシーの肩に片腕《かたうで》を回し、彼女《かのじょ》を守るように抱《だ》き寄せたまま歩き出す。マクシーは、明るい日差しを浴びて立つ彼のりりしい姿をそっと盗《ぬす》み見《み》た。濃紺《のうこん》のチュニックの上に銀色の鎧を身に着けたリフタンは、神殿《しんでん》の壁画《へきが》の中から抜《ぬ》け出《だ》してきたかのようにきりっとして素敵《すてき》だ。彼を見た人々が、天空に向かって旅立ったという伝説上の騎士、ウィグルの化身《けしん》だと思う気持ちがよく分かる。

「……体は大丈夫《だいじょうぶ》か？」

リフタンが突然《とつぜん》聞いてきたので、マクシーは慌てて目を伏《ふ》せた。

「だ、だ、大丈夫です」

「最後のほうは少し痛がっていただろう？」

マクシーは顔から火が出そうなほど赤くなった。

「だ、大丈《だいじょう》……」

「その言葉、ベッドの上でも聞きたいものだな」

リフタンが、顔をしかめて拗《す》ねたように言った。

「俺が『もっとしてもいいか？』と聞いたら、『大丈夫です』と答えてくれ」

「リ、リフタン！」

マクシーはうろたえて周囲を見回した。すでに騎士たちはずっと先を行っていた。彼女はリフタンをにらみつけながら言った。

「そ、外で……そんなことを、い、い、言わないでください。だ、誰《だれ》かに聞かれたら……」

「聞かれたら？」

淫《みだ》らで節操《せっそう》のない者たちだと陰口《かげぐち》を叩《たた》かれるかもしれない。だが、とてもそうは言い出せず、マクシーは口をつぐんだ。二人はそう言われても仕方ないほど、この数日間淫らで節操のない時間を過ごしてきたのだ。何も答えられず泣きそうになっていると、無表情な顔でじっと彼女を見つめていたリフタンがいきなり笑い出した。

「うぶなお嬢様《じょうさま》だ」

そう言いながらマクシーの腰《こし》をつかんで抱《だ》き上《あ》げると、優しく唇《くちびる》を押《お》しつけてきた。マクシーは、ドレス越《ご》しに伝わってくる鎧のひんやりした感触《かんしょく》に軽く身を震《ふる》わせた。耳たぶの下がドクドクと脈打っている。

「これ以上、離れがたくさせるな」

マクシーは震える瞳《ひとみ》でリフタンを見上げた。本当に自分と離れたくないのかと尋《たず》ねたい。自分も一緒《いっしょ》に行ったらダメなのかという言葉が、喉《のど》まで出かかる。リフタンの体にすがりついてそうせがんだ途端《とたん》、彼が迷惑《めいわく》そうな顔をして、夢のようなこの瞬間《しゅんかん》が終わってしまうのではないかと思うと怖《こわ》かった。初めてわき上がってきた強い感情を抑《おさ》えつけ、マクシーは何とか平静を装《よそお》って言った。

「も、もう、い、行きましょう。しょ、食事をしないと……」

「そうだな」

リフタンはふと冷静になったように、マクシーの体を下ろした。彼女はリフタンの隣《となり》にぴったりとくっつきたい気持ちをこらえて、静かに歩いていった。

✣

食事を済ませて外に出てきた騎士たちが、馬にまたがる。マクシーは城内の使用人全員を引き連れて、リフタンを見送るために中庭に出ていた。優雅《ゆうが》な動きで巨大《きょだい》な黒馬にまたがったリフタンが、ゆっくりと馬首《ばしゅ》をめぐらせてマクシーを見下ろす。

「行ってくる」

「き、気をつけて……い、行ってらっしゃい」

小さく返した声を漏《も》らさず聞き取ったリフタンが、そっと微笑《ほほえ》む。彼は馬から落ちそうになるまで身をかがめ、マクシーの顔を片手で包《つつ》み込《こ》んだ。彼女は使用人たちが見ているにもかかわらず、とても拒《こば》むことができなかった。

マクシーはつま先立ちをして、リフタンのキスに応じた。彼が軽く重ねた唇をねっとりと押しつけてくる。優しく舌を挿《さ》し入れて彼女の口の中を探《さぐ》っていたリフタンは、すぐに体をまっすぐ起こし、何事もなかったように平然とした様子で馬を引いて先頭に立った。口をあんぐり開け、呆《あき》れ返《かえ》っていた騎士たちが、ため息をついてリフタンの後に続く。マクシーは顔を真っ赤にして、遠ざかっていく彼らを見送った。

一列に連なった騎士団が城門をくぐり抜けて堀《ほり》を渡《わた》ると、城壁《じょうへき》の上にいる衛兵たちが力強くコペルを吹《ふ》き鳴《な》らした。ドーンと空に響《ひび》き渡《わた》る鈍《にぶ》い音の中に、けたたましい馬のひづめの音が入り混じる。

マクシーは彼らの姿が見えなくなった後も、しばらくその場から動けなかった。

✣

リフタンが出発してから、マクシーは丸二日寝《ね》込《こ》んでしまった。この数日間立て続けに色々なことが起きたため、たまっていた疲れが一気に押し寄せたのだろう。すっかり体調を崩《くず》したマクシーのために、メイドたちは薬草のスープを作り、濡らしたタオルを体に当てて熱を冷ました。

彼女たちの心のこもった看病のおかげで、翌日マクシーが目を覚ました時にはだいぶ良くなっていた。マクシーはルディスに風呂《ふろ》の用意を頼《たの》んだ。汗《あせ》でべとつく体をさっぱりと洗い流せば、いっそう気分が良くなるはず。

「本当に神官を呼ばなくてもいいのですか？」

メイドたちと一緒に、ゆらゆらと湯気が上がる浴槽《よくそう》を運んできたルディスが尋ねた。マクシーは寝間着《ねまき》を脱《ぬ》いで、浴槽の中に体を入れながら首を横に振った。

「も、もう……よ、良くなりました」

「魔法使いの方からいただいた薬草だけで大丈夫か心配です。今からでも、回復術師を呼んで……」

「ほ、本当に大丈夫です。た、ただ疲れただけですから」

マクシーはわざと元気そうに微笑んでみせた。まだ完全に回復したわけではなかったが、熱はすっかり下がっている。今日一日しっかり食べて、適度に動いてゆっくり休めば、明日からは体も軽くなるだろう。

マクシーは裁縫師《さいほうし》が新しく仕立てたドレスを着て、厚手のショールを肩に羽織ってから庭園に出た。ここ何日かの間に、ぐっと気温が下がったようだ。冷たい風に驚いた表情を浮かべると、一緒に外に出てきたルディスが微笑んだ。

「秋の大雨が降った後は、こうして急に気温が下がると言われています」

「す、すぐ冬に、な、なりそうですね……」

「他の地域に比べると、アナトールの冬はそれほど寒くありません。南海が近いせいか真冬でもめったに雪が降らないんですよ。降ったとしても、みぞれ程度でやんでしまいます」

マクシーは少し残念そうな顔をした。父親の領地も気候が温暖な南東部にあったため、彼女は一度も雪が積もったところを見たことがなかった。王都のドラキウムは、世界中を覆《おお》い尽《つ》くすほどたくさん雪が降るというが……。リフタンが到着《とうちゃく》する頃《ころ》には、雪が降り始めるだろうか？

第二十九話

「ご体調が回復されたばかりですから、あまり長く外にいたらお体に障《さわ》りますよ」

「す、少し、さ、散歩するだけです」

マクシーはルディスの言葉に笑《え》みを浮《う》かべながら答え、そろそろと歩き出した。物静かで必要なこと以外話さないこのメイドは、いつからか姉のようにマクシーの世話を焼くようになった。といっても、自分の立場をわきまえてマクシーを気遣《きづか》う言葉をかける程度だが、彼女《かのじょ》はそれだけで心が温かくなった。

（もう本当に……ここが私の家なんだわ）

マクシーは改めてカリプス城を見渡《みわた》した。楽しいことが一つもなかったクロイソ城での生活が頭に浮かぶ。新しい環境《かんきょう》で、あの頃《ころ》とはまったく違《ちが》う人生を送れるかもしれない。切ない希望に胸が締《し》めつけられた。

本当に、以前とがらりと変わった人生を歩むことができるだろうか。クロイソ城を離《はな》れたからといって、完全に別人になれるわけではない。相変わらず愚《おろ》かで、吃音《きつおん》のある身の上であることに変わりはないのだ。いつかはリフタンも、彼女が何の役にも立たない人間だと気づいてしまうだろう。

そうなったら、何もかも変わってしまうかもしれない。リフタンが情熱のこもった優《やさ》しい手つきで触《ふ》れてくることも、熱い眼差《まなざ》しで見つめてくることもなくなると思うだけで、血の気が引くようだった。ある日突然豹変《とつぜんひょうへん》して、父親のようにマクシーを憎《にく》むようになったら……。

「奥様《おくさま》、やはりお体の調子が良くないのでは……？」

知らないうちに不安な気持ちが顔に出ていたのか、ルディスがマクシーをじっと見つめながら聞いてきた。マクシーは悲観的な考えを振《ふ》り払《はら》い、首を横に振った。

「だ、大丈夫《だいじょうぶ》です。あ、温かいお茶を……い、いただけますか？」

「すぐにお持ちいたします」

マクシーはルディスに背を向けながら覚悟《かくご》を決めた。私が変わればいい。レディらしく振《ふ》る舞《ま》い、立派な女主人になって必ずリフタンの役に立つのだと。

✣

翌日、すっかり元気になったマクシーのもとに、商人のアデロンが訪ねてきた。マクシーは真剣《しんけん》に彼《かれ》の説明を聞いて、しばらく悩《なや》んだ末に、グレートホールの宴《うたげ》の間《ま》にはほのかに翡翠色《ひすいいろ》がかった白い大理石を敷《し》き、窓はすべて美しいガラスに替《か》えることに決めた。アデロンは、翌日から組合《ギルド》に所属する石工《いしく》たちを連れてきて早速《さっそく》作業に取りかかると言い、帰って行った。

マクシーはアデロンから受け取った取引明細書を手に図書館へ行き、何冊も本をひっくり返して調べながら帳簿《ちょうぼ》をつけた。ロドリゴのやり方を真似《まね》て、どうにか購入《こうにゅう》した物品と購入金額を記入し終えると、いつの間にか窓の外が薄暗《うすぐら》くなっていた。

マクシーは、そうして何日も慌《あわ》ただしく過ごした。城には修理しなければならないところがたくさんあり、必要なものが次から次へと出てくる。

彼女は午前の早い時間からアデロンと会い、城を改装するのに必要な作業についての説明を受けた。それに伴《ともな》ってさらにいくつか購入した後、作業員たちが床《ゆか》から石板《せきばん》を剝《は》がすのを見守った。

午後にはアデロンが紹介《しょうかい》した庭師と会ってどんな庭園にするか話し合い、次に別の職人たちと手すりや窓枠《まどわく》に施《ほどこ》す装飾《そうしょく》について意見を交《か》わした。そうして忙《いそが》しい一日を終えた後も、束になった明細書と夜遅《よるおそ》くまで格闘《かくとう》しなくてはならなかった。

「奥様、だいぶお疲《つか》れのようですよ。少しお休みになった方が……」

「へ、平気です」

マクシーは心配そうな視線を送るルディスの言葉を受け流し、商団《しょうだん》から運ばれてくる品物を確認《かくにん》するために一階へ下りて行った。決められた時間ぴったりに、アデロンが作業員たちと一緒《いっしょ》に大きな馬車を引いて城の中に入ってきた。マクシーが近づくと、アデロンは荷馬車の上に被《かぶ》せておいた一枚革《いちまいがわ》をめくり、運んできた品物を見せてくれた。

「作業に必要な道具と、大理石の板の一部です」

「ま、窓は……」

「アナトールの商団支部には、十分な数のガラスがありませんでした。質のいいガラスを調達するには、首都やリバドンで手配しなくてはなりません。ひとまず近くの支部に、ガラスを大量に仕入れることができるかどうか電報を送ってみますね」

アデロンの親切な口ぶりに、マクシーはもう少しで礼を言うところだった。すぐ人にへつらってしまう卑屈《ひくつ》な性格にため息をつきそうになるのをこらえ、彼を応接の間に案内する。すっかり張り切った様子の商人は、メイドが茶を出すのも待たずに、作業にかかる時間と費用について話し始めた。

マクシーは一言も漏《も》らさず頭に叩《たた》き込《こ》もうと、必死に耳を傾《かたむ》けた。しかし、アデロンがただでさえ耳慣れない貨幣《かへい》の名前を混ぜて話し出すと、頭の中はますます混乱していった。

彼女は脂汗《あぶらあせ》をにじませながら、彼が口にする数字を理解しようと努力した。ソルデム一枚はリラム二十枚で、リラム二十枚はデルハム二百四十枚だ。デルハム二百四十枚はデナール十二枚だから、デナール三十枚ということは……。

「ああ、私としたことが、つい興奮してしまいました。どうかお許しください」

マクシーの頭が爆発《ばくはつ》する一歩手前で、ようやく商人は説明を終えた。彼女はかろうじて微笑《ほほえ》んでみせた。

「か、構いません」

「偉大《いだい》なカリプス卿《きょう》の城を改装するお手伝いができるかと思うと、とても冷静ではいられなくて」

「そ、そう、お、思っていただけて……う、嬉《うれ》しいです」

アデロンは照れくさそうな顔をしながら、説明が書かれた羊皮紙《ようひし》を置いて席を立った。マクシーは彼が帰るや否《いな》や、まっすぐ図書館に駆《か》け込《こ》んだ。作業員たちに支払《しはら》わなければならない賃金と、大理石の費用を帳簿に記録するだけで何時間もかかる。

自分が情けなくてため息をついたその時、ふと背後に人の気配を感じた。驚《おどろ》いたマクシーが後ろを振《ふ》り返《かえ》ると、図書館の隅《すみ》の床に積まれた本の間から、一人の男がおもむろに起き上がった。

「ル、ルース……！」

魔法使《まほうつか》いが淡《あわ》い灰色の髪《かみ》を掻《か》きむしりながら、眠《ねむ》たそうな目をマクシーに向けた。どう反応すればいいか分からず、ただ呆然《ぼうぜん》と見つめるマクシー。いつからあんなところで寝《ね》ていたのだろうか？　ルースは貴重な蔵書の上に平然と座《すわ》っていた。

「ここ何日も、どうしてそんなに騒《さわ》がしくしているんですか？」

図書館の床で寝ている時に女主人と顔を合わせた自分のことは棚《たな》に上げて、魔法使いがいきなり眉間《みけん》にしわを寄せながら問《と》い詰《つ》めてきた。遠慮《えんりょ》のない彼の態度に戸惑《とまど》いながら、マクシーはたどたどしく答えた。

「し、城の改装をしているので……」

「城もですけど、今聞いているのは奥様のことですよ」

「わ、私ですか……？」

「ここ何日も、図書館でずっとうめき声を上げていますよね。奥様が僕《ぼく》の睡眠《すいみん》の邪魔《じゃま》をしていることはご存じですか？」

マクシーはぽかんと口を開けた。うんうんうなりながら頭を掻きむしり、ため息ばかりついていた情けない自分の行動の数々を誰《だれ》かに見られていたことへの羞恥心《しゅうちしん》。ルースが物音も立てず黙《だま》って見ていたことへの怒《いか》り。開き直ってこちらを責める態度へのあきれ……。マクシーは、三つのうちどれに反応するべきか分からなかった。

返す言葉が見つからず口をパクパクさせていると、ルースが立ち上がって彼女の前までやって来た。

「帳簿……ですか？」

マクシーは机の上に散らかっている紙をあたふたと片付け出した。ルースは彼女が隠《かく》そうとするのを気にも留《と》めず、羊皮紙を何枚か手に取って目を通すと、眉《まゆ》をぴくぴくと震《ふる》わせた。

「……ずいぶん計算が間違《まちが》っていますが？」

「か、返してください……！」

取り返そうとしたマクシーが手を伸《の》ばすと、ルースはさっと背を向ける。彼女の手が届かないところまで羊皮紙を持ち上げて、ルースはそのまま帳簿に目を通し続けた。彼の口から低いうめき声が漏れる。

「どうして大理石の板一枚が十二リラムもするんですか！　単位を書き間違えたんですよね？　どうか書き間違いだと言ってください」

「い、今ちょうど……な、な、直そうとしていた、と、ところです……！」

マクシーは、今にもがなり立てそうなルースに向かって必死で叫《さけ》んだ。目を細めてにらんでいた彼が、後ろに隠していた帳簿を彼女から奪《うば》い取《と》る。その無礼な行為《こうい》にマクシーはあんぐりと口を開けた。

紳士《しんし》は決して許可なくレディの持ち物に手を出さないものだ。レディが隠そうとしているものを無理やり取り上げるなんて、ならず者のすることである。マクシーは顔を真っ赤にしながら、ルースの服の裾《すそ》を引っ張った。

「か、返してください！　ど、ど、どうして、こ、こんな、ぶ、ぶ、無礼な、ま、真似を……！」

「この数日でいくら使ったんですか？」

ぎくりとしたマクシーがそっと見上げると、魔法使いは恐《おそ》ろしい形相をしていた。険悪な顔つきにひやりとする。何か間違ったのだろうか？　ルースは歯を食いしばり、一音一音区切りながら力を込《こ》めて尋《たず》ねた。

「いくらですか？」

「そ、そ、それは……」

汗《あせ》がダラダラ流れる。

「リ、リフタンが……お、お金のことは気にするなと……」

「それでも、使った金額ぐらいは知っておくべきでしょう？」

ルースの非難するような口ぶりに、マクシーは顔を赤らめた。その昔、家庭教師から発音を直された時のようにすっかり萎縮《いしゅく》し、あちこちに視線をさまよわせた。

「せ、せ、正確には、よ……よく……」

「およその金額なら分かりますか？」

のろのろと首を横に振ると、ルースは手が焼けるというようにこめかみを強く押さえた。一瞬《いっしゅん》どうして自分はこの男性に叱《しか》られているのかと疑問に思ったが、それよりも、何かひどい過《あやま》ちを犯《おか》したのかもしれないという不安の方が大きかった。マクシーはしばらくためらってから打ち明けた。

「じ、じ、実は……こういう、こ、ことに、な、慣れていなくて……」

「分からなければ、助けを求めればいいじゃないですか！」

あまりにもっともな指摘《してき》に、弁解のしようがなかった。マクシーは世界一の間抜《まぬ》けになったような気がして、がっくりとうなだれた。

「そ、そんなに……ま、ま、間違っていますか？」

「まず、帳簿の記録からしてめちゃくちゃですよ。とんでもなく安いものと、とんでもなく高いものが入り混じっているし……計算も全部間違っています。しかもこの購入品目、不要なものが多すぎる！　カリプス卿がドラゴン討伐《とうばつ》で莫大《ばくだい》なお金を稼《かせ》いだのは事実ですが、節約するところは節約すべきでしょう！　アナトールには俸禄《ほうろく》を与《あた》えなくてはならない騎士《きし》や衛兵がたくさんいるし、何よりも、来年は港と村を結ぶ大きな街道《かいどう》を建設する予定なんですよ！　冬になると税収も減りますから、なるべく浪費《ろうひ》を抑《おさ》えるべきだというのに！」

次から次へと叱責《しっせき》を受けたマクシーは、亀《かめ》のように首をすくめた。

「し、知りませんでした……。そ、そんな話は、き、聞いていなくて……わ、私の好きなようにしろって……」

もごもごとつぶやくと、ルースは深いため息をついた。気が抜《ぬ》けたように肩《かた》を落として話を続ける。

「城を飾《かざ》り立《た》てること自体を責めているわけではありません。守りを固めることばかり考えたせいで、軍事施設《しせつ》のようになったのも事実ですから。けれども、度が過ぎていると言っているんです。奥様がこの調子でお金を使っていくと、カリプス卿は数年以内にまたドラゴンレア（※ドラゴンの巣）に乗り込まなければならなくなりますよ」

「そ、そんな……」

マクシーはふらついて倒《たお》れそうになり、椅子《いす》をぎゅっとつかんだ。リフタンを喜ばせたくて城を美しくしつらえようとしただけなのに……。彼がルースのようにあきれ返り、かんかんになって怒《おこ》るかもしれないと思うと、全身から血の気が引いた。マクシーは泣きそうになりながら、すがるような思いでルースを見上げた。

「ど、どこが、ま、間違っているのか、お、教えていただけませんか……。な、直してみますから……」

第三十話

魔法使《まほうつか》いは帳簿《ちょうぼ》に目を通しながら、指で眉間《みけん》を押《お》さえた。マクシーは叱《しか》られた子どものようにしょんぼりして、ひたすら彼《かれ》の顔色をうかがっている。しばらく帳簿と明細書を見比べていたルースは、深いため息をついてごしごしと顔をこすった。

「何から指摘《してき》すればいいか、見当もつきません」

マクシーは穴があったら入りたかった。

「購入《こうにゅう》した物の明細書は、これで全部ですか？」

「ぜ、全部揃《そろ》っています！　そ、そこにある紙束が……」

ルースは山積みになった羊皮紙を見て目を細めると、すぐに帳簿をぱたんと閉じた。

「今日はもう遅《おそ》いので、明日から始めましょう」

彼は厳《おごそ》かに宣言した。

「い、今、お、教えていただければ……」

「この帳簿の具合からして、とても一日や二日で終わりそうにありませんが？」

ルースが食いしばった歯の間から絞《しぼ》り出《だ》した言葉に、マクシーは口をつぐんだ。返す言葉もない。打ちひしがれた彼女《かのじょ》は、黙《だま》ってうなずくしかなかった。

「ずいぶんと早くいらしたんですね」

✣

翌朝、目が覚めるや否《いな》や大急ぎで図書館に駆《か》けつけたマクシーに向かって、ルースが大きなあくびをしながら言った。彼は昨日と変わらずくたびれた格好をして、図書館の隅《すみ》で横になっている。

マクシーは眉《まゆ》をひそめた。彼女は使用人たちの前で恥《はじ》をかくのが怖《こわ》くて、夜が明けるとすぐに濡《ぬ》らしたタオルで顔だけを軽く拭《ふ》いて、こっそりと抜《ぬ》け出《だ》してきたのだ。一方ルースは、昨日あれほど怖い顔で脅《おど》してきた人と同一人物とは思えないほど、のんびりとくつろいで見える。

「ひとまず購入した物から確認《かくにん》しましょう。必要のない物は、急いで注文を取り消さないといけませんから」

ルースは立ち上がって机のあるところまで来ると、椅子《いす》を引いて座《すわ》った。マクシーは起きてからまだ一度も梳《と》かしていない髪《かみ》をざっと手櫛《てぐし》で整えながら、彼の向かい側の席に腰《こし》を下ろした。

「きょ、今日の、ご、午後、し、仕事を任せている、しょ、商人が来る予定です。ふ、不要な物を、お、教えていただければ、す、すぐ、ちゅ、注文を、と、取り消します」

「いいでしょう」

ルースは日付順に羊皮紙《ようひし》を整理すると、一枚一枚細かく内容を確認し始めた。彼が記録に目を通している間、マクシーはぎゅっとスカートを握《にぎ》ったまま落ち着かない気持ちで待っていた。

「まずはじめに」

だいぶ経《た》ってから、ようやくルースが口を開いた。

「この大理石……やはり十二リラムは書き間違《まちが》いですね。大理石の縦横二クベットで十二デルハムなら、そこまで高い金額ではありません。というより、工事費まで含《ふく》まれていることを考えれば安いくらいでしょう」

マクシーは安堵《あんど》のため息をついたが、彼の話はそこで終わらなかった。ルースは指先で机を叩《たた》きながら、厳しい口調《うたげ》で話を続けた。

「ですが、ホールと宴の間の床《ゆか》をすべて大理石に替《か》える工事は、どうしても必要とは思えませんね。石板《せきばん》の床に交換《こうかん》してから何年も経ってないんですから」

彼は深々とため息をついた。

「まあ、すでに工事が始まってしまったので仕方ないですが。カリプス卿《きょう》ほどの御方《おかた》なら、この程度の贅沢《ぜいたく》をする資格は十分おありですから問題ないでしょう」

「で、でも、ホ、ホールの工事は、ま、まだ始まって、い、いないので……い、今からでも……と、取り消せると、お、思います……」

「そうしてくださると助かります」

ルースは素っ気なく答えると、次の項目《こうもく》を点検し出した。

「それ以外は問題なさそうですね。階段の手すり、バルコニーの欄干《らんかん》に窓枠《まどわく》、カーテン、カーペット、綴織《タペストリー》、家具、シャンデリア、彫像《ちょうぞう》、噴水《ふんすい》……噴水？」

淡々《たんたん》と購入品を読み上げていたルースがいきなり尖《とが》り声を上げたため、マクシーは背中を殴《なぐ》られたようにビクッとした。彼はばっと彼女に顔を向けると、目を細めてにらんだ。マクシーは思わず目をそらし、消え入りそうな声で言い訳した。

「て、庭園に、せ、設置すれば、と、とても見栄《みば》えが良《い》いと……い、言われたので……」

「噴水を管理するのに、どれだけ手間がかかるか知っていますか？　水を引き入れるところから大掛《おおが》かりな工事をしなきゃいけないんですよ！　しかも、大理石とクリスタルでできた噴水？　このろくでもない商人は、カリプス城から根こそぎ金を巻き上げようとしているに違《ちが》いありません！」

憤慨《ふんがい》するルースのわめき声に、マクシーは身の縮む思いがしてうなだれた。だが、彼の小言はそれで終わりではなかった。

「その上、城の窓全部にこんなにも高級なガラスを取り付けるなんて発想、一体どこから生まれたんです？　ロエム時代の皇帝《こうてい》でもないとできない贅沢ですよ！　ガラスの値段がどれだけ高いか知っていますか？」

「ク、クロイソ城の、ま、窓は……す、すべてガラスで……」

「それはクロイソ公爵《こうしゃく》だから可能なんです！　奥様《おくさま》のお父上は、七つの国全体でも十本の指に入る富豪《ふごう》でしょう！」

ルースはじれったそうにため息をついた。

「財力の有無《うむ》は別にしても、窓ガラスは実用的ではないんです。第一に断熱性がまったくないので、窓を開けているのとさほど変わりません。加えて、城の裏庭で騎士《きし》たちがしょっちゅう実戦練習を行うんですよ。力比べに夢中になった馬鹿者たちがソードオーラをあちこち飛ばした日には、せっかく高価なガラスを取り付けたところで、すぐに割れてしまうでしょうね。おまけに傷がつきやすいので、管理するのも大変です。いつもきれいに磨《みが》いておくためには、使用人たちの仕事がうんと増えることになりますから、ただでさえ足りない人手がますます不足するでしょう」

思いも寄らなかった問題点を指摘され、マクシーは返す言葉がなかった。ルースは明細書を最後まで確認し終えると、厳しい表情を少し和《やわ》らげた。

「まだすべての注文を終えたわけではないんですね。でしたら、本城の中央ホールと宴の間《ま》の窓、それからいくつかの客室だけ質の良いガラスに替えることにして、残りの部屋にはバルトガラスを取り付けるか、二重に覆《おお》いましょう。鎧戸《よろいど》を付けておいて、冬になったら時々開けて換気《かんき》するほうがずっと実用的ですよ。訪問客に富を誇示《こじ》するのが目的なら、その程度で十分でしょう」

ルースは新しい羊皮紙を取り出し、大まかに城の見取り図を描いて印をつけてくれた。マクシーはそれをじっと見つめながらうなずく。

「わ、分かりました。そ、そう、つ、伝えます」

「クリスタルの噴水は、再考の余地もありませんね」

彼は、もう片方の手に持っていた羊皮紙をバサッと放り投げた。そうしてたっぷりインクに浸《ひた》した羽根ペンをマクシーに差し出しながら、帳簿の新しいページを開いてみせる。

「贅沢すぎるものは除き、もう一度落ち着いて書いてみてください」

マクシーはこわばった顔で羽根ペンを見つめた。ルースが代わりに帳簿を付けてくれるだろうと、すっかり思い込んでいたのだ。

「ま……また、間違えたら……」

「これからは直接管理なさらないといけないのでしょう？　間違えたところは直してさしあげますから、とりあえず記入してみてください」

マクシーは絶望的な顔で帳簿を見下ろした。頭の中が真っ白になり、急に何も思い出せなくなった。

慌《あわ》てたマクシーは、あれこれと明細書をめくってみた。とにかく、何でもいいから書かなくては。彼女は何とか落ち着きを取《と》り戻《もど》すと、一番古い日付のものから探し出し、物品名と内訳《うちわけ》を記入し始めた。ただ品物の数量と価格を記録するだけにはとどまらず、雇《やと》った作業員たちの人数と、支払《しはら》わなければならない賃金、契約《けいやく》期間まで入れて計算しようとすると、どんどん内容が複雑になってくる。

マクシーは冷《ひ》や汗《あせ》をかきながら、ひたすら足し算を繰《く》り返《かえ》した。どの貨幣《かへい》にどれくらいの価値があったのか……。次第《しだい》に頭が混乱し始める。パニックになった彼女の様子を黙って見ていたルースが、思い切り眉間にしわを寄せて尋《たず》ねた。

「まさかとは思いますが……貨幣の単位をご存じないのですか？」

「し、し、知っています……！」

マクシーは羽根ペンを握ったまま慌てて否定した。ルースが目を細めて疑わしそうに見つめると、彼女はごくりと唾《つば》を飲《の》み込《こ》んでから付け加えた。

「た、ただ……ちょ、直接、お、お金を、さ、触《さわ》ったことがなかったので……こ、混乱して……」

「六十リラムは、ソルデムに換算《かんさん》すると何枚になりますか？」

「え、ええと……よ、四枚……？」

マクシーは何度も指を折ったり伸《の》ばしたりした後、しどろもどろに答えた。ルースの目つきがさらに険しくなったので、はっと息をのんで即座《そくざ》に言い直す。

「さ、三枚！」

「……デナール二十四枚は、ソルデム何枚分の価値がありますか？」

「そ……それは……」

「リラム十枚をデルハムに両替《りようがえ》すると何枚になりますか？」

追いつめられたマクシーは泣き出しそうになった。ルースは薄《うす》く目を開けたまま、食い入るように彼女の表情をうかがっている。羞恥心《しゆうちしん》と屈辱感《くつじよくかん》で、顔が燃えるように熱くなった。

もうおしまいだ。救いようのない愚《おろ》か者《もの》だと気づかれてしまった。吃音症《きつおんしよう》の上に頭も悪い、役立たずの女だと罵《ののし》られるに違いない。そのことがリフタンの耳に入ったらどうしよう。恐《きょう》怖《ふ》に怯《おび》えてうつむくと、ルースが頭を抱《かか》えてうめき声を上げた。

「アグネス王女だって、ここまで世間知らずではありませんでしたよ！　一体どれだけ大切に育てられたんですか？」

何も言い訳できずに、マクシーはただぎゅっと唇《くちびる》を噛《か》んだ。しばらく黙《だま》り込《こ》んでいたルースは盛大《せいだい》なため息をつくと、ローブの中を探《さぐ》って小さな巾着袋《きんちゃくぶくろ》を取り出した。

「よく見てください」

そう言いながら袋《ふくろ》を開け、銀貨二枚を取り出す。一つは直径が小指の関節二つ分ほどの厚みがある硬貨《こうか》で、もう一つは直径が小指の関節一つ分程度の小さくて薄い硬貨だ。ルースは翼《つばさ》を広げた鳥の模様が刻まれた大きな硬貨を、指先で軽く叩いた。

「これがリラムです。かつてロエム帝国《ていこく》で作られた銀貨で、全大陸に流通しています。こちらの小さい銀貨は……デルハムの十二倍の価値があります」

彼は小さい方のコインを指し示した。

「デルハムは南大陸のラカシムから入って来た銀貨です。ここ数年間、南大陸との貿易が盛《さか》んになるにつれて流通量が急増しました。小振《こぶ》りではありますが、信頼性《しんらいせい》の高い貨幣です」

マクシーは小さなコインをじっと見つめた。これほど近くで実物の貨幣を見るのは初めてだった。マクシーがよく見えるよう手のひらに銀貨を載《の》せてから、ルースは説明を続けた。

「重りで量ってみると、リラムの重さはデルハムのちょうど十二倍です。だから、デルハム十二枚はリラム一枚と交換できるんですよ」

次にルースは、金貨を二枚取り出した。一つはリラムと同じ大きさ、もう一つはデルハムほどの大きさだ。

「大きい方がソルデムで、リラムと同じくロエムで作られた貨幣です。小さい方はデナールで、ラカシムで作られた金貨になります。ソルデムとデナールも、やはり十二倍の重量差がありますね」

「ど、どうして、み、南大陸は、こ、こんなに、ち、小さい硬貨を、つ、作ったのでしょうか？」

「南大陸は、僕《ぼく》たちの国よりはるかに商業が発展しているからです。貨幣の価値が大きすぎると、活発な取引の妨《さまた》げになるんですよ」

詳《くわ》しい理由を説明するのは面倒《めんどう》だといわんばかりに、ルースが鼻にしわを寄せながらざっくりと答える。マクシーはよく理解できなかったが、それ以上聞かなかった。彼は硬貨を下に置いてから、貨幣についての説明を続けた。

「金貨は同じ重さの銀貨よりも、二十倍の価値があります。ソルデム一枚はリラム二十枚分になり、デナール一枚はデルハム二十枚で取引されます」

第三十一話

「で、では……こ、この小さい金貨……デ、デナール一枚だと……な、何リラムになりますか？」

マクシーは、自分が一番混乱している部分について尋《たず》ねた。

「デナール三枚がリラム五枚分なので、ぴったり割り切れないんです」

南方の小さな金貨とロエムの大きな銀貨を前に押《お》しやりながら、ルースが答える。マクシーは急いで、デナール三枚はリラム五枚、と羊皮紙《ようひし》に書き込んだ。そのメモをじっと見つめていたルースが、小さくため息をついた。

「リラムとデナールを同時に使う際に混乱なさったようですね。ソルデムは額が大きすぎてめったに使わないですし、デルハムは逆に額が小さすぎるので、こういう大きな取引ではあまり使いません。貴族と商人間の取引では、主にロエムの銀貨であるリラムと、ラカシムの金貨であるデナールを用いる場合が多いんです。だから、計算が割り切れない時は、厄介《やっかい》なことになりますね。硬貨《こうか》を割って分けるわけにもいかないので、最終的にはデルハムに換算《かんさん》して勘定《かんじょう》を合わせます。この点だけ気をつければ、計算を間違《まち》えることはないでしょう」

マクシーは力なくうなずいた。

「お、お、お金の種類が……こ、こんなに多いとは……し、知りませんでした」

「こんなのは序の口ですよ。北部のバルトや、東部のスイカンで作られた硬貨もありますからね。純度や重さに関してはソルデムやリラムと同じなので、デナールやデルハムのように計算する必要はありませんが……硬貨の模様くらいは覚えておいた方がいいでしょう」

巾着袋《きんちゃくぶくろ》の中をかき回していたルースが、眉《まゆ》をひそめた。

「バルトとスイカンの金貨はここにないみたいですね。今度手に入れておきます」

ルースが頭を掻《か》きながら口にした言葉を聞いて、マクシーはうんざりした。貨幣《かへい》の種類がさらに増えたところで、余計混乱するだけだ。

「ソ、ソルデムや、リ、リラムと、お、同じ大きさなら……わ、わざわざ知っておく、ひ、必要はないのでは？　サ、サイズだけきちんと確かめれば……」

「このところ、富と権力を誇示《こじ》するために新しい金貨を作る諸侯《しょこう》たちが増えているんです。ですが、彼《かれ》らが作る硬貨の大半は鉛《なまり》や銅が混じっているので、必ず選《え》り分《わ》けなければなりません。一方で、バルトやスイカンで作られた硬貨は純度が高く信用できますから、見分けるためにも模様を覚えておくのがいいと思います。来年の春には、北東部の商人たちもアナトールに出入りするようになるでしょうから」

「は、はい……」

「信用性の高い貨幣は、ソルデム、リラム、デナール、デルハム、それから平民が主に使っている銅貨のシケルと、ごく一部の有力者が使っているダント……。まあ、その程度だけ覚えておけば十分でしょうね」

「ダ、ダント……は、ど、どれくらいの、か、価値があるんですか？」

耳慣れない名前の貨幣に興味を引かれて尋ねると、ルースが淡々《たんたん》とした口調で説明した。

「ダントは世界で最も価値の高い貨幣です。手のひらサイズのプレート形で、ロエム帝国《ていこく》の全《ぜん》盛期《せいき》にオリハルコン（※神の鉱物と呼ばれる金属）で作られました。全大陸で六百枚しかないと伝えられていますが、カリプス卿《きょう》はそのうちの百六十枚をお持ちです」

それほど貴重なものを百六十枚も所有しているという事実に、マクシーは目を丸くした。ルースは自分のものでもないのに、得意げな顔で続ける。

「六年前、カリプス卿がオシリヤ峡谷《きょうこく》の魔窟《まくつ》で発見したんです。当時カリプス卿は何かに取《と》り憑《つ》かれたように、魔物狩《まものが》りをして回りながら、あらゆる財宝を集めていました。ダントはその中でも、一番値打ちのあるものです。もともと発見したのは二百枚ほどですが、城壁《じょうへき》を築いて、村に道路を造り、城を補修するのにダント四十枚を費《つい》やしました」

「よ、四十枚の、こ、硬貨で、そ、そんなに、た、たくさんのことが、で、できるんですか……？」

「それでも、当初の予定より二倍も費用がかかったんですよ。カリプス卿が工事を急がせようと、労働者たちに通常の何倍もの賃金をお支払《しはら》いになったのでね」

ルースは露骨《ろこつ》に不満そうな顔をした。どうやらこの魔法使《まほうつか》いは、金に厳しい性格らしい。

「リ、リフタンとは……ふ、古くからの、お、お知り合いのようですね」

「カリプス卿の傭兵《ようへい》時代からの知り合いです。もう十二年ほどになりますね」

マクシーは好奇心《こうきしん》がふつふつとわくのを感じた。十二年前というと、リフタンが十六歳《さい》の頃《ころ》だ。その時から傭兵として暮らしていたのだろうか。リフタンが騎士叙任式《きしじょにんしき》をしたのは十八歳だと聞いたことがある。通常、騎士になるには三年以上の訓練を経た後、少なくとも一年以上は従騎士として暮らしながら、正式な騎士に仕えて剣《けん》を教わらなければならないというが……。

「さあ、おしゃべりはこのくらいにして、帳簿《ちょうぼ》の整理を続けましょう。商人が来る前に終わらせないといけませんからね」

ルースの催促《さいそく》に、喉《のど》まで出かかったいくつもの質問をぐっとのみ込《こ》み、マクシーは再び帳簿に向き合った。

✣

マクシーが注文の内容を変更《へんこう》したいと切り出すと、アデロンは困惑《こんわく》した表情を浮《う》かべ、巧《たく》みな話術で彼女《かのじょ》を説得しようとした。

マクシーはもう少しで言いくるめられそうになったが、とんでもない浪費家《ろうひか》でも見るようなルースの冷たい目が頭に浮かび、かろうじて思いとどまった。ついには根負《こんま》けしたように深いため息をつきながら、アデロンが明細書を書き直してくれた。

マクシーは、アデロンが書き入れた数の合計がどれくらいの金額になるか、頭の中でざっと計算してみた。ルースが見せてくれた金貨と銀貨……あのキラキラした硬貨が山積みになっているところを想像し、自分がどれほどの大金を支払うことになるのかを改めて実感した。彼女は厳《おごそ》かな気持ちで署名してから羊皮紙をしまった。

話し合いがうまくいったことを告げると、ルースはホッとしたように表情を和《やわ》らげた。

「明細書を見せていただけますか？」

マクシーが素直《すなお》に明細書を渡すと、最後までじっくり目を通してから、ひねくれた口調で言った。

「まったく良心のない男というわけではなさそうですね」

「す、少し押《お》し売《う》りするところは、あ、ありますが……わ、悪い人では、あ、ありません……」

「金を前にしたら、誰《だれ》でも親切になるものですよ」

ルースは優《やさ》しそうな印象に似つかわしくない皮肉めいた言葉を吐《は》き捨《す》てると、テーブルの前にある椅子《いす》を引いて座《すわ》った。マクシーが落ち着かない様子で彼の向かい側に座る。ルースはにこやかな外見とは裏腹に、かなり気難しい性格の毒舌家《どくぜつか》だ。口数が多くおせっかいという点を除けば、ひねくれたところがリフタンに似ている気もする。

「僕《ぼく》が見てさしあげますから、記入してみてください」

「は、はい……」

当たり前のように指導しようとするルースに、マクシーは異も唱《とな》えず大人しく従った。

「そこ、また計算が間違ってますよ」

「あ、す、すみません」

しばらく黙《だま》って見ていたルースが、親指で眉間《みけん》を押さえながら羊皮紙の端《はし》を軽く叩《たた》いた。マクシーが慌《あわ》てて直すと、今度はその下の数字を指差す。

「そこは単位が違《ちが》ってますね」

「ご、ごめんなさ……」

「それから、もう少し内容を詳《くわ》しく書くといいと思いますよ。後でまとめて決算する時に、混乱する場合がありますから」

「は、はい……」

「その部分はつづりが間違っています。後世まで残る公式の記録ですから、書きなぐるのはおやめください」

父親が連れてきた家庭教師ですら、ここまで厳しくはなかった。必死に書き続けるマクシー。帳簿の整理が終わるとすぐに、ルースが宿題の採点でもするかのように隅々《すみずみ》まで確認《かくにん》した。

「いいでしょう。このくらいなら合格です」

ルースは尊大な口調で言うと、帳簿を閉じた。

「これですべての問題が解決しましたね。今後は図書館に来て、僕の睡眠《すいみん》の邪魔《じゃま》をするのはやめていただきましょう」

マクシーは驚《おどろ》いた。この人はこれからもここで寝《ね》るつもりなのだろうか。リフタンは、裏庭にある塔《とう》をこの人が使っていると確かに言っていたが……。いや、自分が口を出すことではない。視線を泳がせていたマクシーは、しばらくためらった末に、慎重《しんちょう》に口を開いた。

「ら、来年の春に……て、庭園も、か、改修することに、し、したんですが……」

「……」

ルースが思い切り顔をゆがめる。

マクシーは無自覚の図々《ずうずう》しさを発揮して、懇願《こんがん》するように彼を見上げた。慣れない作業に一人苦しんだ数日間の記憶《きおく》が、走馬灯のように頭の中を駆《か》け巡《めぐ》る。どうすればいいか分からず片《かた》っ端《ぱし》から試《ため》しては、焦《あせ》る気持ちに髪《かみ》を掻《か》きむしってばかりいた悪夢のような日々を繰《く》り返《かえ》したくなかった。すでに散々醜態《しゅうたい》をさらし、とことん恥《はじ》をかいたマクシーには、これ以上失うものはない。

「それから、べ、別館の補修も……」

「……」

ルースは余計なことをしてしまったという後悔《こうかい》で、思わず頭を抱《かか》えた。

それ以降、ルースはマクシーが記録した帳簿を見てくれるようになった。彼女が図書館を訪《おとず》れ、床《ゆか》で寝ているルースのそばを黙ってうろつくと、彼は渋々《しぶしぶ》起き上がる。首を突《つ》っ込《こ》まなければ良かったとぶつぶつ言いながらも、きちんと帳簿の中身を確認した。

それだけでなく、品物の購入《こうにゅう》についても助言してくれた。助言というより小言に近かったが、いずれにせよマクシーが判断する際にとても役立ったのは事実だ。マクシーは、いつしか些細《ささい》なことでもルースの意見を求めるようになった。

「東屋《あずまや》の横にある木を抜《ぬ》くように命じたら、使用人たちは戸惑《とまど》うと思いますよ」

庭園を改修する計画にじっと耳を傾《かたむ》けていたルースが、不意に口を開いた。マクシーが首をかしげる。

「か、枯《か》れてしまって……は、葉っぱも、は、生えない木なのにですか？」

「アナトールの人々は、木に精霊《せいれい》が宿ると信じています。彼らは木が枯れたからといってむやみに抜きませんし、伐採《ばっさい》は罪深いことだと考えているんです。みっともないから引《ひ》き抜《ぬ》くようにだなんて命じられたら、きっとショックを受けるでしょうね」

「で、で、でも……」

マクシーは困惑して視線を泳がせた。

「き、木を切って、ま、薪《まき》に使うと、い、言えば……な、納得《なっとく》してくれるのでは、な、ないでしょうか……？　か、かなり、み、見た目も良くないですし……」

「納得はするでしょうけど」

ルースが眉をひそめてあごを触《さわ》る。

「何より、抜くのがオークの樹《き》という点が心配です」

「オ、オークの樹だと……な、なぜ心配なんですか？」

「アナトールの人々は、天竜《てんりゆう》に乗って旅立ったといわれる騎士、ウィグルの伝説を深く信じています。あの丘《おか》こそ、ウィグルが竜に乗って飛び立った伝説上の場所だと伝えられているんですよ」

第三十二話

城の外に見える丘《おか》を窓越《まどご》しに指差しながら、ルースが言った。初めて耳にする話に、マクシーが目を丸くする。

ウィグルにまつわる伝説は、マクシーもよく知っていた。神から不敗の聖剣《せいけん》アスカロンを授《さず》かり、古代暗黒戦争を終結させたウィグル。彼《かれ》は西方の世界を統一した末、ロエム帝国《ていこく》の建国に最も大きく貢献《こうけん》した騎士《きし》である。子どもたちは皆《みな》、子守歌《こもりうた》代わりに彼の話を聞かされたものだ。

とりわけ、ウィグルが自分に与《あた》えられたすべての使命を果たし、真っ白な竜《りゅう》に乗って天空に旅立ったという逸話《いつわ》は、たくさんの吟遊詩人《ぎんゆうしじん》や画家が作品の題材にしたほど有名である。その伝説上の場所がすぐ近くにあると知り、マクシーは目を輝《かがや》かせた。

「そ、それは、ほ、本当ですか……？」

「アナトールの人々はそう信じているという話です。史実に基《もと》づいた証拠《しょうこ》があるわけではありませんが」

ルースがつれない態度で付け加えると、マクシーはがっかりした顔をした。

「で、でも、そ、それがオークの樹《き》と、ど、どんな関係が、あ、あるのですか？」

「英雄《えいゆう》ウィグルが、オークの樹の精霊《せいれい》と愛を交《か》わしたという話はご存じですよね。アナトールの人々は、今でも精霊がウィグルを待っていると信じているんです。毎年春祭りに村の娘《むすめ》たちが野原に集まり、こぞって精霊の愛の歌を歌うほど」

「そ、それが……オ、オークの樹を、き、切らない、り、理由なんですね」

うなずくルースを見て、マクシーは考《かんが》え込《こ》んだ。たとえそうだとしても、城の入り口に枯《か》れた木がどっしりとそびえ立っていたら見栄《みば》えが良くない。

「そ、それでも……ぬ、抜《ぬ》こうとすれば……し、使用人たちの、は、反感を、か、買うでしょうか……？」

「アナトールの人々がウィグルを崇拝《すうはい》する気持ちは格別ですから、不満を抱《いだ》く可能性が高いでしょうね」

リフタンに向かって〝ロッセム・ウィグル〟と叫《さけ》んでいた領民たちの姿を思い出し、マクシーは顔を曇《くも》らせた。その様子をじっと見つめていたルースが、深いため息をつきながら言った。

「木を生き返らせることができるかどうか、僕《ぼく》が一度確認《かくにん》してみます。葉が生《は》えさえすれば、今ほどみすぼらしくは見えないでしょう」

「ま、魔法《まほう》で……か、枯れた木も、い、生き返らせることができるのですか？」

「植物の生命は人間の命とは違《ちが》います。枯れたように見えて、実際は眠《ねむ》っている場合もあるんですよ。マナを注入してみれば……」

ルースは原理を説明するのが面倒《めんどう》だというように、頭を掻《か》きながら言葉を濁《にご》した。

「断言はできません。とはいえ、少なくとも奥様《おくさま》が一本の木を生き返らせるために、魔法使《まほうつか》いまで駆《か》り出《だ》したという事実を周囲に知らせることはできるでしょう。たとえ失敗に終わっても、使用人たちは納得《なっとく》すると思いますよ」

ルースの口ぶりに辛辣《しんらつ》な響《ひび》きを感じ、マクシーは顔をこわばらせた。

「わ、私が、し、下の者たちの目を……き、気にしすぎだと、お、思うんですか？」

「ああ、皮肉を言ったわけではありません。新しく来た女主人が、使用人たちから敬意を払《はら》ってもらうために心を砕《くだ》くのは、まったくおかしなことではないですから。奥様はこの城に来られたばかりで、色々と気を使うこともおありでしょう」

ルースが珍《めずら》しく優《やさ》しい言葉を口にしたので、マクシーはホッとするより落ち着かない気持ちになった。彼にぶつぶつ小言を言われて無礼な態度を取られることに、いつの間にか慣れてしまったらしい。マクシーは目を泳がせてから、おずおずと口にした。

「で、では……お、お願いします」

ルースは複雑そうな顔をした。どうして自ら進んで厄介《やっかい》な仕事を引き受けてしまったのか、自分でも分からないという表情だ。

「早くその改装だか何だかを終わらせて、静かな日常に戻《もど》りたいだけです」

城の改装工事は順調に進んだ。床《ゆか》の石板《せきばん》をはがした宴《うたげ》の間《ま》に、滑《なめ》らかな大理石が隙間《すきま》なく敷《し》きつめられる。風が吹《ふ》くたびにガタガタと大きな音を立てていた古い窓枠《まどわく》は、マホガニーの木材をきれいに磨《みが》いて油を塗《ぬ》った窓枠に替《か》えられた。

ルースの助言どおり、宴の間とホールの窓、それから一番広い客室八部屋と寝室《しんしつ》の窓には、高価なクリスタルガラスを取り付けた。騎士の宿舎と図書館、食堂にはバルトガラスを、それ以外の部屋と廊下《ろうか》には、羊皮紙《ようひし》を加工して作った窓を取り付けて鎧戸《よろいど》で覆《おお》う。それだけで城は見違《みちが》えるほど明るくなった。

使用人たちも、薄暗《うすぐら》かったカリプス城に活気が満ちていくのを喜んでいる様子だ。ほこりが立つほどに忙《いそが》しく出入りする作業員たちのため、一日に二度も床掃除《ゆかそうじ》をする羽目になりながらも、使用人たちの表情は一様に明るかった。

「新しく入ってきた家具、ご覧になりましたか？　とても素敵《すてき》でしたわ」

「カーテンの美しいことと言ったら！　早くシャンデリアも完成しないかしら。間違《まちが》いなく、ウェドンで一番華《はな》やかな宴の間になるでしょうね」

「ホールもすっかり洗練されましたね。窓を全部交換《こうかん》し終えたら、綴織《タペストリー》をかけるんでしょう？」

慌《あわ》ただしく廊下を行き来していたマクシーは、メイドたちの弾《はず》んだ声に足を止めた。洗濯物《せんたくもの》を詰《つ》め込《こ》んだ大きなかごを持つ三人の若いメイドが、顔を上気させておしゃべりをしている。アデロンの紹介《しょうかい》で新たに雇《やと》ったメイドたちだ。

「領主様がお戻りになったら、さぞ驚《おどろ》かれるでしょうね」

「きっと大喜びなさいますよ。この前お帰りになった時は、城の様子にたいそうご立腹だったそうですし」

メイドたちが笑《え》みを浮《う》かべて話す声に、マクシーの心がざわつく。本当にリフタンは気に入ってくれるだろうか？　やりすぎだと思われたらどうしよう？

マクシーはすぐにその考えを掻《か》き消《け》した。ルースもこのくらいは問題ないと言ってくれたのだから……。

(険しい顔はしていたけれど)

マクシーは不安な気持ちを振《ふ》り払《はら》い、一階に下りて行った。城をしつらえることと並行《へいこう》して、冬を越《こ》すための準備もしなくてはならない。薪《まき》や食料を倉庫に十分備蓄《びちく》しておき、使用人や衛兵に支給する防寒着を用意して、馬に与える飼料と水もたっぷり確保する必要がある。リフタンが城を留守にする間、その管理はすべて城主の妻である自分の務めなのだ。

「ああ、奥様。たった今、新たに注文した壁《かべ》掛《か》け照明と暖炉《だんろ》が入って来ました。ご確認なさいますか？」

使用人たちと一緒《いっしょ》に木箱を抱《かか》えて城の中に入ってきたロドリゴが嬉《うれ》しそうに言ったので、マクシーはうなずいた。ロドリゴがホールの床に箱を下ろし、火かき棒でこじ開ける。箱の中には、キラキラ輝く九つの美しい壁掛け照明が詰め込まれていた。

「全部で十五箱あります」

「ふ、不良品が、な、ないか、す、すべて開けて、か、確認してから……ホ、ホールと宴の間……それと……ろ、廊下に、と、取り付けてください」

「暖炉はいかがいたしましょうか？」

「しょ、食堂に、ふ、二つと……残りは、き、騎士団の宿舎と……え、衛兵所《えいへいじょ》に、は、運んでください」

「かしこまりました」

木箱を抱えた使用人たちが一列になってホールを横切り、階段を上がって行く。マクシーはくるりと向き直り、グレートホールから屋外に出た。外はますます寒くなり、冬はもう目の前まで来ている。彼女《かのじょ》は冷たい空気にフーッと白い息を吐《は》いてから早足で庭園を回り、散歩道を上って厩舎《きゅうしゃ》に向かった。

今日は厩舎と別館、それから鍛冶場《かじば》に寄って必要なものがないか確認するつもりだった。帳簿《ちょうぼ》の過去の記録を調べたところ、以前の城主の妻たちは、毎年城内の施設《しせつ》を回りながら備品の状況《じょうきょう》を確認していたらしい。

マクシーはグレートホールの改装にばかり気を取られ、それ以外の施設にまで頭が回らなかったことを反省した。早速《さっそく》、城の南端《なんたん》にある厩舎から見て回ることにした。

マクシーが姿を見せると、秣《まぐさ》を運んでいた馬引きたちが目を丸くし、慌てて帽子《ぼうし》を取った。

「奥様！　メイドもお連れにならず、こんなところまで一体どういったご用件で？」

城に着いた初日に紹介されたクーネル・オスバンという名の厩務員《きゅうむいん》が、マクシーの前に走り出る。彼女は深呼吸をし、心を落ち着かせてから話し出した。

「み、皆忙しくしているので、ひ、一人で来ました。ふ、冬に備えて……厩舎に、ひ、必要なものがないか、か、確認しようと思いまして。も、もっと寒くなると、しょ、商人たちも、あ、あまり来られなくなるとか……」

「これはこれは、ありがとうございます。ちょうどロドリゴ様にお伝えしようと思っていたところでした」

クーネルの顔がパッと明るくなる。彼は厩舎のドアを大きく開け、中をランプで照らして見せた。マクシーは強烈《きょうれつ》なにおいに少しだけ眉《まゆ》をひそめながら、身を乗り出して中を覗《のぞ》き込《こ》む。きちんと掃除を終えたばかりの広い厩舎の中で、二十頭の巨大《きょだい》な軍馬がのんびりと秣を食《は》んでいた。クーネルが、一番端《はし》にある馬房《ばぼう》を指しながら言う。

「あれを見てください。木がすっかり腐《くさ》っているんです。新しい仕切りに替えなくちゃならんのですが、道具が古い上に木材も足りないので困っていまして」

「では……あ、新しい道具と……も、木材を、て、手配すればいいですか？」

「はい！　ああ、それから冬を越すには、干し草ももっと必要になりそうです」

「わ、分かりました。他に……ひ、必要なものは……？」

「それで十分でございます。お心遣《こころづか》い感謝いたします」

老人が明るい笑顔《えがお》を浮かべた。マクシーもつられて微笑《ほほえ》みながら、心の中で安堵《あんど》のため息をついた。人前に出るだけでぶるぶる震《ふる》えていた自分が、今では他人と目を合わせながら落ち着いて会話をしている。

舌がこわばって思いどおりに動いてくれないのは相変わらずだが、最近話す機会が増えたおかげか、以前よりも吃音《きつおん》がましになった気がする。マクシーは自分の変化を嬉しく思いながら、厩舎を出て広い裏庭を歩いた。城壁《じょうへき》が日差しを遮《さえぎ》っているせいで、空気が一段と冷たい。マクシーはショールをかき合わせて肩《かた》をすぼめた。

草のにおいが混じった肌《はだ》を刺《さ》すような風が、こぼれ落ちた髪《かみ》を激しく乱す。顔をくすぐる髪の毛を無意識に撫《な》でつけたマクシーは、雲みたいにふわふわした髪が可愛《かわい》らしいというリフタンの言葉をふと思い出し、思わず足を止めた。頭を上げると、彼が越えて行った山が遠くに見える。

今頃《いまごろ》リフタンは、ドラキウムに到着《とうちゃく》していることだろう。王宮では、彼のために開かれた祝いの宴の真っ最中に違いない。

マクシーは、銀色の鎧《よろい》を颯爽《さっそう》と身に着け、貴族たちの前でこれまでの功績を称《たた》えられるリフタンの姿を頭の中で思《おも》い描《えが》いた。きっと物語の一場面のように素晴《すば》らしい光景だろう。もう誰《だれ》も彼の出自を当てこすったり、馬鹿にしたりできないはず。リフタンを見下していた貴族の女性たちも、一瞬《いっしゅん》で心を奪《うば》われるに決まっている。

そう思ったら、急に気分が落ち込んだ。壮麗《そうれい》な王宮の宴の間で、華やかに着飾《きかざ》った艶《あで》やかなレディたちに囲まれているリフタンの姿を想像した途端《とたん》、心の中が不安でいっぱいになった。

王都には自分など比べ物にならないほど、優雅《ゆうが》で美しい令嬢《れいじょう》たちがたくさんいるはずだ。

彼女たちから熱い視線を送られ、リフタンは自分の決断を後悔《こうかい》しているかもしれない。この結婚《けっこん》を続けることにしたのは間違いだったと気づいて……。

「こんなところにお一人で、どうなさったんですか？」

第三十三話

突然《とつぜん》声をかけられ、悪いことばかり想像していたマクシーはハッと振《ふ》り返《かえ》った。

黒いチュニックを着た二人の少年が不思議そうな顔で彼女《かのじょ》を見つめている。何度か顔を合わせたことのある見習い騎士《きし》たちだと気づき、マクシーは背筋を伸《の》ばした。少年たちは修行《しゅぎょう》中《ちゅう》の騎士らしく礼儀《れいぎ》正《ただ》しい態度で、胸に手を当てて頭を下げた。

「驚《おどろ》かせて申し訳ありません。奥様《おくさま》が何かお困りのようでしたので、つい声をかけてしまいました」

「お、お気遣《きづか》い……ありがとうございます。あの……」

何と呼べばいいか分からず口ごもるマクシーに、きれいな顔立ちをした銀髪《ぎんぱつ》の少年が素早《すばや》く自己紹介《じこしょうかい》をした。

「申し遅《もう》《おく》れました。ユリシオン・ロバールと申します。騎士叙任式《じょにんしき》を来年に控《ひか》えています」

その横で気まずそうに立っている、背の高い少年も口を開く。

「ガロウ・リバキオンです。彼《かれ》と同じ日に騎士叙任式を迎《むか》える予定です」

「マ、マクシミリアン……カ、カリプスです」

すでに自分のことを知っている相手に改まって自己紹介するのを恥《は》ずかしく思いながら、マクシーがぎこちなく言う。

ユリシオンと名乗った少年は、彼女を安心させるように優《やさ》しい笑顔《えがお》を向けた。

「お一人で散歩なさっていたようですね」

「い、いえ……じょ、城内の施設《しせつ》を、み、見回っていたところです」

マクシーがもごもごと答えると、少年の無邪気《むじゃき》な顔が急に真剣《しんけん》になった。

「城の中とはいえ、レディがお供も連れず長時間、一人で歩いてはいけません。近頃《ちかごろ》は外部の人間も頻繁《ひんぱん》に出入りしていますから、もし好ましくない事故でも起きたら……」

「じ、事故ですか……？」

マクシーが驚いて聞き返すと、少年は慌《あわ》てて付け加えた。

「奥様を怖《こわ》がらせるつもりなどありません。ただ心配になって……。あ！　よろしければ、僕《ぼく》に奥様のお供をさせていただけませんか？」

「い、いえ……く、訓練の邪魔《じゃま》をするわけには……」

「とんでもありません！　レディのために動くことは、騎士にとってこの上なく名誉《めいよ》なことですから。僕はまだ正式な騎士ではありませんが、いざという時は命懸《いのちが》けで奥様をお守りします！」

驚くほど熱心な口振《くちぶ》りに、マクシーは思わず後ずさりした。隣《となり》にいる少年が、たしなめるようにユリシオンの脇腹《わきばら》をつつく。

「ユーリ、あんまり大げさな言い方をするなよ」

「何が大げさだよ！　僕はいつだって本気で……」

かっとなって声を荒《あら》らげたユリシオンは、すぐに自分が熱くなりすぎていることを悟《さと》ったのか口をつぐんだ。彼はゴホンと咳払《せきばら》いをすると、落ち着きを取《と》り戻《もど》して再び話を続けた。

「とにかく、お一人で歩き回るのは危険です。僕では頼《たよ》りないようでしたら、衛兵を呼びましょう」

「し、城の中を……あ、歩くだけなので……そ、そんな必要は……」

「城内といっても安全だとは限りません！　万が一奥様に何かあれば、カリプス卿《きょう》に合わせる顔が……」

少年の顔がたちまち青ざめる。この世の終わりだとでもいうような少年の様子に、マクシーが慌てて言った。

「そ、そこまで、お、おっしゃるなら、ぜひ……」

ユリシオンの顔がパッと明るくなった。表情がころころ変わって忙《せわ》しない。

「どちらにお連れすればよろしいですか？」

「……か、鍛冶場《かじば》に、い、行く途中《とちゅう》でした……」

「ちょうど良かった！　実は僕たちも鍛冶場に向かうところだったんです。ご案内しましょう」

ユリシオンが先に立って元気いっぱいに歩き出すと、ガロウも肩《かた》をすくめて後に続いた。一瞬《いっしゅん》ためらっていたマクシーも、彼らの後ろを歩き始める。あれこれ世話を焼いてくれるが基本的には無愛想《ぶあいそう》なリフタンや、どこまでも口の悪いルース、彼女の存在すら無視する騎士たち。

彼らとは明らかに違《ちが》う心のこもった少年のもてなしが、マクシーには新鮮《しんせん》に感じられた。

（十六……ううん、十七歳《さい》ぐらいかしら？）

好奇心《こうきしん》に満ちた眼差《まなざ》しで彼らを見つめていると、前を歩いていた銀髪の少年が質問を投げかけてきた。

「鍛冶場に何か特別なご用でもおありなんですか？」

「と、特別な用事が、あ、あるわけでは……。ふ、冬になったら……商人たちが、あ、あまり来られなくなると聞いて……ひ、必要なものがないか、か、確認《かくにん》しているんです」

「そうでしたか！　僕は修行中に剣《けん》が折れてしまって、鍛冶場に預けに行くところでした」

ユリシオンはハツラツとした様子で腰《こし》に下げた剣を指差した。

「お恥ずかしい話ですが、今月だけでもう二度目なんです。しょっちゅう剣をダメにするので、鍛冶屋《かじや》は僕を見ただけで小言を言う始末でして」

顔を赤らめながらも正直に話す彼に、マクシーはそっと微笑《ほほえ》んだ。親切すぎる点が少々負担に感じるものの、気さくで優しい少年のようだ。

「この調子では、いつまで経《た》ってもカリプス卿の足元にも及《およ》びません。いや！　足元の足元にでも及べるのなら光栄です」

「来年には俺《おれ》たちもレムドラゴン騎士団の一員だぞ。志《こころざし》が低すぎるんじゃないか？」

「ガロウ、お前はまだカリプス卿のすごさを分かってないんだ。あの方の足元の足元はおろか、足元の足元の足元にたどり着くだけでも、とんでもなく大変なことなんだぞ！」

「はあ、そうですか」

ガロウがうんざりした顔をする。ユリシオンのあまりにもまっすぐな崇拝《すうはい》ぶりに、マクシーはなぜだか嬉《うれ》しくなった。

「リ、リフタンは……そ、そんなに、す、優《すぐ》れた、き、騎士なんですか？」

「優れているなんてものじゃありません」

ユリシオンがどうしてそんな質問ができるのかといわんばかりに、眉間《みけん》にしわを寄せながら言う。

「カリプス卿は、名実共に最強の騎士です。だてにウィグルの化身《けしん》と呼ばれているわけではありません！　全大陸で〝ロッセム・ウィグル〟と崇《あが》められる騎士は五人しかいませんが、そのうちの二人をカリプス卿が倒《たお》したんですよ！　六年前の西欧《せいおう》連合剣術《けんじゅつ》大会で、リバドンの第一騎士であるセジュール・アレンだけでなく、オシリヤの聖剣、クアヘル・リオンまで打ち負かしたんですから！」

マクシーはただ曖昧《あいまい》な笑《え》みを浮《う》かべた。神聖騎士団の団長の名前は何度か聞いたことがあるが、どれほど強い騎士なのかは分からない。マクシーの反応が物足りなかったのか、ユリシオンはさらに熱のこもった口調で続けた。

「僕は、剣術大会で活躍《かつやく》するカリプス卿の姿を見て、騎士になろうと心に決めました。あの時からずっと、カリプス卿は僕の憧《あこが》れなんです！」

「そ、そうなんですか……」

他に返す言葉もなくそうつぶやくと、ユリシオンの表情が険しくなった。

「奥様はカリプス卿がどれほど偉大《いだい》な騎士なのか、ご存じないんですね」

「ド、ドラゴンを倒したことは、し、知っています……」

「たとえ討伐戦《とうばつせん》に参加しなかったとしても、カリプス卿が偉大な騎士であることには変わりません。あの方が剣を振《ふ》るう姿をご覧になったことがないのですか？」

「あ、あります！　ま、魔物《まもの》と戦うところを……」

はたしてあれを見たと言えるかどうか分からなくなり、マクシーは言葉を濁《にご》した。一度は気絶してしまったし、別の時はあっという間に終わったせいで、何が起きたのかすら理解できなかった。だが、夫のことを何も知らない人間だと思われるのが嫌《いや》で、マクシーは誇張《こちょう》を交えながらまくし立てた。

「わ、私も、リ、リフタンが、こ、この、じょ、城塞《じょうさい》ほどある、きょ、巨人《きょじん》を、ま、真っ二つに斬《き》り裂《さ》いたところを、み、見ました！　きょ、巨人が……じゅ、十体も現れたのに、あ、あっという間に全部、た、倒してしまったんです！」

本当は何体いたのかも覚えていなかったが、マクシーは素知らぬ顔で言い張った。絶対にそれ以下ではなかったはず。マクシーの話を信じたのか、二人の少年が目をキラキラさせながら彼女を見つめる。

「本当ですか？　ジャイアントオーガを十体も……！」

「ものすごい話ですね！　詳《くわ》しく教えてください！」

食いつくような反応に、ぎくりとするマクシー。華々《はなばな》しい英雄譚《えいゆうたん》でも期待するような少年たちの様子に一瞬たじろいだが、今さら気絶していて何も覚えていないという恥ずかしい事実を告げるわけにはいかない。彼女は吟遊詩人《ぎんゆうしじん》が歌っていた英雄譚を思い出しながら、一生懸命《いっしょうけんめい》話を作り出した。

「ば、馬車で移動していた時に……い、いきなり、そ、空をつんざくような奇声《きせい》が、ひ、響《ひび》き渡《わた》りました！　だ、大地を揺《ゆ》るがすほどの声に……わ、私は、て、天変地異が、お、起きたのかと思ったほどです。しかし、わ、私が恐《おそ》ろしさに、み、身をすくめている間に……リフタンは、す、すでに剣を抜《ぬ》いて、そ、外に飛び出していました！　あ、あまりの速さに、わ、私は彼がいつ、け、剣を抜いたのかも、わ、分かりませんでした」

「カリプス卿の抜刀術《ばっとうじゅつ》は世界一速いですからね！　敵はいつも、カリプス卿が剣を抜いたことにも気づかないうちに頭を胴体《どうたい》から切《き》り離《はな》され、首から血をほとばしらせながら倒れるんです！」

興奮した少年が大声を上げる。悪夢にうなされるほど恐ろしかった光景が、少年たちにはわくわくする話の種だということにぞっとしたが、とにかく彼女は話を続けた。

「そ、外には城塞ほどもある、きょ、巨人が、じゅ、十体もいました……！　騎士の方々が、ど、同時に剣を抜き、リ、リフタンが、せ、先頭に立って駆《か》け出《だ》して……い、一番大きな巨人に向かって、け、剣を振り下ろしたんです！　す、すると巨人が……」

マクシーは目を泳がせた。ユリシオンは何と言っていた？

「あ、頭と胴体が、き、切り離され……ち、血を、ふ、噴水《ふんすい》のようにほとばしらせて、じ、地面に、た、倒れました」

「カリプス卿のソードオーラはドラゴンブレスも切り裂《きさ》いたほどですから、オーガなんて楽勝ですよ！」

熱くなったユリシオンが合いの手を入れた。マクシーのたどたどしい話し方がじれったいはずなのに、少年たちは苛立《いらだ》つ様子も見せず、目を輝《かがや》かせながら話の続きを待っている。その熱《ねっ》烈《れつ》な反応にマクシーもだんだん楽しくなり、剣を振《ふ》り回《まわ》す身振《みぶ》りまでしながら先を続けた。

「そ、それを見ていた、べ、別の巨人が、み、耳をつんざくような、さ、叫《さけ》び声《ごえ》を上げながら……こ、この木の幹ほどもある、きょ、巨大《きょだい》な棒を……ぶんと、ふ、振り回したんです！リ、リフタンは、ひ、ひらりと宙に跳《と》び上《あ》がり、きょ、巨人の攻撃《こうげき》をあざ笑うかのように、か、かわしてしまいました！」

〝ひらりと〟という表現が気に入った彼女は、心の中でにっこりと笑った。

「きょ、巨人は動きが鈍《にぶ》すぎて……リフタンの、は、速さに、つ、ついて行けず、ぼ、棒で地面を、は、激しく叩《たた》きつけました。じ、地響《じひび》きがするほど強く……！」

マクシーが地面に棒を振り下ろす真似《まね》をする。少年たちは、続きが気になって仕方ないというように肩を震《ふる》わせた。誰《だれ》かが、これほど自分の話を興味深く聞いてくれたことが初めてだったマクシーは、嬉しい気持ちを抑《おさ》えられなくなってきた。

「そ、その時！　リ、リフタンが再び、け、剣を振り下ろしたのです。せ、閃光《せんこう》が走り、巨人の腕《うで》が、お、大きなソーセージのように、す、すっぱりと斬り落とされました！　大きな音が、な、鳴《な》り響《ひび》き、血が……」

マクシーは血の話が出るたびに少年たちがワクワクしていっそう目を輝かせることに気づき、さっと腕を上げて声に力を込めた。

「あ、雨のように、ふ、降り注ぎました！　巨人が、き、斬られた腕を、こ、こうして……！お、踊《おど》るように、ふ、振り回すたび……あちこちに、ま、真っ黒な血が、あ、嵐《あらし》のように……！」

「その血を洗い流すのに、半日もかかりましたよね」

切断された腕を振り回す真似をしていたマクシーは、ぎくりとして凍《こお》りついた。

第三十四話

声がした方へ恐《おそ》る恐《おそ》る顔を向けると、木の下にしゃがんで根の間から苔《こけ》を削《けず》り取《と》っているルースの姿が目に入った。彼《かれ》は袋《ふくろ》を持って立ち上がり、素っ気ない態度で話を続けた。

「鎧《よろい》も服もみんな血で真っ黒に染まったので、レム《白い》ドラゴンからヒュム《黒い》ドラゴンに、騎《き》士団《しだん》の名前を変えるべきか迷ったほどです」

「ルース様！」

ユリシオンが嬉《うれ》しそうにルースのもとへ駆《か》け寄《よ》った。

「ここで何をなさってるんですか？」

「奥様《おくさま》たってのご希望で、庭園の木を生き返らせる試薬を作っていました」

ルースが袋を持ち上げて答える。

「奥様が旅の途中《とちゅう》で経験なさった、あの熾烈《しれつ》な戦いの話をされていたようですね」

マクシーは、文字通り頭のてっぺんからつま先まで真っ赤になった。よりによって嘔吐《おうと》した挙げ句、気を失って倒《たお》れるという自分の醜態《しゅうたい》を見ていたルースに、でたらめを並べているのを聞かれてしまった。今すぐこの場から消えてしまいたい。恥《は》ずかしさでいたたまれない様子のマクシーには目もくれず、興奮した少年たちが大声を上げる。

「はい！　カリプス卿《きょう》が、ジャイアントオーガ十体をあっという間にやっつけた話をお聞かせくださいました」

「ジャイアントオーガを十体……」

含《ふく》みのある言い方に、マクシーの心臓が不安でドキドキする。彼女《かのじょ》は忙《いそが》しいふりをして、今すぐこの場から立ち去ろうかと思った。逃《に》げ道《みち》を探す兵士のようにそわそわと周りを見回していると、意味深《いみしん》な笑《え》みを浮《う》かべたルースがとぼけた顔で続けた。

「まだそこまでしかお話しになっていないんですか？　山でも大きな戦闘《せんとう》がありましたよね」

「山での戦闘？」

「アナトリウム山を越《こ》える途中で、ウェアウルフの群れに出くわしたんです。全部で……奥様、何頭でしたっけ？　最近記憶《きおく》が曖昧《あいまい》で……」

「え、ええと……私もよく……」

「確かに、多すぎて数えきれませんでしたね。山全体がウェアウルフの真っ黒な毛に覆《おお》われて、黒い絨毯《じゅうたん》を敷《し》きつめたように見えるほどでしたから」

「そんな大群が、アナトリウム山に……！」

ユリシオンが驚愕《きょうがく》した顔で声を上げる。マクシーは肯定《こうてい》も否定もできず、ダラダラと汗《あせ》を流すばかりだった。そんな彼女に向かって、ルースがにこやかに微笑《ほほえ》みながら言った。

「あの時のことを、奥様から詳《くわ》しく話してあげてはいかがですか？」

少年たちの期待に満ちた視線が彼女に注がれる。あの場にいた人の前で堂々と作り話など到《とう》底《てい》できず、マクシーはただ顔を赤く染めた。さすがに気の毒に思ったのか、ルースがようやく救いの手を差《さ》し伸《の》べた。

「とはいえ、これ以上忙しい奥様の邪魔《じゃま》をするわけにはいきませんね」

「え、ええ……い、今は忙しいので……こ、これで……」

渡《わた》りに船とばかりに、そそくさとその場から離《はな》れようとするマクシーを、再びルースが呼び止めた。

「ああ、そういえば奥様にお渡ししたいものがあったんです。話に夢中になって、うっかり忘れてしまうところでした」

「な、なんでしょう……？」

また意地悪をされるのではと疑いながら振《ふ》り返《かえ》ると、ルースが一枚の小さな羊皮紙《ようひし》を広げて見せた。

「カリプス卿から送られてきた電報です。凱旋式《がいせんしき》が終わり次第《しだい》、アナトールに出発する予定だそうですよ。長くて半月……いえ、騎士団のスピードなら十日で領地に到着《とうちゃく》するでしょう」

思いがけない知らせに、マクシーはさっきまでの恥ずかしさも忘れてパッと顔を輝《かがや》かせた。すぐに羊皮紙を受け取って確かめると、出発日と移動経路が簡潔に記されている。ルースはどうしようもないといわんばかりに首を横に振《ふ》りながら、深いため息をついた。

「本当に顔だけ出してお戻《もど》りになるようですね」

「そ、そうしたら……い、いけないのでしょうか？」

「いけないわけではありませんが……どうせ行くんだから、しっかりルーベン王の顔を立ててからお戻りになればいいものを……」

「ルース様、カリプス卿はきっと領地のことがご心配なんですよ。とんでもない数のウェアウルフが領地付近に出没《しゅつぼつ》していては、居ても立ってもいられないに違《ちが》いありません」

ユリシオンが熱心にリフタンをかばう。話の雲行きが怪《あや》しくなると、焦《あせ》ったマクシーは急いで会話を終わらせた。

「と、とにかく……し、知らせてくれてありがとうございます。わ、私はもう、か、鍛冶屋《かじや》に、行かなくてはならないので……」

「奥様がお忙しいことは、僕《ぼく》もよく分かってますよ」

棘《とげ》のある言葉を背中越《ご》しに聞きながら、マクシーは小走りでその場を離れた。自分でも驚《おどろ》くほど足取りが軽い。マクシーは後からついてくる少年たちの目を気にして、鼻歌を歌いたい気持ちをぐっと我慢《がまん》した。

✣

マクシーは城内の施設《しせつ》を回り終えると、部屋に戻って注文するものを紙に書き出した。その翌日、夜が明けるとすぐ図書館に駆《か》け込《こ》み、ルースに間違《まちが》いがないか見てほしいと頼《たの》んだ。古くなったカーペットに横たわり、本を枕《まくら》代わりにしてぐうぐう寝《ね》ていた魔法使《まほうつか》いは、無理やり起こされて顔をしかめながらも文句を言わずに注文書を確認《かくにん》した。彼はざっと目録に目を通すと、羽根ペンをインクに浸《ひた》して数カ所に印をつけた。

「油と蠟燭《ろうそく》は、執事《しつじ》の手元にある分だけで十分でしょう。食器は倉庫に保管してありますから不要です。それから石鹸《せっけん》と香油《こうゆ》ですが、こんなにたくさん注文してどこに使うおつもりですか？」

「き、騎士の皆《みな》さんも、にゅ、入浴したり、む、蒸《む》し風呂《ぶろ》に入ったりするのが、お、お好きなようなので……」

「はあ、まったく……。彼らがこんな高級な石鹸や香油を使うと思いますか？　花の香りがするものを鼻先に近づけただけで顔をしかめるに決まってます。奥様がお使いになる分だけ注文すれば十分ですよ」

ルースが容赦《ようしゃ》なく目録の上に横線を引いていく。そうして残った項目《こうもく》にさっと目を通してから、いかにも気前良さそうな口ぶりで言った。

「あとはこのくらいが妥当《だとう》でしょうね」

「で、では、このまま……ちゅ、注文すればいいですか？」

「いくつか追加しましょう」

マクシーは目を丸くした。ルースが何かを購入《こうにゅう》すると言ったのは初めてだ。好奇心《こうきしん》に満ちた目で彼が書《か》き込《こ》んでいる手元を覗《のぞ》き込《こ》むと、人の名前がずらりと並んでいる。マクシーは奴《ど》隷《れい》でも買うつもりなのかと驚いた。

「な、何を、か、書いているんですか？」

「学者たちの名前です。この方たちの著書を、あるだけ全部手に入れるよう伝えてください」

マクシーは、ぽかんと彼を見つめた。

「こ、個人的に、ほ、ほしいものを……か、買えと言っているんですか？　そ、それも書籍《しょせき》のような、こ、高価な、ぜ、贅沢品《ぜいたくひん》を……？」

「奥様、知識というのは何物にも代えがたい財産なんです」

ルースがこれ以上ないほど真剣《しんけん》かつ厳粛《げんしゅく》な面持《おもも》ちで言う。

「これは断じて、僕の私欲を満たそうとしているわけではありません。この図書館に必要なものなのです。これがあれば、誰《だれ》でもここに来て自由に読むことができますから」

厚かましい言い草に、マクシーはあんぐりと口を開けた。この魔法使いは、他人がここに来るのを極端《きょくたん》に嫌《きら》っているではないか。城の女主人であるマクシーでさえ、図書館に入る時は気を使わなければならないほどだ。はっきり言ってルースは主塔《しゅとう》を占領《せんりょう》しているだけでなく、図書館まで勝手に占拠《せんきょ》している。

「わ、私は今まで……ル、ルース以外の、ほ、他の人が、と、図書館を、り、利用しているのを、み、見たことが、あ、ありません」

「これからは利用者が増えるでしょうね」

自信たっぷりに言い放つルースを、マクシーが疑いの目で見つめる。騎士たちは一日中訓練をしているため、グレートホールには食事をする時以外、近づきもしないのだ。

マクシーが購入するものにはあれほどうるさく口を出した人が、自分がほしいものにはまったく糸目をつけないのだから、憎《にく》たらしいことこの上ない。彼女はペンを奪《うば》い、彼がしたようにさっと名前の上に線を引いた。ルースが驚いて羊皮紙を取り上げる。

「僕はこの城の魔法使いです！　僕の実力が上がることは、アナトールにとってもプラスになるんですよ！」

「や、やっぱり……！　じ、自分が必要だから、ちゅ、注文するんじゃないですか！　そ、それに……こ、この本はどれも、ま、魔法書《まほうしょ》では、あ、ありませんよね？」

「ど、どうして奥様に分かるんですか？」

「わ、私も……に、二十二年間、と、図書館で、く、暮らしてきたような、も、ものですから！　ジェ、ジェラードやカザハムといった、て、哲学者《てつがくしゃ》の、な、名前くらいは、し、知っています！」

ルースの青みがかった灰色の瞳《ひとみ》が、動揺《どうよう》で激しく揺《ゆ》れている。やはり魔法とは関係のない、個人的にほしい本がいくつも交じっているようだ。マクシーは会心の笑みを浮かべた。

「そ、それを渡してください。ら、来年には、ど、道路工事が、あ、あるんですよね！　こ、こんなにたくさん、ほ、本を購入するわけには……」

「お……奥様は、これから生まれる子どもが、剣《けん》を振るうしか能のない間抜《まぬ》けになってもいいんですか？」

切羽詰《せっぱつ》まったルースが大声を上げる。紙を取り返そうと腕《うで》を伸《の》ばしていたマクシーは、頭から熱い湯をかけられたようにパッと顔を赤らめた。今にも頭のてっぺんから湯気が上がりそうだ。

「こ、こ、こ……子どもって……な、な、何を、い、言っているんですか？」

気の毒なほどうろたえているマクシーに向かって、ルースがとぼけた口調で言う。

「何を慌《あわ》てているんですか。夫婦《ふうふ》の間に子どもが生まれるのはごく自然なことです。カリプス卿がまた遠征《えんせい》にでも行かない限り、これから一、二年のうちにこの城でも赤《あか》ん坊《ぼう》の泣き声が聞こえることになるでしょうね」

「あ、あ、赤ん坊……」

顔が火照《ほて》るあまり、目頭《めがしら》まで熱くなってきた。マクシーは両手を顔に当て、懸命《けんめい》に熱を冷ました。真っ黒な髪《かみ》の赤ん坊を胸に抱《だ》くことを想像しただけで、心臓がドキドキする。落ち着かない様子の彼女の手を、ルースがぎゅっとつかんだ。

「奥様は、ご自身の子が聡明《そうめい》な人間になってほしいと思わないんですか？」

「で、で、でも、こ、子どもは、ま、まだ、う、生まれても……」

「生まれてからでは遅《おそ》すぎます！　子どもというのは、知識を吸収しながら大きくなるものなんですよ！　あらかじめ環境《かんきょう》を整えておかなければなりません！」

何が遅すぎるのかさっぱり分からなかったが、魔法使いの勢いに押されたマクシーは何も反論できなかった。彼女が呆然《ぼうぜん》としている隙《すき》に、ルースは素早《すばや》く羊皮紙に注文内容を書き連ねていく。

「はい、終わりました」

五行近くも書き込んでから、ようやく彼が満足した顔で羊皮紙を渡してきた。マクシーはふくれっ面《つら》で受け取った。

「こ、こんなにたくさん、ほ、本を買って、リ、リフタンが怒《おこ》ったら……」

「カリプス卿は、こんなはした金など気にも留《と》めませんよ」

マクシーは呆《あき》れた顔でルースを見つめた。いくら世間知らずといっても、本がどれほど高価なものかくらい彼女もよく分かっている。父親でさえ、一部の本は誰も触《さわ》ることができないよう壁《かべ》に沿って展示しておくほどだ。ガラスなどとは比べ物にならない。

まず、高価な紙の上に一字一字丁寧《ていねい》に文字を書いていくだけでも、とてつもない時間と手間を要する。その上、糸でしっかり綴《と》じてから全体をきちんと革《かわ》で覆い、金箔《きんぱく》で型押しをする作業にもたくさんの費用がかかるのだ。

詩や吟遊詩人《ぎんゆうしじん》たちの詩曲を集めて作ったロマン小説や、騎士たちの英雄叙事詩《えいゆうじょじし》などとは違い、学術書はごく一部の学者たちが自ら執筆《しっぴつ》するため、入手するのも容易ではない。しかも、どうにか見つけたとしても言い値で支払《しはら》わなければならないほどだ。納得《なっとく》できないマクシーはルースに抗議《こうぎ》した。

「せ、節約するところは、せ、節約すべきだと、い、言っていたのに……」

「奥様、お金よりも大切なのは知識です」

第三十五話

ルースは平然と言い放つと、いつも寝《ね》ている場所にどっかりと腰《こし》を下ろした。彼《かれ》が床《ゆか》の上に無造作に積み上げていた本の山が、その反動で崩《くず》れ落《お》ちる。黄金よりも大切な知識とやらが、ルースの足元に散乱した。何か一言皮肉を言ってやろうと口を開きかけたマクシーは、思い直してため息をついた。彼には色々と助けてもらっている立場なので、これ以上とやかく言うわけにはいかない。

「ひ、ひとまず、こ、購入《こうにゅう》するよう、い、言ってみます……」

「そうしていただけると助かります」

魔法使《まほうつか》いは澄《す》ました顔でそう言うと、早速《さっそく》本を広げた。マクシーは首を横に振《ふ》りながら図書館を後にした。新しく取《と》り替《か》えた窓から明るい光が降り注ぎ、廊下《ろうか》を白く照らし出している。

ここ数日、いつになく天気の良《い》い日が続いていた。マクシーは窓の外の雲一つない青空を見上げてから、軽い足取りで階段を下りて行った。階段の端《はし》には古風な装飾《そうしょく》が施《ほどこ》された頑丈《がんじょう》な手すりが取り付けられ、床には柔《やわ》らかな素材のカーペットが敷《し》かれている。

リフタンから城をしつらえてみないかと提案された時は困惑《こんわく》するばかりだったが、実際に少しずつ変わっていく城の姿を目《ま》の当《あ》たりにすると、嬉《うれ》しさに胸が躍《おど》った。

マクシーはにこにこしながら、ロドリゴに注文リストを渡《わた》すために宴《うたげ》の間《ま》に入って行った。彼は仕上げの段階に入った工事を、熱心に監督《かんとく》しているところだった。

「ロ、ロドリゴ……い、今忙《いそが》しいですか？」

「これはこれは、奥様《おくさま》」

ロドリゴがしわくちゃな顔に満面の笑《え》みを浮《う》かべながら振《ふ》り返《かえ》り、彼女《かのじょ》を見た。マクシーは、ぎっしりと文字が書かれた羊皮紙《ようひし》を差し出した。

「じょ、城内の施設《しせつ》を回って……た、足りないものが、な、ないか、調べてみました。こ、ここに書かれている、と、とおりに、ちゅ、注文してもらえますか？」

「かしこまりました」

「そ、それから……こ、この下に書いてある、ちょ、著者の本も、こ、購入するよう、つ、伝えてください」

「承知いたしました。仰《おお》せのとおりにいたしましょう」

執事《しつじ》は羊皮紙を丁寧《ていねい》に折《お》り畳《たた》み、懐《ふところ》に入れた。マクシーは、一仕事やり終えたという満足感に笑みを浮かべる。それからくるりと後ろを向き、ドアを開けて出て行こうとすると、ロドリゴが急いで彼女を呼び止めた。

「奥様。見習い騎士《きし》のユリシオン様とガロウ様が朝早くから渓谷《けいこく》へお出かけになって〝オークリ〟を四匹《ひき》も釣《つ》ってきてくださいました。厨房《ちゅうぼう》で下準備をしていますので、お食事がまでしたら足を運んでみられては……」

「オ、オークリ……？」

「召《め》し上《あ》がったことはございませんか？　渓谷の澄んだ川に棲《す》む魚で、たっぷり脂《あぶら》が乗って身が軟《やわ》らかいんです。取れたてを炭火で焼いたオークリほど、おいしいものはありませんよ」

マクシーはごくりと生唾《なまつば》を飲《の》み込《こ》んだ。アナトールは海に面しているにもかかわらず、カリプス城の食事はとてもおいしいが、やたらと肉料理が多すぎる。マクシーは急に焼きたての軟らかい魚を食べてみたくなり、腹が鳴りそうになった。

「で、でも……み、見習い騎士の方々が、つ、釣ってきたものを……」

「お二方は、奥様のために釣ってきたとおっしゃっていましたよ。奥様がいらっしゃれば喜ぶでしょう」

自分のために釣ってきたと聞いて驚《おどろ》いたマクシーは、顔を赤らめてうなずいた。どういうことかよく分からないが、とにかく魚を食べてみたい。

マクシーは早速、宴の間を出て厨房に向かった。食堂を通りすぎて厨房の中を覗《のぞ》くと、二人の少年の姿が目に入った。彼らは、全長が成人男性の腕《うで》ほどもある巨大《きょだい》な魚を四匹ほど排水口《はいすいこう》の上に吊《つ》るし、ナイフでさばいていた。その横では、料理長がどうしていいか分からずおろおろしている。

「お、お二人とも、わ、私がやります。いえ、どうか私にやらせてください！」

「平気平気。生き物を切る感覚を身につけるのも、訓練の一環《いっかん》だから」

気の毒なほど慌《あわ》てている料理長に向かって、ユリシオンが無邪気《むじゃき》に答える。その隣《となり》で、尾《お》を切り落とした魚の下にバケツを置き、血を受け止めていたガロウが大きな体を起こして立ち上がった。

「ユーリ、こっちの魚も血抜《ちぬ》きが終わったぞ」

「ここに持ってきてくれ。そいつも俺《おれ》がさばくよ」

「お、お二人にこんな仕事をさせるわけには……！」

「うるさいな。これも訓練の一環だと言ってるだろ？」

「そうそう。レディに献上《けんじょう》する魚を、使用人たちの手に任せるわけにはいかないよ」

「でも、よりによってどうして魚なんだ？　キツネやシカを狩《か》って献上するほうが、見栄《みば》えがいいんじゃないか？」

「ガロウ、あんな美しい生き物を殺すなんてできないよ！」

ユリシオンの言葉に、ガロウは呆《あき》れたように首を振った。

「この魚は美しくないからこんな姿になったのか」

「美しくないのに味だけはいいから、こんな姿になったのさ」

ユリシオンが明るく言い返す。厨房の入り口で立ちすくんでいたマクシーは、中に入るべきか迷った。まさか魚の解体現場に立ち会うことになるとは思ってもみなかったのだ。半分ほど削《そ》がれてしまった魚の姿が見るからに不気味で、こっそり引き返そうとしたその時、凝《こ》った首を回していたガロウと思い切り目が合ってしまった。凍《こお》りつくマクシー。少年は弾《はじ》けるような笑顔《えがお》で片手を振ってきた。

「おはようございます、奥様」

「奥様！」

子犬が尻尾《しっぽ》を振るように、ユリシオンが両手をブンブン振る。とても気づかないふりをして出て行けるような状況《じょうきょう》ではなく、マクシーもぎこちなく手を振り返した。

「お、おはよう、ご、ございます」

「ちょうど良いところへいらっしゃいました！　昨日とても楽しいお話を聞かせていただいたお礼に、釣ってきたんです。ウェドンで一番うまい魚ですよ！」

「少々お待ちください。すぐに下ごしらえして、食卓《しょくたく》にお出しします」

ガロウが魚の頭をバッサリと切り落としながら言う。マクシーは、床を転がっていく魚の頭を呆然《ぼうぜん》と見つめた。ぱっくり開いた口から舌が飛び出しているのが見えた。魚のカッと見開いた目が、恨《うら》めしそうに自分を見上げている。込み上げてくる吐《は》き気《け》をこらえながら、マクシーは慌ててうなずいた。それから素早《すばや》く後ろを向いて出て行こうとすると、ユリシオンが朗《ほが》らかに声をかけてきた。

「オークリの下準備をしている間、ウェアウルフの話をしていただけませんか？」

「ユーリ、奥様は血のせいでご気分がすぐれないかも……」

「何言ってるんだ！　ガロウ、奥様は血しぶきを上げるジャイアントオーガの姿にも動じなかった御方《おかた》だぞ！　なんといっても世界一勇猛《ゆうもう》な騎士、カリプス卿《きょう》の奥様じゃないか！」

少年が同意を求めるような目を向けてきたので、マクシーはかろうじて引きつった笑みを浮かべてみせた。どさりと音がして、再び魚の頭が床の上を転がっていく。マクシーはわざとその方を見ないようにしながら答えた。

「も、もちろんです。こ、このくらい……ど、ど、どうってことありません」

「ほら、言ったとおりだろ？　誰《だれ》か、奥様に椅子《いす》をお持ちしてくれ！」

もう逃《に》げられない。マクシーは、使用人が持ってきた椅子を虚《うつ》ろな目で見つめた。そこに座《すわ》って少年たちが魚をさばく様子を眺《なが》めながら、数十頭のウェアウルフに遭遇《そうぐう》した話をどうにかひねり出さなければならないらしい。彼女は泣きたい気持ちで椅子の端に腰掛《こしか》けた。

その間、ユリシオンは見るからに硬《かた》そうなオークリの厚い皮を手で引き剝《ひは》がし、背と腹のヒレを切り取った。中から現れたピンクの身をそっとナイフで切り分け、皿の上に投げ入れていくと、たちまち魚が骨だけになった。

「僕《ぼく》もウェアウルフを見たことがあります。頭は凶暴《きょうぼう》なオオカミなのに、体つきは人間そっくりですよね。二本足で木の間を素早く駆《か》け回《まわ》るし！」

「しかも、イノシシのように長い牙《きば》をむき出しているよな。バルトではその頭を剝製《はくせい》にして、部屋の中に飾《かざ》っておくんだとか」

「あんなぞっとするものを？　北部の人間たちの美意識はさっぱり理解できないな」

「オオカミの頭は、彼らにとって勇猛さの象徴《しょうちょう》なんだ」

皿の上に、ピンク色をした魚の切り身がどんどん積み重なっていく。次第《しだい》に元の姿が分からなくなり、気持ち悪さもましになってきた。マクシーは落ち着きを取《と》り戻《もど》すために、ひそかに深呼吸をした。その時、ユリシオンが手についた水気を白い布で拭《ふ》き取《と》りながら、彼女の方を振り返った。

「たかだかウェアウルフ一頭を捕《つか》まえて剝製にした挙げ句、勇猛さを自慢《じまん》するなんて、笑っちゃいますよね！　レムドラゴン騎士団は、数十頭のウェアウルフを一瞬《いっしゅん》にして撃退《げきたい》するほどなのに！」

「自分もカリプス卿がどんなふうに戦われたのか、とても興味があります」

マクシーの笑顔が引きつる。やはり避《さ》けては通れないらしい。やむを得ず、彼女は話を作り始めた。リフタンが剣《けん》から光を放ちながら、三頭の凶暴なウェアウルフを瞬《また》く間《ま》に斬《き》ってしまった話。騎士たちが一歩前進するたびにオオカミの頭が宙を飛《と》び交《か》い、まるで真っ黒な雹《ひょう》が降ってきたように見えたこと。血が飛び散るすさまじい戦闘《せんとう》の話に、少年たちは顔を上気させて喜んだ。

彼らの反応に、マクシーも次第に後ろめたさを忘れていった。自分がこれほどたくさんの人の前で楽しくおしゃべりできる日が来るとは、想像したこともない。

「ユリシオン様、下味の準備が終わりました」

「では、早く焼いてくれ。空腹で死にそうだ」

マクシーの話が終盤《しゅうばん》に差《さ》し掛《か》かった頃《ころ》、料理長は皮を剝《は》いでおいた魚の身を丸い器《うつわ》に入れ、黒みがかったソースで和《あ》え始めた。それから油を引いたフライパンを熱したかと思うと、反対側ではレタス、薄切り《うすぎ》にしたタマネギ、香草を混ぜ合わせてサラダを作っている。マクシーは少し前まで吐き気がしていたことが嘘《うそ》のように、俄然《がぜん》食欲がわいてきた。

「これをこんがり焼いてサラダと一緒《いっしょ》に食べると、驚くほどおいしいですよ。すぐに出来上がりますから」

料理長は自信満々にそう言うと、熱した鉄板の上で下味をつけたオークリを焼き始めた。じゅうじゅうと魚が焼ける音と共に、おいしそうなにおいが漂《ただよ》ってくる。

マクシーと少年たちは、厨房の隅《すみ》に置かれた小さなテーブルに向かい合って座った。食堂で銀食器に盛りつけられた料理を食べるより、焼きたてをその場で食べるほうがずっとおいしいとガロウが主張したからだ。

しばらくして、新鮮《しんせん》なサラダと見るからにおいしそうなオークリ料理が食卓に並んだ。マクシーは、熱々に焼けた魚の切り身をナイフで小さく切って口に運んだ。甘《あま》いソースをたっぷり含《ふく》んだ軟らかい身が、口の中でさっと溶《と》けていく。彼女は目を丸くした。

「お、おいしいです！」

「そうでしょう？　秋のオークリほどうまいものはありませんよ！」

本当においしかった。オークリの身は少しも生臭《なまぐさ》くなく、軟らかい上にぷりぷりしていて、噛《か》むたびに魚の甘みが口の中にあふれた。マクシーは、あっという間に大きな切り身二切れを平らげた。二人の少年はその間すでに三皿目を空《から》にしている。

マクシーはもう一切れを皿に取り、シャキシャキしたサラダと一緒に食べた。

「ほ、本当に、お、おいしいですね」

「お気に召《め》されたようで安心しました」

驚く速さで完食したユリシオンが、にっこり笑いながら答えた。

「今度また、おいしいのを釣ってきますね」

その無邪気な笑顔に、マクシーもつられて笑ってしまった。少年たちの好意がとても嬉しい。

「た、楽しみにしています」

第三十六話

慌《あわ》ただしく数日が過ぎ、ついに城の内装工事がすべて終わった。マクシーはメイドたちを連れ、見違《みちが》えるように美しくなったグレートホールをゆっくりと見て回った。

常に薄暗《うすぐら》かった中央ホールの天井《てんじょう》には、金箔《きんぱく》を施《ほどこ》した巨大《きょだい》なシャンデリアが上品な光を放ち、そのまばゆい明かりの下では、赤と金が鮮《あざ》やかに入り交じったカーペットが美しさを湛《たた》えている。階段にはふかふかの絨毯《じゅうたん》が二階まで敷《し》きつめられ、それに沿って上がっていくと、宮殿《きゅうでん》が見劣《みおと》りするほど華《はな》やかで美しい宴《うたげ》の間《ま》が現れた。

マクシーは広々とした宴の間の入り口に立ち、感嘆《かんたん》の眼差《まなざ》しで周囲を見回した。石板の床《ゆか》は滑《なめ》らかな大理石の床に変わり、アーチ形をした高い天井には、三つの銀色のシャンデリアがきらめいている。

「いかがでしょうか？」

問題がないか確認《かくにん》するために城を訪《おとず》れた商人のアデロンが、遠慮《えんりょ》がちに尋《たず》ねてきた。マクシーは大きくうなずきながら、きらきらと輝《かがや》く透明《とうめい》な窓ガラスに触《ふ》れてみる。まぶしい日の光が城の中まで差《さ》し込《こ》み、広い宴の間を明るく照らし出していた。

「す、素晴《すば》らしいです」

アデロンが喜びに顔を輝かせた。心から嬉《うれ》しそうな彼《かれ》の様子に、マクシーもつられて微笑《ほほえ》む。少々押《お》しの強いところはあるものの、人を騙《だま》そうとするようなタイプではない。質の良《い》い物を適切な価格で取《と》り揃《そろ》え、働き者の作業員たちまで紹介《しょうかい》してくれたのだ。

マクシーは、城を美しく改装するのに色々と骨を折ってくれたアデロンを、感謝の気持ちを込《こ》めて豪華《ごうか》な夕食でもてなした。上質なワインと、料理長の自慢《じまん》のシカ料理を腹一杯《はらいっぱい》食べた商人は、すっかり満足した顔で帰って行った。

「これは見違えましたね。カリプス卿《きょう》がお帰りになったら、さぞ驚《おどろ》かれるでしょう」

戸口に立ち、商人の乗った馬車が遠ざかるのを見送っていたマクシーは、ゆっくりと振《ふ》り返《かえ》った。ルースが頭をボリボリ掻《か》きながら、階段を下りてくる。彼女《かのじょ》は一抹《いちまつ》の不安を顔に浮《う》かべながら尋ねた。

「よ、喜んでくれるでしょうか……？」

「城をしつらえるように頼《たの》んだ張本人なんですから、喜ぶに決まってますよ」

まるで興味がなさそうなルースの答えは、彼女の不安を少しも和《やわ》らげてくれなかった。マクシーは、だらしない顔で大あくびをしている彼に向かって不満げに言った。

「ひ、一言ぐらい、ほ、褒《ほ》めてくれても、い、いいのでは？」

「わあ、素敵《すてき》ですね。あまりの美しさに目も開けられません。きらびやかな城の姿に気が遠くなりそうです」

ルースはまるで感情のこもらない口調で並べ立てると、大きく伸《の》びをした。マクシーが目を細めて彼女をにらむ。彼女の視線など気にも留《と》めず、ドアを開けて出て行こうとしたルースだったが、突然《とつぜん》立ち止まってマクシーと彼女の後ろにいる使用人たちに顔を向けた。

「うん……ちょうどいいタイミングかな」

意味不明な言葉をつぶやくと、ルースは懐《ふところ》から小さな薬瓶《くすりびん》を取り出した。

「ついさっき、東屋《あずまや》の横にある木を生き返らせる試薬が完成したんです。これから試《ため》してみますか？」

「も、もうできたんですか？」

「この数日間、寝《ね》る間も惜《お》しんで働きましたから」

ルースは明らかにたった今起きたばかりの顔で、ぬけぬけと言い放った。マクシーは開いた口が塞《ふさ》がらなかったが、彼が自分のために骨を折ってくれたのは事実なので、何も言い返せないままうなずいた。

ルースは向き直って外に出ると、東屋の横にそびえる大きな木の下に立った。マクシーはその近くに行き、黙《だま》って彼がすることを見守る。瓶《びん》のふたを開けたルースは、怪《あや》しげな液体を木の根に振《ふ》りかけた後、大きな声で呪文《じゅもん》を唱えた。

「おお、慈《いつく》しみ深き大地の精霊《せいれい》よ！　この哀《あわ》れな者に救いの手を差《さ》し伸《の》べ、命の息吹《いぶき》を吹《ふ》き込《こ》みたまえ！」

辺りに響《ひび》き渡《わた》る声に、マクシーは仰天《ぎょうてん》した。彼女は幼い頃《ころ》から、父親からひどく殴《なぐ》られては神聖魔法《まほう》によって治療《ちりょう》を受けてきた。そのため、魔法使いが魔法を使う時は、簡単な術式や命令する言葉だけで十分だとよく知っているのだ。こんなふうに、大げさに呪文を唱えるのを見たことはなかった。

ルースの魔法が特別なのだろうか。そう思いながら後ろに目を向けたマクシーは、畏敬《いけい》の念に打たれた様子で見つめている使用人たちの姿を見て、ようやく彼の意図に気がついた。ルースは、木を生き返らせるために全力を尽《つ》くしているところを見せようとしているのだろう。

ルースは大げさな身振《みぶ》りで空に向かって両腕《りょううで》を伸ばし、エネルギーを集めるような仕草をすると、そっと両手を合わせて目を閉じた。その芝居《しばい》がかった動きに一人で笑いをこらえていたマクシーは、彼の周囲でかすかな光が揺《ゆ》らめき始めたのを見て、ハッと目を見開いた。

ルースの体の周りに、小さな光の塊《かたまり》が集まってくる。マクシーは思わず嘆声《たんせい》を漏《も》らした。回復魔法で治療を受けていた時を除き、これほど近くで魔法を見たことはなかった。彼の手から流れ出す柔《やわ》らかな光が、ゆっくりと木を取り囲む。みすぼらしく枯《か》れていた木が、その光を吸《す》い込《こ》んだ。

目の前の美しい光景に見とれていたマクシーは、温かそうに見える光の塊をそっと指先でつついてみた。その瞬間《しゅんかん》、光の塊がシャボン玉のように手のひらに染《し》み込《こ》んできた。びくっとして手を引くと、その様子を見ていたルースが驚いたように目を見張った。

「これは驚きました」

光の塊をすべて木の中に注《つ》ぎ込《こ》んだ後、ルースが腕《うで》を下ろしながら言った。彼は何かを確かめるようにざらざらした木の幹に手を当ててから、彼女の方に顔を向けた。

「奥様《おくさま》はほんの少しですが、マナ親和力《しんわりょく》をお持ちのようです」

「マ、マナ……し、親和力？」

「魔法を習得するのに必要な、基本的な素質のことです」

思いがけない言葉に、マクシーは目を丸くした。自分に魔法使いとしての素質があるということだろうか。

驚いた顔でしげしげと自分の手を眺《なが》めていると、ルースが冷ややかな口調で付け加えた。

「ごく基本的な素質があるというだけです。反射神経が鋭《するど》い人ほど、剣術《けんじゅつ》を習得しやすいのと同じことですよ。それだけで魔法使いになれるわけではありません」

「そ、そうですか……」

それを聞いて、マクシーはがっくりと肩《かた》を落とした。確かにそうだろう。自分にずば抜《ぬ》けた能力などあるはずがない。彼女の落胆した顔を見たルースが、そっと微笑んだ。

「でも、珍《めずら》しい体質であることは確かです。奥様には意外な一面がたくさんありますね」

「い、意外な、い、一面とは……」

「意外と怒《おこ》りっぽかったり、すぐ見栄《みえ》を張ったり、負《ま》けず嫌《ぎら》いだったり、マナ親和力を持っていたり……」

マクシーが顔を赤らめる。ルースはにやにやしながら話を続けた。

「初めてお会いした時は、内気で気の弱い方だとばかり思っていましたが、知れば知るほど、色々と面白《おもしろ》い一面が見えてきましたね」

「……ちっとも、ほ、褒《ほ》め言葉には、き、聞こえませんけど」

「褒め言葉です」

ルースが偉《えら》そうな顔をして言った。この人は、どうして褒める時もひねくれた言い方をするのだろうか。マクシーは口を尖《とが》らせながら、木の根に軽く足で触れてみた。

「そ、それで……この木はもう、い、生き返ったんですか？」

「分かりません」

「わ、分からないって……」

皆《みな》の前であれほど大げさに呪文を唱えておいて、何を言っているのだろう。眉《まゆ》をひそめて見上げると、ルースは涼《すず》しい顔で肩をすくめてみせた。

「僕《ぼく》は大地のマナを木に注入しただけです。結果は春になれば分かるでしょう。新しく芽が出てきたら魔力《まりょく》で生命力を取《と》り戻《もど》したことになりますが、そうでなければ、完全に死んでしまった木というわけです。その時は切らないといけませんね」

マクシーは、四方に伸びたみすぼらしい枝を見上げてからうなずいた。いずれにしても、庭園の改修工事は来年の春まで始められない。

彼女は先日庭師と話し合った計画を頭に浮かべながら、荒涼《こうりょう》とした庭園を見渡《みわた》した。春までに生き返らなければ、誰《だれ》が何と言おうとこの貧相《ひんそう》な木を取り除き、色とりどりの花とかぐわしいにおいのする苗木《なえぎ》で、庭園を美しく飾《かざ》り立《た》てるつもりだった。

✣

城の改装がすべて終わると、カリプス城は本格的に冬を迎《むか》える準備に取りかかった。使用人たちは井戸の水が凍《こお》らないよう周囲に分厚い木の板を張り、厩舎《きゅうしゃ》の馬房《ばぼう》を頑丈《がんじょう》に修理し、たくさんの秣《まぐさ》と薪《たきぎ》で倉庫をいっぱいにするなど、休む間もなく働いた。

忙《いそが》しいのはメイドたちも同じだ。彼女たちは洗濯室《せんたくしつ》にしゃがみ込み、指がソーセージのように赤く腫《は》れ上《あ》がるまで洗濯をして、部屋に溜《た》まったほこりを掃《は》き出《だ》し、機織《はたお》り部屋にこもって布を織った。冬の寒波が押《お》し寄《よ》せる前に衛兵《えいへい》たちに防寒着を支給しなくてはならないため、片時も休む暇《ひま》がない。

とうとう見かねたルディスが、慎重《しんちょう》な口ぶりでマクシーに提案してきた。

「奥様、やはり時間が足りないと思います。商人に頼んで、織物《おりもの》を購入《こうにゅう》なさってはいかがでしょうか？」

マクシーは快く承諾《しょうだく》した。彼女の目から見ても、メイドたちは働きすぎだったからだ。

「ど、どのくらい……ちゅ、注文すればいいですか？」

「半分はできていますので、残りの半分を……」

マクシーは、機織り室の片隅《かたすみ》に積まれた織物に目を向けた。適当に書いた注文書をおせっかいな魔法使いに見せた日には、またどんな文句を言われるか分からない。彼女は衛兵の人数と、防寒着を作るのに必要な織物の数量を羊皮紙《ようひし》に書き込んでから、機織り室に積んである織物をきちんと数えた。

「お、織物は、こ、このくらいあれば、い、いいですか？」

「はい、十分でございます。それから、服の形が崩《くず》れないようにする革紐《かわひも》と糸、それから針をもう少し……」

「奥様、お、お取《と》り込《こ》み中ですか？　一大事でございます」

第三十七話

羊皮紙《ようひし》に鼻を押《お》しつけるようにして、ルディスが挙げたものを熱心に書き留めていたマクシーは、驚《おどろ》いて顔を上げた。ロドリゴが慌《あわ》てた様子でドアのところに立っている。

「な、何か、も、問題が……？」

「リバドン南部の封建《ほうけん》領主を名乗るロブ・ミダハスという者が、三十人の騎士《きし》を引き連れて城門にやって来ているのですが、手形を持っていないために揉《も》めているようです」

「ロ、ロブ……ミダハス？」

初めて耳にする名前に、マクシーは眉《まゆ》を寄せた。リバドンはウェドンの西部同盟国として、七つの国の中で最も交流が盛《さか》んな地域だ。とはいえ、ウェドンの貴族がリバドンの領主の名前をすべて把握《はあく》しているわけではない。ましてや、貴族社会から隔離《かくり》されて生きてきたマクシーには、名前を聞いただけで相手の身元が分かるはずもなかった。彼女《かのじょ》は困惑《こんわく》した表情を浮《う》かべた。

「リ、リバドンの、き、貴族が、ア、アナトールに、な、なんの用件で……？」

「領主同士で親睦《しんぼく》を図《はか》るために、遠路はるばるやって来たと言っています」

「で、ではすぐ、い、入れてあげたら、よ、良いのでは……」

「身元がはっきりしない武装集団を、うかつに領内へ入れることはできません」

珍《めずら》しくロドリゴが断固とした口調で言った。

「アナトール周辺にはたくさんの魔物《まもの》が生息しているので、ほとんどの訪問客は武装して領地を訪《おとず》れます。彼《かれ》らが城門の中に入るには、必ず手形か家系を示す紋章《もんしょう》を見せなくてはなりません。領主様が不在の隙《すき》を狙《ねら》って略奪《りゃくだつ》を働こうとする集団の可能性もございます。細心の注意を払《はら》わなくてはならないのです」

マクシーは顔から血の気が引くのを感じた。後ろにいるメイドたちが、不安に駆《か》られて息をのむ。初めて直面する事態に一瞬《いっしゅん》頭の中が真っ白になったが、必死に心を落ち着かせ、毅然《きぜん》としたふりをしながら言った。

「そ、そこまで警戒《けいかい》する必要があるでしょうか？　レ、レムドラゴン騎士団が、ま、守っている土地を……りゃ、略奪しようと考える者など、い、いるはずありません」

「そうとも言い切れませんよ」

いきなり話に割《わ》り込《こ》んできた声に、マクシーが振《ふ》り返《かえ》った。知らせを聞いて駆けつけたのか、ルースが深刻な顔をして廊下《ろうか》の向こうから走って来るのが見えた。

「この時期、レムドラゴン騎士団が王の祝いの宴《うたげ》に出席していることを知らない者はいません。わざわざ領主が不在の時を狙って親睦を図りたいと押しかけてくるなんて、怪《あや》しいと思いますね」

マクシーの顔が真っ青になる。

「ル、ルースも……ア、アナトールを……し、侵略《しんりゃく》しに、き、来たと、お、思いますか？」

「その可能性がなくはないと思います。カリプス卿《きょう》は、セクター討伐《とうばつ》の際に圧倒的《あっとうてき》な活躍《かつやく》を見せた勇者です。その功績を認められ、たくさんのドラゴンレアの宝を陛下から賜《たまわ》りました。その宝に目のくらんだ者が、レムドラゴンを敵に回す覚悟《かくご》を決めたとしてもおかしくありません」

「で、では、た、戦わなければ、な、ならないのですか？」

「彼らが強硬《きょうこう》な態度に出るなら、武力を行使してでも追《お》い払《はら》うべきです。しかし、三十人の騎士となると……」

彼は厄介《やっかい》だといわんばかりに顔をしかめた。

「ロブという男が引き連れてきた者たちが本当に騎士だとしたら、厳しい戦いになるでしょうね。下級騎士でも衛兵十人分の働きをしますから」

完全に武力衝突《しょうとつ》を前提としているような口ぶりに、マクシーはごくりと唾《つば》を飲み込んだ。

ルースが冷静に話を続ける。

「それに、彼の言うリバドンの封建領主というのが事実なら、事態はさらに深刻です。門前払《もんぜんばら》いをしたせいで恨《うら》みを買い、国に働きかけて報復してきたら、紛争《ふんそう》に発展しかねません。いくら七国《しちこく》平和協定を結んだとはいえ、領主間の小競《こぜ》り合《あ》いはしょっちゅう起きていますから」

「で、では、どうすれば……」

「奥様《おくさま》はどうすればいいと思いますか？」

ルースがじっと見つめながら聞き返してきたので、マクシーはびくっと体をすくめた。リフタンのいない今、領地を守ることは女主人である自分の責任だ。

「わ、私は……」

情けないことに、歯がガチガチと震《ふる》える。彼女は唇《くちびる》をぎゅっと噛《か》んで、落ち着きを取《と》り戻《もど》そうとした。

「と、とにかく……じょ、城門へ行って、は、話を、し、してみます。ど、どういう人たちなのか……た、確かめてから、た、対応を決めましょう」

「確かに、どういう人物なのか直接会って見極《みきわ》める必要がありますね」

ルースはすんなり彼女の意見に同意した。

「では、僕《ぼく》がお供いたします。武力衝突が起きる可能性もあるので、城の衛兵たちも連れて行きましょう。ロドリゴ、今すぐオバロン卿とセブリック卿に知らせてください」

「か、かしこまりました！」

ロドリゴがあたふたと廊下を走って行く。

「奥様は僕について来てください」

ルースがさっと身を翻《ひるがえ》したので、マクシーは持っていた羊皮紙をそばにいたメイドに預け、急いで彼の後を追った。庭園に走り出ると、厩務員《きゅうむいん》のクーネルが二頭の馬を引きながら出て来るのが見えた。ルースが素早《すばや》くその手綱《たづな》を引き取る。

「乗馬はできますか？」

「は、はい……」

実のところ、これほど大きな馬に一人で乗ったことはなかったが、マクシーは首を縦に振《ふ》った。すらりとした茶色の雌馬《めすうま》の前に立つと、クーネルが馬に乗るのを手伝ってくれた。

マクシーは鞍《くら》の上に座《すわ》ってしっかりと手綱を握《にぎ》り、腿《もも》できつく鞍を締《し》めつけてどうにかバランスを取った。その様子をじっと見ていたルースはひとまず合格とみなしたのか、もう一頭の馬に軽《かろ》やかに飛び乗った。

「衛兵たちは練兵場《れんぺいじょう》で待機しているはずです。ついて来てください」

そう言って一気に庭園を横切って行くルースの後を、マクシーは必死で追いかけた。城門を一つくぐり抜《ぬ》けた先に、三十人ほどの衛兵たちが整然と並んでいるのが見える。彼らの先頭に立っていた白髪《はくはつ》の老騎士がルースに気がつくと、勇ましい声を上げた。

「どこかの馬鹿が、城門の前で騒《さわ》いでいるらしいな！」

彼は馬にまたがったまま、腰《こし》に下げた長剣《ロングソード》を軽く叩《たた》いてみせた。

「久しぶりに血を見ることになりそうだ」

「オバロン卿の仕事は、戦うのではなくレディをお守りすることです」

「何だって？」

老騎士はがっかりしたように顔をしかめ、マクシーを見た。彼女は怖気《おじけ》づく体を奮い立たせ、彼の前に馬を進めた。

「よ、よろしく……お願いします」

おずおずと挨拶《あいさつ》すると、老騎士は太い指で頬《ほお》を掻《か》いてから気まずそうに答えた。

「奥様、ご安心ください。このオバロンがいる限り、何も問題ありませんぞ」

それから先頭に立つと、騎士たちを率いて疾風《しっぷう》のごとく城の門を駆《か》け抜《ぬ》けた。ルースがその後に続きながら、マクシーに合図を送る。彼女はとっさに彼らの最後尾《さいこうび》につき、跳《は》ね橋《ばし》を渡《わた》った。けたたましい馬のひづめの音に、マクシーの鼓動《こどう》も激しくなる。

木が生《お》い茂《しげ》る道を駆け下りていく間、マクシーの不安はますます大きくなった。舌を噛まないよう口をきつく閉じて急な坂道を下り、人でごった返す広場を一気に突《つ》っ走《ぱし》る。

これほど速く馬で駆けたことがなかったマクシーは、死ぬほど怯《おび》えていた。ぶるぶる震える手で必死に手綱を握りしめ、夢中で衛兵の後を追いかけていると、ようやく城壁《じょうへき》が見えてきた。門の上に立っていた衛兵の一人が、オバロンたちの姿に気づいて慌てて下りてきた。

「お待ちしておりました！」

城門に到着《とうちゃく》したルースと老騎士が、ひらりと馬から飛び下りる。かろうじて追いついたマクシーは、衛兵の手を借りて馬から下りる。

「リバドンの貴族とかいう奴《やつ》はどこだ？」

「あちらの城門の外にいます」

「奥様、こちらへどうぞ」

マクシーはこわばった足を動かし、彼らに続いて城壁の上に登った。凹凸《おうとつ》のある壁《かべ》の前に立つと、馬に乗った三十一人の男たちの姿が目に飛《と》び込《こ》んできた。全員日焼けした顔に長いローブをまとい、腰に長剣を差している。ルースは彼らに向かって身を乗り出し、大声で叫《さけ》んだ。

「リバドンの貴族はどなたですか!」

「私がリバドンの貴族、ロブ・ミダハスだ」

赤茶色の馬に乗った男が答えた。マクシーは注意深く彼を観察した。薄《うす》い金褐色《きんかっしょく》の髪《かみ》にがっしりした体つきの、三十代半ばの男性だ。彼は目を細め、城壁の上に立つルースをじろじろ見つめた。

「あなたがアナトールの領主か?」

「僕は雇《やと》われている者にすぎません。こちらのレディが領主様の代理人です」

ルースがマクシーを手で指し示しながら言う。男が鋭《するど》い視線を向けると、彼女は思わず後ずさりした。彼はそんなマクシーを見て、嘲笑《ちょうしょう》するように片方の口角を上げた。

「お目にかかれて光栄です。すでにお聞《き》き及《およ》びでしょうが、リバドンの西方の地、カイサを治めているロブ・ミダハスと申します。ドラゴンを打ち破った勇者の噂《うわさ》を耳にして、親睦を図るために、はるばるやってまいりました。どうか門を開け歓迎《かんげい》していただきたい」

マクシーはちらりとルースの様子をうかがった。彼は傍観《ぼうかん》するといわんばかりに腕《うで》組みをしている。彼女の代わりに交渉《こうしょう》してくれる気はないらしい。マクシーは何とか自力でこの問題を解決しなくてはならなかった。こわばった舌を口の中で十分にほぐしてから、彼女はゆっくりと口を開いた。

「み、身分を、しょ、証明できる……も、ものがないと、き、聞きました。身元の、わ、分からない方々を、りょ、領内に入れることは……できません」

「手形は旅の途中《とちゅう》で失《な》くしてしまいました。中に入れてもらえれば、すぐにアナトールの教区の神官を通じて身元の確認《かくにん》に応じます」

「ア、アナトールは……す、素性《すじょう》の分からない訪問者を、う、受け入れません。これは領主の、め、命令ですので、そ、背《そむ》くことは……できかねます。ほ、他の教区の神官を通じて、て、手形を受け取ってから……あ、改めていらしてください」

言葉に詰《つ》まりながらも懸命《けんめい》にマクシーが言い立てると、ロブという男は顔をしかめて苛立《いらだ》ったように答えた。

「何を言ってるのかさっぱり分からないな。まともに話のできる相手はいないのか！」

面と向かって侮辱《ぶじょく》され、マクシーの顔から血の気が引いた。ガチガチに固まった彼女をかばうように、ルースが一歩前に進み出る。

「この方はアナトールの領主夫人です！　無礼な態度はお控《ひか》えください」

「聞き取れないから聞き取れないと言っただけだ！」

マクシーは今すぐ逃《に》げ出《だ》したい気持ちを抑《おさ》えつけ、ローブをぎゅっと握って必死に叫んだ。

「じょ、城門を開けることは……で、できないと言ったんです！　て、手形を持って、あ、改めてお越《こ》しください！」

「ここへ来るために、危険な魔物の巣窟《そうくつ》を通ってきたんだぞ！　長旅で疲《つか》れ切《き》った俺《おれ》たちに、あの険しい道を引き返せと？」

脅《おど》すようにロブが語気を荒《あら》らげる。その高圧的な態度に身がすくみ、マクシーは唇を震わせた。彼は恐《おそ》ろしい形相になると、辺りに響《ひび》き渡《わた》るような大声で叫んだ。

「アナトールの女主人には、寛大《かんだい》な心というものがないのか！」

「わ、私は……」

「どうしても門前払いをすると言うなら、次はリバドンの数百人の騎士を引き連れて来るぞ！こんな屈辱的《くつじよくてき》な扱《あつか》いは我慢《がまん》できん！」

「て、手形がなくては……ど、どうすることも……！」

「教区の神官に身元を確認させると言ってるだろう！」

ロブの声がますます荒々《あらあら》しくなる。激しく威圧《いあつ》するような態度に、マクシーはすっかり怖気づいてしまった。体に染《し》みついた恐怖《きようふ》がよみがえり、全身が凍《こお》りついて額に汗《あせ》が浮かんだ。

第三十八話

動揺《どうよう》したマクシーがぶるぶる体を震《ふる》わせていると、見かねたルースが割って入った。

「無茶を言うのもいい加減にしてください！　手形を失《な》くしたご自身の過失を棚《たな》に上げ、どうしてこちらを責め立てるんです？　三十人の武装した者たちを、軽々しく領内に入れるわけにはいきません！」

「はっ！　たかが三十人の騎士《きし》に恐《おそ》れをなして門を閉《と》ざすほど、アナトールの警備は頼《たよ》りないということか！　領主がいないと何もできない腰抜《こしぬ》けどもの集まりだな！」

「何だと！」

その言葉に、後ろに控《ひか》えていたオバロンが我慢《がまん》できず飛び出した。

「ルース！　今すぐ城門を開けろ！　わしがこの手であの若造を叩《たた》き切《き》ってやる！」

「オバロン卿《きょう》！」

剣《けん》を抜《ぬ》く老騎士に自重しろという意図を込《こ》め、射るような視線で制したルースは、次の瞬《しゅん》間《かん》、稲妻《いなずま》のような速さで敵に向き直り、宙に向かって手を伸《の》ばした。しかし、彼《かれ》が魔法《まほう》を放つ前に、巨大《きょだい》な火炎《かえん》が城門に飛び込《とこ》んできた。マクシーが悲鳴を上げて壁《かべ》にしがみつく。衛兵《えいへい》たちは肝《きも》をつぶして後ろに飛びのいた。

「やれるものなら、やってみろ！」

男が剣を抜きながら怒鳴《どな》る声が響《ひび》き渡《わた》った。ハッと我に返ったルースが、マクシーの腕《うで》をつかんで城壁《じょうへき》の下に駆《か》け下《お》りる。彼の後をよろよろと走っていた彼女《かのじょ》は、思わず叫《さけ》び声《ごえ》を上げそうになった。粉々になった城門が地面に散乱していたのだ。

「シールド！」

ルースが手を広げて叫《さけ》んだ。その瞬間、風のシールドが侵入者《しんにゅうしゃ》たちの前に立ちはだかった。ところが、ロブと名乗る騎士が剣を振《ふ》り下《お》ろすと、一瞬《いっしゅん》でそれが破壊《はかい》されてしまった。

「オバロン卿、高位騎士です！」

「わしに任せろ！」

城壁の上から飛び降りたオバロンが、相手方の騎士たちに向かって大声を上げながら、ずっしりした大きな剣を振《ふ》り回《まわ》す。剣と剣が激しくぶつかり合う音が、空気を切《き》り裂《さ》くように鳴《な》り響《ひび》いた。動転したマクシーが後ずさりしたその時、誰《だれ》かに押されて転んでしまった。

「奥様《おくさま》！」

城壁の周りにシールドを張るのに手一杯《ていっぱい》だったルースが、振《ふ》り返《かえ》って叫んだ。マクシーは怯《おび》えた顔で周囲を見回した。オバロンという老騎士と衛兵が侵入者たちを食い止める一方で、城門近くに集まっていた領民たちが悲鳴を上げながら逃《に》げ惑《まど》っている。混乱状態に陥《おちい》った目の前の光景を呆然《ぼうぜん》と眺《なが》めていると、ルースの鋭《するど》い声が飛んできた。

「奥様！　早く安全な場所に避難《ひなん》を！」

上げた。

「今すぐ逃《に》げてください！　ここにいらしても奥様にできることは何も……」

声を荒《あら》らげていたルースが、突然《とつぜん》口をつぐんだ。遠くからかすかに聞こえるコペルの音に、マクシーはハッと顔を上げた。その瞬間、城壁の上から敵に矢を放っていた衛兵が大声を張り上げた。

「レ、レムドラゴン騎士団だ！　領主様がお帰りになったぞ！」

一瞬、辺りが冷ややかな静寂《せいじゃく》に包まれた。剣を振り回していた侵入者たちが、ぎょっとした顔で後ろを振り返る。丘《おか》の向こうから、銀色の鎧《よろい》を着た騎士たちが怒涛《どとう》のごとく押《お》し寄《よ》せてきていた。

その先頭に立つ者が目に入った途《と》端《たん》、マクシーの張りつめていた緊張《きんちょう》の糸がぷつりと切れた。彼女は、どんな困難もなぎ倒《たお》しそうなリフタンの勇ましい姿に、胸が熱くなった。ほんの三週間と少しの間、離《はな》れていただけなのに、まるで数カ月ぶりに会ったような気がする。

「……留守にしている間に、来客があったようだな」

城門の前に到着《とうちゃく》したリフタンが、黒い服を着た騎士たちに視線を向けながら言った。風で乱れた真っ黒な髪《かみ》の奥《おく》から、冷酷《れいこく》な目で鋭くにらみつける。

「招いてもいない客のことを、何て言うんだったか？」

リフタンが片手を上げると、後から来たレムドラゴンの騎士たちがあっという間に敵を取り囲んだ。彼らの握《にぎ》る長剣《ロングソード》が輝《かがや》き、有無《うむ》を言わせぬほどの威圧感《いあつかん》を放っている。

「招かれざる客です、団長」

「というより、強盗《ごうとう》のほうが近いんじゃないか？」

興奮してじっとしていられない馬を脚で押さえ落ち着かせながら、騎士たちが一言ずつ付け加える。マクシーは、息を潜《ひそ》めて彼らが対峙《たいじ》する様子を見守った。あれほど意気揚々《いきようよう》と暴れていた黒服の騎士たちは、すっかり威圧されてしまったように身じろぎもしなかった。リフタンが、彼らの前にゆっくりと軍馬を進めた。

「わざわざ俺《おれ》の領地に押しかけて、騒《さわ》ぎを起こすような度胸の持ち主だ。〝命を惜《お》しまぬその愚《おろ》かさと大胆《だいたん》さに賛辞を贈《おく》る〟、そう墓碑《ぼひ》に刻んでやろう」

ぞっとするほど優《やさ》しい声色《こわいろ》で言いながら、リフタンが剣を抜いた。たちまち襲撃者《しゅうげきしゃ》たちの顔が真っ青になる。ロブ・ミダハスと名乗る男が慌《あわ》てて剣を下ろし、わめき散らした。

「わ、私はリバドンのカイサを治める領主、ロブ・ミダハスだ！」

「……領主だと？」

リフタンが真っ黒な眉《まゆ》をピクリと吊《つ》り上《あ》げた。その反応に勇気づけられたように、ロブが得意げにあごを突《つ》き出《だ》す。

「この者たちが私の身分を疑って、無礼にも出入りを拒《こば》んだのだ！　その際に軽い衝突《しょうとつ》が起きたにすぎん！」

「軽い衝突か……」

リフタンは負傷して倒《たお》れている衛兵たちや、粉々になった城門の一つ一つに目をやりながら、不気味に押《お》し黙《だま》った。ロブの顔が見るからにこわばっていく。

「か、かっとなってやりすぎたことは謝《あやま》る。だから……み、水に流してくれないか？　あ、あなたも……事を荒立《あらだ》てたくはないだろう……」

「戦争だな」

リフタンの淡々《たんたん》とした声が、その場に重々しく響き渡った。彼は牙《きば》をむき出したオオカミのように凶暴《きょうぼう》な笑《え》みを浮《う》かべながら、ロブ・ミダハスの前にゆっくり馬を進めた。他の騎士たちがそろそろと後退して道を空ける。敵陣《てきじん》に足を踏《ふ》み入《い》れてからも、リフタンの顔にためらいや警戒心《けいかいしん》などは一切《いっさい》なかった。彼は単調にすら聞こえるほど落ち着いた声で、ゆっくりと話を続けた。

「兵士たちを引き連れてきて、城門を攻《せ》め落《お》とす。これ以上に分かりやすい宣戦布告はないだろう。その返礼として、貴様の首を斬《き》り落《お》としてから、貴様の領地に乗《の》り込《こ》んで城壁をぶち壊《こわ》し、片《かた》っ端《ぱし》からめちゃくちゃにしてやる」

「し、七国《しちこく》平和協定を破るというのか！　そ、そんなことをしたら、リバドンの君主が黙《だま》っていないぞ！」

「ここの城門を壊《こわ》した時点で、貴様に平和協定の保護を受ける資格などないだろう」

マクシーは自分まで鳥肌《とりはだ》が立つのを感じ、両腕《りょううで》で包むように体を抱《だ》きしめた。リフタンは奇妙《きみょう》なほど落《お》ち着《つ》き払《はら》っている。かえってそれが、嵐《あらし》の前の静けさのように不気味だった。

ロブという男も同じ恐怖《きょうふ》を感じたのか、顔面蒼白《そうはく》になって慌てて後ずさりした。だが、すぐ後ろではオバロンが大きな剣をぎらつかせながら立ちはだかっていて、どこにも逃《に》げ場《ば》がない。彼は窮地《きゅうち》に追《お》い込《こ》まれてわめき出した。

「カ、カイサには、俺に忠誠を誓《ちか》った数百人の騎士がいる！　俺を殺せば本当に戦争になるぞ！」

「それは楽しみだな」

「カリプス卿！」

平然とした顔で剣を振《ふ》り上《あ》げるリフタンのそばに、ルースが素早《すばや》く駆《か》け寄《よ》った。リフタンが冷ややかな視線をルースに向ける。

「この者が本当にリバドンの貴族なら、この場で殺してはいけません。身柄《みがら》を拘束《こうそく》し、リバドン側に報告してから処分を決めるべきかと……」

「俺の決定に口出しする気か？」

「戦争はアナトールに損失をもたらすだけです。それならいっそ、手順を踏《ふ》んできっちり賠《ばい》償《しょう》金《きん》を受け取ったほうがいいでしょう」

「却下《きゃっか》だ」

リフタンが冷たく一蹴《いっしゅう》した。

「こいつの領地に攻《せ》め込《こ》んで、根こそぎかっさらってくればいいだけの話だ。いちいち手順を踏む必要がどこにある」

目の前にいる三十人の武装した騎士や、カイサにいるという数百人の騎士など、まったく問題ではないという口ぶりである。ルースは小さくため息をついた。

「そんなことをしたら、本当にリバドンとの間に紛争《ふんそう》が起きかねません。それに……」

ルースはそこまで言いかけると、衛兵に支えられて離れたところに身を隠《かく》しているマクシーの方を見た。

「これ以上、レディに見苦しい光景をお見せしてもいいのですか？　騎士道精神はどうしたんです？」

何のことか分からず眉をひそめていたリフタンだったが、情けない姿で地面にへたり込《こ》んでいるマクシーを見つけて目を見張った。次の瞬間、リフタンはさっきまでとは比べものにならないほど殺気立った表情を浮かべた。彼は激しくルースをにらみつけながら、唸《うな》るような声を出した。

「どうして俺の妻がこんなところにいるんだ？」

「領内で問題が起きたら、領主に代わって夫人が解決するのは当然でしょう」

騎士たちを凍《こお》りつかせるほど凄《すご》みのある迫力《はくりょく》にも、ルースはまるで動じなかった。リフタンは歯ぎしりすると、稲妻のような速さでロブの喉元《のどもと》に剣を突《つ》きつけた。

「武器を捨てて馬から下りろ。抵抗《ていこう》しなければ命だけは助けてやる」

「み、見逃《みのが》してくれ！　そしたら今すぐここから立ち去って、もう二度と……」

「俺の領地を攻撃《こうげき》しておいて、このまま見逃してくれだと？」

リフタンが荒々《あらあら》しく言葉を遮《さえぎ》った。

「この場で殺されるか、降伏《こうふく》するか、二つに一つだ。選べ」

ロブは状況《じようきよう》を把握《はあく》するように、素早く周囲を見回した。彼の騎士たちはレムドラゴンの騎士によって、すっかり包囲されている。勝ち目がないと悟《さと》ったのか、ロブは剣を投げ捨てて馬から下りた。他の騎士たちも、彼にならって地面に剣を投げた。リフタンが衛兵たちに合図する。

「全員捕《と》らえて、地下牢《ちかろう》にぶち込め」

マクシーは安堵《あんど》のため息をつきながら、ようやく肩《かた》の力を抜いた。リフタンが到着して数分も経《た》たないうちに、あっという間にすべて片付いたことが信じられない。

「お、奥様、大丈夫《だいじようぶ》ですか？　どこかお怪我《けが》は……」

「こんなところへ、のこのこ出て来るなんて、一体どういうつもりだ？」

そばにいた衛兵の手を借りて立ち上がったマクシーが、ぎくりとしてその場で固まる。顔を上げると、太陽を背にして馬にまたがるリフタンの姿が見えた。逆光のせいで顔が影になっているにもかかわらず、マクシーには彼の怒《いか》りがはっきりと伝わってきた。恐怖に身をすくませながら、彼女はたどたどしく答えた。

「も、問題が、お、起きたと聞いたので……」

「お前に何ができるというんだ？」

一瞬、全身の血が凍りついたような気がした。ショックで青ざめた顔を見られないように、マクシーは慌ててうつむいた。出発する直前まであれほど優しかった人が見せる冷淡《れいたん》な眼差《まなざ》しに、肺の空気がすべて抜けてしまったように息苦しくなった。

「わ、私は……」

弁解する言葉を必死に探したが、何も浮かばない。リフタンの言うとおり、自分にできることなど何もなかった。マクシーは顔を赤くしながらぎゅっと唇《くちびる》を噛《か》んだ。その時、耳元で悪態をつく声が聞こえたかと思うと、突然彼女の体がふわりと宙に浮いた。

マクシーが悲鳴を上げた。リフタンは彼女の腰《こし》をひったくるように抱《かか》え上《あ》げて自分の前に座《すわ》らせると、後ろに向かって叫んだ。

「先に城に行く。しっかり後始末しておくように」

そう言うと、返事も聞かずに猛《もう》スピードで馬を走らせた。離れた場所に集まって遠巻きに眺めていた領民たちが、急いで道を空《あ》ける。マクシーは馬にしがみついたまま、きつく目を閉じた。腕甲《わんこう》に覆《おお》われた冷たい腕が、マクシーの腰を痛いほど締《し》めつけてきた。

第三十九話

私が出すぎた真似《まね》をしたせいで、リフタンが本気で怒《おこ》っている。恐怖《きょうふ》で体が震《ふる》えてきた。腹を立てている男性は本当に恐《おそ》ろしい。怒《いか》りに駆《か》られた体の大きな男性に脅《おど》しつけられたら、すぐに気を失ってしまうかもしれない。

だが、マクシーは今、単に暴力を振《ふ》るわれることを恐れているのではなかった。あんなに優《やさ》しく接してくれていた人が、一変して冷たくなってしまったことに深い悲しみを覚えていたのだ。

まるで飼い主に蹴《け》られた子犬になったような気分。私を嫌《きら》いにならないでと懇願《こんがん》する言葉が喉《のど》まで出かかった。マクシーはリフタンにしがみつくように、彼《かれ》のマントをぎゅっとつかんだ。

「下りろ」

いつの間にか城内に入ったリフタンが、馬から下りて手を差し出した。マクシーがおずおずとその手をつかむ。リフタンは彼女《かのじょ》の体を引き寄せて抱《だ》き上《あ》げると、そのまますたすたと庭園を横切った。あたふたと走り出てきた使用人たちが彼に向かって頭を下げたが、リフタンは目もくれなかった。

「タロンを厩舎《きゅうしゃ》に戻《もど》しておけ」

使用人の一人に冷ややかな口調で命じると、リフタンはグレートホールの中にずんずん入って行った。マクシーは顔を上げて彼の表情をうかがった。

この数週間、彼女が精魂込《せいこんこ》めてしつらえたホールには見向きもせず、さっさと通り過ぎていく。やはりかんかんに怒っているのだ。マクシーは唾《つば》を飲み込んでから、恐《おそ》る恐《おそ》る口を開いた。

「リ、リフタン……じ、自分で、あ、歩けます……」

「黙《だま》ってろ」

リフタンは冷たく言い放つと、絨毯《じゅうたん》の敷《し》かれた階段を大股《おおまた》で上った。重い鎧《よろい》を着けて長い道のりを駆けてきたにもかかわらず、少しも疲《つか》れた様子は見て取れない。呼吸一つ乱すことなく、あっという間に二階まで上がったリフタンは、寝室《しんしつ》に入るとようやく彼女を下ろした。

マクシーは不安な顔でリフタンを見上げた。ひょっとして、私を罰《ばっ》するつもりなのだろうか。しかし、自分は領主の妻として問題を解決しようとしただけ。マクシーがそう訴《うった》えようとした時、開けた口の中にいきなり何かが入ってきた。

「んっ……！」

マクシーは大きく目を見開いた。装甲手袋《ガントレット》に包まれた冷たい指が彼女の頭をしっかりと包《つつ》み込《こ》み、リフタンの方に傾《かたむ》けた。マクシーの柔《やわ》らかい唇《くちびる》に、甘《あま》いにおいのするかさついた唇が荒《あら》っぽくこすりつけられたかと思うと、口の中に濡《ぬ》れた舌が入り込んできた。

マクシーはリフタンの腕《うで》を強くつかんだ。彼の鎧が彼女の胸の膨《ふく》らみを容赦《ようしゃ》なく押しつぶし、ざらざらしたあごは痛いほど口元をこすってくる。マクシーは激しく息を切らしながら、震える瞳《ひとみ》で彼を見上げた。彫《ほ》りの深い男性らしい顔が、冷たくこわばっていた。

「あの時俺《おれ》が間に合わなかったら、どうするつもりだったんだ？」

リフタンが吐《は》き捨《す》てるように言いながら、両手で彼女の頰《ほお》を包み込んだ。冷たい金属の感《かん》触《しょく》に、マクシーは思わず首をすくめた。

「い、いきなり……じょ、城門を、こ、壊《こわ》されるとは思わなくて……」

「そもそも、あんなところへ出て行ったらダメだろう！」

リフタンの声が一段と荒々《あらあら》しくなった。

「この先何があっても、絶対に自分から危険な場所に出て行くんじゃない。分かったか？」

マクシーは急いでうなずいた。その反応に少しは怒りが収まったのか、リフタンは肩《かた》から力を抜《ぬ》いて大きく息を吐《は》いた。マクシーはしばらくためらった後、彼のあごをそっと撫《な》でた。リフタンが疲れたように、美しい額を彼女の額に押《お》し当《あ》ててくる。彼の髪《かみ》から、かすかに草のにおいがした。昨夜は草むらで寝《ね》たのだろうか。

「お前があそこに座《すわ》り込《こ》んでいるのを見た瞬間《しゅんかん》、息が止まるかと思ったぞ……。クソッ、休む間もなく馬を走らせて来たのに、あんな姿を見せやがって……」

「ご、ごめんなさい……」

ぶつぶつ文句を言っていたリフタンが、再び深刻な表情になって眉間《みけん》にしわを寄せた。

「いや、俺が脇目《わきめ》も振らずに駆けつけなかったら、もっと大ごとになっていたはずだ。まったく……」

「お、驚《おどろ》かせてしまって……ほ、本当に……ご、ごめんなさい」

リフタンは黙ってマクシーを見つめてから、歯で腕の内側にある紐《ひも》の結び目をほどき、腕甲《わんこう》と装甲手袋《ガントレット》を外して床《ゆか》に放り投げた。そのまま彼女の顔を引き寄せると、隅々《すみずみ》まで調べ始めた。

「怪我《けが》はないか？」

「あ、あ、ありません」

「見せてみろ」

マクシーは炎《ほのお》に魅《み》せられた蝶《ちょう》のように、リフタンの真っ黒な瞳から目が離《はな》せなくなった。ごつごつした熱い手が、彼女の頬とくしゃくしゃに乱れた髪の毛を撫でる。

マクシーは急に胸がどきどきして、息が苦しくなった。リフタンの帰りをどれほど待ちわびていたことか。広いベッドに一人で体を丸めて横たわりながら、何度この人のことを思い浮かべたか分からない。

リフタンはマクシーのあごから耳元にかけて指を這《は》わせながら、低く沈《しず》んだ声でもう一度命令した。

「どこも怪我していないってことを、直接この目で確かめさせてくれ」

リフタンが躊躇《ちゅうちょ》なく彼女のローブを脱《ぬ》がせると、マクシーは体を震わせた。寒さのせいではなかった。むしろ、首筋にはじっとりと汗《あせ》がにじんでいる。冷たい鎧の中に閉じ込められた、大きくて溌剌《はつらつ》とした体から抑《おさ》えきれない熱気があふれ出し、彼女の全身を火照《ほて》らせていた。

リフタンはマクシーの髪を留《と》めているピンを抜いて、床に放り投げた。それから滝《たき》のように流れ落ちる髪の毛を一束つかみ、自分の顔に近づけながら言った。

「擦《す》り傷《きず》一つにつき、首一つだ」

「……え？」

「お前の体に小さな傷を一つ見つけるたびに、あいつらの首をはねてやる」

ぞっとするほど優しい囁《ささや》きに、全身の毛が逆立った。マクシーはクモの巣に絡《から》め取《と》られたトンボのように、ぶるぶると肩を震わせた。リフタンはゆっくりとドレスの紐をほどくと、マクシーの胸元《むなもと》を押し広げた。黒曜石《こくようせき》のような黒い瞳が、彼女の白い肩や鎖骨《さこつ》、薄《うす》いシュミーズに包まれた胸を順にたどっていく。マクシーは次第《しだい》に呼吸が速くなるのを感じた。

「……今、首が一つ飛んだな」

ドレスを引き下ろしたリフタンが、マクシーの腕にできた小さなあざを見つけ、険しい顔で口元をゆがめた。マクシーは慌《あわ》てて傷を隠《かく》した。

「こ、これは……と、図書館で、ぶ、ぶつけたせいで……」

「嘘《うそ》をつくな」

「う、嘘じゃありま……あっ」

リフタンの唇が優しく肌《はだ》をかすめると、口にしようとしていた言葉が粉々に砕《くだ》け散《ち》った。マクシーは震える目で彼を見つめた。リフタンがチュッ、チュッと音を立てながら、マクシーの手首から腕にかけてキスの雨を降らせる。それから、腕の内側でドクドクと脈を打っているところを軽く噛《か》んだ。

マクシーは身震《みぶる》いした。リフタンは柔らかい肌を思い切り吸《す》い込《こ》んでから、彼女をさっと抱き上げると、すたすたとベッドの方へ歩いて行った。

「リ、リフタン……ほ、本当に、怪我はしていな……」

「自分の目で確かめると言ってるだろう」

マクシーをベッドに下ろしたリフタンは、彼女の腰《こし》の下にまとわりついているドレスを完全に剝《は》ぎ取《と》って床に投げた。マクシーは薄いシュミーズ一枚だけを身につけた姿で、不安そうに目を伏《ふ》せる。リフタンはベッドの前で片膝《かたひざ》をついて座り、彼女の薄いペチコートをまくり上げた。すると、転んだ際にふくらはぎにできた小さな傷が露《あら》わになり、彼の目が危険な光を放った。

「これで全員、処刑《しょけい》確定だな」

うろたえたマクシーは、裾《すそ》を下ろしながら首を横に振った。

「た、大したことありません。ほ、本当に、い、痛くないので……わ、私のためにそんなこと、し、しないでください」

「俺の領地に攻め入《せい》ろうとしたばかりか、俺の妻に傷まで負わせたんだぞ。あいつらだけじゃなく、一族を皆殺《みなごろ》しにしても足りないくらいだ。見せしめのためにも、ここできっちり思い知らせてやらないと、また同じことが起こりかねない」

「で、でも……や、やっと帰ってきたと、い、いうのに……」

自分でも気づかないうちに、駄々《だだ》をこねるような声が出てしまった。リフタンが顔を上げる。

自分が口にした言葉に戸惑《とまど》って目を泳がせていたマクシーは、目をぎゅっと閉じて震える声で言った。

「せ、戦争になったら……また、と、遠くに、い、行ってしまうんですよね。そ、そうしたら、わ、私は、ま、また……一人に……」

「クソッ」

リフタンがいきなり悪態をついたかと思うと、彼女の頭を乱暴に引き寄せた。マクシーはのみ込まれてしまいそうな激しいキスに、苦しげなうめき声を上げた。首が後ろに倒《たお》され、危なっかしく体がのけ反《ぞ》る。リフタンがシュミーズを腰の上までたくし上げて、彼女の尻《しり》を手で包み込んだ。

敏感《びんかん》な肌に触《ふ》れるひんやりした鎧の感触と、ごつごつした手から伝わってくるやけどしそうな熱さに、マクシーは頭がくらくらした。リフタンの肩にしがみついたまま、震える息を吐《は》き出《だ》す。彼は口の中を隅々までなぞっていた大きな舌を引《ひ》き抜《ぬ》いて、彼女の濡れた唇を舐《な》めた。欲望に駆られた真っ黒な瞳が、食い入るようにマクシーを見つめてきた。

「お前は……一体、俺をどうするつもりだ？」

唾液《だえき》が銀の糸のように長く伸《の》びてこぼれ落ちる。リフタンはそれを舐めながら、マクシーのシュミーズを頭の上から脱がせた。彼女は一糸まとわぬ姿でベッドに横たわり、体を縮めた。熱い手でマクシーの胸を包み込んだリフタンが、硬《かた》く尖《とが》った胸の先端《せんたん》を貪《むさぼ》るように口にくわえる。マクシーは思わずリフタンの背中を強く抱《だ》きしめた。

妙《みょう》な気分だった。鉄の鎧を身にまとった男の下で、裸《はだか》のまま横たわり無防備に体を差し出しているなんて……。自分が途方《とほう》もなくか弱く無力でありながら、官能的な存在になったような気がした。

マクシーは赤銅色《しゃくどういろ》に輝《かがや》く張りのある首筋をそっと撫でてから、豊かな髪の中に指を差し入れてみた。その瞬間、リフタンが彼女の体をきつく抱きしめ、再び唇を重ねてきた。まるで官能の波にさらわれたような気分だ。激しい息遣《いきづか》いと熱い舌の感触、それから裸の胸に押し当てられた冷たい鎧の肌触《はだざわ》りが入り交じり、めまいがしそうだった。

「ずっとお前のことばかり考えてた。ああ、クソッ……この数週間は何年にも思えるほど苦痛だったんだぞ」

第四十話

リフタンが熱を帯びた声でつぶやきながら、マクシーの脚《あし》の間に手を入れてきた。マクシーは脚を開きたい欲求と、ぴったり閉じてしまいたい気持ちの間で葛藤《かっとう》しながらすすり泣いたが、それも長くは続かなかった。彼女《かのじょ》が何か行動する前に、リフタンは手で股《また》を大きく広げ、その間に顔を埋《うず》めた。

マクシーは驚《おどろ》いて体をよじった。だが、抵抗《ていこう》する間もなく、秘めやかな場所に熱い息がかかるのを感じた。

「リ、リフ……あっ！」

マクシーは腿《もも》でリフタンの頭を押《お》さえつけた。すると彼《かれ》は、煩《わずら》わしそうに彼女の足首をつかんで脚を大きく広げてから、執拗《しつよう》に愛撫《あいぶ》を続けた。

息もできなかった。体の奥《おく》が熱く沸《わ》き立《た》って、どろどろに煮詰《につ》まってしまいそうだ。耐《た》えられないほどの強烈《きょうれつ》な快感に、マクシーは枕《まくら》をぎゅっと噛《か》む。濡《ぬ》れた場所を吸うしっとりした舌の動きに、とても正気ではいられなかった。

マクシーは押し寄せる絶頂に備えるように、足の指を丸めて腰《こし》を反らした。その瞬間《しゅんかん》、いきなりリフタンが頭を持ち上げた。絶頂を迎《むか》える直前にぴたりと刺激《しげき》が止まったせいで、思わずマクシーは荒《あら》っぽく息を吐《は》き出《だ》しながら腰を上下に動かした。

「待ってろ。すぐに満たしてやるから」

奔放《ほんぽう》な動きをなだめるように彼女の秘部を手で愛撫しながら、リフタンが急いでズボンの紐《ひも》をほどいて下ろす。服の中から硬《かた》く昂《たかぶ》ったものが勢いよく飛び出した。

恥《は》ずかしがる余裕《よゆう》などなかった。マクシーは全身がかっと熱くなるのを抑《おさ》えきれず、目を潤《うる》ませながらリフタンを抱《だ》き寄《よ》せた。激しく震《ふる》える下半身に、彼の熱いものが触《ふ》れる。マクシーは硬く膨《ふく》れ上がった彼自身《かれじしん》に、自分の秘部をこすりつけた。満たされない欲望に燃え上がった体は、誰《だれ》にも止めることができなかった。

「クソッ……！」

リフタンは、マクシーの震える体を両腕《りょううで》で抱きしめて押さえつけると、一気に彼女の中に押し入ってきた。狭《せま》い内部を彼のもので隙間《すきま》なく満たされ、マクシーは軽く痙攣《けいれん》した。巨大《きょだい》な彼自身がマクシーの奥深《おくふか》くまで貫《つらぬ》いた瞬間、目の前に火花が飛び散るようだった。

ところが、その感覚を十分に味わう前にリフタンが外に引《ひ》き抜《ぬ》いてしまったので、マクシーはすすり泣きながら慌《あわ》てて彼の腰に足を巻きつけた。

すると、リフタンが苦しげなうめき声を上げながら、再び荒々《あらあら》しく押し入ってきた。久しぶりの行為《こうい》に内側がひりひりと痛むにもかかわらず、マクシーはじれったい思いでいっぱいになった。

もっと。もっと深く。マクシーはねだるように腰を動かした。その姿を、リフタンがのみ込んでしまいそうな目つきで見つめる。いや、のみ込まれているのはむしろ彼のほうだった。マクシーはより激しい動きを求めるように、リフタンをきつく締《し》めつけて腰を上下に振《ふ》った。自分の中に、これほど貪欲《どんよく》な面があったことが信じられない。

リフタンがほしい。自分のものにしてしまいたい。得体の知れない熱い思いに突《つ》き動《うご》かされて必死に体をよじると、彼の口から苦痛をこらえるようなうめき声が漏《も》れた。

「まったくお前は……俺《おれ》をどうするつもりなんだ？」

「リ、リフタン……」

自制心を失わないように歯を食いしばる彼を、マクシーはなじるような目で見上げた。もっと激しく、なりふり構わず奪《うば》って。理性のかけらもないくらい、夢中で私を抱いて。

マクシーは、リフタンとより深く繋《つな》がろうと腰を上げた。その瞬間鋭《するど》く息を吸《す》い込《こ》んだ彼は、つい手綱《たづな》を離《はな》してしまった。リフタンの荒々しい欲望が解き放たれた。野原を疾走《しっそう》するように、銀色の巨人《きょじん》が激しく体を揺《ゆ》らす。彼女の渇《かわ》きがいっそう強くなった。もっと深く。もっと奥まで貫いて。マクシーは足の指にぐっと力を入れ、滑《なめ》らかなシーツに押しつけた。

マクシーを抱《だ》き上《あ》げて階段を上った時でさえ乱れなかったリフタンの呼吸が、今にも倒《たお》れそうなほど荒くなった。ベッドがきしむ音と、鎧《よろい》がぶつかり合うかすかな金属音、それから何度も重なり合う下半身から聞こえる音が、絶え間なく耳を刺激する。

「マクシー……マクシー……」

リフタンの口から、かすれたうめき声が漏れた。激情に駆《か》られて紅潮した顔も、欲望にかすむ目も、すべてが美しい。

マクシーが飢《う》えたようにその顔を撫《な》でさすると、リフタンは彼女の腰を強く抱きしめて乱暴に唇《くちびる》を重ねてきた。まるで獣《けもの》になったような気分だ。草むらに棲《す》みついたつがいの獣のように、淫《みだ》らに絡《から》み合《あ》っている。

「ああっ……」

やがて、目のくらむような強烈な絶頂が訪《おとず》れた。マクシーは体の中に熱い液体が満ちてくるのを感じながら、ぎゅっと目をつぶった。リフタンは彼女をいっぱいに満たしながらも、さらに深く入り込みたいともがいた。そのわずかな動きすらもどかしい。もっと私を満たして。体の奥にある深い穴も、全部。

「クソッ、鎧も脱《ぬ》いでなかったのか……」

彼女を強く抱きしめ、しばらく体を震わせていたリフタンが自分でも戸惑《とまど》ったような声でつぶやく。マクシーは体を離そうとした彼を無意識に引き止めた。驚いたことに、彼女の体はまだ何かを求めているらしい。

「少しだけ待ってろ」

熱に浮かされたようなマクシーの顔を、暗く翳《かげ》った目で見つめていたリフタンが、一気に体を引き抜いた。マクシーは腿の間から生ぬるいものが流れ落ちるのを感じながら、体をぶるっと震わせた。

リフタンは彼女の腿をなだめるように軽く叩《たた》きながら、腕《うで》に着けた鎧を歯で外した。

「またすぐ満たしてやる。何度でもしてやるから、少しだけ我慢《がまん》しろ」

「ち、ちが……わ、私は……」

今になって急に恥ずかしさを覚えたマクシーは、慌てて脚を閉じた。リフタンがその姿に熱い視線を注ぎながら、鎧の腕甲《わんこう》と肩当《かたあ》て、それにすね当てとブーツを次々に脱《ぬ》ぎ捨《す》てる。最後に分厚いチュニックを頭から脱いで放り投げると、再びベッドに戻《もど》ってきた。

マクシーは見惚《みほ》れるようにその姿を眺《なが》めた。窓から降り注ぐ日差しがリフタンの厚い胸板を黄金色《こがねいろ》に染め、息をのむほど美しい。

「マクシー」

一糸まとわぬ姿でベッドに座《すわ》ったリフタンが、マクシーに手招きをした。ためらいがちに彼の方へ近づくと、リフタンは再び片手で自分自身を昂らせていた。その衝撃的《しょうげきてき》な光景に、マクシーは酸欠状態になったように息ができなくなった。

「俺の上に座るんだ」

「リ、リフタン……あ、あの……」

「まだ十分満足できてないだろう」

リフタンはマクシーの腿をつかんで広げると、自分の膝《ひざ》の上に座らせた。脚を広げて彼と向かい合うあられもない格好に、マクシーは慌てて立ち上がろうとしたが、腰をつかまれて逃《のが》れられなかった。

リフタンが片方の胸を口いっぱいに吸い込みながら、自分のものをマクシーの下腹部に押しつけてきた。くらくらするような感覚に、マクシーは彼の滑らかな髪《かみ》に頰《ほお》をこすりつけた。

リフタンが震える息を吐《は》きながら一気に彼女の体を満たし、マクシーははち切れそうな痛みと満足感に身震《みぶる》いした。二人の手足が、粘液《ねんえき》に覆《おお》われた蛇《へび》のように激しく絡み合う。

「お前も……俺がいなくて、おかしくなりそうだったんだろう？」

マクシーは朦朧《もうろう》とした目で彼を見上げた。繋がり合った体が、恐《おそ》ろしいほどの速さで音を立てている。このままでは、心臓が壊《こわ》れてしまうのではないだろうか。

「おかしくなりそうだったと言うんだ」

「お、おかしくなりそうだった……」

マクシーは半《なか》ばぼうっとしたまま、言われたとおりにつぶやいた。強烈な快感が押し寄せてくるのを期待して、一つになった体が激しく脈打つ。リフタンが歯を食いしばりながら、下から強く突《つ》き上《あ》げ始めた。マクシーは必死に彼の首にしがみついた。

硬くなった彼のものが、彼女の敏感《びんかん》な内側を休みなくこすり、汗《あせ》に濡れた熱い体が甘美《かんび》な摩《ま》擦《さつ》を繰《く》り返《かえ》す。マクシーは足をばたつかせた。

髪《かみ》の毛《け》一本入り込む隙間もないのに、今よりもっと彼に近づきたくてじりじりした。彼女は不満でいっぱいの子どものようにすすり泣いた。汗びっしょりの体がぐにゃりとなり、勝手に彼の体にくっついた。

もっと、もっと彼に近づきたい。腹の中に満足を知らない黒い蛇がいる。欲望という名の蛇が、目を細く開けておぞましい笑《え》みを浮かべた。この人をのみ込んでしまいたい。彼のことがほしくてたまらず、どうにかなってしまいそうだ。私を奪って。私のものになって。マクシーはありったけの力でリフタンを抱きしめた。

「マクシー……マクシー……俺の……」

震える声でつぶやくリフタンを、マクシーが朧《おぼろ》げな目で見つめた。これほど美しい男性が、こんなにもみすぼらしい私を、恍惚《こうこつ》とした顔で見つめている。まるでかけがえのないものを見るかのように。

なぜだか、涙《なみだ》がこぼれそうになった。

✣

カタンッ。薪《まき》を火の中に投げ入れる音がして、マクシーは目を覚ました。いつの間にか部屋の中は真っ暗になっていた。何度かまばたきしたマクシーは、暖炉《だんろ》の前に立っているリフタンを見つけ、急いで体を起こした。その気配に気づいたのか、リフタンがこちらを振《ふ》り返《かえ》る。ちょうど入浴を済ませてきたところらしく、着心地《きごこち》の良さそうな服装に着替《きが》えていた。

「意外と物音に敏感なんだな」

リフタンが微笑《ほほえ》みながら言うと、マクシーは首を横に振った。

「リ、リフタンが……起きて、ゆ、湯あみに行ったことにも、き、気づきませんでした」

「お前が目を覚ますまで待って、一緒《いっしょ》にゆっくり風呂《ふろ》に入りたかったんだが……侵入者《しんにゅうしゃ》に尋《じん》問《もん》しなくちゃならなくてな。渋々《しぶしぶ》ベッドから這《は》い出《で》たんだ」

リフタンはベッドに近づくと、マクシーの裸《はだか》の肩に唇を押し当てた。顔を赤らめたマクシーは、すぐに心配そうな顔で彼を見上げた。

「じ、尋問……したんですか？」

「ああ。奴《やつ》の身元を確認《かくにん》するために、教区の神官まで呼んでな」

「あ、あの人は……ほ、本当に、き、貴族でしたか？」

おずおずと尋《たず》ねると、リフタンが眉間《みけん》にしわを寄せた。

第四十一話

「リバドンの貴族で間違《まちが》いなかった」

マクシーは顔を曇《くも》らせた。やはり自分の対応は間違っていたのだろうか。あのまま彼《かれ》らを領内に入れていたら、これほど大ごとにはならなかったかもしれない……。マクシーの考えていることに気づいたのか、リフタンが乱れた髪《かみ》の毛《け》を耳にかけてやりながら、彼女《かのじょ》の頰《ほお》に唇《くちびる》を押《お》し当《あ》てた。

「ただし、本人が言い張っているような封建《ほうけん》領主じゃなく、その息子《むすこ》だったんだ。父親が自分を差し置いて、腹違《はらちが》いの兄弟を後継者《こうけいしゃ》に指名したことに腹を立て、家宝を盗《ぬす》んでウェドンに逃《に》げて来たらしい。自分に仕えていた騎士《きし》たちを率いて、この国を当てもなくさまよっていた時に、俺《おれ》がドラゴンレアで莫大《ばくだい》な宝を手に入れたという噂《うわさ》を聞きつけたようだ」

「リ、リフタンの……い、命を奪《うば》いに、き、来たんですか？」

マクシーが尋《たず》ねると、リフタンは一瞬《いっしゅん》ぽかんとしてから、バカバカしいというように笑い出した。

「いくらなんでも、そこまで間抜《まぬ》けじゃないさ。まさか俺がドラキウムからアナトールまで、山の尾根伝《おねづた》いにたった八日で戻《もど》って来るとは夢にも思わなかったんだろう。ずいぶんと間《ま》の悪い男だ」

そういえば、ルースがリフタンたちは長くて半月、早ければ十日ほどで到着《とうちゃく》するだろうと言っていた。急いでも十日はかかる道のりを、さらに二日も早く帰ってきたのだ。

「いや……俺の戻ったタイミングが良かったのかもな。もたもたしてもう一日か二日遅《おく》れてたら、取り返しのつかないことになるところだった。あのロブとかいう男が連れて来た連中には高位騎士が三人もいた上、奴《やつ》は魔道具《まどうぐ》まで持っていたらしい。城に残っていた兵力だけでは防ぎきれなかったはずだ」

「ま、魔道具……？」

「あいつが盗《ぬす》み出《だ》した家宝は、高位火炎魔法《かえんまほう》がかけられた魔道具だったんだ。うちの城門もそれを使って壊《こわ》したんだろう」

リフタンの顔が、一変して冷たくこわばった。

「レムドラゴンが領地を留守にしている間なら、その程度の兵力で十分勝算があると思ったに違《ちが》いない。実際、俺が到着する前に金庫から宝を盗み出してリバドンに逃げていたら、見つけ出すのに苦労したはずだ」

殺気をはらんだ声に、マクシーは心配になってそっと彼の腕《うで》に触《ふ》れた。いくらロブという男が愚《おろ》かな真似《まね》をしたとはいえ、むやみに貴族を殺してしまえば揉《も》め事《ごと》になるのは避《さ》けられない。不安がるマクシーの目を見つめながら、リフタンが苦笑いを浮《う》かべた。

「本当なら、そんな奴は見せしめに首をはねて城壁《じょうへき》に吊《つ》るしてやるところだが……お前の言うとおり、また戦場に出ることを考えたらぞっとしたよ」

「で、では……」

「明日夜が明け次第《しだい》、あいつの父親とやらに連絡《れんらく》を取る。自分の子どもをしっかり躾《しつ》けるようガツンと言って、賠償金《ばいしょうきん》をふんだくって終わらせるつもりだ」

マクシーは安堵《あんど》のため息をついた。リフタンが笑《え》みを浮かべながら、彼女の肩《かた》から首筋、頬へと立て続けにキスをした。まだ水気の残る彼の髪《かみ》から、石鹸《せっけん》の良《い》いにおいがする。

不意に、騎士たちは花の香りがする石鹸を鼻先に近づけただけで顔をしかめるに決まっている、とルースが言っていたのを思い出した。彼女が思わず笑みをこぼすと、リフタンは怪訝《けげん》な顔で見つめてきた。

「何がおかしいんだ？」

「リ、リフタンの、か、髪の毛から……バ、バラの香りがして……」

正直に答えると、彼の頬骨《ほおぼね》の辺りがさっと赤くなった。

「せっかくなら良いにおいがしたほうが……お前も喜ぶかと思って……」

うろたえた様子でリフタンが濡《ぬ》れた髪を撫《な》でつける。その姿に、マクシーは胸が締《し》めつけられた。初めて彼を見た時、乱暴な口調や大柄《おおがら》な体格がただ恐《おそ》ろしく、父親のように凶暴《きょうぼう》な人に違いないと思い込んでいたのが嘘《うそ》みたいだ。自分が男性を、それもあれほど怖《こわ》がっていた夫のことを、こんなにも愛おしく感じる日が来るとは夢にも思わなかった。

「さすがに……男らしくなかったか」

自分の体から漂《ただよ》う石鹸のにおいをくんくん嗅《か》いでいたリフタンが、恥《は》ずかしそうな顔でつぶやいた。その姿をじっと見上げていたマクシーは、まだ気怠《けだる》さの残る体を起こして、彼の頬に唇を押し当てた。リフタンの体が石のように固まる。マクシーは頬を染めながらも、リフタンのあごの先にもう一度キスをした。

「そ、そんなことありません。と、とても、い、いい香りがします。そ、それに……リ、リフタンは……いつだって、お、男らしいですよ」

「……だったら、一生この石鹸を使わないとな」

リフタンがマクシーの腰《こし》を抱《だ》き寄せながら、唇を重ねてきた。まだひりひりする胸が、彼の手で優《やさ》しく揉《も》みしだかれる。マクシーは慌《あわ》てて彼を押しやった。

「さ、さっき、あれほど……」

「そっちから誘惑《ゆうわく》しておいて、何を言ってるんだ」

「ゆ、誘惑なんて、し、してな……」

甘美《かんび》な感情が押《お》し寄《よ》せてきて、つい口づけてしまったが、リフタンを再びベッドに引き込むつもりはなかった。すでに我を忘れるほど情熱的な時間を過ごしたばかりなのに。

しかし、彼女の言うことなど何も耳に入らないかのように、リフタンは激しくキスをしながら服を脱《ぬ》ぎ捨《す》てた。

「自業自得《じごうじとく》だ、マクシー」

体を重ねてきたリフタンが、熱に浮かされたような声で囁《ささや》いた。耳元で響《ひび》くうっとりするような低音に、一瞬で体から力が抜《ぬ》ける。彼はマクシーの中にそっと体を沈《しず》めた。痛みよりも満足感の方が大きい。とうとうマクシーは、彼の首に腕を回した。

翌日、正午を過ぎてようやく目を覚ましたマクシーは、メイドの手を借りて体を洗い、身支《みじ》度《たく》を済ませた。リフタンはほとんど一睡《いっすい》もしていない状態で、夜が明けてすぐ侵入者《しんにゅうしゃ》たちに処分を下すため部屋から出て行った。遠方から駆《か》けつけた後、まともに休めていない彼がかわいそうだった。

「奥様《おくさま》、どこかお体の具合でも……？」

髪を梳《と》かしていたルディスが、マクシーの曇った表情を見て心配そうに尋ねたので、マクシーは首を横に振《ふ》った。

「い、いえ……だ、大丈夫《だいじょうぶ》です」

「魔法使《まほうつか》い様《さま》が、お怪我《けが》の具合を見てくださるとおっしゃっていましたが……今すぐお連れしましょうか？」

「け、怪我というほどのものでは……あ、ありません」

転んだ時に少し擦《す》りむいたくらいだ。マクシーは、膝《ひざ》からすねにかけてできたザラザラした傷口に触れながら、思い返した。吹《ふ》き飛《と》ばされた城門の下敷《したじ》きになったり、敵の剣《けん》で斬《き》られたりした衛兵《えいへい》たちは、もっとひどい怪我を負ったはず。この程度のかすり傷で大騒《おおさわ》ぎするのが恥《は》ずかしくて、彼女は首を横に振った。

「ル、ルースを呼ぶ、ひ、必要はありません……」

「まあ、いけません。お体に傷痕《きずあと》でも残ったら……」

珍《めずら》しく強い口調で言いかけたルディスだったが、すぐに出すぎた態度だと思ったのか、さっと口をつぐんだ。

「それでしたら、軟膏《なんこう》をお持ちいたしましょう」

「そ、そうしてもらえますか？」

早速《さっそく》ルディスは部屋から出て行くと、軟膏の入った小さな瓶《びん》と、清潔な包帯を手に戻ってきた。包帯を巻くほどの傷ではなかったが、マクシーは素直《すなお》に薬を塗《ぬ》ってもらい、傷口が汚《よご》れないようきれいな布を巻いてもらった。

「あ、ありがとうございます」

「お食事は部屋にお持ちします」

「い、いえ。しょ、食堂で軽く、す、済ませて、昨日できなかったことを……」

「領主様より、今日は部屋から一歩も出ないでお休みになるように、と言付《ことづ》かっております」

ルディスが伝えると、マクシーはこっそり顔をしかめた。一晩中何度もリフタンに抱かれたせいで、体がだるく疲《つか》れてはいたが、立っていられないほどではない。

「昨日の、さ、騒《さわ》ぎで、す、少し驚《おどろ》いた、だ、だけで……た、体調が悪いわけではありません」

「領主様がお許しにならないかと……」

「主人には……わ、私から、は、話します」

一歩も引かないマクシーに、ルディスはそれ以上反論せずに静かにうなずいた。マクシーは厚手のショールを肩に羽織ると部屋を出た。大きく開け放った窓から、ひんやりした空気が流《なが》れ込《こ》んでくる。マクシーは廊下《ろうか》を歩きながら、きれいに磨《みが》き上《あ》げられた窓枠《まどわく》や、カーペットが敷《し》かれた廊下に目をやった。

「あ、あの……主人は、し、城について、な、何か言っていましたか？」

マクシーの質問に、後ろからついて来たルディスが困ったような顔をした。

「昨日の騒ぎのせいで、領主様はあたりをじっくりご覧になる余裕《よゆう》がなかったのでしょう」

「そ、そうですか……」

「でも、騎士の皆様《みなさま》は驚いていらっしゃいました」

マクシーのがっかりした表情を見て、ルディスが急いで付け加えた。普段《ふだん》は物静かで落ち着いているメイドが、かすかに笑みを浮かべている。

「昨夜の遅《おそ》い時間に、騎士の皆様が夕食をとりにグレートホールにいらしたんです。城をご覧になると、見違《みちが》えるほど美しくなったと大層褒《ほ》めていらっしゃいました」

「ほ、本当に……？」

おずおずと尋ねると、ルディスがもう一度うなずいた。マクシーはひときわ軽くなった足取りで廊下を通り過ぎ、階段を下りて行った。彼女が姿を見せた途端《とたん》、ホールの窓を拭《ふ》いていたメイドたちが、背筋を伸《の》ばして礼儀正《れいぎただ》しくお辞儀《じぎ》した。

彼女たちに挨拶《あいさつ》を返しながら食堂に入ると、ちょうど中で食事をしていたルースとレムドラゴン騎士団の三人の団員が頭を上げた。

マクシーはぴたりと足を止めた。特別な日でない限り、騎士たちは大抵《たいてい》宿舎で朝食と昼食を済ませていたはずだ。リフタンのいない場所で彼らと顔を合わせるのは初めてなので、どう声をかけたらいいか分からない。

所在なく立ったまま視線をさまよわせていると、ルースが大きなあくびをしてから、興味のなさそうな口調で挨拶してきた。

「こんにちは、奥様。昨日転んだ時に怪我をされたところは大丈夫ですか？」

「だ、大丈夫です。す、少し、す、擦りむいただけなので」

ルースがぼさぼさの頭を掻《か》きながら、マクシーの全身に目を走らせた。

「そのようですね。カリプス卿《きょう》が奴らを取って食わんばかりの勢いだったので、てっきり骨折でもなさったのかと思いましたよ」

ルースは冷たく言い放つと、隣《となり》の席の椅子《いす》を引いた。

「ひとまず座《すわ》ってください。奥様にも昼食を……」

そうして、マクシーが断る間もなく使用人に命じた。他の騎士たちの顔色をちらりとうかがった彼女は、ためらいながら食卓《しょくたく》についた。気まずい空気が流れる。食事が運ばれるのをじりじりしながら待っていたマクシーだったが、沈黙《ちんもく》に耐《た》えきれず口を開いた。

「リ、リフタンは……どこに……」

「カリプス卿は、城門の修理をしている現場にいらっしゃいます。今度は鉄の門をつけるとかで、鍛冶屋《かじや》と技師を呼び集めていました」

ルースはちぎったパンを口に入れながら、ぶつぶつ文句を言った。

「しかも、防御用《ぼうぎょよう》の魔道具まで設置するそうですよ。ただでさえ城の守りには病的なまでにこだわる方なのに、あのどうしようもない貴族がさらに火をつけたってわけです」

「よ、用心するに、こ、越《こ》したことはないですから」

マクシーは会話の糸口が見つかったことにホッとしながら、ことさら明るい声で答えた。ルースは顔をしかめ、心底納得《なっとく》がいかない様子で叫《さけ》んだ。

「その防御用の魔道具を作るために、今から苦労するのは僕《ぼく》ですけどね」

ちょうどその時、メイドが鶏肉《とりにく》の入ったスープと葉野菜のサラダ、焼き立てのパンを運んできて食卓に並べた。

マクシーはゆらゆらと湯気の上がるスープを口に運び、目を泳がせた。魔道具を作るということが、正確にはどういう作業を意味するのかは分からないが、魔法使いが珍しく弱音を吐《は》いているところを見ると、さぞ手間がかかって面倒《めんどう》なことに違いない。

ルースは食事中もずっと頭を抱《かか》えてうんうん唸《うな》っていた。そうしているかと思えば、何かひらめいたように突然《とつぜん》顔を上げてマクシーに尋ねてきた。

「そういえば、奥様は数学の基礎《きそ》知識をお持ちですよね？」

第四十二話

スープを飲んでいたマクシーは、危《あや》うくむせそうになった。

ルースの瞳《ひとみ》は常にぼんやりと眠《ねむ》たそうに見えたが、彼《かれ》はその青みがかった灰色の瞳を、恐《おそ》ろしいほどきらきら輝《かがや》かせながら見つめてきた。その様子を目にしたマクシーの額に冷たい汗《あせ》が浮《う》かんだ。

数学の知識などないと答えれば、ただでさえマクシーにまったく関心を示さず、存在すら無視している騎士《きし》たちの前で、自分の愚《おろ》かさを認めてしまうことになる。だが知識があると答えれば、これから大変な毎日になる予感がする。

どちらとも決めかねたマクシーは、ルースから目をそらして夢中でスープを飲んでいるふりをした。ルースが身を乗り出して視界を遮《さえぎ》る。目を細めてにらんでくる彼に、マクシーの良心がちくちくと痛んだ。

「まさか、恩を仇《あだ》で返すおつもりですか？」

「わ、私では、と、とても、ま、魔法使《まほうつか》い様《さま》の、お、お役には……た、立てませんから……」

「そんなこと分かってます！　猫《ねこ》の手も借りたいほどの状況《じょうきょう》でなければ、僕《ぼく》だって奥様《おくさま》にこんなことを頼《たの》みませんよ」

マクシーにいくらか残された手伝いたいという気持ちもすっかり吹《ふ》き飛《と》んでしまった。彼女《かのじょ》の沈《しず》んだ表情に気づいたのか、魔法使いはわざと同情を誘《さそ》うような顔をしてみせた。

「僕が物質的にも精神的にも奥様の手助けをしたこと、お忘れじゃありませんよね？」

「で、でも、ほ、本当にそんな知識は……」

能力も問題だが、下手に手伝うと言ってしまったら、後からどれだけいじめられ、つらい思いをさせられるか分かったものではない。この魔法使いの気難しさは尋常《じんじょう》ではないのだ。

マクシーがさりげなく視線をそらすと、ルースはしつこく食い下がってきた。

「簡単な計算の作業だけ手伝っていただければ結構です。奥様でも十分こなせることですから」

「おい、魔法使い……いい加減にしろよ。レディに対して失礼じゃないか」

二人の会話が聞こえていないふりをしながら黙《だま》って食事をしていた騎士が、見かねた様子で口を挟《はさ》んできた。ルースは彼に見向きもせず、マクシーに懇願《こんがん》するような眼差《まなざ》しを向けてくる。

ここで断れば、顔を合わせるたびにとんでもない恩知らずだと罵倒《ばとう》してくるかもしれない。この偏屈《へんくつ》な魔法使いなら十分あり得るだろう。

とうとうマクシーは、仕方なく首を縦に振《ふ》った。ルースはパッと顔を輝かせると、お礼にじゃがいも料理を彼女の皿に取り分けてやった。

「このご恩は忘れません」

「……いつの間にか、ずいぶん親しくなったようですね」

黙って彼らのやり取りを聞いていた大柄《おおがら》な騎士、ヘバロンが頭の後ろを掻《か》きながら言った。

マクシーは一瞬《いっしゅん》ためらってから慎重《しんちょう》に答えた。

「し、城を改装する際に、色々と、じょ、助言してもらったんです」

「ああ……」

騎士はぎこちなくつぶやくと、大きな口でパンにかぶりついた。その冷たい態度にマクシーはしょんぼりとうなだれた。

だいぶ経《た》ってから、ヘバロンがぶっきらぼうに言った。

「ずいぶん城が立派になりましたね」

「あ……ありがとうございます」

ヘバロンはそわそわと視線をさまよわせた。彼もマクシーに劣《おと》らず気まずそうに見える。それもそのはず、初めて顔を合わせたのはずっと前なのに、互《たが》いにきちんと紹介《しょうかい》を受けて挨拶《あいさつ》を交《か》わしたことがなかったのだ。

彼らに対してどう接したら良《い》いか分からず、マクシーはひたすらスープを掻《か》き回《まわ》した。気まずい沈黙《ちんもく》がしばらく続いた後、黙々《もくもく》と食べていた騎士たちが一人二人と席を立ち、軽く会釈《えしゃく》するとそのまま食堂から出て行ってしまった。マクシーがしゅんとした顔で彼らの後ろ姿を見送っていると、ルースのため息交じりの声が聞こえてきた。

「レムドラゴン騎士団はクロイソ公爵《こうしゃく》から不当な仕打ちを受けたんです。ああいった態度をとるのも無理はありません」

マクシーはぎくりとしてルースを見つめた。彼はとろみのあるスープにたっぷりパンを浸《ひた》して食べながら、淡々《たんたん》とした口調で話を続ける。

「今回のドラゴン討伐《とうばつ》の遠征《えんせい》も、結果的にはレムドラゴンの名を全大陸に轟《とどろ》かせるきっかけになりましたが……運が悪ければ、騎士団は壊滅《かいめつ》状態に陥《おちい》っていたはずです。レッドドラゴンはそれほど恐ろしい存在でしたから。カリプス卿《きょう》がいらっしゃらなければ、ここに座《すわ》っていた者のうち、何人かはすでにこの世にいなかったでしょうね。実際、死の一歩手前だった方たちもいます。とりわけカリプス卿は……最前線で戦いながら、何度も生死の境をさまよわれました」

マクシーは体をこわばらせた。ルースの口調は、何の変哲《へんてつ》もない話でもするように単調だった。

「クロイソ公爵は、それほど過酷《かこく》で危険な遠征をカリプス卿に押しつけたんです。しかもその娘《むすめ》は、自分の父親の代わりに死地に追いやられた夫に対して、妻として最低限の務めすら果たしませんでした」

「わ、私は……！」

「カリプス卿に仕えている騎士たちは、ずっとそう思ってきたんです」

ルースはスプーンを置きながら、表情も変えずにそう言ってのけた。マクシーはただ唇《くちびる》をぴくりとさせた。これまでずっと、放置されていたのは自分の方だと思っていた。リフタンは無理やり私を押しつけられ、何も言わずに行ってしまったのだと。

マクシーは、リフタンが自分のことなど望んでいないと思い込んでいた。だが、こちらの言い分を並べ立てたところで、言い訳にしか聞こえないに決まっている。

彼女は真っ青になった顔で、かろうじて一言だけ絞《しぼ》り出《だ》した。

「わ、私は……リ、リフタンが……私を、し、城に連れて行く、つ、つもりだとは……し、知らなかったんです」

「奥様をお連れするためにクロイソ城を訪《おとず》れた騎士たちは、門前払《もんぜんばら》いされましたよ」

マクシーは消え入りそうな声で答えた。

「そ、そんなことがあったとは……き、聞かされて、い、いませんでした」

「奥様がクロイソ城の騎士たちを引き連れて、直接アナトールを訪れることもできたんじゃないですか？」

マクシーは口をつぐんだ。彼女が城から出るのを父親が許すはずがないとは、どうしても言えなかった。そもそもマクシーは、夫の領地を訪ねて行くという発想自体できなかったのだ。しょんぼりとうなだれると、ルースが小さくため息をつきながら言った。

「今さら過ぎたことを責めたところで、どうなるものでもないでしょう。騎士たちがどんな態度で接しようと、奥様がカリプス卿の奥方《おくがた》であることに変わりありません。あからさまに無礼を働くようなことがない限り、あまり気になさらないでください」

ルースは慰《なぐさ》めているのか面倒《めんどう》くさがっているのか分からない口ぶりで言い放つと、席を立った。大して関心のなさそうな態度にそれ以上弁解することもできず、マクシーは力なくうなずいた。

「では近いうちに、私を手伝いに図書館へ来てくださると信じています」

ルースは軽い調子でそう言うと、肩《かた》をぐるぐる回しながら食堂から出て行ってしまった。マクシーはぼんやりとスープをかき混ぜながら、ルースが言ったことをじっくり反芻《はんすう》した。

彼らは皆《みな》、自分たちの領主を死地に追いやったまま知らん顔を決め込んでいたふてぶてしい女が、今になって女主人を気取ろうとしていると腹を立てているのだろうか。

そう思った途端《とたん》、突然《とつぜん》胃がねじれるように痛み出した。

城門の前でロブ・ミダハスと名乗る男に嘲笑《ちょうしょう》されたことまで思い出し、マクシーはいっそう自信がなくなった。アナトールの領民たちは、あれほど情けない姿を見せた女主人を誇《ほこ》らしく思うはずがない。

マクシーはこれ以上気分が落ち込んでいくのに耐《た》え切れず、そのまま立ち上がって食堂から出た。

「奥様！」

あれこれ思《おも》い悩《なや》みながらホールを横切っていた時、背後からロドリゴの声が聞こえてきた。

マクシーが足を止めて後ろを振《ふ》り返《かえ》ると、彼は大きな箱を抱《かか》えてグレートホールの中に入って来るところだった。

「領主様がお呼びでございます」

「北の、じょ、城門に、い、行ったと、き、聞いたのですが」

「ついさっきお戻《もど》りになりました。今、庭園に……」

ロドリゴが最後まで言い終わらないうちに、マクシーはドアの外へ走り出した。

東屋《あずまや》を通り過ぎて階段の手前で立ち止まると、広い庭園の中で慌《あわ》ただしく荷物を運ぶ使用人たちの姿が見えた。マクシーは目を丸くした。庭園の前には、四頭の馬が引く巨大《きょだい》な荷馬車が停《と》まっている。使用人たちはその中からひっきりなしに小さな箱を持ち出して、城へと運んでいた。

マクシーは彼らの横を通り過ぎ、慎重に階段を下りて行った。馬車の前で、南大陸の商人らしき身なりをした二人の男性と話していたリフタンが、肩越《かたご》しに振《ふ》り向《む》いた。

「マクシー」

マクシーは飼い主に呼ばれた子犬のように、素早《すばや》く彼の元へ駆《か》けて行った。商人から馬の手《た》綱《づな》を受け取ったリフタンが、そっと手前に引く。すると、ため息が出るほど美しい雌馬《めすうま》が、彼に従うようにゆっくりと前に歩いて来た。

「ほら」

長く優美な馬の首を優《やさ》しく撫《な》でながら、リフタンがいきなり手綱を差し出した。マクシーは訳が分からず、呆然《ぼうぜん》としたまま目をパチクリさせた。

「気に入らないか？」

「えっ……？」

どういう意味か理解できずに聞き返すと、リフタンが彼女の手を取って無理やり手綱を握《にぎ》らせた。

「帰りにたくさん土産《みやげ》を買ってくると言っただろ？」

マクシーは目を見開いて、リフタンの平然とした表情と、大人しい馬の顔を代わる代わる見つめた。彼はすっかり面食らっているマクシーの腕《うで》を引き寄せ、馬の顔を触《さわ》らせた。

マクシーが震《ふる》える手で黄金色《こがねいろ》のたてがみを撫でる。雌馬はそれに応えるように、鼻先をそっと彼女の手のひらにこすりつけた。

「ここにいる馬は皆、体が大きくて気性《きしょう》が荒《あら》いから、お前には合わないだろうと思ってな。まだ若い馬だがしっかり調教されているから、きっと扱《あつか》いやすいはずだ」

「と、とても……き、きれいな馬ですね……」

魅入《みい》られたようにつぶやくと、リフタンは満足そうな笑《え》みを浮かべた。

「もうお前のものだ」

「こ、こんなに……す、素敵《すてき》なプレゼントは、は、初めてです」

雌馬が愛嬌《あいきょう》たっぷりに鼻を鳴らしながら、彼女の手のひらに顔を押しつけてきた。マクシーは優しく口の周りや鼻先を撫でてやりながら、リフタンがくれた思いがけないプレゼントをうっとりと眺《なが》めた。

細長い脚《あし》にすらりとした腰《こし》、黄金色の豊かなたてがみと賢《かしこ》そうな黒い瞳が、絵のように美しい雌馬だ。均整のとれた体つきと、艶《つや》のある毛並みを見ただけで、優《すぐ》れた品種であることが分かる。マクシーは興奮した声で尋《たず》ねた。

「ほ、本当に、い、いただいても、い、いいんですか？」

「お前のものだと言っただろう」

リフタンが眉間《みけん》にしわを寄せながら答えた。

「お前以外、こんな上品な馬に乗る奴《やつ》もいない」

その言葉を聞き取ったかのように、馬が激しく鼻を鳴らした。マクシーが小さく笑いながら馬の耳を撫でてやる。リフタンは頭を傾《かたむ》けて、その様子をじっと見つめながら聞いてきた。

「気に入ったか?」

「と、とても、き、気に入りました」

気に入ったなどというレベルではない。感激で震える声を落ち着かせながら、マクシーはそっと付け加えた。

「ほ、本当に……ありがとう」

第四十三話

その時、マクシーをじっと見つめていたリフタンが、頭を下げてキスをしてきた。

マクシーは驚《おどろ》いて一歩後ろに下がった。リフタンは何事もなかったかのように、平然とした顔で商人たちの方へ向き直った。

「妻が喜んでいる。謝礼として、五割ほど上乗せしよう。もう一日二日はかかると思っていたが、急いでくれて礼を言う」

「とんでもございません！　旦那様《だんなさま》のお申し付けとあれば、いつなんどきでも駆《か》けつけますとも！」

マクシーは彼《かれ》らの会話を上《うわ》の空《そら》で聞きながら、赤くなった顔を馬の首の後ろに隠《かく》した。こんなにたくさんの人が見ている前で、堂々と愛情表現をするリフタンに戸惑《とまど》ってしまう。

変な目で見られていないかと周囲を見回していると、商人との会話を終えたリフタンが、彼女《かのじょ》の肩《かた》に腕《うで》を回して抱《だ》き寄《よ》せながら言った。

「部屋に行って、他のものも気に入るかどうか見てみよう」

「ま、まだ……あるんですか？」

「今使用人たちに運ばせている箱は、全部お前への土産《みやげ》だ」

そう言うと、リフタンは荷馬車いっぱいに積んできた箱を指差した。マクシーはぽかんと口を開けた。どう見ても、一部屋を埋《う》め尽《つ》くすほどの量だ。

「部屋に運ぶように言っておいた。おいで」

リフタンは手綱《たづな》をそばにいた使用人に渡してから、グレートホールに向かって歩き出した。マクシーは雲の上を歩くように、そっと彼の横に並んだ。ついさっきまで、あれほど憂鬱《ゆううつ》で不安な気持ちだったことが信じられない。

「じょ、城門の修理で……い、忙《いそが》しいのではないですか？」

「必要なことはすべて指示した。新しい城門が完成するまで、騎士《きし》たちが交代で警備につくようにな。だから俺《おれ》が目を光らせていなくても、侵入者《しんにゅうしゃ》たちが領内に入《はい》り込《こ》んで暴れ回ることはないはずだ」

治安を心配したのではなく、忙しくて大変な時にリフタンの時間を奪《うば》ってしまうのが申し訳なくて言った言葉だったが、マクシーはあえて訂正《ていせい》しなかった。

二人は階段を上り、大きくドアが開かれた城の中に入った。窓から降り注ぐ日差しが、赤いカーペットの上に美しい金色の光をちりばめている。その上を悠々《ゆうゆう》と歩いていたリフタンが、不意に顔を向けてきた。

「そういえば、まだちゃんと感想を言ってなかったな。城が見違《みちが》えるほど立派になったよ。お前が色々と尽力《じんりょく》してくれたと執事《しつじ》から聞いたぞ」

思いがけない褒《ほ》め言葉に、マクシーは頰《ほお》を染めた。

「き、気に入ってもらえましたか……？」

「もちろん気に入ったさ。朝に階段を下りていた時、あっと驚《おどろ》いたよ。一瞬《いっしゅん》、夜の間に別の城に移ったのかと思ったくらいだ」

リフタンの大げさな口ぶりに、マクシーは安堵《あんど》のため息をついた。

「き、昨日、な、何もおっしゃらなかったので……し、心配していたんです」

「かんかんに怒《おこ》っている時に、『ところでずいぶん城が美しくなったな、よくやってくれた』なんて言うのもおかしいだろ。そもそも、自分の妻があんな修羅場《しゅらば》の中心でへたり込《こ》んでいるのを見た後で、城なんか目に入ると思うか？　たとえ城中が金で覆《おお》われてたって、あの時は気づきもしなかったはずだ」

リフタンが目を細めて、辛辣《しんらつ》な口調で吐《は》き捨《す》てた。思い出すだけで怒《いか》りがこみ上げるといわんばかりに冷たく揺《ゆ》れる瞳《ひとみ》に、マクシーはどうしていいか分からず目を伏《ふ》せた。リフタンは小さくため息をつくと、安心させるように彼女の頭を撫《な》でた。

「もう怒らないから、そう落《お》ち込《こ》むな。土産でも見に行こう」

マクシーは、大人しくリフタンに続いて歩き出した。階段を上がり部屋に入ると、山積みになった箱を整理している使用人たちの姿が目に入った。手癖《てくせ》の悪いメイドがいないか厳しく見張っていたルディスが、リフタンたちの姿を見つけて慌《あわ》ててお辞儀《じぎ》した。

「お戻《もど》りでございますか」

「荷物はこれで全部か？」

「はい、全部で三十二箱ございます。ご確認《かくにん》なさいますか？」

リフタンがうなずくと、使用人たちは火かき棒で一つ一つ箱を開け始めた。マクシーは目の前で次から次へと開けられていく土産の品々を、ただ呆然《ぼうぜん》と眺《なが》めた。

南大陸から入ってきた上質なシルクと、華《はな》やかな模様の織物《おりもの》、艶《あで》やかに輝《かがや》くキツネの毛皮に、蛇《へび》の皮で作られた腰紐《こしひも》、金の糸で編んだショール、銀製の手鏡、それから真珠《しんじゅ》の飾《かざ》りが付いたヘアピン……。

ロゼッタが豪華《ごうか》な贈《おく》り物《もの》に囲まれている姿は数え切れないほど目にしてきたが、自分がその当事者になるのは初めてで、頭の中が真っ白になった。マクシーはぼんやりしたまま、震《ふる》える声で言った。

「こ、これを全部……わ、私に？」

「どうした？　気に入らないか？」

眉《まゆ》をひそめて聞き返すリフタンの言葉に、マクシーは急いで首を左右に振《ふ》った。彼女の異母《いぼ》妹《まい》はどんなにたくさんの宝石をプレゼントされても、表情一つ変えなかった。公爵家《こうしゃくけ》の令嬢《れいじょう》がこの程度で驚く姿を見せたら、おかしく思われるだろう。マクシーはロゼッタの高慢《こうまん》な態度を思《おも》い浮《う》かべながら、どうにか平静を保った。

「い、いいえ。と、とても……素敵《すてき》です」

リフタンはホッとした様子で、使用人たちに残りの箱も開けさせた。マクシーはあらゆる贅《ぜい》沢品《たくひん》に慣れきった貴族の令嬢のように冷静なふりをしようとしたが、何度もあんぐり口が開いてしまうのを止められなかった。

エメラルドが埋《う》め込《こ》まれたヘアピンを宝石箱から取り出したリフタンは、マクシーの耳の上に注意深く挿《さ》してから、きらめくダイヤモンドのネックレスを首に着けてくれた。マクシーは、自分には分不相応に思えるほど高価な装身具を見下ろしながら、いたたまれない気持ちでいっぱいになった。リフタンは嬉《うれ》しそうな顔で、彼女の頰に唇《くちびる》を押《お》し当《あ》てた。

「思ったとおり、よく似合ってる」

「あ、あり……がとう」

頰を染めてそう返すと、リフタンが満足そうな表情を浮《う》かべた。彼はマクシーの顔に落ちてきた髪《かみ》の毛《け》を指先でそっと耳にかけてやってから、別の装身具も取り出して体に当ててみせた。マクシーは気まずい思いで、鏡に映った自分の姿を見つめた。

リフタンは、まるで彼女が世界で一番高貴な王女であるかのように接している。それが嬉しい反面、後ろめたくもあった。似合わない仮面を被《かぶ》って舞台《ぶたい》に上がった道化師《どうけし》になったような気分だ。

「どうしてそんな顔をしてるんだ？　好みじゃないのか？」

彼女のこわばった表情を見て、リフタンが眉間《みけん》にしわを寄せながら尋《たず》ねた。マクシーは急いで嬉しそうな顔をした。

「い、いいえ、本当にきれいです。ま、毎日、い、忙しかったでしょうに……いつ、こ、こんなにたくさん、買ってくれたんですか？」

「俺のせいで、クロイソ城で身に着けていた宝石や服は全部置いてきてしまっただろ？　時間をひねり出してでも埋《う》め合《あ》わせしないとな」

リフタンがにこやかに笑いながら言う。マクシーは曇《くも》った表情を慌てて隠した。棘《とげ》が刺《さ》さったように、胸《むね》の奥《おく》がちくちく痛む。

「き、気を使ってくれて……う、嬉しいです」

どうにか微笑《ほほえ》んでみせると、リフタンは安心した様子で、使用人たちに箱を片付けるよう伝えた。マクシーは後ろに立ったまま、奇妙《きみょう》な罪悪感を心の中から消し去ろうと努力した。別に嘘《うそ》をついているわけではない。リフタンが勝手に、自分のことを高貴なレディだと思い込んでいるだけ。繰《く》り返《かえ》しそう言い聞かせても、きまりの悪さはなかなか消え去らなかった。

✣

土産がすべて到着《とうちゃく》したことを確認したリフタンは、すぐに捕虜《ほりょ》たちの様子を見に外へ出て行った。

マクシーは前日の騒動《そうどう》で途中《とちゅう》になってしまった、織物の注文書を作成し始めた。メイドたちとじっくり話し合い、抜《ぬ》け落《お》ちがないよう注意してリストを書き上げてから、冬に食べる保存食を作る作業がきちんと進んでいるか確かめるために厨房《ちゅうぼう》へ向かった。

どこの城でも、晩秋から初冬までが一年で最も忙しい時期だ。本格的に寒くなり始めると、新鮮《しんせん》な野菜を手に入れることが難しくなり、肉類も数倍に値上がりしてしまう。

厨房の使用人たちは、長期間保存できる干し肉や果物の砂糖漬《づ》け、ソーセージの燻製《くんせい》、それから製粉所で大量の小麦粉を用意するために、片時も休まず働かざるを得なかった。しかも空いた時間には、家畜《かちく》に食べさせる秣《まぐさ》も準備しなくてはならないのだ。

「冬は家畜に食べさせる草が手に入りにくくなるので、一定数だけ残して食用にしています。肉屋で牛とブタの血を抜《ぬ》いて内臓を下処理し、それが城の厨房に送られてきたら、肉は煙《けむり》でいぶしてから保存して、内臓はきれいに洗った後、ソーセージを作るのに使うんです」

マクシーはルディスの説明を聞きながら、油のにおいが立ち込めている厨房の中を見回した。普段《ふだん》から大勢の使用人でごった返している慌ただしい厨房だが、ここ数日はさながら戦場のようだった。

片側の壁《かべ》に寄せた広いテーブルには、三、四人ほどの使用人が大きな盥《たらい》と皿を積み上げてソーセージを作っている。その反対側では、きれいに血を抜いた大きな肉の塊《かたまり》を、のこぎりで小さく切り分けていた。

その時、強い煙のにおいが鼻をついた。マクシーは鼻にしわを寄せながら、においのする方へ顔を向けた。大きく開け放ったドアの外に、石を積んで作った急ごしらえのかまどが四つ見える。五、六人ほどの使用人たちが、その上に大きな金網《かなあみ》を置いて肉の塊を燻製にしていた。

そのものすごい量に、マクシーは怯《おび》えたような顔をした。

「こ、こんなにたくさんの肉は、は、初めて見ます」

「しばらくの間十分に食べられる量を用意しました。とはいえ、燻製にした肉はあまり長く保存できないので、大部分は干し肉にする予定です。干し肉は騎士の方々が遠征《えんせい》に出られたり、三、四日間の討伐《とうばつ》に行かれたりする際にも貴重な食料になりますから」

「こ、これを全部、ほ、干し肉に、す、するんですか？」

マクシーは好奇《こうき》に満ちた眼差《まなざ》しで、壁から吊《つ》るされた肉の塊を見つめた。ルディスが差し出した記録帳には、毎年貯蔵している食料の重量と、今年備蓄《びちく》する食料の重量が細かく記されていた。

「騎士団が遠征からお戻りになったので、去年の倍の量を手配しました。本当なら、気温が下がる前に仕込《しこ》んでおかなければならなかったのですが……」

「だ、だいぶ時間が、か、かかるんですか？」

「肉を塩漬《しおづ》けにして数日間水気を抜いた後、薄《うす》く切り、また何日間か陰干《かげぼ》ししなくてはなりません。かなり手間がかかる方ですね」

城をしつらえるのに忙しくて冬を迎《むか》える準備が遅《おそ》くなったのだと気づき、マクシーは申し訳なく思った。そんな彼女の気持ちを察したのか、ルディスが急いで付け加えた。

「それでも人手が増えたので、気温がもっと下がる前に準備を終えられそうですよ」

「そ、それなら、い、いいのですが……」

マクシーは汗《あせ》だくになって働く使用人たちを見ながら、言葉を濁《にご》した。城の中の一切《いっさい》の家事を、隅々《すみずみ》まで漏《も》れなく監督《かんとく》するのが城主の妻の務めだ。彼女がこれまで見てきたところ、使用人たちの労働量はあまりにも多すぎる。マクシーは食料の貯蔵方法についての説明を聞きながら、これからするべき作業がどれだけあるか見積もってみた。

やはり、リフタンに使用人たちをもっと雇《やと》えるか聞いてみたほうがいいだろう。城の使用人たちは、食事を作るのはもちろん、兵士たちの防寒着を仕立て、家畜の世話をし、城を隅々まで掃除《そうじ》して磨《みが》き上《あ》げ、一日中体を酷使《こくし》して働いているのだ。

「あ、明日すぐにでも、ア、アデロンに、は、働ける人を、しょ、紹介《しょうかい》してもらえるか、き、聞いてみないと……」

「奥様《おくさま》！」

第四十四話

マクシーがまだ言い終わらないうちに、突然《とつぜん》威勢《いせい》のいい声が飛び込んできた。

振《ふ》り返《かえ》ったマクシーは目を丸くした。肉を焼いているかまどの横に、六人の見習い騎士《きし》たちが汗《あせ》びっしょりの顔で立っていたのだ。彼《かれ》らの先頭にいたユリシオン・ロバールが、マクシーを見て嬉《うれ》しそうに駆《か》け寄《よ》ってきた。

「昨日、大変な目に遭《あ》われたと聞きました。お怪我《けが》はありませんか？　もう出歩いてもよろしいんですか？　とんでもない不届き者どもが、奥様《おくさま》になんて真似《まね》を……！」

「わ、私は……大丈夫《だいじょうぶ》です」

忙《せわ》しなく質問を浴びせるユリシオンに驚《おどろ》いて、目をパチクリさせながら答えると、彼の相棒のガロウが小さくため息をついた。

「ユーリ、少し落ち着け。奥様が困っていらっしゃるだろ」

「だって、ガロウ……僕《ぼく》は今回ほど騎士の称号《しょうごう》を受けてないことを悔《く》やんだことはないよ」

ユリシオンがしょんぼりと言った。すっかり気落ちしたその姿に、マクシーはそっと笑《え》みをこぼした。まるで血統の良《い》い大きな子犬が、尻尾《しっぽ》をだらりと下げているようだ。

「し、心配してくれて、あ、ありがとう。で、でも私は、な、何ともありません。へ、兵士たちが怪我をしましたけど……ちょ、ちょうど、主人が、も、戻《もど》ってきたので」

「その話は僕も聞きました。奴《やつ》らは、カリプス卿《きょう》のあまりの迫力《はくりょく》に恐《おそ》れをなして、即座《そくざ》に降《こう》伏《ふく》したそうですね？　まったく情けない腰抜《こしぬ》けどもです。もっとも、リバドンの卑劣《ひれつ》な連中なんかが、カリプス卿に敵《かな》うわけがありません！」

マクシーは困った顔で目を泳がせた。この少年はいったんリフタンの称賛《しょうさん》を始めたら、なかなか終わらないのだ。案の定、ユリシオンの隣《となり》にいるガロウは、すでにうんざりしたように首を横に振《ふ》っている。

マクシーは苦笑いを浮《う》かべながら、興奮している少年の話をさりげなく遮《さえぎ》った。

「と、ところで、ちゅ、厨房《ちゅうぼう》には何の用で……？」

ユリシオンはそこでようやく思い出したように、後ろで所在なげに立っている他の見習い騎士たちを振り返って見た。

「肉を焼いているにおいにどうしても我慢《がまん》できなくなって、訓練中にこっそり抜《ぬ》け出《だ》してきたんです」

皆《みな》気まずそうな顔をしているのは、そのせいだったらしい。マクシーは、女主人が団長に告げ口しないかと怯《おび》えている少年たちを安心させようと、優《やさ》しく微笑《ほほえ》んでみせた。

「ちょ、ちょうど、ソ、ソーセージを茹《ゆ》でていたところです。料理長、み、皆さんに一皿、も、盛り付けてもらえますか？」

きれいに洗ったブタの腸に肉だねをぎゅうぎゅうに詰《つ》め込《こ》んでいた料理長が、赤く上気した顔を上げてにっこり笑った。

「今、向こうのかまどで焼いています。おーい！　ソーセージを山盛り持ってこい！」

腹を空《す》かせた少年たちが、わっとそちらに集まった。

マクシーは彼らが気兼《きが》ねなく食べられるように、こっそりとその場を離《はな》れた。厨房から出ると、廊下《ろうか》のあちこちで照明に火を灯《とも》している使用人たちの姿が目に入った。

日が短くなったため、あらかじめ明かりをつけておかないとあっという間に城中が真っ暗になる。事故が起きないとも限らないので、中央ホールと階段は早い時間から明るく照らしておく必要があった。

新しく注文した壁掛《かべか》けの照明を至るところに設置したおかげで、城の中が前の倍は明るくなったが、使用人たちもその分忙《いそが》しくなってしまった。

マクシーは廊下を歩きながら、固く決心したように言った。

「あ、明日にでも、す、すぐに人手を、ふ、増やしましょう」

「そこまでなさらなくても……」

「い、いいえ。これほど大きな城を、か、管理するには、もっとたくさんの、し、使用人が必要です。み、身の回りの世話が必要な、ひ、人も多いですし……。す、少なくとも今より、さ、三十人は必要だと、お、思いますが……す、住むところは、た、足りるでしょうか？」

「もちろんでございます。一階に、使用人用の部屋がたくさん空《あ》いております」

「で、では今日中に、しゅ、主人と相談して、み、みます」

マクシーは最後に畜舎《ちくしゃ》を見回ってから部屋に戻り、簡単に日誌を書いた。カリプス城のように大きな城を切り盛りするためには、城でどんなことが起きているか隅々《すみずみ》まできちんと把握《はあく》しておく必要がある。

「奥様。領主様より、遅《おそ》くなるため先に夕食をお召《め》し上《あ》がりになるようにとのご伝言です。食堂にお食事をご用意いたしましょうか？」

どのくらい机にかじりついていたのだろうか。しばらく外に出てから戻ってきたルディスが、遠慮《えんりょ》がちに声をかけてきた。マクシーが窓の外に目をやると、いつの間にかすっかり暗くなっている。リフタンはこんな時間まで外にいるのだろうか。いくら鋼《はがね》のような男性とはいえ、さすがに心配になった。少しでもいいから、休息をとるべきだろうに……。

「奥様？」

「あ……へ、部屋に持ってきて、く、ください」

マクシーはルディスの訝《いぶか》しげな顔に気づき、急いで返事をしてから席を立った。暖炉《だんろ》の前に座《すわ》った彼女《かのじょ》は、意味もなく薪《まき》をかき混ぜながら燃《も》え盛《さか》る炎《ほのお》を眺《なが》めた。

カリプス城の一日はひどく長いようでありながらも、あっという間に過ぎてしまう。バタバタと慌《あわ》ただしい時間を過ごしている時は大変に思うこともあるが、父親の城で死んだように暮らしていた時とは比べ物にならないほど充実《じゅうじつ》していた。

リフタンも満足しているだろうか？

食堂でルースが言っていたことを思い出し、マクシーは顔を曇《くも》らせた。騎士たちの態度を見ただけで、リフタンが彼女の父親からどれほど不当な扱《あつか》いを受けたのか分かった。マクシーのことを恨《うら》んでもおかしくないのに、彼はむしろ、何とかして彼女をもっと満足させようと気を使ってくれている。

正直なところ、どうして彼がそこまで良くしてくれるのか理解できなかった。どう考えても、自分には人の心を惹《ひ》きつけるような魅力《みりょく》はない。まばゆい美貌《びぼう》や際立《きわだ》った才能があるわけでもなく、頭の回転が速いわけでもないのだ。

せいぜい自慢《じまん》できるものといえば、公爵《こうしゃく》家《け》の長女という血筋だけ。しかし、それすらも王女に比べたら霞《かす》んでしまうほどの身分である。一体リフタンは、自分のどんなところをそこまで気に入ってくれているのだろうか。

(どういう理由であれ……私にとって身に余る幸運であることに間違《まちが》いないわ)

マクシーは、父親が言っていたことを認めるしかなかった。あれほどつらい思いをさせられていた父親の暴挙が、思いも寄らない幸運となって返ってきたのだ。マクシーはこの幸せが跡《あと》形《かた》もなく消えてしまわないよう、精一杯《せいいっぱい》努力しようと固く心に誓《ちか》った。

✣

「うーん……」

長く硬《かた》い指が、マクシーの服の上から優しく胸《むね》を包《つつ》み込《こ》んだ。マクシーは浅い眠《ねむ》りから覚め、窓からかすかに漏《も》れてくる夜明けの光に気づいた。夕食を終えてベッドに座り、本を読んでいるうちに眠ってしまったらしい。

ひんやりした明け方の空気に肩《かた》をすくませながら、なかなか開かない目をぼんやりとまたたいていると、がっしりした腕《うで》が腰《こし》を強く締《し》めつけてきた。

マクシーは驚いて後ろに顔を向けた。いつ戻ったのか、ズボンだけを身につけたリフタンが横向きになって寝《ね》ている。マクシーは疑わしそうに、彼の顔を軽くにらんだ。

(寝てるふり、じゃないのかしら……？)

何度も騙《だま》された前例があるので、マクシーは目を細めてしばらくの間リフタンをじっと見つめた。しかし、彼はすやすやと規則正しく穏《おだ》やかな寝息《ねいき》を立てるだけで、大人しく寝たままぴくりとも動かない。本当に眠っているのかと、そろそろと彼の手を押しのけると、意外にもすんなり腕をほどいてくれた。

マクシーは夫が目を覚まさないよう、注意深く体の向きを変えた。わずかな気配にもすぐに目を覚ます彼が、ぐっすり眠《ねむ》り込《こ》んで目を開けようともしない姿に、胸の奥《おく》が締めつけられた。

(やっぱり疲《つか》れが溜《た》まってるのかもしれないわ……)

マクシーは、ほんのりと青白い夜明けの光に包まれた整った顔にそっと触《ふ》れてみた。いつの間にか長く伸《の》びた髪《かみ》が、きれいな額の上で鳥の巣のようにもつれている。髪の毛が目元にかかるのがくすぐったいのか、眉間《みけん》にしわを寄せていたので、マクシーが払《はら》ってやると険しかった表情が和《やわ》らいだ。

その様子があまりに可愛《かわい》らしく、マクシーはひそかに笑みを浮かべた。

自分はどうかしてしまったのだろうか。少なくとも彼女より一クベット（※約三十センチメートル）以上背が高く、体格も倍はあるようなこの男性が愛《いと》しくてたまらない。マクシーは衝《しょう》動的《どうてき》にリフタンの胸の中に潜《もぐ》り込《こ》み、がっしりした胸板《むないた》に顔を埋《うず》めてみた。熟睡《じゅくすい》しているのが分かると、もう少し大胆《だいたん》なことをしてみたい気持ちが込み上げてきた。

マクシーはリフタンの首筋に顔を近づけ、深々と息を吸《す》い込《こ》んだ。強烈《きょうれつ》な日差しを連想させる男性的な体臭《たいしゅう》と、かぐわしい石鹸《せっけん》のにおいが入り混じり、えも言われぬ官能的な香りを漂《ただよ》わせている。そのにおいを肺の奥まで吸い込むと、腹の中に不思議な熱が流れた。

マクシーはそっと彼のあごを触《さわ》ってみた。リフタンは、まぶしいほど美しい存在だった。引《ひ》き締《し》まった滑《なめ》らかな肌《はだ》は暗闇《くらやみ》の中でも金色に輝《かがや》いているように見え、長いまつげを伏《ふ》せて静かに眠る顔はあどけなく愛おしい。

（私ったら、やっぱりどうかしちゃったみたい……）

マクシーはほんの数カ月前まで、リフタン・カリプスに対してあどけないとか愛おしいとかいう表現を使うようになるとは、想像もできなかった。ところが今では、この岩のような体つきの冷酷《れいこく》な騎士が綿を詰《つ》めた枕《まくら》にでもなったかのようだ。思わずぎゅっと抱《だ》きしめて顔をこすりつけたい妙《みょう》な衝動に駆《か》られる。

マクシーは、正気とは思えないその願望をぐっとこらえた。そんな勇気がないだけでなく、たとえ勇気が出たとしても、久しぶりに深い眠りに落ちている彼を起こしたくはなかった。

マクシーは彼が邪魔《じゃま》されることなくゆっくり休めるように、こっそりとベッドから起き上がってローブを手に取り、部屋の外に出た。

廊下には明け方のひんやりした空気が流れている。

彼女は薄《うす》いウールのドレスの上に厚手のローブを羽織ると、まっすぐ厨房に下りて行った。

思ったとおり厨房には、ほかほかした熱気が立ち込めていた。

第四十五話

「奥様《おくさま》、こんな朝早くからどうなさったんです？」

長いテーブルの前に立ってパンをこねていた料理長が、マクシーを見て目を丸くした。彼女《かのじょ》は暖炉《だんろ》の方へ歩きながら、ぎこちなく微笑《ほほえ》んだ。

「い、今さっき目が覚めてしまって。や、休んでいる主人の、じゃ、邪魔《じゃま》にならないよう、こ、こっそり出て来たんですけど……す、少しの間ここにいても、か、構いませんか？」

料理長は、女主人が自分に許可を求めていることに驚《おどろ》いた様子だった。彼《かれ》は頭蓋骨《ずがいこつ》がガタガタ揺《ゆ》れないか心配になるほど激しくうなずいた。

「も、もちろんですとも！　焼きたてのパンと、ウサギ肉のスープがありますが……召《め》し上《あ》がりますか？」

「す、少しだけ、い、いただきます。そ、その前に……顔を、ふ、拭《ふ》きたいので……水と、ぬ、布をもらえますか？」

「お安い御用《ごよう》です！　少々お待ちください」

料理長はすぐにきれいな盥《たらい》に熱い湯と冷たい水を混ぜ入れ、パリッと乾《かわ》いた清潔な布を差し出した。マクシーは火元の近くに置かれたテーブルの前に座《すわ》って顔を拭いた後、指に水をつけてもつれた髪《かみ》を手で梳《と》かした。

しばらくすると、料理長の手伝いをしているメイドが、焼き上がったばかりの白いパンと、とろりとしたスープをテーブルに置いた。マクシーは盥を脇《わき》に寄せると、熱々のパンを半分にちぎった。中からしっとりした柔《やわ》らかい生地《きじ》が現れ、白い湯気が陽炎《かげろう》のように立ちのぼる。

マクシーはその上に小さなバターの欠片《かけら》をのせ、ふうふう冷ましてから一口かじった。焼きたてのパンが口の中で優《やさ》しく溶《と》けていく。彼女は口の中がやけどするほど熱いパンを、塩味の利《き》いたスープと一緒《いっしょ》に食べ終えた後、口直しに蜂蜜《はちみつ》を入れたヤギのミルクを飲んだ。

火元のそばに座っておいしい食事で腹を満たすと、急に疲《つか》れが押《お》し寄《よ》せてきた。

「朝早くから、何事ですか？」

今からまたベッドに潜《もぐ》り込《こ》もうかと迷っていた時、どこからか聞き覚えのある声がした。マクシーは我《わ》が物顔《ものがお》で厨房《ちゅうぼう》に入ってきたルースを見つけ、うろたえた顔をした。彼は逃《に》げ道《みち》を遮《さえぎ》るように、すばやく近づいてきた。

「早めの朝食を楽しんでいらっしゃったようですね。実に羨《うらや》ましいことです。不幸にも僕《ぼく》は、領主様がお申し付けになった特別な任務を遂行《すいこう》するために、朝食はおろか昨日の夜から何も食べていませんが」

マクシーは引きつった笑顔《えがお》を浮《う》かべた。

「き、昨日は、い、忙《いそが》しくて……」

「ええ、僕もカリプス卿《きょう》がとんでもない量の土産《みやげ》を買って来られたという話は聞きました。それを開封《かいふう》するのに、一日中お忙しかったようですね？」

「ち、違《ちが》います！　わ、私だって、し、城のことでやらなくてはならない仕事が……お、思いのほか、お、多いんです！」

もちろん、土産を開けるのにかなりの時間を割《さ》いたのも事実だったが、マクシーはあえて触《ふ》れなかった。ルースはすっかり落ちくぼんだ陰気《いんき》な目で、彼女をじっとにらんでいる。使用人たちの前でみっともなく慌《あわ》てる姿を見せたくはなかったが、この魔法使《まほうつか》いの高圧的な態度は、いつも家庭教師を前にした頭の悪い子どものような気分にさせた。

ルースは猫《ねこ》なで声《ごえ》を出して、巧《たく》みに言いくるめるように話を続けた。

「当然、領主夫人のやるべきお仕事は多いでしょう。しかし奥様、何よりも優先すべきは治安を守ることです。防御用の魔道具《まどうぐ》を城門に設置して、二度と侵入者《しんにゅうしゃ》たちが暴れられないようにする。それより重要な仕事がどこにありますか？　僕が手助けを頼《たの》めるのは、数学に精通していらっしゃるカリプス夫人しかいないんですよ」

マクシーは疑わしい目つきで彼を見た。この魔法使いが、自分のことを数学ができないと思っているのは間違《まちが》いない。

「た、確かに、ち、治安も、だ、大事です。でも……無事に、ふ、冬を越《こ》せるよう備えることも、お、同じくらい、た、大切な、し、仕事じゃないですか。わ、私の仕事が終わり次第《しだい》、時間を見て……」

「カリプス卿は、領民の安全を第一に考えていらっしゃいます。奥様に手をお貸しいただいて仕事を早く片付けることができれば、カリプス卿もさぞ安心なさるでしょうね」

その言葉に、急に気持ちが傾《かたむ》いた。マクシーは目をキラキラさせて魔法使いを見上げた。

「ほ、本当に、そ、そうでしょうか？」

「もちろんです」

マクシーは、リフタンが自分のことを役に立つ人間だと認めてくれるかもしれないという考えで頭がいっぱいになった。あからさまに丸め込もうとするようなルースの言い方も気にせず、彼女は大いに張り切った様子でうなずいた。

「わ、分かりました。ル、ルースの手伝いを、ぜ、全面的に優先します。こ、これで満足してもらえますか？」

「今すぐ手を貸してくだされば、さらに満足できるのですが」

彼は疲《つか》れ切《き》ってやつれた顔を撫《な》で下《お》ろしながら言った。

「整理しなくちゃいけない術式が山のように溜《た》まってます。本来、魔道具の製作は二、三人の助手と一緒にやる作業なので、一人では手に負えないんですよ」

「わ、分かりましたから、と、とにかく食事から先に済ませてください」

「食事はこれで結構です」

ルースは、オーブンから取り出して冷ましているパンを一つ手に取り、がぶりとかぶりついた。それから、隅《すみ》に置かれた袋《ふくろ》からリンゴを一つ取り出してローブのポケットに押し込むと、再び入り口に向かった。

マクシーは、何かあれば図書館に来るようメイドに伝えてから、ルースの後を追った。

✣

やるべきことが山積みだというルースの言葉は、少しも大げさではなかった。マクシーは、たった二日余りの間に足の踏《ふ》み場《ば》もない状態と化した図書館を眺《なが》めながら、あんぐりと口を開けた。

至る所に貴重な古書が無造作に積み上げられ、机の上には何に使うのか見当もつかないガラクタと羊皮紙《ようひし》の山が散乱し、床《ゆか》には布団《ふとん》として使えそうなほど大きな布が広げられている。

マクシーは腰《こし》をかがめ、布に描《えが》かれた難解で複雑な模様を見つめた。これを描くために、インク瓶《びん》を五つも使ったらしい。床に転がった空《あ》き瓶を眺めながら、彼女はため息をついた。

「ど、どうして、と、塔《とう》ではなく、図書館で作業をしているんですか？」

「僕の塔には、もう作業するスペースがないんです。その塔だって、一週間以内に魔道具を完成させることができなければ取り上げると、カリプス卿に脅《おど》されてますけどね」

マクシーは、城の裏庭にある巨大《きょだい》な塔を思い浮かべて訝《いぶか》しげな目をした。一体何をどうしたら、あれほど大きい塔のスペースを埋《う》め尽《つ》くすことができるのだろう。まさか寝《ね》る場所がないから、今まで図書館の床で寝ていたのだろうか？

納得《なっとく》できない彼女の視線を知ってか知らでか、ルースはかじっていたリンゴを机の隅に置き、椅子《いす》を引いて座った。マクシーも渋々《しぶしぶ》彼の向かい側の席に座る。

「奥様にお願いするのは簡単な作業です。ここに描かれた図形を、これらの道具を使って正確に描き直していただきたいのです。使い方を説明しますが、計算さえできれば使うのは難しくありません」

ルースは、さまざまな形の平たい木の板を六枚差し出した。マクシーはそれを受け取ると、羊皮紙に描かれている恐《おそ》ろしく入り組んだ図形を見下ろした。同じような図形が描かれた羊皮紙が、机の上にうずたかく積み上げられている。

「こんなに、た、たくさん、な、何ですか？」

「魔道具の図案です」

「ま、魔道具というのは……も、ものすごく、お、大きいものなんですね？」

「種類にもよりますが、僕が作ろうとしている魔道具は、カボチャ一つ分ほどの大きさですよ。これらの図案は、魔道具の中に入れる魔法式《まほうしき》の設計図です。この複雑で壮大《そうだい》な魔法式をきわめて精巧《せいこう》に幾重《いくえ》にも重ねてから、抗魔力《こうまりょく》を有する物質の中に入れることで魔道具が完成します」

「魔法式……？」

マクシーは好奇《こうき》に満ちた目で、しげしげと図形を見つめた。

円形と三角形、四角形と螺旋形《らせんけい》が、黄ばんだ羊皮紙の上で複雑に絡《から》み合《あ》っている。魔道具を作るのに何か難しい計算が必要だということは、ルースに手伝いを頼まれた時から分かっていたが、思ったよりずっと緻密《ちみつ》な作業が求められるようだ。

「魔法式は、自然界に流れる平衡《へいこう》状態の魔力……つまり、マナの量を十と仮定した時、その十のマナを百、あるいは千まで増幅《ぞうふく》させる装置とでもいいましょうか。すべての魔法は、このような術式によって成り立っています。魔法使いの力量は、いかに効率的にマナを増幅させ、思いどおりの現象を生み出せるかで決まるんです」

ルースの淡々《たんたん》とした説明に、マクシーは首をかしげた。

「で、でも……魔法使いの方たちは、こ、こんな絵を、か、描かなくても、すぐに、ま、魔法を使えますよね？　こ、この間ルースも、じゅ、呪文《じゅもん》を唱《とな》えただけで、ま、魔法を……」

「ある程度の域に達すると、頭の中で術式を描くだけで魔法を使えるようになります。といっても、普遍《ふへん》魔法と呼ばれる簡単な魔法に限った話ですが。高位魔法となると、準備だけで数時間かかることもありますね」

「で、では今から作るのは……と、とてつもない、こ、高位魔法なんですね」

羊皮紙の山を見つめながら尋《たず》ねると、魔法使いはふっと笑ってうなずいた。

「ノームシールドといって、土の属性の防御《ぼうぎょ》魔法式です。この前のように、誰《だれ》かが攻撃《こうげき》魔法を使ったら、その魔力を感知して半径約二十クベット（※約六メートル）に強力なシールドを張ります。この魔法を魔道具の中に入れて城門前に設置すれば、先日のような火炎《かえん》攻撃をいくら浴びてもびくともしないでしょう」

「そ、それは……心強いですね」

マクシーは興味がわいてきた。魔法というと、神官の回復魔法とルースが使った防御魔法以外、目にしたことがない。魔法使いたちの目覚ましい活躍《かつやく》は噂《うわさ》で聞いてはいたが、彼らがどういう原理でそんなことができるのかは知らなかった。

「この……ま、魔法式というものを、か、描くことができれば、誰でも、ま、魔法を、つ、使えるんですか？」

「魔法式の作動原理を理解していないと、百回真似《まね》して描いても意味がありません。なおかつ、マナを運用できなければ無理です。魔法は無から有を生み出す技術ではなく、有から有を作り出す技術ですから。決まった量の魔力が注入されないと、魔法式は絶対に作動しません」

「で、でも……マ、マナを扱《あつか》うことが、で、できない、普通《ふつう》の人たちも、ま、魔道具を、つ、使えますよね？」

「それは、このような魔石《ませき》のおかげでしょうね」

第四十六話

ルースは散らかった机の上を引《ひ》っ掻《か》き回《まわ》し、美しい光を放つ赤い石を探し出してマクシーに見せた。

「この石は、一定量の魔力《まりょく》を持っています。魔道具《まどうぐ》の中に魔石《ませき》を埋《う》め込《こ》んでおけば、魔力がない人でも思いのままに魔法式《まほうしき》を作動させることができるんです。いわば魔道具の燃料のようなものですね」

マクシーは手のひらほどの大きさの原石を手に取って、じっと見つめた。神秘的な赤い光が水ににじんだように揺《ゆ》らめいている。不思議な感覚だった。こんなふうに心臓がドキドキするのは、一度も経験したことがなかった。まるで幻想的《げんそうてき》な別世界を覗《のぞ》き込《こ》んでいるような気分だ。

「さあ、好奇心《こうきしん》を満たしたところで、そろそろ作業に取《と》り掛《か》かりましょうか？　急がないと、僕《ぼく》はカリプス卿《きょう》に塔《とう》を取り上げられてしまいます」

ルースは本を一カ所に押しやってスペースを作った。マクシーは石を置いてから、彼《かれ》の説明に注意深く耳を傾《かたむ》けた。複雑で難解に見える図形を描《か》く方法を、ルースは分かりやすく丁寧《ていねい》に教えてくれた。

マクシーはすぐに自分のやるべきことを理解し、早速《さっそく》実行に移した。

ルースから計算のやり方を厳しく叩《たた》き込《こ》まれていたので、意外と早くコツをつかむことができた。一つ一つきちんと数を計算してから、定規を使って入り組んだ形の図形を正確な大きさで描き写していく。彼女《かのじょ》には理解できないほど手のかかる作業だったが、退屈《たいくつ》だとは思わなかった。

「思ったより仕事が速いですね。ミスもほとんどないですし」

しばらく黙々《もくもく》と羊皮紙《ようひし》に古代語を書いていたルースは、マクシーが終えた作業の量を見て、驚《おどろ》いたように眉《まゆ》を上げた。彼女はそれが褒《ほ》め言葉なのかどうか判断ができず、目を細めて彼を見た。

「わ、私でも、こ、このくらいはできます」

「その点は疑ってませんでした。期待以上の出来栄《できば》えだという意味です」

この魔法使《まほうつか》いが自分のことをどれだけ見下しているか十分に分かっていたので、マクシーはなおも信じる気にはなれなかった。いずれにしても、心配していたようないびりと小言に悩《なや》まされることはなさそうだと分かり、やっと緊張《きんちょう》を解いた。

「お、お役に立てて、あ、安心しました」

マクシーはわずかに笑《え》みを浮《う》かべて、羊皮紙の山を片付ける仕事を続けた。

どのくらいそうしていただろうか。羽根ペンを握《にぎ》る指がズキズキしてきた頃《ころ》、図書館のドアがバタンと開いた。手を止めて頭を上げると、真っ黒なチュニックに焦《こ》げ茶色《ちゃいろ》の革《かわ》のズボンを穿《は》いたリフタンが、図書館の中にずんずん入ってくるのが見えた。

リフタンの身軽な服装を見て、マクシーは目を丸くした。服の上に鎧《よろい》を着けていないという
ことは、城の外に出る予定がないという意味だ。
嬉《うれ》しさに笑顔《えがお》を浮かべて席を立つと、彼の冷たく尖《とが》った声が耳に刺《さ》さった。
「使用人たちに、朝早くからお前がここにいると聞いたぞ。一体何をしてるんだ？」
ひどく不機嫌《ふきげん》な顔をしたリフタンを見て、マクシーは戸惑《とまど》った。彼は机の前に立ち、山積み
になった羊皮紙と本に目を走らせた。
「このガラクタの山は何だ？」
「見て分かりませんか？　カリプス卿のご要望どおり、魔道具を作ってるんです」
リフタンの高圧的な態度をものともせず、ルースが冷ややかに答えた。リフタンが険しい表
情で眉を吊《つ》り上《あ》げる。
「お前が魔道具を作る場所に、どうして俺《おれ》の妻がいなきゃいけないのかと聞いてるんだ」
「僕が奥様《おくさま》に手伝いをお願いしたんです。カリプス卿に何度も申し上げたように、僕一人では
どうしたって間に合いそうにありませんから」
ルースの不満そうな口ぶりに、リフタンは唇《くちびる》をゆがめた。そして、机の上に腰《こし》をかがめ、
威嚇《いかく》するように声を荒《あら》らげた。
「俺が少し急《せ》き立《た》てたからって、腹いせに俺の妻をこき使う気か？」
「何も当て付けに、奥様に手伝いを頼《たの》んだわけではありません。計算が得意で、難なく字の読
み書きができる方は奥様しかいないのでお願いしたんです。騎士《きし》に頼むわけにはいかないでし

よう？」

「領主の妻に頼むのはいいってわけか？」

「リ、リフタン……わ、私なら、か、構いません」

だんだんケンカ腰《ごし》になっていく口調に、マクシーは慌《あわ》てて彼らの間に割って入った。リフタンが鋭《するど》い視線を向けてくる。その威圧《いあつ》するような態度に体が震《ふる》えたが、何かと自分を助けてくれたルースが責められるのを黙《だま》って見ているわけにもいかず、努めて冷静に話を続けた。

「そ、それほど難しい、こ、ことでもないですし……。な、何より、ア、アナトールの、あ、安全のためじゃありませんか。こ、この前のようなことが、お、起きるのは、わ、私も嫌《いや》ですから」

「もちろん、二度とあんなことが起きないようにする」

リフタンが声を和《やわ》らげて言った。しかし、その顔は依然《いぜん》として気の進まない様子だった。

「だが、お前が危険を冒《おか》す必要はない」

「まったく！　ここのどこに危険があるっていうんです？　羽根ペンが刺さって、奥様が命を落とすとでも？」

「お前は何かというと爆発《ばくはつ》や火事を起こすだろ！　大体、どうして塔じゃなくてここでやるんだ？　火事にでもなったらどうする！」

「今作っているのは、防御用《ぼうぎよよう》の魔道具です。誓《ちか》って言えますが、爆発や火災が起こる可能性はこれっぽっちもありません！　仮に問題が起きたとしても、せいぜい図書館が今よりも安全になることくらいでしょう」

リフタンが苛立《いらだ》たしそうに唇をゆがめた。これ以上反対する理由がないという事実が、かえって彼の怒《いか》りに火をつけたらしい。

リフタンの顔色をうかがっていたマクシーは、そっと服の裾《すそ》を引っ張って、彼を机の前から引《ひ》き離《はな》した。猟犬《りょうけん》同士がケンカをする時は、まず二匹《ひき》の間の距離《きょり》を空《あ》けなければいけないとよく分かっていたのだ。

「お、怒《おこ》らないで、く、ください……。ル、ルースも……あ、安全だと、い、言ってますから」

「俺は怒ってるんじゃない。心配してるんだ」

リフタンはつっけんどんに吐《は》き捨《す》てると、すぐに気が抜《ぬ》けたように長いため息をついた。

「分かった。そんなに奴《やつ》を手伝いたいならやればいい。でも、やりすぎはダメだ。それからルース、俺の妻を絶対に危険な実験に巻《ま》き込《こ》むなよ」

「僕のことを何だと思っていらっしゃるんですか？」

「何をやらかすか分からない奴だと思ってるさ」

リフタンは険しい顔で言い放つと、マクシーの腕《うで》を引っ張った。マクシーは腹を立てた大柄《おおがら》な男性に体を引き寄せられても怖《こわ》いと思わないのが、自分でも不思議だった。以前はリフタンが顔をしかめただけでもあんなに怯《おび》えていたのに、我ながらどういう心境の変化だろう。不機嫌そうな彼を見て不安に駆《か》られたものの、自分のことを殴《なぐ》るかもしれないという恐怖《きょうふ》は感じなかった。

「とにかく、今日はこれだけやれば十分だろ。マクシーは俺が連れて行く。後は一人で頑張《がんば》るんだな」

リフタンが、マクシーをドアの方へ引っ張って行きながら言った。ルースが慌てて席を立つ。

「武装もせずに、どこへ行くおつもりですか？」

「今日は休む。俺にもたまには息抜《いきぬ》きが必要だ」

意外な言葉に、マクシーは目を見開いた。ルースも驚いたところを見ると、リフタン・カリプスが休息をとると宣言するのはめったにないことらしい。

「侵入者《しんにゅうしゃ》たちを処分する件はどうなさるんです？」

「すでにリバドンに伝令を送った。賠償金《ばいしょうきん》が届き次第《しだい》、釈放《しゃくほう》する予定だ。それまでは地下牢《ちかろう》で死なない程度に生かしておけ」

「リバドンが賠償金を払《はら》わないと言ってきたら？」

「その時は、首をはねて……」

平然と物騒《ぶっそう》な言葉を口にしかけたリフタンが、マクシーの顔を見て言葉を濁《にご》した。それからどうでもいいというように、ルースに向かってひらひらと手を振《ふ》った。

「その時になったら考える」

「分かりました。ここしばらく大変でしたから、今日くらいはのんびりお過ごしください」

「そりゃあ、ありがたい」

リフタンは皮肉たっぷりに言うと、マクシーを連れて入り口の方へ歩き出した。彼女はルースに向かって肩越《かたご》しに軽く一礼した後、リフタンに続いて図書館を出た。

廊下《ろうか》には、窓から明るい日の光が燦々《さんさん》と降り注いでいる。リフタンは新しく取り付けた窓ガラスから外を眺《なが》めると、目を輝《かがや》かせながらマクシーを振《ふ》り返《かえ》った。

「外に出る前に服をしっかり着込《きこ》んだほうがいい。天気はいいが、風がかなり冷たいからな」

「ど、どこに、い、行くんですか？」

「お前専用の馬ができただろう。冷《ひ》え込《こ》む前に、一度は乗ってみないとな。乗馬するのにうってつけの場所を教えてやる」

マクシーはぽかんと口を開けた。リフタンが寝室《しんしつ》の外でも自分と一緒《いっしょ》に過ごそうとしてくれることに驚きながらも、思いがけず嬉しかった。

「で、でも、お疲《つか》れでは、な、ないですか？　お、お部屋で、や、休んだ方が……」

「俺は年寄りじゃないぞ、マクシー。ベッドに横たわって休むような歳《とし》じゃない。どうしてもベッドで一日過ごせと言うなら……」

リフタンが不意に口をつぐんだ。真っ黒な瞳《ひとみ》の奥《おく》で揺らめく炎《ほのお》に、マクシーは息をのんだ。その熱い視線が何を意味するのかたやすく理解できたからだ。彼女が顔を赤らめて目をそらすと、リフタンがふっと笑みをこぼした。

「ひどくそそられるが、今日は原っぱに出かけよう。お前と一緒に、俺の領地を回りたいんだ」

✣

マクシーは部屋に寄って乗馬しやすい服に着替《きが》えてから、リフタンと共に厩舎《きゅうしゃ》へ向かった。昨日から自分のものになった美しい白馬が、馬房《ばぼう》の中で大人しく水を飲んでいる。マクシーは厩務員《きゅうむいん》に手伝ってもらい、馬を外に連れ出した。その後から、リフタンの巨大《きょだい》な軍馬が姿を現す。アナトールに帰還《きかん》する際に彼が乗ってきた、あの馬だった。

「こいつはお前も乗ったことがあるだろう？　タロンというんだ。気性《きしょう》が荒いことを除けば、完璧《かんぺき》な馬さ」

リフタンが愛情のこもった手つきで、馬の首筋を撫《な》でながら言った。マクシーは好奇心に満ちた目で彼を見上げた。

「う、馬が、す、好きなんですか？」

「ああ。十歳《さい》の頃から、自分の馬を持つのが夢だった。俺が乗ってきた馬の中でも、こいつは最高だよ」

リフタンがタロンの鼻のあたりに顔をこすりつけると、突然《とつぜん》マクシーの胸に激しい嫉妬心《しっとしん》が芽生えた。彼女はそんな自分に戸惑いを覚え、くるりと後ろを向いた。教団の教えによれば嫉妬は罪である。それなのに、今彼女は別の女性でもなく、ただの動物にやきもちを焼いているのだ。

「そいつに名前は付けてやったか？」

必死に心を落ち着かせていると、リフタンが背後から近づいてきた。マクシーは急いで表情を取《と》り繕《つくろ》ってから、首を横に振った。

「ま、まだです」

「早く付けてやれ。名前を呼んでやった方が、よく懐《なつ》く」

「ど、どんな名前が、い、いいでしょうか？」

「お前の馬なんだから、お前が付けてやらないと」

リフタンがきっぱりと言った。マクシーは散々悩んだ末に、ある単語を口にした。

「では……レ、レムと呼ぶことにします」

リフタンの口元に、面白《おもしろ》がるような笑みが浮かんだ。

第四十七話

「俺《おれ》の妻は想像力が足りないようだな。白い馬だからレムか？」

「レ、レムという響《ひび》きが……き、気に入ったので」

マクシーは、リフタンが率いる騎士団《きしだん》の名前からとったのだとは、あえて言わなかった。

少しして馬引きが馬の背に鞍《くら》を置くと、彼女《かのじょ》はリフタンの手を借りてレムの背中に乗った。

まだ乗馬に慣れていないせいで体がこわばる。

マクシーは緊張《きんちょう》しながら、手綱《たづな》をぎゅっと握《にぎ》りしめた。一方でリフタンは、馬と一体になったようにさらりと乗りこなしていた。

「馬に乗り慣れているというわけではないようだな？」

腰《こし》が引けた彼女の姿勢をちらりと見て、リフタンが断定するように言った。恥《は》ずかしかったが、マクシーは素直《すなお》にうなずいた。

「う、馬に乗って、で、出かけたことは、ほ、ほとんどありません。わ、私はいつも、ク、クロイソ城の中で、す、過ごしていましたから……」

「知ってる。ずいぶん有名な話だからな。クロイソ公爵家《こうしやくけ》の長女は病弱な上に人一倍繊細《せんさい》だから、人前に出るのを嫌《いや》がるんだと」

彼《かれ》の声に漂《ただよ》う奇妙《きみよう》な響きに、マクシーは不安そうな顔をした。

「そ、そんな、う、噂《うわさ》が、あ、あるなんて、し、知りませんでした」

「クロイソ公爵は、西大陸でも指折りの有力者だ。人々がその娘《むすめ》に関心を持つのは、ごく自然なことだろう。しかもお前は、妹と違《ちが》ってまったく表に姿を見せなかったからな。周りの好奇《こうき》心《しん》が掻《か》き立《た》てられるのも無理はない。俺が知ってる騎士の中には、どうしてもお前を一目見たくて、クロイソ城にこっそり忍《しの》び込《こ》んだ奴《やつ》もいたくらいだ」

初めて耳にする話だった。マクシーはリフタンから視線をそらした。その噂を聞いて、リフタンはどう思ったのだろう。宝石のように華やかなレディを想像したのだろうか。

マクシーは、自分が可憐《かれん》というには程遠《ほどとお》いことをよく分かっていた。内気で臆病《おくびよう》なところはあるが、かといって他の天真爛漫《てんしんらんまん》な令嬢《れいじよう》たちのように、愛らしい性格をしているわけでもない。彼女は劣等感《れっとうかん》を隠《かく》すために、わざと明るい口調で言った。

「そ、その方は、さ、さぞ、が、がっかりしたでしょうね」

「なぜだ?」

裏門に向かってゆっくり馬を走らせていたリフタンが、眉《まゆ》をひそめてマクシーを見た。彼女は手綱をぎゅっと握りしめたまま、努めて平静を装《よそお》いながら答えた。

「く、苦労して忍び込んだ先で、み、見つけたのが……へ、平凡《へいぼん》な、お、女だったんですから」

彼女は自分の外見を平凡以下だと思っていたが、わざわざ夫の前でそこまで自分を卑下《ひげ》したくなかった。しかし、平凡だと口にすることすら厚かましい気がして、耳たぶまで熱くなった。

「俺はそうは思わない。お前は十分愛らしいよ」

リフタンが馬を駆《か》るスピードを落として、彼女に近づいた。マクシーはただのお世辞だと思い、ぎこちなく笑った。

「そ、そんなふうに、い、言ってもらえて、う、嬉《うれ》しいです」

すると、彼は不満げに顔をしかめた。

「俺は心にもないことは言わない男だ。お前ががっかりするような見た目だったら、俺がベッドであれほど情熱的になるわけないだろう。まさか昨日一晩ぐっすり眠《ねむ》らせてやったからって、もう忘れてしまったのか？」

マクシーは、頭のてっぺんから足のつま先まで真っ赤になった。何と答えれば良いか分からず口をパクパクさせていると、リフタンが馬の上から身を乗り出して彼女のあごをつかみ、心臓が震《ふる》えるほど熱い眼差《まなざ》しで見つめてきた。

「どうやら乗馬なんかに誘《さそ》ったのが間違《まちが》いだったようだな。今からでも寝室《しんしつ》に行こうか？」

マクシーはブンブンと風を切るような速度で、頭を横に振《ふ》った。リフタンは笑っているのか顔をしかめているのか分からない曖昧《あいまい》な表情を浮《う》かべてから、まっすぐ体を起こした。

「だったら急げ。この調子じゃ、城を出る前に日が暮れてしまうぞ」

マクシーはドキドキする心臓をどうにか落ち着かせると、彼の後を追い始めた。

✣

二人は城門の裏手にある細い林道を黙々《もくもく》と駆けた。世界が深い眠りに落ちたかのように、しんと静まり返っている。聞こえてくるのは、葉の落ちた木の枝が風に揺《ゆ》れる音、落ち葉がカサカサと擦《す》れる音、遠くの空で鳴いている鳥の声だけだった。

マクシーは心地《ここち》よい静けさの中、リフタンの姿をちらちらと盗《ぬす》み見《み》た。彼はまるで馬と一体になったように、のびのびと優雅《ゆうが》に乗りこなしている。一方の自分はといえば、レムの背中から落ちないよう必死にしがみつき、命綱《いのちづな》のように手綱を握りしめるだけで精一杯《せいいっぱい》だった。

彼女がちゃんとついて来ているか確かめようと振《ふ》り返《かえ》ったリフタンが、その姿を見て小さく笑いを漏《も》らした。

「ここまで馬に乗り慣れてないとは思わなかったな」

面と向かってからかわれ、マクシーの頰《ほお》が熱くなった。

「う、馬に、の、乗る機会がなかったと……い、言ったじゃないですか」

「肩《かた》の力を抜《ぬ》いてみろ。お前が緊張すると、馬まで緊張する」

マクシーは深く息を吐《は》きながら、肩の力を抜こうとした。しかし、馬が動くたびに尻《しり》が浮《う》き上《あ》がって、すぐに姿勢が崩《くず》れてしまう。

その様子を注意深く見守っていたリフタンが、真面目な顔で助言してきた。

「上半身を楽にしろ。馬の動きに合わせて腿《もも》の力を調節しながらバランスを取るんだ。俺の体の上に乗った時みたいに……」

「リ、リフタン……！」

マクシーは悲鳴に近い声を上げて、彼の言葉を遮《さえぎ》った。

「そ、そういう、げ、げ、下品なことを、い、言わないでください！」

「誰《だれ》も聞いてないのに、何がいけないんだ？」

「そ、それでも……ダ、ダメです！　ふ、不適切です！」

顔を真っ赤にして大声を上げると、リフタンがくっくっと笑い出した。

「まったく、何をそんなに恥ずかしがっているのか分からないな。ベッドの上ではあんなに……」

「や、やめ……！」

マクシーはリフタンの口を塞《ふさ》ごうと、さっと腕《うで》を伸《の》ばしたが、途端《とたん》にバランスを崩した。彼女が馬の上から転げ落ちそうになると、リフタンは予想でもしていたかのように、素早《すばや》く彼女の体を支えた。

「分かった、分かったから落ち着け」

いたずらっ子のような表情を浮かべている彼を、マクシーはわざと鋭《するど》くにらみつけた。

リフタンはニッと笑いながら、体をかがめて彼女の額にキスをした。驚《おどろ》いたマクシーが再び馬から落ちそうになると、リフタンは彼女の腕をむんずとつかんで笑い声を上げた。

「やれやれ……馬の上でまっすぐ座《すわ》る方法から学び直さないとな」

「そ、そっとしておいてくれれば……も、もう少し上手に、の、乗れますから」

つんとして言うと、リフタンの笑《え》みがいっそう深くなった。マクシーは毅然《きぜん》とした態度を保とうとしたが、茶目っ気たっぷりに魅力《みりょく》を振りまいている彼を相手に、怒《おこ》ったふりをし続けるのは至難の業《わざ》だ。実際、リフタンがそんなふうに笑うたびにドキドキして顔が火照《ほて》り、息ができなくなるほどだった。

「よし。お前の言うことが正しいか確かめてみよう」

リフタンはからかうように言うと、マクシーより先に走り出した。彼は血気盛《さか》んな雄馬《おうま》の力を、筋肉質の長い脚《あし》で完璧《かんぺき》にコントロールしていた。マクシーは、自分が追いつきやすいように、リフタンがちょうど良《い》い速さで走ってくれていることに気がついた。そんな些細《ささい》な心遣《こころづか》いに胸が温かくなる。これまでマクシーのことを、彼ほど気遣《きづか》ってくれる人はいなかった。リフタンは、心から彼女を愛らしいレディだと思っているようだ。

「馬に乗るのは苦手でも、動物は好きだろう？」

いきなりリフタンに尋《たず》ねられ、マクシーは目をパチクリさせた。

「す、好きです。ど、どうして分かったんですか？」

「昔クロイソ城を訪《おとず》れた時、お前が庭園で座っているのを見かけたことがある。膝《ひざ》の上に猫《ねこ》を乗せて撫《な》でていた」

マクシーは、自分が誰かに見られていたとは思いもしなかったのでひどく驚いた。いつ頃《ごろ》の話だろうと記憶《きおく》をたどっていると、リフタンが淡々《たんたん》とした口調で話を続けた。

「猫の奴、ずいぶん気持ちよさそうに喉《のど》を鳴らしていたな。のどかで穏《おだ》やかな光景だったから、今でもはっきり覚えてる」

「た、たぶん……厨房《ちゅうぼう》の、ネ、ネズミ捕《と》り用に飼われていた、ね、猫だと思います。ち、ちっとも狩《か》りができないので、よく、ご、ご飯を抜きにされていたんです。だから、わ、私がこっそり餌《えさ》を、あ、あげていました」

「あいつはそのお礼に、お前の膝の上で目《め》一杯《いっぱい》愛嬌《あいきょう》を振りまいていたんだな」

リフタンは物思いにふけるような顔をした後、ちらりと肩越《かたご》しに彼女を見た。

「他には何が好きなんだ？」

どうしてそんなことを聞くのか分からないという顔をすると、リフタンが苦笑《くしょう》した。

「さっきも言ったが、お前はベールに包まれてる。お前自身、めったに自分の話をしないだろ。どうしてそんなに自分をさらけ出すのを嫌がるんだ？」

その質問に、マクシーはどきりとした。本当に分からなくて聞いているのだろうか？　彼女が堂々と人前に出て行くには、あまりにも欠点が多いのだ。

リフタンがなぜその事実に気づかないふりをするのか、理解できなかった。マクシーは少しむっとしながら、反論するように言った。

「さ、さらけ出すのを……い、嫌がったことはありません」

「よし。じゃあ何が好きで何が嫌《きら》いか、どんなことを考えながら暮らしているのか言ってみろ」

マクシーは、不意に意地の悪い顔つきになった。

「リ、リフタンから先に、い、言ってください。あ、あなたも……それほど、く、口数が多い方じゃ、な、ないでしょう？」

「少なくとも、お前よりはしゃべってると思うが」

リフタンは思い返すように眉間《みけん》にしわを寄せると、すぐに肩をすくめた。

「まあいい、騎士道精神を発揮してやろう。俺は馬と酒、それから脂《あぶら》っこい食べ物が好きだ。というより、腹が満ちて舌を楽しませてくれるものなら、何だって好きだけどな」

リフタンは、道を塞ぐ枝を短刀で切り落としながら話を続けた。

「他には何があったか……黄金や宝石、名誉《めいよ》に強力な武器……。口にしたら平凡だな。大抵《たいてい》の男が好むものはみんな好きだ」

「き、嫌いなものは？」

「嘘《うそ》をつく奴」

リフタンが迷いもなく吐《は》き捨《す》てた。

「それから無能な人間。俺は、そんな資格もないくせに威張《いば》り散らす連中を嫌というほど見てきた。人を騙《だま》す奴はさらにだ。ああいう奴らには、心底うんざりする」

マクシーは内心ぎくりとした。彼女のことを言ったのではないはずなのに、わけもなく後ろめたい気分になった。

第四十八話

「さあ、次はお前の番だぞ」

マクシーの動揺《どうよう》に気づいていない様子のリフタンが、軽い口調で聞いた。マクシーはとっさに表情を取り繕《とつくろ》った。

「わ、私も……大抵《たいてい》の、ひ、人が、す、好きなものが、す、好きです」

「その答えはずるいな。ちゃんと答えろ」

リフタンの不満足そうな言葉に、マクシーは少し考えてから口を開いた。

「さ、さっきも言ったように……ど、動物が好きです。犬や猫《ねこ》、馬……ヒ、ヒヨコやウサギも」

「他には？」

「ほ、本を読むのも好きです。ク、クロイソ城ではいつも、と、図書館で過ごしていました」

「そういえば執事《しつじ》も、お前は図書館にいる時間が一番長いと言ってたな」

「は、はい。カ、カリプス城の図書館には、き、貴重な本がたくさんありますから。ほ、ほとんど、ル、ルースが枕《まくら》代わりにしてますけど……」

リフタンはちらりと彼女《かのじょ》を見て、何気ない口ぶりで尋《たず》ねた。

「今すぐあいつを図書館から追い出してやろうか？」

「そ、そんなことをしたら、い、一生、こ、こき使われてしまいます」

驚《おどろ》いて引き止めると、リフタンが微妙《びみょう》な顔をした。彼《かれ》は眉間《みけん》にしわを寄せながら、探《さぐ》るような目つきでマクシーを見た。

「ずいぶんあいつと親しくなったようだな」

「し、城をしつらえる時に……い、色々と助言を、し、してもらったんです。こ、小言が多くて、き、気難しいところはありますけど……い、いい人だと思います」

どういうわけか、マクシーの答えにリフタンは気分を害したようだ。不満げな顔で彼女を見つめていた彼は、ぷいと横を向いてぶっきらぼうに言った。

「そのとおりだよ。気難しくて口うるさいが、忠実な男だ」

忠実。それ以上に大切なことはないというような言い方だった。

「じゃあ、嫌《きら》いなものは？」

考え込んだまま静かに馬を走らせていたリフタンが、再び口を開いた。

「ここまで答えてこそ公平だろ」

マクシーは鞭《むち》で打たれる折檻《せっかん》に怒鳴《どな》り声、悪態、殴《なぐ》られることが思い浮かんだ。しかし、それらをそのまま正直に言うわけにはいかなかった。かといって、嘘《うそ》が一番嫌いだというリフタンに嘘をつきたくもない。彼女は一瞬《いっしゅん》ためらってから、真実のうちの一つを口にした。

「わ、私自身です」

リフタンは彼女の言葉が理解できない様子で、ぽかんとした。マクシーは軽い口調で繰《く》り返《かえ》した。

「私は……自分自身が、き、嫌いです」

ちょうどその時、小道が途切《とぎ》れて広々とした草原が目の前に現れた。マクシーはリフタンにどういう意味か問《と》い詰《つ》められる前に、丘《おか》の上へ向かって馬を走らせた。

✣

意外にも、マクシーは心ゆくまで乗馬を楽しむことができた。遮《さえぎ》るものが何もない広々とした丘を馬で駆《か》けるのは、曲がりくねった山道を走るよりはるかに快適で楽しかった。

冬のまぶしい日差しが降り注ぐ黄金色《こがねいろ》の草原を、マクシーは思い切り駆け回った。走っているうちにだんだん姿勢も良くなり、リフタンが丘のてっぺんで少し休もうと言った頃《ころ》には、背筋をまっすぐ伸《の》ばして馬を駆ることができるようになっていた。

「ワインを少し持ってきたんだ」

リフタンは、頂上に立つ一抱《ひとかか》えもある木の下で馬を止めると、ひらりと飛び下りた。それからマクシーを鞍《くら》から抱《だ》き上《あ》げて、口元に笑《え》みを浮《う》かべた。

「体が熱くなってる。お前の心臓が、魚みたいに跳《は》ね回《まわ》ってるのが伝わってくるよ」

マクシーは馬で駆け回ったせいで乱れた呼吸を整えながら、額に浮かぶ汗《あせ》をぬぐった。リフタンの言葉のとおり、全身が心臓にでもなったかのように激しく脈打っている。

「か、体の中に、小さな、た、太鼓《たいこ》が、は、入っているみたいです」

「可愛《かわい》らしいたとえだ」

リフタンは、赤く上気したマクシーの頬《ほお》に唇《くちびる》を押《お》し当《あ》ててから彼女を地面に下ろしてやり、芝生《しばふ》の上にマントを敷《し》いて座《すわ》った。マクシーも自然に彼の隣《となり》に腰《こし》を下ろす。

ひんやりした風に、乗馬の熱があっという間に吹《ふ》き飛《と》ばされた。マクシーはローブの襟元《えりもと》をかき合わせ、丘の下にある領地を見下ろした。風が黄金色の草原を撫《な》でるように吹《ふ》き抜《ぬ》けていく。

「き、きれいなところですね」

「春はもっと壮観《そうかん》だぞ。青々とした原っぱ一面に、野花が咲《さ》き乱《みだ》れるんだ」

マクシーは期待に胸を膨《ふく》らませた。期待感。自分の人生で、未来を心待ちにする日が来ようとは思いも寄らなかった。

「こっちに来い。汗をかいたから、すぐに体が冷えるぞ」

リフタンは太い木の幹にもたれかかり、彼女を自分の外套《がいとう》の中に引き寄せた。マクシーは彼の膝《ひざ》の上に座り、小さな瓶《びん》に入ったワインをすすった。自分でも驚くほど心が安らいでいる。

「俺《おれ》にも飲ませてくれ」

リフタンがマクシーの腰に手を回して抱《だ》き寄《よ》せ、肩《かた》の上まで頭を下げた。彼女が瓶を口に当ててやると、リフタンは二口ほど飲んでから唇を離《はな》した。

「どうして自分が嫌いなんだ？」

マクシーの言葉を軽く聞き流すつもりはないらしい。

彼女は困った顔で目を泳がせた。答えは一つしかないではないか。自分のことを世界で一番愚《おろ》かで間抜《まぬ》けな人間だと思っているから。リフタンがその事実をずっと無視し続けていることが、ある意味滑稽《こっけい》にすら思えた。彼女はわざと平然とした顔で言った。

「リフタンは……じ、自分が、い、嫌《いや》になったことはありませんか？」

「数え切れないほどあるさ」

少し緊張《きんちょう》を解いたように、リフタンが肩の力を抜《ぬ》きながら答えた。

「だが、何が嫌いかと聞かれて、真っ先に自分だと答えるほど嫌になったことはないな」

「だってリフタンは……そこまで、じ、自分にがっかりするようなところが、な、ないじゃないですか」

マクシーの言葉に、リフタンは面白《おもしろ》がるような表情を浮かべた。

「そう見えるか？」

「ほ、本人が……よく、わ、分かってるでしょう」

「自分じゃよく分からない。お前が教えてくれ」

マクシーは、本気で言っているのかといわんばかりに彼を見上げた。

「リ、リフタンは……つ、強いじゃないですか。せ、世界一の騎士《きし》で、せ、背も高くて、頭も切れるし……」

「頭が切れると言われたのは初めてだな。ロバみたいに愚鈍《ぐどん》だとはよく言われるが……」

マクシーは顔をしかめた。確かに上品な話し方ではないし、礼儀《れいぎ》作法もなってないが、リフタンは決して愚鈍な人間ではない。彼の眼光は常に鋭《するど》く、時折口にする言葉には洞察力《どうさつりょく》のようなものがうかがえる。それどころか、他人の本心をすべて見抜《みぬ》いているように思える時すらあった。

「ぐ、愚鈍な人だったら……ま、周りから、こ、これほど尊敬されません」

リフタンは素直《すなお》に同意できないというように、冷ややかに口元をゆがめた。彼は木の幹に頭をもたせかけ、素っ気ない口調で尋ねた。

「それから？」

「し、信義に厚くて、と、統率力《とうそつりょく》もあるし……そ、それに……ハ、ハンサムじゃないですか」

「俺のことをハンサムだと思うのか？」

「……じ、自分でも、よ、よく分かってるでしょう」

「お前が俺の外見のことをどう思ってるかなんて、分かるはずないだろう」

マクシーは呆《あき》れたように目をパチクリさせた。

「リ、リフタン、わ、私にも目はあるんです……。ほ、他の人と同じように、し、審美眼《しんびがん》だってありますから」

「俺がクロイソ城を訪《おとず》れるたび、お前は凶暴《きょうぼう》なオーガにでも出くわしたみたいに震《ふる》えてたじゃないか」

リフタンがなじるように言った。

「とても魅力的《みりょくてき》な男を見る目つきじゃなかったぞ。ゴブリンのしわくちゃな顔だって、あれよりは愛おしそうに見つめるだろうな」

「わ、私は……一度も、ゴ、ゴブリンを見たことが、あ、ありません」

「そんなことを言ってるんじゃない」

リフタンはマクシーのあごをつかみ、自分の方に向けた。

「お前は俺が近づいただけで、卒倒《そっとう》しそうだったと言ってるんだ」

問い詰めるような言い方に、マクシーは戸惑《とまど》った。リフタンが彼女の態度を気にしていたとは、夢にも思わなかった。そもそも結婚式《けっこんしき》の前まで、リフタンはマクシー自身の存在にまったく気づいていないだろうと思っていた。

「私は……あ、あなたが、こ、怖《こわ》かったんです。す、すごく体が大きくて、ひょ、表情も冷たくて……い、いつも何かに、お、怒《おこ》っているように、み、見えました」

リフタンはしばらく何も言わなかった。マクシーが彼の胸の中で落ち着きなく身じろぎすると、ようやく彼が口を開いた。

「今でも俺のことが怖いか?」

マクシーはゆっくりと首を横に振《ふ》った。じっと彼女を見つめていたリフタンが、突然《とつぜん》頭を傾《かたむ》けて唇を重ねてきた。マクシーが思わず熱いうめき声を漏《も》らす。

背中にゾクゾクするような稲妻《いなづま》が走り、胸の先端《せんたん》が硬《かた》くなった。リフタンはそれを指先でもてあそびながら、彼女の下唇《したくちびる》を噛《か》んだ。

マクシーは慌《あわ》てて周囲を見回した。

「リ、リフタン……！　そ、外で、こ、こんなことをしたらダメです」

「構わないさ。ここにいるのは俺たちだけだ。もし誰《だれ》かが近づいてきたら、すぐに俺が気づく」

そう言うと、彼女の服の中に片手を入れてきた。

マクシーは、リフタンの体から放たれる熱に身を震わせた。あまりに落ち着《おっ》き払《はら》った顔をしていたので、リフタンがこんなにも興奮していたとはまったく気づかなかった。

リフタンはマクシーを自分の下半身の近くに引き寄せながら、ドレスの裾《すそ》をまくり上げた。彼女が慌てて彼の胸を押し返すと、リフタンは額にキスをしながら、なだめるように囁《ささや》いた。

「怖がるな。俺は絶対にお前を傷つけたりしない」

マクシーは息をのんで、彼の情熱的な顔を見上げた。リフタンが彼女の口を吸いながら、脚《あし》の間に指を入れてくる。マクシーは彼の頭を強く抱きしめた。

この人は私を傷つけない。私を痛めつけたりしない。すがりつくようにその言葉を頭の中で繰り返しながら、彼の手に身を任せた。

「お前から冬のにおいがする」

しばらく経《た》ってから、リフタンがマクシーの肩に顔をうずめ、深々と息を吸った。リフタンの体からも、キンと冷えた冬の風のにおいがする。鼻につんとくる樹皮のにおい、馬のにおい、かすかな汗のにおいが入り混じり、マクシーの胸の中をいっぱいに満たした。

「クソッ、お前の体中にキスしたい。でもここで裸《はだか》にしたら風邪《かぜ》を引いてしまうな」

リフタンがドレスの裾に手を入れて肌《はだ》を愛撫《あいぶ》しながら、もどかしそうに言った。

マクシーは全身に火がついたように少しも寒さを感じなかったが、あえて口には出さなかった。広々と開けた丘の上で、とても裸になる勇気などない。そもそも、ここでこうしていること自体がはしたない行為《こうい》なのだ。

そう分かっていても、どうしても彼から離れられなかった。

リフタンはマクシーの首筋に軽く歯を立てながら、切羽詰《せっぱつ》まったようにズボンの紐《ひも》をほどいた。マクシーが彼の外套の中でスカートをまくり上げると、リフタンが下着をずらしてそっと中に押し入ってきた。体の奥《おく》が限界まで目一杯《めいっぱい》押《お》し広《ひろ》げられる感覚に、マクシーは激しく喘《あえ》いだ。

リフタンが彼女の尻《しり》を愛撫しながら、首や耳にキスの雨を降らせる。

「大丈夫《だいじょうぶ》だ、マクシー。お前に痛い思いはさせない。二度とそんなことはしないから」

マクシーは、リフタンがいつ自分に痛い思いをさせたのか思い出すことができなかった。どうしてあんなにも彼を恐《おそ》れ、避《さ》けようとしていたのかも覚えていない。今ではリフタン・カリプスが、ずっと自分の一部だったように思える。

彼女はまるで溺《おぼ》れていくように、必死で彼の首にしがみついた。

リフタンはマクシーの腰をつかみ、さらに結びつきを深めようとした。ぴったり重なり合った熱い体が激しく脈打っている。

彼女はリフタンが言ったとおり、馬に乗るように体を動かした。彼のものを限界まで受け入れ、強く締《し》めつけてから解き放つ。それから、もう一度包み込《つつこ》むように締めつけた。押し寄《およ》せる官能の渦《うず》に、心臓が早鐘《はやがね》を打つ。

リフタンの熱いキスを受け入れながら、マクシーは次第《しだい》に我を忘れ溺れていった。

『オークの樹の下』第1巻　終

オークの樹《き》の下《した》

2025年1月31日　初版発行

著 Kim《きむ》 Suji《すじ》　イラスト 千《ち》景《かげ》

発　行　者　山下直久
発　　　行　株式会社ＫＡＤＯＫＡＷＡ
〒102-8177　東京都千代田区富士見2-13-3
0570-002-301（ナビダイヤル）

デ ザ イ ン　しすい紺
印刷・製本　TOPPANクロレ株式会社

【お問い合わせ】
https://www.kadokawa.co.jp/　（「お問い合わせ」へお進みください）
※内容によっては、お答えできない場合があります。
※サポートは日本国内のみとさせていただきます。
※Japanese text only

Printed in Japan　ISBN978-4-04-738273-2　C0093

B's-LOG presents

超話題の“じれキュン”
ロマンスファンタジー
フルカラーで好評発売中!!
私のすべてを、
愛してくれますか？
コミックス版
オークの樹の下
Under the Oak Tree
漫画 P
原作 Kim Suji
脚色 Seomal·namu
試し読みは
こちら
KADOKAWA
©P / RIDI